伽马什探长系列

全面清算
A
GREAT
RECKONING

[加拿大]露易丝·佩妮_作品 魏懿_译

上海文艺出版社

...01

阿尔芒·伽马什坐在书房里。他小心地用力合上一份档案,随后推敲起里面的内容。

那份材料只有薄薄几页,与堆放在书房旧木地板上的其他档案没什么两样。然而,与其他档案相比,它又有所不同。

阿尔芒看着放在脚边的这些档案,它们正等着他来决定命运。

他翻阅这些材料已经有好一会儿了,反复阅读了里面的内容并注意到所有档案封页的右上角都标有一个小圆点。红色圆点表示该档案的申请人已被拒,绿色则表示申请人已被接纳。

这些小圆点的标注者并非阿尔芒,而是他的前任。

他将那份档案放回地板。坐在他那舒适的扶手椅中,他身子前倾,手肘撑在膝盖上。他将一双大手合拢,十指交叉,感觉自己就像一位坐在飞机里低头看着下方田野的乘客。有些田野里作物欣欣向荣,有些则处于休耕时节,潜藏着勃勃生机,但也有些显得十分贫瘠,岩石从表层的土壤下露出头。

这些档案属于哪种田野呢？

他阅读着，思考着，试图从有限的信息中挖掘出一些东西。他思考着这些档案里的信息，思考着他的前任所作出的决定。

十多年来，作为魁北克安全局凶杀组的一把手，他的工作就是挖掘信息、搜集证据、核查事实、检验直觉。他会追踪并拘捕嫌犯。他会使用自己的判断力，但绝不作评判。

然而，此刻他的身份是决策者兼评审员，他的话可谓一言九鼎。

阿尔芒·伽马什意识到这一身份让自己感到十分惬意。他甚至非常喜欢现在的这个身份，对此他并不惊讶。是因为这个身份所赋予的权力吗？是的，他并不否认。然而，他喜欢这一身份的真正原因是因为他现在有能力创造未来，而不是仅仅对当下作出反应。

此刻，未来就在他的脚边。

伽马什向后靠去，两腿交叠。现在已经过了午夜，但他并不困。他的书桌上放着一杯茶，茶杯边放着几块巧克力曲奇饼。那些曲奇饼他还一口都没吃呢。

书房的窗帘微微浮动起来。伽马什能感到一股冷风通过略微开着的窗户吹入屋内。他知道如果此时拉开窗帘，打开门廊的电灯，他会看到本年度的第一场雪在灯光的照映下飞舞飘扬。雪花正轻柔地落在三松镇家家户户的屋顶上。

雪花会覆盖长满常青植物的花园，会在汽车、门廊以及小镇绿地中央的长凳上形成薄薄的一层积雪。雪花也会轻柔地落在森林、山野以及从门前流过的贝拉贝拉河上。

现在是十一月初。即使对于魁北克地区而言，这场雪也来得有点早了。这或许是上天的戏弄，预示着某种征兆。然而，这场雪还不够大，孩子们还无法在雪地里打雪仗。

不过，伽马什知道雪很快会变大。灰蒙蒙的十一月很快会使魁北克变成银装素裹可供滑雪溜冰的圣地。人们可以打雪仗、堆城堡、堆雪人、堆天使——用落自天堂的雪花。

但是现在孩子们还在熟睡，他们的父母亲也在熟睡。三松镇这座魁北克小镇中的每一个人都在熟睡。户外正下着雪,而阿尔芒·伽马什则在思考自己脚边这些申请人的命运。

通过书房敞开的房门,他看到了客厅。那是他和妻子蕾娜-玛丽共享的空间。

客厅的厚木地板上铺着东方式的地毯。石砌的壁炉一边摆放着一把大大的沙发椅,另一边是两把褪色的扶手椅。两边的小桌子上堆放着杂志与书籍。墙上排列着一排排的书架。灯光使客厅里洋溢着柔和的光线。

那是一间颇具魅力的房间。伽马什站起身,伸了伸懒腰,然后走进客厅。牧羊犬亨利跟在他身后。伽马什拨了拨壁炉里的火,然后在一把扶手椅上坐下来。他的工作还未完成。现在他需要思考。

对于绝大多数申请人,他已经有了自己的决定,除了一个。

第一次拿起这份档案,他读了其中的内容,然后将其归入淘汰一类。对于自己的前任在该档案上所标注的红色圆点,他并未表示异议。

然而,总有某些东西一直困扰着他,以至于让他不断想起这份档案。他又读了几遍,试图弄明白为什么在所有档案里唯独这份年轻女性的档案会一直困扰着自己。

他将那份档案带在身边。现在他再次打开了它。

那名女性的脸凝视着他。那张脸显得傲慢而极具挑衅性,但又显得十分苍白。她发色墨黑,一部分头发修剪过,而其余的头发则显得很尖锐。她的鼻子、眉弓和脸颊上都有明显的钉孔。

根据档案提供的信息,她能阅读古希腊语和拉丁语,勉强读完了高中,但后来几年做的事情在伽马什看来等于无所事事。

她的档案封页上被标上了红色的圆点。

他为什么会被这份档案材料吸引呢?为什么会被这个女性吸引呢?肯定不是因为她的相貌。伽马什的判断力不会受他人外表的影响。

这是她的名字吗,爱梅莉亚?

伽马什觉得是的。这可能就是她的名字。这个女性和伽马什的母亲拥有相同的名字。伽马什母亲的名字源于一名女飞行员。那位女飞行员在航行的途中迷了路，从此杳无音讯①。

爱梅莉亚。

然而，当伽马什拿起这份材料时，他的心中感觉不到任何温暖。事实上，他隐隐地感到厌恶。

伽马什摘下老花眼镜，揉了揉眼睛，然后带着亨利在本年度的第一场雪中溜达了一圈。

然后他和亨利一起上楼睡觉了。

第二天早上，蕾娜-玛丽邀请她的丈夫到小酒馆吃早餐。等枫熏培根加炒蛋以及布里干酪上桌的工夫，他们小口喝着牛奶咖啡。亨利也跟来了，安静地躺在他们的餐桌下。

小酒馆是一间房梁裸露的长方形房间。房间两头的壁炉里烧着火，这让房间充满了愉悦的氛围。食客们的谈话声混杂着木头薰烧时散发出的香味。当有人走进小酒馆时，就会传来熟悉的砰砰声——那是人们将雪从靴子上抖落下来的声音。

寒风在夜里停了，枯黄的秋叶上积起薄薄的一层雪。周遭看上去如同阴间一般死气沉沉，既不像秋天也不像冬天。小镇周围的山丘曾保护小镇免受外部邪恶世界的干扰，然而，此刻它们却看上去十分邪恶。或者说，就算不是邪恶，至少也变得不那么友善了。森林看上去如同累累白骨，灰白干瘪的树枝高高竖立着，仿佛在向上苍乞求无法获得的怜悯。

然而，在小镇的绿地上矗立着三棵高大的松树，小镇的名字便由此而来。刚毅、挺拔、强壮。三棵松树永远长青不朽，枝干直指天空。它们敢于面对最可怕的事情，这就是它们的使命。

最可怕的事情即将发生。但是最美好的东西也即将来临，很快就能用积雪堆天使了。

"来了。"奥利维一边说着一边将一篮热烘烘的杏仁羊角面包放在他

---

① 指爱梅莉亚·埃尔哈特（Amelia Earhart），美国女飞行家，女性飞越大西洋第一人。1937年进行环球飞行时于太平洋上空失踪。

们的餐桌上,"你们在等早餐的时候可以先吃这个。"

放面包的篮子上挂着一个价格标签。他们头顶的吊灯上也挂着价格标签。他和蕾娜-玛丽坐的靠背椅子上也挂着价格标签。奥利维的小酒馆里一切都可出售,甚至包括奥利维的伴侣加布里。对此奥利维曾不止一次暗示过。

"给我一袋糖果,他就是你的人了。"奥利维这样对老主顾们说道。当时加布里正穿着花边围裙从厨房里出来,他听到了奥利维说的话。

"他就是这么得到我的。"加布里承认道,他用手抚平围裙上的褶皱。大家都知道加布里穿上这围裙是故意惹奥利维生气。"他用一袋什锦糖就得到我了。"

奥利维远去后,阿尔芒将一份材料递给妻子。

"你能看一下这个吗?"

"当然可以。"蕾娜-玛丽边回答边戴上眼镜,"这份材料有问题?"

"没有,我认为没什么问题。"

"那你干嘛要我……?"蕾娜-玛丽指了指那份材料。

从安全局提早退休之前,他经常会和蕾娜-玛丽一起讨论案件。当时他还不到六十岁,他的退休更像是撤退。退回三松镇,在群山环抱之中休养生息。

他的视线掠过手里充满香浓咖啡的杯子边缘,投向妻子。蕾娜-玛丽注意到,他的双手不再颤抖了,至少不再经常颤抖了。蕾娜-玛丽一直很关注此事,生怕有个闪失。

他太阳穴附近的那道伤疤已不再那么深了。也许亲情和安抚填平了那道伤口。

有时当他疲倦时,他的步伐仍然显得蹒跚不稳。但是除了蹒跚的步履以及那道伤疤,从他的外表上已看不出任何迹象能表明在他的身上曾发生过什么。蕾娜-玛丽不想看到任何迹象,但那却是她永远无法忘记的回忆。

当时她几乎快要失去他了。

不过,现在他们来到了这儿,来到了这座即使在阴郁的日子里也显得那么热情的小镇。

蕾娜-玛丽知道，虽然他们在这里买下了房子并定居于此，但是只要他想要或是需要回去工作，曾经的日子又会再次回来。唯一的问题就是接下去会发生什么？阿尔芒·伽马什探长这位魁北克安全局凶杀组的一把手接下去会选择做什么呢？

他曾接到许多工作的邀请函。他的书房里堆满了标注着"保密"字样的信封。他接待过很多人，从大公司的总裁到急于拉他入党的各个政党要人再到国家级和国际级刑警组织负责人。曾有不显眼的车辆停在他们装着白色护墙板的住房外，从车上下来穿着低调的男男女女，他们敲门致意，然后来到客厅，讨论起"接下来的工作"。

阿尔芒十分礼貌地聆听，有时他会给来访者提供午餐或晚餐。如果时间太晚，他还会提供过夜的地方。但他从未透露过自己的真实想法。

蕾娜-玛丽则从魁北克国立图书馆与档案馆主要管理员的岗位上退了下来，找到了自己梦想的工作：在地区历史协会做志愿者，对协会多年来收到的捐赠进行分类整理。

这份工作无疑会让蕾娜-玛丽以前的同事感到丢人。不过，她对此并不在意。她已经拥有过自己想要的位子。她已经达到了事业的顶峰，现在她可以停下脚步了。她在三松镇找到了一个家。她在阿尔芒身上也找到了一个家。现在，面对大量未被整理的、来自本地区居民的遗赠——档案、家具、衣物和其他古怪玩意儿，她找到了自己的思想之家。

如今对于蕾娜-玛丽·伽马什而言，每天都仿佛圣诞节，因为她每天都有好多盒子和包裹可拆。

终于在多次讨论之后，阿尔芒对于自己的下一步作出了决定。

几周之后，当她聚精会神地阅读着大捆信件和文档时，他也在聚精会神地读着他的材料。他仔细阅读着各种保密文件、图表以及简历。他们各自舒适地坐在客厅的两头，拆检着各自的盒子和包裹。壁炉里的火发出微弱的爆裂声，咖啡的香味让他们打起精神。季节渐渐从深秋进入了初冬。

然而，蕾娜-玛丽做的工作是打开尘封的世界，而阿尔芒的工作在许多方面却恰恰相反。他的工作是切削、打磨、削刮、剔除朽木以及那些多余的累赘。他要剔除朽烂直至打磨出一件锐利的武器。那将是他自己亲手制作的长矛。他需要它。谁负责、谁掌权一清二楚。而且毫无疑问,他期待使用这件武器。

蕾娜-玛丽知道,阿尔芒几乎快成功了。然而,现在却遇到了一个小小的障碍。

此刻,他们低头看着那个障碍,它正静静地躺在洒着面包屑的桌面上。

阿尔芒想开口说话,但他马上闭上嘴,急促地吸了一口气,显得有些恼怒。

"这份档案总是困扰着我,但我不知道困扰我的究竟是什么。"

蕾娜-玛丽拿起材料看了起来。阅读这份薄薄的材料不需要花很长时间。几分钟后她合上材料,将一只手轻柔地放在封页上,就像一位母亲将手放在生病的孩子胸口上一般。她仿佛在感受它的心跳。

"她确实有些古怪,我看得出来。"她看了看页角上的红色圆点,"我看到了,你把她淘汰了。"

阿尔芒举起手,不置可否。

"你在考虑录取她?"蕾娜-玛丽问道,"即使她真的能够阅读古希腊语和拉丁语,对这份工作也帮不上什么忙。都没人用古希腊语和拉丁语了。而且她很有可能在撒谎。"

"的确如此。"阿尔芒承认,"但是如果你打算撒谎的话,为什么撒这样的谎呢?这种谎言也太古怪了。"

"她不够格。"蕾娜-玛丽说道,"她的高中成绩简直糟透了。我知道这很难选择,但是其他申请人比她更有资格。"

他们的早餐终于来了。阿尔芒将那份材料放在松木地板上,就放在亨利旁边。

"你不知道我改了多少次圆点的颜色。"他微笑着说道,"红,绿。绿,红。"

蕾娜-玛丽用叉子叉起湿漉漉的炒蛋。长长的干酪丝粘在盘子上。

蕾娜-玛丽出于好玩将叉子举过头顶,她想要看看这干酪丝在断裂之前究竟能拉多长。

似乎比她的手臂还长呢。

阿尔芒微笑着摇了摇头。他用手指掐断了干酪丝。

"好了,女士,我把你解救出来了。"

"你从干酪丝网里把我救了出来。"蕾娜-玛丽说道,"哦,谢谢你,好心的先生。但我恐怕会被缠得更紧。"

他大笑起来。

"你觉得这是她的真名吗?"蕾娜-玛丽问道。她很少见到自己的丈夫如此犹豫不决,即便她知道他已经得出了结论,一些将要影响某些人后半生的结论。

"爱梅莉亚?"阿尔芒问道,他皱皱眉头,"我也在想同样的事。但这个名字对我有很大的触动,你不这么认为吗?我母亲过世将近五十年了。现在我遇到了另一个爱梅莉亚……"

"有这个名字的人不会很多。"

"的确不多。但是确实有一些。虽然这个名字会让我想起母亲,但我不会把母亲想成爱梅莉亚。母亲就是母亲。"

他当然说得没错。尽管他已是成年人,但谈起母亲时他丝毫不觉得尴尬。蕾娜-玛丽知道,他会想起自己最后一次见父母时的情景。当时他才九岁,在他眼里,他们不是爱梅莉亚和奥诺雷,而是妈妈和爸爸。他们当时和朋友一起出去吃晚餐,还准备回来时跟小阿尔芒道晚安。

"这可能就是她的名字。"阿尔芒说道。

"但是你有所怀疑。你觉得她可能还有别的名字。"

"啊,上帝。"奥利维走来看看他们还需要点什么,顺带看了一眼窗外,"我可还没准备好呢。"

"我们也没准备好。"蕾娜-玛丽承认。她顺着奥利维的目光看着窗外雪景中的小镇绿地,现在绿地已变成白茫茫一片了。"你觉得自己做好了准备,可是总会有意外出现。"

"而且来得越来越早了。"阿尔芒说道。

"没错。而且似乎越来越阴沉了。"奥利维回答道。

"不过,还是很漂亮。"阿尔芒说道,他注意到奥利维脸上凝重的表情。

"漂亮?你在开玩笑,对不对?"奥利维说道。

"我可没开玩笑,的确很漂亮啊。当然,时间太漫长了。"阿尔芒说道。

"你是在说……"奥利维说道。

"变厚了。"蕾娜-玛丽说道。

"变厚?"奥利维问道。

"不过,只要有合适的轮胎就可以了。"蕾娜-玛丽说道。

奥利维将空面包篮放回餐桌:"你们到底在说什么呀?"

"我们当然是在说冬天啊,"蕾娜-玛丽回答道,"今年冬天的第一场雪。"

"你在说什么?"阿尔芒问道。

"露丝,"奥利维说道,他指着窗外挂着拐棍的一个老妇人,老妇人的身边还跟着一只鸭子。一人一鸭正朝小酒馆走来,看上去显得那样苍老、阴沉、步履蹒跚。

露丝走进小酒馆,扫视了一下四周。

"说得没错,"奥利维说道,"有一个合适的轮胎就能解决问题了。"

"混蛋。"露丝咕咕哝哝地说道。她一瘸一拐地从奥利维他们身边走过。

"老巫婆。"奥利维也咕咕哝哝地还嘴。大家看着露丝这位年迈的诗人坐在壁炉边自己常坐的那把椅子上。她打开一只松木箱并从里面拿出一卷纸。那只松木箱之前一直被当作咖啡桌使用。

"露丝在帮我整理装修小酒馆时在墙壁里发现的那些东西。"奥利维说道,"你还记得吗?"

阿尔芒点点头。奥利维和他的伴侣加布里在许多年以前将一家废弃的五金店变成了现在的小酒馆。更新电路和排水管道时,他们凿开了墙壁并在墙壁内发现了各式各样的东西:松鼠的干尸,衣物,等等。不过,数量最多的还是各种纸制品:报纸、杂志、广告画、产品目录等。这些东西被塞在墙壁内作为填充物,仿佛上面的文字能够阻挡冬天的寒气似的。

但是，无论如何咒骂魁北克的冬季，都无法阻止降雪。

在装修的忙乱中，这些纸被随手塞进那只松木箱，然后就被遗忘了。松木箱一直放在壁炉正前方。一放就是好多年，从来没打开过。曾有无数杯牛奶咖啡、葡萄酒，以及盛放着本地奶酪、肉酱或长棍面包的盘子摆放在松木箱上，甚至还有人用脚踩在上面。不过，就在几个月前，这些纸终于重见天日。

"我猜里头不会有什么值钱的东西。"奥利维说道，他给露丝上完早餐——爱尔兰咖啡和熏肉，又走回伽马什夫妇的餐桌边。

"这个女人怎么还活着？"蕾娜-玛丽问道。

"愤怒，"奥利维回答道，"她就是纯粹的愤怒化身。愤怒永远不会消亡。"奥利维看着蕾娜-玛丽，"我想你是不会愿意帮她的，对吗？"

"啊，谁不想和愤怒的化身一起工作呢？"蕾娜-玛丽说道。

"露丝只有在喝了酒之后，脾气才会变得火爆，这你也是知道的。"奥利维说道，"你去帮帮她吧，求你了。露丝花了两个月的时间才刚刚整理出一英寸厚的一沓。问题在于她不是快速浏览纸上的内容，而是在仔细阅读每一个字。昨天她花了一整天时间阅读了一本1920年的《国家地理》。"

"我很愿意帮她，亲爱的。"蕾娜-玛丽回答道，"不过，我得先说明白。除非露丝愿意我帮她，否则我可不干。"

吃完早餐，蕾娜-玛丽就坐到了露丝边上，开始整理那只松木箱里的纸张，阿尔芒带着亨利先回家。

"阿尔芒，"奥利维喊道。当伽马什回头时，他看到奥利维在小酒馆的窗边朝自己挥动着一件东西。

是那份档案。

阿尔芒折回去取。

"你看过里面的内容了？"他问道。他的声音显得很尖锐以至于奥利维犹豫了片刻。

"没有。"

但在阿尔芒的凝视之下，奥利维服软了。

"好吧。是的,我看了一眼。不过只看了她的照片,还有名字,还有她的一些背景信息。"

"谢谢你如实回答。"阿尔芒说道。他拿着那份档案,转身离开了。

走在回家的路上,阿尔芒一直在想刚才为什么对奥利维如此严厉。这份材料虽然标有"保密"字样,但他也给蕾娜-玛丽看了。这又不是国家机密。当看到"保密"二字时,谁能经得起诱惑不打开来看看呢?

如果你对奥利维有足够多的了解的话,你就会明白奥利维是经不起任何诱惑的。

此外,伽马什也在想自己为什么会将这份材料落在小酒馆呢?难道是真的忘了吗?

或者是粗心大意,甚至是故意的?

午后,雪又开始下起来。雪花在山野间飘荡回旋,将三松镇变成了一个大雪球。

蕾娜-玛丽打来电话说她在小酒馆吃了午餐,克莱拉和莫娜也来一起整理松木箱里的那些纸张,她们一整个下午都会在小酒馆里一边吃东西,一边整理。

阿尔芒觉得这很好。他决定自己在家也要做同样的事情。

他往客厅壁炉的炉火里添了一块桦木。他看着桦木的表皮在炉火中燃烧,开裂并最终卷曲起来。然后他拿着一块三明治和一本书在沙发上坐了下来,亨利蜷到他身边。

然而,阿尔芒的眼睛一直看着书房的方向。书房里堆放着许多档案,这些档案的背后则是许多焦急等待的男男女女。他们等待伽马什这位老者决定他们下一步的命运,就像古代的老者决定年轻人的命运一般。

阿尔芒其实并不老,尽管他知道自己在那些年轻人眼里看上去很老,甚至显得老态龙钟。在年轻人眼里,他看上去将近六十岁,身高六英尺有余,身体看上去结实而不笨重,至少他自己这么觉得。他的灰发比褐发更多。耳边的头发微微卷曲。虽然以前他会留胡子甚至是络腮胡,但现在他已将胡须刮得干干净净,脸上的每一条皱纹都清晰可见。这是一张饱经风霜的脸。然而，如果你沿着皱纹的轨迹探寻其源头，你会发现他脸上的每一道皱纹都源于幸福。当他大笑或微笑时，脸上会露出皱纹。当他安静地坐着享受一天的生活时，脸上也会露出皱纹。

不过，有些皱纹却另有出处。它们会将你引向荒野，引向疯狂。在那里曾发生过可怕的事情。他脸上的一些疤痕会将你引向一些令人憎恶的事件，一些令人恐惧的场景，以及一些难以言说的行为。

其中一些是他的亲身经历。

脸上的这些皱纹构成了他人生的经纬线。

年轻人也能看到他太阳穴旁那道深深的疤痕。那道疤痕告诉他们伽马什曾经离死亡有多么近。然而，他们大多数人看到的将不仅仅是伤疤，还有愈合的痕迹。而在他深邃的眼神里，他们将不仅看到伤痕、痛苦、幸福，他们还将看到某些出人意料的东西。

那就是仁慈。

或许当年轻人的脸上布满皱纹时，他们也会在自己脸上发现仁慈。

这也是阿尔芒在档案材料里，在那些申请人的照片上所寻找的东西。

每个人都可以变得聪明伶俐。每个人都可以被教会一些东西。

但不是每个人都拥有仁慈之心。

阿尔芒·伽马什看着书房，看着书房里那些等待着的年轻人。

他认识他们的脸，或者说至少认识他们的照片。他也了解他们的故事，或者说至少了解他们在材料里愿意透露的信息。他了解他们的学习情况、分数等级以及兴趣爱好。

在众多申请人中，他选中了爱梅莉亚。她也和众人一起等待着他的决定。

他心头一震，站起身。

爱梅莉亚·肖凯。

他终于明白为什么自己先前会有那样的反应，为什么会把她落在小酒馆里，为什么会不断想起她。

先前当他把那份材料递给蕾娜-玛丽看时，他希望蕾娜-玛丽能赞同他的选择。那是他的理智告诉他的选择——拒绝这个年轻女性的申请。

他完全可以拒绝，现在仍然可以。

此刻他终于明白原因了。

亨利在沙发上已经开始打鼾了。壁炉里的火发出松脆的噼啪声。雪花打在窗玻璃上。

他先前之所以会有那样的反应并不是因为她的名，而是因为她的姓。

肖凯。

这个姓虽然少见，但也非绝无仅有。通常情况下这个姓应写成"肖凯特"。

他大步走进书房，将爱梅莉亚的档案一把从地板上拾起来。他打开它，心怀感伤地读着里面有限的信息。然后他合上材料，双手开始颤抖起来。

他看了看壁炉，他想把这份材料丢进壁炉里，让它在火焰里灰飞烟灭，就像一个接受火刑的女巫一般。

然而，他走下楼，来到了地下室。

在地下室里他打开一间密室的房门。这间密室保存着他以前侦办过的所有案件的相关记录。在密室后部他打开了一只小箱子。

在箱子里他找到了。

证实了。

肖凯。

理智告诉阿尔芒他也许弄错了。毕竟，还是有可能出错的。但在他内心深处，他知道自己不会弄错。

他回到楼上。他的脚步显得那样沉重。他站在窗边，看着窗外飞舞的雪花。

一些孩子穿着刚翻找出来的滑雪衫在小镇绿地上奔跑着。他们在疏松的雪地上追逐嬉戏。他们把雪球扔向看到的每一个人。他们滚起雪球，堆起雪人，尖叫着，大喊着，大笑着。

阿尔芒走进书房。花了几个小时东寻西找。当蕾娜-玛丽回来时，他给她倒了一大杯苏格兰威士忌并告诉她一个消息。

他要去加斯佩。

"去加斯佩?"蕾娜-玛丽问道,她确定自己没有听错。她原本以为阿尔芒会说他要去洗澡、去商店,甚至去蒙特利尔开会。但是加斯佩半岛,那可是在数百英里之外,是魁北克与大海交界的地方。

"你是要去见他吗?"

阿尔芒点点头。蕾娜-玛丽说道:"那我跟你一起去。"

回到书房,透过竖框窗户,他看到精疲力尽的孩子们正一个接一个躺在雪地上。他们挥舞着手臂,上下蹬着腿。

然后孩子们站起身,步履蹒跚地朝家的方向慢慢走去。他们脖颈上的雪开始融化,沿着背脊形成一小股水流。雪凝结在孩子们的连指手套和御寒帽上。他们的脸被冻得通红,鼻子里流着鼻涕。

孩子们的身后留下了用雪堆成的天使。

站在书房里,阿尔芒的手开始微微颤抖起来。他深吸了一口气,然后将爱梅莉亚档案上的圆点改成了绿色。

...02

米歇尔·布雷伯夫很远就看到一辆轿车沿着山间公路驶来。一开始他通过望远镜观察,不久他开始裸眼观察。前方没有任何东西挡住他的视野。没有树木,也没有房子。

风已吹走了地面一切多余的东西。只剩一些杂草和岩石。这里就像一块被人遗弃的土地。夏季的时候游客会蜂拥到此一睹荒凉之美,而在大雪飘落之前游客又会纷纷离开这里。只有一小部分人懂得欣赏加斯佩在冬季呈现出的美景。

这些人会一直待在加斯佩半岛上,因为他们不愿离开,也无处可去。

米歇尔·布雷伯夫就是其中的一分子。

轿车开始减速。出乎布雷伯夫的意料,它竟在他家的车道口停了下来,停在省道的软质路肩上。

的确,从那个位置可以欣赏到耸立于海面的皮尔斯巨石,但要拍照还有比那儿更好更安全的位置。

布雷伯夫从窗台上拿起他的双筒望远镜,然后对着那辆轿车对焦。

那辆车是租来的,这从车牌上就能辨别出来。车里有两个人,一男一女,白种人,中年,大概五十多岁的样子。

穿着得体,但并不花哨。

布雷伯夫看不清那两个人的脸,但是就凭对方是租车来的和他们的穿着打扮,他很快便本能地做出了判断。

那个男人坐在驾驶座上,他正在对坐在身边的那个女人说着话。

布雷伯夫慢慢放下望远镜。他将视线转向大海。

之前席卷魁北克中部的那场雪前一天以暴雨的形式席卷了加斯佩半岛。这在十一月份的沿海地区很常见。如果说有什么东西令人伤感的话,那就是那场暴雨更像是一股飓风。

不过,就像伤感的情绪一样,那场暴雨来得快,去得也快。新的一天到来了,出奇地清澈与灿烂。整个天空碧蓝一片。只有海面还残留着阴郁的色调。海水翻涌着,冲刷着海岸线上的岩石。海湾里孤独地矗立着雄伟的皮尔斯巨石。大西洋的海流不停地冲刷在它身上。

当布雷伯夫转回视线的时候,那两个人已经把车停到了他家的车道上,几乎就停在了他家门口。他看到那两个人从车里出来,站在那里。男人背对着房门,目光朝向前方的海面,朝着那块被穿了个大窟窿的巨石①。

女人走到他身边,拉着他的手。然后两个人一起踏上这最后的几码,缓缓地朝布雷伯夫的房子走来。他们似乎和布雷伯夫一样对这次会面不情不愿。

布雷伯夫的心脏此刻剧烈跳动起来。他觉得在那两个人走到自家门廊之前,自己有可能猝死。

他希望如此。

他训练有素的眼睛看向阿尔芒的双手。没有武器。然后他又将目光转向他的外套。肩膀部位那个鼓出来的东西是什么?不过可以确定,他不是来杀他的。他真想那么做他早就做了,而且也不会当着蕾娜-玛丽

---

① 指皮尔斯巨石(Percé Rock)。Percé 在法语中就是"穿透"的意思。

的面。

那将会是一场私密的暗杀行动。那也是米歇尔多年来一直暗自期待的。

但是他并不期待公开拜访。

在确定不会出现流血冲突之后,蕾娜-玛丽先进了屋子。阿尔芒和米歇尔则裹着毛衣和夹克衫坐在门廊上的两把杉木椅子上。由于风吹日晒,杉木椅子的颜色已变得花白,就像他们两人一样。

"你为什么要来这儿,阿尔芒?"

"我已从安全局退休了。"

"是的,我听说了。"

布雷伯夫看着他曾经的这位最要好的朋友,最得力的干将,知己、同事、最受器重的下属。他曾那样信任阿尔芒,阿尔芒也那样信任他。

米歇尔做得对,但阿尔芒做错了。

阿尔芒看着远处的巨石。巨石的中心由于无情海水的长期腐蚀而变得中空。它如同一个石制光环,但却失去了心脏。

随后他看看眼前的米歇尔·布雷伯夫。米歇尔是他女儿的教父,正如他也曾是米歇尔第一个孩子的教父。

当他们还都是探员,他们有过多少次像现在这样坐在一起探讨案件?而当米歇尔鸿星高照,阿尔芒陷于低谷,他们又曾有多少次像现在这样坐在一起?尽管当时在工作方面米歇尔成了阿尔芒的上司,但在生活中他们一直都是最要好的朋友。

直到……

"我这一路上都在思考一件事。"阿尔芒说道。

"关于以前发生的事?"

"不。我在思考中国的长城。"

米歇尔大笑起来。这笑声是真实情感的自然流露。这笑声能让人暂时忘却所有糟糕的事情。

然而当这笑声消失时,米歇尔又开始怀疑阿尔芒是否是来杀他的。

"你在思考中国的长城?当真?"

米歇尔试图让自己显得无所谓,甚至有点生气。伽马什又在编瞎话。但事实上,无论阿尔芒说得多么毫无边际,布雷伯夫都想知道他的来意。

"嗯……"阿尔芒说道,他嘴角的纹路拱起来,露出一个浅浅的微笑,"有可能我是唯一一个坐在飞机上思考这件事的人。"

如果布雷伯夫问为什么要思考长城的话,那他就上钩了。

"为什么呢?"

"你知道的,中国人花了数个世纪建造长城。"阿尔芒说道,"他们从公元前200年左右开始。这简直是一个不可思议的奇迹。长城在高山沟壑之间绵延数千英里。它并非只是一堵墙。中国人可不是把它垒起来就完事了。他们花了巨大的工夫把它打造成一座防御设施。同时它又是一件艺术品。长城维系了中国数百年的安定。入侵者无法越过长城。这简直太神奇了。"

"这些我都知道。"

"但是在十六世纪——那时长城已经耸立一千五百年了,清军越过了长城。你知道他们是怎么做到的吗?"

"我猜,你接下来会告诉我答案。"

刚才的疲倦和消沉已经不见了,就连米歇尔自己也从中听出了强烈的好奇心。这不仅是因为他想了解中国的长城——一样他这辈子从未仔细了解过的事物,他更想知道阿尔芒为什么要思考长城。

"为了建造和保卫长城,成千上万的人献出了生命。许多王朝也因为营造和维护长城而衰败下来。"伽马什说道。他凝视着海面,感觉咸咸的海风扑面而来,令人神清气爽。

"一千多年之后,"他继续讲述道,"有个敌人终于越过了长城。这并非因为那个敌人拥有更强大的武器,也并非因为他们比明朝军队更擅长战斗或谋略。这些都不是原因。清军之所以能越过长城攻占北京仅仅是因为有一个人从内部打开了长城的城门。原因就是这么简单。一位将军成了叛徒,他放清军入关,整个帝国就此陷落。"

清新的空气围绕在他们身边,但是米歇尔·布雷伯夫却无法呼吸。

阿尔芒说的话以及话里的弦外之音堵住了他的呼吸道。

阿尔芒极有耐心地坐着。他在等待米歇尔回过神来或是猝死。他不想伤害自己以前的伙伴,至少现在不想。但是他也不想去拯救他。

几分钟之后,米歇尔开口说话了:"人的仇敌就是自己家里的人。①你是这个意思吗,阿尔芒,嗯?"

"我不觉得清军会引用圣经里的这句话。但是这种情况很普遍。那就是背叛。"

"你大老远跑来就是来讥讽我的吗?"

"不是。"

"那你到底来干嘛?"

"我想要你为我工作。"

这句话太荒谬了,布雷伯夫根本无法理解。他看着伽马什,脸上露出无法掩饰的困惑。

"做什么工作?在哪儿?"布雷伯夫最终问道。

不过,两人都明白,他其实想问"为什么"。

"我刚刚接任安全局警校校长。"阿尔芒说道,"圣诞节过后新学期即将开始。我想聘你来当教师。"

布雷伯夫仍然看着阿尔芒,试图弄明白他到底在说什么。

这可不是简单的工作邀请。布雷伯夫怀疑这也绝非讲和的表示。他们之间有过太多的冲突,太多的毁灭。而且那还不是最关键的。

这不单单是一份工作邀请。

"为什么?"

然而,阿尔芒并没有回答。他只是盯着布雷伯夫的眼睛,直到米歇尔低下双眼。于是伽马什将视线又移向了海面。他看着辽阔的海洋和被海水腐蚀的巨石。

"你怎么还能确信可以信任我?"米歇尔问道,他看着阿尔芒的侧脸。

"我不确信。"

---

① 《马太福音》第十章第三十六节。

"是你不知道该不该信任我,还是根本就不信任我?"

阿尔芒转过头看着他,那是米歇尔以前从未见过的一种表情。他的脸上见不到仇恨,也没有太多的鄙视,但很接近。

那是一种确信。伽马什确信自己知道布雷伯夫的为人。

一个懦弱的人。一个像皮尔斯巨石一样被岁月和风霜腐蚀了内心的人。消磨殆尽,扭曲变形。他已经完全被穿透了。

"是你打开了城门,米歇尔。你原本可以阻止这一切的,但你没有。当腐败和堕落敲击城门的时候,你开门放它们进来。你背叛了每一个曾经信任你的人。你把原本强大威严的安全局变成了一个藏污纳垢的污水池。我们花了那么多年,付出那么多牺牲才将它清洗干净。"

"那你为什么还要请我回去?"

阿尔芒站起身,布雷伯夫也立即站了起来。

"长城的弱点不在于自身的结构,而在于人。"伽马什说道,"任何东西的强弱与否都取决于人。这当然也包括安全局。而一切都从警校开始。"

布雷伯夫点点头。"没错,我赞同这种说法。但是,还是那个问题,为什么找我呢?你就不怕我会影响那些学员吗?"

他端详着伽马什。然后他笑了。

"学校里已经出现了腐败分子,是不是,阿尔芒?你远道而来就是来寻找对抗腐败的解药,是不是?这就是你找我的原因,是吗?我就是那个解药。治愈顽疾需要更为强大的病毒。不过,这可是一场危险的游戏,阿尔芒。"

伽马什看着他,脸上露出严肃的表情,像是在分析着什么,然后走进屋子去找蕾娜-玛丽。

米歇尔陪着他们来到车道边,目视他们开车离开。他们将去机场坐飞机回家。

他则回到屋内。独自一人。没了妻子,没了孩子,也没第三代。他现在所拥有的只有那辽阔的海面。

在飞机上,伽马什低头看着下方的田野、森林、雪原与湖泊。他在思考着刚才的事。

米歇尔说得没错。这的确很危险,但这并不是一场游戏。

如果他无法控制大局,如果解药变成了病毒,接下来会发生什么呢?他会让什么人越过长城?他又会打开哪一扇城门呢?

飞机降落之后,阿尔芒没有回三松镇,而是去了魁北克安全局总部。不过,他得先带蕾娜-玛丽去他们的女儿安妮的家。安妮已经怀孕四个月了,这是她的第一胎。

"你进来吗,爸爸?"安妮站在门口问道,"让-居伊很快回来了哦。"

"我过一会儿再来。"他一边吻着安妮的双颊一边说。

"不用着急。"蕾娜-玛丽说道,随即关上了门。

在安全局总部,阿尔芒按下了电梯最上层的按钮。电梯将他送往总警司的办公室。

泰蕾兹·布鲁内尔从办公桌上抬起头,她身后便是蒙特利尔的夜景。伽马什可以看到三座大桥,桥上布满了汽车的灯光。人们现在都赶着回家。这是个居高临下的视角,而办公桌后也坐着个居高临下的人。

"阿尔芒,"她站起身给这位老朋友一个大大的拥抱,"谢谢你能来。"

布鲁内尔总警司指了指座谈区,然后两人在那里就座。泰蕾兹已经快七十岁了。这位举止优雅的女士虽然进入安全局时间较晚,但她很快就喜欢上了这里,仿佛她天生就是干这一行的。

她一级一级升迁,很快她的级别就超过了她的教导员兼同事伽马什探长。现在她已到达了事业的顶峰。

前一任总警司被——"换走后"? 这个词可能不太确切,泰蕾兹把办公室装修成了柔和的粉色调。

尽管她升迁得比伽马什快,但两个人都清楚这不过是安全局内部的一种策略罢了,并不是一种竞争的关系。不过她确实牢牢地坐稳了总警司的位置,并且十分自信地指挥着部门的一切事务。

阿尔芒将材料递给泰蕾兹。趁泰蕾兹看材料的工夫,他看了看周围,站起身给自己和泰蕾兹倒了两杯水,递给泰蕾兹一杯,然后拿着自己的杯子走到玻璃幕墙边。

玻璃幕墙外有着永远能够打动他的美景。他是多么深爱着魁北克啊。

"这会导致很严重的后果,阿尔芒。"泰蕾兹开口说道。

他站在幕墙边没有动,但是转过头看着泰蕾兹。泰蕾兹脸上的表情虽然严肃,甚至有些严厉,但并没有批评他的意思。她说的的确也是事实。

"是的。"阿尔芒表示同意,然后扭过头继续看着窗外,泰蕾兹则继续读着材料。

"我发现你更改了一部分学生的名单。"泰蕾兹说道,"我倒没什么问题。问题来自教学人员名单。你更换了至少一半的人选。"

阿尔芒回到自己的座位上坐了下来,将几乎一口都没喝的水杯放在托盘上。他点点头说道:"如果还是同一批人掌权,怎么能带来巨大的变革呢?"

"我不是不认同你的观点。我也不想和你争论。但是你准备好应对他们的回击了吗?那些被换掉的人将失去抚恤金和养老保险。他们将从此抬不起头。"

"这不是我造成的。这是他们自作自受。如果他们想起诉,我手头都有证据。"伽马什似乎对此并不在意。不过,他也并没有显得盛气凌人。这毕竟是一个悲惨的结局,隐隐让人心痛。

"我不觉得他们会起诉。"泰蕾兹说道,她将最后一份材料放在其他已看完的材料上,"但是他们也不会轻易离开。这种事不能公之于众,也不能上法庭。"

"我们走着瞧吧。"阿尔芒回答道。他的脸上露出严肃而坚定的表情。

泰蕾兹随即开始看最后一沓材料。那是阿尔芒打算邀请来学校教学的人员材料,他打算用这些人来替换那些他想要解雇的人。

将这些材料交给泰蕾兹过目完全是出于礼貌。布鲁内尔总警司其实是无权过问安全局警校的事务的。学校和安全局是两个彼此独立的实体,虽然理论上说它们拥有同一个信仰,那就是"服务、廉明、正义"。这是整个警队的座右铭。

然而，学校的前任校长只是挂了一个虚名而已。事实上，他对安全局前任领导言听计从。那位领导把警校当成了私人的培训基地。

不过，弗朗科尔总警司现在已经不是安全局的头儿了。他和警方已毫无关系，和这个世界也已毫无关系。伽马什清楚这一点。

现在伽马什要洗掉这个家伙留下的污迹。

第一步就是要恢复学校的自主权，当然，仍会和安全局的同事们保持礼貌的合作关系。

布鲁内尔总警司读着那些被推荐的教职人员的材料，时不时做些记录，或是轻声自言自语。伽马什一直看着她。当她拿起最后一份材料时，她只是凝视着封页，都没打开来看。她抬头看着伽马什，盯着伽马什的眼睛。

"这是在开玩笑吗？"

"不是。"

她低下头，但是她没有打开那份材料。光看上面的名字就足以知道一切了。

米歇尔·布雷伯夫。

当她再次抬起头时，脸上露出了近似于大发雷霆的愤怒表情。

"你简直疯了，阿尔芒。"

...03

　　瑟奇·莱杜克在等待。

　　他已经准备好了。整个早上，他的手机震个不停，全是警校同事们发来的短信，通知说新校长会来拜访他们。

　　早上八点的时候，大家还以为这只是一次礼节性的拜访。阿尔芒·伽马什会——寒暄，自我介绍，可能还会询问一下每个人的观点和建议。

　　到了九点钟的时候，一种令人困惑的阴郁气氛开始蔓延开来，手机里发来的短信内容也变得更谨慎了。

　　到了十一点钟，莱杜克教授手机里原本不停涌现的短信变得越来越少。少数发来的短信内容显得直截了当。

　　您从罗兰德那里听说什么了吗？

　　有人知道怎么回事吗？

　　我听见他正沿着走廊走过来。

　　最后到了正午时分，莱杜克的手机彻底安静了。

　　莱杜克坐在他的大办公室里，看着墙壁上整齐排列的书籍。那些书籍有些关于武器,有些关于联邦政府和地区政府的法律条令,有些则关于普通民法和《拿破仑民法典》。此外,还有案例集和培训手册。在墙上没有放书籍的地方挂着莱杜克所获得的奖状,以及一幅有点年头的展现古代火枪零部件的蚀刻画。

莱杜克看上去四十五六岁的样子,虽然个子不高,身体却十分健硕。他曾因为持有安全局物证室失窃的毒品而被抓,在那之后就被调到了警校。

莱杜克曾隐约怀疑这一切都是弗朗科尔总警司一手策划的。这倒不是说他是被冤枉的:多年来莱杜克盗窃了大量警方缴获的毒品,再出售给犯罪组织。让他起疑的是,为何恰恰当警校二把手的人选出现空缺时,自己就忽然被抓了呢?

弗朗科尔当时给了莱杜克侦探两个选择:要么担任警校的副校长,要么就被炒。

瑟奇·莱杜克这个实用主义者早就看明白了安全局内部的生存法则。如果这是总警司要求你做的事,那你就照做吧。心怀抱怨或是做无畏的抵抗——尤其是针对西尔万·弗朗科尔——都是无济于事且对身体有害的。莱杜克自己就曾亲身经历过,所以他早就明白弗朗科尔所谓的"被炒"指的是什么。

现在他被调到警校已经快十年了,随着他的调动,一个新时代悄然降临,尽管那可能算不上一个光明的时代。

按照弗朗科尔的指示,莱杜克重新组建了警校。他负责选拔学员、改革课程、指导、培育并鞭笞那些年轻男女,将他们塑造成形。塑造成瑟奇·莱杜克这种类型的警察。

任何对此表示拒绝或质疑的人都会受到特别的对待,以确保他们在态度方面发生转变。

学校真正的校长曾对此表示过抗议,但那也不过是说说而已。那位校长十分擅长形式主义。他其实就是个傀儡,一个摆样子的和事佬,被用来安抚学员的父母们。这些父母错以为他们的孩子所面临的最大危险是躯体上的。

那位校长头发灰白、腰杆挺直、穿着制服的形象让学员们天然地信任他，无论是当新生入学、他对每位满怀期望的学员点头微笑的时候，还是在毕业典礼上、毕业学员沾沾自喜会意地朝他微笑的时候。其余时间他就一直窝在办公室里。他害怕有人打他电话，害怕有人敲门，害怕黑夜，害怕黎明。

现在那位校长不在了。弗朗科尔总警司也已不在了。他们"被炒"了，就像弗朗科尔所说的那样，但对莱杜克而言这仍然极具讽刺意味。

此刻莱杜克教授等待着有人来敲门。

他并不担心。他是这里的主宰。这里的一切都属于他。

阿尔芒·伽马什沿着长长的走廊走着。原先的警校，也就是伽马什自己当年接受培训的地方，好多年前就已经拆了，警校随后搬到了蒙特利尔圣劳伦斯河南岸这幢装有玻璃幕墙的钢筋水泥大楼里。

伽马什虽然尊重传统和历史，但对于旧校舍的拆毁并不感到难过。那不过是一幢砖石灰泥构建起的建筑罢了。真正重要的不是建筑物的样子，而是建筑物内部发生的事。

在伽马什身后跟着两名安全局警官。他们是由泰蕾兹·布鲁内尔总警司专门挑选并调派给伽马什的。

伽马什在办公室的门口停下脚步。这是他最后要拜访的办公室。他毫不犹豫地敲了敲门。

莱杜克听见了敲门声。尽管他早有准备，但还是不经意地微微颤抖了一下。他意识到自己仍然心存侥幸，希望不会有人来敲门。

然而，他并不害怕。

他站起身，背对着门，将双手抱在胸前。他通过办公室的落地窗看了看下方的操场，操场上已经被一层白雪所覆盖。

伽马什在等待。

他听见身后的助理咕咕哝哝起来，开始等得有些不耐烦了。他看到那两名助理在彼此交换眼神，相互皱眉。

然而他继续等，背起双手。他已无需再敲门。里面的人肯定听到了敲门声。现在那个人正在玩躲猫猫的游戏，不过那只是他一厢情愿罢了。

伽马什是不会参加这个游戏的。他正抓紧时间思考执行计划的最佳策略。

瑟奇·莱杜克不是问题所在，他甚至都算不上一个障碍。事实上，莱杜克正是伽马什计划里的一部分。

莱杜克看着窗外，他在等待着敲门声再次响起。那应该是更为急促，更为不耐烦的敲门声。可是，什么声音都没有。

伽马什已经走了吗？

西尔万·弗朗科尔以前总说伽马什探长是个纸老虎，他总是躲藏在被外人误认为十分聪明的假面具之后。

"他唯一的才能就是愚弄别人，好让别人相信他真的有才。"他不止一次这样说过。"阿尔芒·伽马什正直而勇敢？简直胡扯。你知道他为什么恨我吗？因为我知道他真正的为人。"

那一次弗朗科尔总警司喝了点苏格兰威士忌。他的嗓门变得很大，同时语气也变得更具攻击性。大多数下属都清楚弗朗科尔的脾气，酒过三巡之后都找了借口赶紧离开了。但是莱杜克却留了下来，因为他对其他同事的胆小怕事感到很兴奋，同时也因为他没其他地方可去。

弗朗科尔将身子靠在办公桌上。他的目光透过酒瓶观察着谁留了下来。他的脸涨得通红，表情里充满着愤怒。

"他就是个胆小鬼。懦夫，懦夫，懦夫。他雇佣了一帮讨厌的人渣，你知道不。没人会用那些人，那些人早该被清除掉。伽马什把那些垃圾捡了回来。你知道这其中的原因吗？"

莱杜克当然知道其中的原因。他之前就听弗朗科尔说过这事。只不过当这些话从充满酒气的嘴里充满恶意地说出来听上去更为真实。

"因为他不喜欢竞争。他让自己身边充斥着马屁精和失败者，这样他就能让自己看上去更聪明。他讨厌枪支，因为他害怕。该死的胆小鬼。

他能糊弄其他人，但糊弄不了我。"

弗朗科尔摇摇脑袋，他的手慢慢伸向系在皮带上的枪套。枪套里有一把枪，伽马什后来正是用那把枪杀了弗朗科尔。

"警察可不需要文雅。"弗朗科尔喜欢在毕业生大会上讲这样的话。毕业意味着学员们将从学警成为警察，他们会像决堤的洪水一般大量涌入安全局的各个部门。"警察也不需要仁慈。警察需要的是武力。这才是警察存在的意义。我们要使用武力。我们就是武力的化身，一种时刻被人敬畏的武力。"

弗朗科尔的这番讲话总是会引起毕业生们的热烈鼓掌，同时也会让参加毕业典礼的家长隐约不安。

不过，弗朗科尔总警司可不在乎这些。他的话可不是说给学员家长和祖父母们听的。

在其任内，弗朗科尔每个月都会来学校一次。他会在专门为他保留的套房内过夜。晚饭后他会邀请一小撮人在套房客厅里一起喝酒，那个客厅正好可以俯瞰整个操场。他会向那些睁大眼睛聆听的学员讲述各种骇人听闻的案件及调查，那些调查因为罪犯的愚蠢和差错而极为危险。

然后当弗朗科尔觉得时机成熟时，他便会用这些案例来说明他的真实意图。他会告诉学员：魁北克安全局可不是用来保护民众的，相反它是用来对付民众的。民众是警察的敌人。

学员们唯一能信任的只有他们在安全局工作的同行。但是他们得处处小心，因为在安全局内部已经出现了清剿行动。

经年累月，瑟奇·莱杜克看到那些原本睁大眼睛稚气未脱的年轻脸庞发生了变化。他对弗朗科尔总警司的创造能力佩服得五体投地：他竟然能够如此轻而易举地创造出这么多小恶魔。

弗朗科尔总警司现在已经不在了，但他的影响仍在，在学校员工的血肉里，在钢筋水泥的建筑里，在学校以及他所雇佣的人员冰冷而尖刻的表面之下。

现在的警校大楼显得简洁而古雅。它所占用的土地是圣阿尔封斯市特意划拨出来的，因为安全局的需求远比民众的需求更重要。

新大楼被设计成四方形。操场位于中央,四周环绕着闪闪发光的玻璃建筑。唯一的入口就是一扇大门。

新大楼显得极具透明感,同时又很巍峨。但事实上,它更像是一座城堡,一块封建君主的领地。

此刻瑟奇·莱杜克看向这座四方形的建筑。他感到这是自己在这个办公室里的最后一天了,也是最后一次俯瞰下面的操场了。

敲门声已证实了这一点。

但是他绝不会乖乖地离开这儿的。如果新校长觉得自己走进来不费吹灰之力就能占有他的地盘,那么这位新校长就不仅仅是个懦夫,而且还是个蠢蛋了。愚蠢的人终将得到应有的下场。

莱杜克调整了一下腰带上枪套的位置,然后穿上外套。他走到门边,打开了门,正好与伽马什面对面,他情不自禁地将脑袋向后缩了一下。

"您有何贵干?"

莱杜克以前虽然经常从远处或在新闻报道里见过伽马什,但却从未正面接触过他。伽马什的表情看上去十分刚毅,但是和弗朗科尔不同,伽马什并不具有攻击性。这让莱杜克很吃惊。

不过,伽马什身上还有其他特质,一种不同寻常的特质。莱杜克觉得这一定是他太阳穴附近那道伤疤造成的印象。这伤疤让伽马什显得十分威严,但其真正的寓意是:这是一个勤奋工作、不懂得及时躲避危险的人。

"我是阿尔芒·伽马什。"新校长这样介绍自己,他微笑着伸出手,"能打扰您一会儿吗?"

他略微示意,安全局那两名大块头警官后退了一步站到走廊里。但是他仍然站着不动。他没有从莱杜克身边走过,并要求他搬出办公室。

相反,他一直站着,十分有礼貌地等待着被邀请进入。

莱杜克几乎笑了起来。看来一切都没问题。

这就是学校的新校长,看来比上一任校长也好不到哪里去。不过是一个和事佬替代另一个和事佬罢了。如果给伽马什穿上制服,他的确看上去威风凛凛。但只要风一吹,他就马上倒了。

然而,当莱杜克看向伽马什的眼睛时,他立刻就明白伽马什此次拜访的真实目的了。

新校长在两名大个子警官的帮助下本可以直接闯入莱杜克的办公室。然而,伽马什却做得更为巧妙,也更隐蔽。莱杜克开始怀疑弗朗科尔以前所说的是否正确。

伽马什用弗朗科尔总警司自己的手枪杀死了他。这一举动既果断,又极具象征性。

莱杜克看向那双冷静、自信且十分睿智的眼睛,他意识到伽马什也将对自己做同样的事情。伽马什不会杀他,至少不会从肉体上消灭他。他在等待着莱杜克邀请他进办公室。他要莱杜克自愿让道。

因为莱杜克最后的失败已不可避免。

任何人都可以凭借武力得到一些东西,但不是所有人都能在不使用武力的情况下让对方屈服。

到目前为止,伽马什没有使用武力,但他已得到了警校的管理权。现在他要扫除最后的障碍。

莱杜克教授移动了一下左臂,他的手腕碰到了藏在外套下面的手枪枪柄。与此同时,他抬起右臂和伽马什握手。他紧紧握着伽马什的手,凝视着他的眼睛。伽马什的目光显得十分坚定,既没有表露出愤怒,也没有流露出挑衅。

莱杜克觉得,这眼神简直比任何武力炫耀都更具杀伤力。

"请进。"莱杜克说道,"我一直在等您大驾光临呢。我知道您此行的目的。"

"是吗?我对此表示怀疑。"新校长说道,他关上办公室的门,把安全局的那两名警官留在了走廊里。

莱杜克感到困惑,但他仍然保持着自信。伽马什或许有他自己的打算,他是一个有魅力又有些许胆略的人。但是瑟奇·莱杜克有枪。再有胆略也敌不过一颗子弹。

瑟奇·莱杜克明白自己其实根本不在乎警校。他所愤恨的是别人抢走了属于他的东西。这间办公室和这所学校都是属于他的。

莱杜克朝来访者坐的椅子指了指。伽马什坐了下来,莱杜克坐在办公桌边。他想要开口说话,而他藏在办公桌下面的手却移向枪套,并从枪套内拔出了手枪。

他会被拘捕,然后会被审判。他会被定罪,因为他的确有罪。不过,莱杜克知道自己会被许多以前的学员视为殉难的英雄。这样的命运要比其他人悄无声息地离开要好。此外,除了那个冰冷世界,他也无处可去。

然而在莱杜克开口之前,伽马什将一份材料放在了办公桌上。他的手放在封页上好一会儿,仿佛在进行着最后的思考,然后他将材料推向莱杜克。

莱杜克不由得好奇起来。他将手枪放在自己的膝盖上,拿过材料并打开。材料第一页的内容简洁明了。莱杜克的违法记录十分清晰地罗列在上面。

莱杜克对于看到自己在安全局工作时的违法记录并不感到吃惊,那些都是陈年旧事了。弗朗科尔曾向他保证会销毁这些记录,但是莱杜克从没当真。然而,材料里的其他内容却让他感到很惊讶。那是有关警校方面的记录,其中包括土地的划拨和新大楼的建造合同等。不会有人知道内幕的,至少莱杜克这么认为。

此刻看着这些简洁易懂的内容,莱杜克终于明白了。

他合上材料,再一次将手放在了膝盖上。

"您的行动可以预见,先生。"莱杜克说道,"我早就猜到了。"

伽马什点点头,什么话都没说。他的沉默令人感到不安,但莱杜克还是极力克制住自己。

"您是来炒我的。"

这时,伽马什做了件他没想到的事:他的脸上露出微笑。那不是灿烂的微笑,也不是得意洋洋的微笑,而是带着快乐的微笑。

"我明白您是怎么想的。"伽马什说道,"但是我来这儿是要求您继续在这里工作。"

手枪叭的一声掉在了地板上。

"我猜您有东西掉在地板上了。"伽马什说道,随即站起身,"当然您不会再担任学校的副校长,但是您仍然可以担任全职教授,向学员讲授犯罪预防和警民关系等课程。本周末我希望能看到您的教学大纲。"

瑟奇·莱杜克坐在办公桌边一动不动,也说不出话。即使在伽马什回荡在走廊里的脚步声消失过后很久,他仍然呆若木鸡地坐着。

寂静中,莱杜克意识到了伽马什所使用的手段。他使用的不是武力,而是权力。

...04

"你发现了什么?"

"走开!"露丝说道,她转过瘦弱的身躯护住手上的一件东西,然后扭头向身后瞄了一眼,"啊,是你啊。对不起。"

"你觉得会是谁呢?"蕾娜-玛丽问道,她感到好笑而非恼怒。

在过去的两个月里,蕾娜-玛丽每天下午都会坐在露丝身边。她们按照奥利维的嘱托检查松木箱里的纸张。大多数时候克莱拉和莫娜也会过来帮忙,就像今天这样。不过,大家并没有将其视为例行工作。

四个女人围坐在壁炉边,一边小口喝着牛奶咖啡和苏格兰威士忌、吃着巧克力面包,一边翻阅着奥利维和加布里二十年前在装修小酒馆时从墙壁里找到的那一大堆纸张。

蕾娜-玛丽、露丝以及露丝的鸭子罗萨共用一张沙发,而克莱拉和莫娜则坐在两边的扶手椅上。

克莱拉是忙里偷闲过来帮忙的,她一直在忙着她的自画像。不过,蕾娜-玛丽完全看不出克莱拉在弄自画像。每天下午,当克莱拉出现在大家面前时,头发和脸上总是沾着食物碎屑。今天似乎是橘子酱和色拉酱。

克莱拉的对面坐着她最要好的朋友莫娜。莫娜在小酒馆隔壁经营着一家二手书店。莫娜将自己大块头的身子挤入扶手椅中,饶有兴致地一边读着纸张上的字句,一边大口吃着巧克力面包。

一百多年前,人们往墙里塞纸头以抵挡魁北克严寒的冬季的时候,小镇上的妇女会集结在一起举办缝纫大会。

此刻小镇妇女们正集结在一起举办阅读大会。

至少克莱拉、莫娜和蕾娜-玛丽是在阅读。但蕾娜-玛丽不知道露丝到底在干嘛。

露丝这位年迈的诗人昨天和今天都一直在读同一份东西。她不再翻阅其他纸张,也不再关注她的朋友们,甚至连放在她面前、在玻璃杯里闪着金光的苏格兰威士忌都无法吸引她的注意。这实在太古怪了。

"你到底在看什么东西?"蕾娜-玛丽再次问道。

克莱拉和莫娜也放下了手头的纸张打量起露丝,甚至连罗萨也困惑地看着她。不过,蕾娜-玛丽很快意识到鸭子除了盯着自己的主人外,很少会盯着其他东西看。

蕾娜-玛丽每天早上去整理小镇文献,下午便会来小酒馆。

逢到周末,阿尔芒也会来。他会舒适地坐在一把扶手椅上,一边喝着啤酒,一边阅读他自己的文件。

尽管那只松木箱子看上去有点像蕴藏着诸多珍宝的百宝箱,但到目前为止,没有一张纸是有价值的,即使在识货的档案员眼里也毫无价值可言。

最初当露丝开始分拣这些纸张时,户外的树叶还是明亮的琥珀色、红色和黄色。现在,圣诞节也已过完,树枝上覆盖着厚厚的白雪。小镇一片银装素裹,只有凭借比利·威廉姆斯在雪中挖出的通道才能从一处走到另一处。

已到了一月初,这是一年中最为安逸的时节。圣诞节的彩灯和花环虽然还挂在枝头,但极寒的冬天已经快要到头了。人们的冰箱和冷藏柜里储藏着酥饼、水果蛋糕以及砂锅烩火鸡,这是他们的过冬储备。

蕾娜-玛丽坐在壁炉前。她时而看看窗外的雪景,时而看看那些陈年旧纸。她感到安逸而满足。只有偶尔看到阿尔芒的脸时,她才会心中一紧。

几天后他将迎来人生第一个校长任期。蕾娜-玛丽知道,他要进行的一系列改革是颇具争议性的,甚至是颠覆性的。

一切都与逻辑以及他人的建议背道而驰。他坚持用最资深但同时也是最腐败的瑟奇·莱杜克教授。他专程前往加斯佩寻找叛徒米歇尔·布雷伯夫。他对学校的课程设置进行了彻底的改革,并逐一审查每一份申请材料。他将许多的圆点从绿色改为红色,或是从红色改为绿色。

他还设立了一套机制允许地方人员进入警校,并规定学员和教职工必须担任社区志愿者,当教练,当司机,去照顾孤寡老人,为盲人读书,去当"大哥哥""大姐姐"①。暴风雨过后抢修道路,给需要的地方送餐。在紧急关头,学校师生可以随时受圣阿尔封斯市长调遣。市长将和校长一起管理学校。

市长对于这些提议完全提不起兴趣,甚至感到厌恶。

毕竟好几年前,圣阿尔封斯市怀着极大的喜悦欢迎安全局警校的到来,并帮助学校在市区周边选中了一块校址。

市长和市议会曾与瑟奇·莱杜克紧密合作,直至市长接到通知说学校最终不会去那里,而是要建在中心地段,一个瑟奇·莱杜克明知市政府准备兴建娱乐中心的地方。

市长对此简直不敢相信。

这是一种背叛,无法被轻易饶恕,甚至永远无法得到宽恕。市长并非傻瓜,他不愿意再被愚弄一次。

现在圣阿尔封斯市不想再和警校的骗子们有任何瓜葛。学校的师生也不想和地方上的贱民有任何瓜葛。

在这一点上双方达成了一致。

"肯定还有其他原因,你不这么认为吗?"伽马什曾这样问让-居伊·

---

① 指为青少年进行义务辅导。"大哥大姐会"是北美地区一个帮助青少年的公益组织。

波伏瓦,那是某个晚上,在伽马什位于三松镇的家里——波伏瓦是伽马什以前的助手,后来又成了他的女婿。

"我猜你又想攀登高峰了。"波伏瓦说道,当时他正在读一本关于攀登珠穆朗玛峰的书,且是关于某次极为悲惨的攀登。

伽马什笑了起来:"我倒真希望那是一座高峰。至少在征服高峰之后,你会有一种成就感。但是警校更像是一个巨大的粪坑。我现在已经陷在里面了。"

"你陷在里面了吗,长官?我怎么记得,你已经跳出来了呢。"

伽马什又笑了起来。他低下头看着自己的笔记本。

波伏瓦一直在观察伽马什,也一直在等待,等了好几个月。事实上,自从伽马什告诉让-居伊和安妮他决定接管安全局警校以来,他就一直在等待。

虽然伽马什的决定有点让人吃惊,但让-居伊却认为这对伽马什而言是一个不错的决定,因为他比其他任何人都更了解伽马什。对于安妮而言,伽马什的这一决定也很不错,因为她可以放心地看到自己的父亲终于安全了。

让-居伊没有告诉自己怀孕的妻子,警校其实是安全局内部最后一块发臭腐烂的沼泽地。而现在伽马什已经大半截子陷了进去。

波伏瓦安静地坐在书房里。然后他拿着那本关于珠穆朗玛峰的书走进客厅,他在温暖的壁炉前阅读着攀登珠峰的危险经历:缺氧、雪崩,以及毫无征兆便会坠落、将人和牲畜砸死的冰柱,那些冰柱有十层楼那么高。

让-居伊虽然坐在舒适的客厅里,可当他读到有人不幸从冰山上坠落时,仍不免打了一个寒战。登山队员经历着极度的寒冷,但他们仍然彼此帮助一步一步朝着顶峰艰难前进。

这些登山队员在头脑最后的清醒时刻,都在思考什么呢?

他们会不会想自己为什么要攀登高峰,为什么自己会觉得登上顶峰是一个不错的选择?

让-居伊·波伏瓦探员也在想,现在坐在书房里的伽马什会不会有朝一日也会问同样的问题。

他意识到将伽马什比喻为登山队员是不恰当的。如果你在山脚下就已经死了,那就变成了一次自私且毫无意义的行动,对自我力量的虚张声势的标榜。

不对,警校绝不是一座高峰。正如伽马什所说的,它就是一个粪坑。然而,这又是一个必须去完成的任务——如果警校是个粪坑,那么安全局也将成为一个粪坑。

伽马什探长整顿了安全局,但他知道整顿的任务只完成了一半。现在伽马什校长将把注意力集中在警校的治理上。

他已解雇了一部分教师,同时又招募了一部分新教师,但是还没有任命新的副校长。每个人都推荐让-居伊,让-居伊也认为自己是合适的人选。他在等待,一直在等待,以至于开始产生了怀疑。

"你会接受吗?"一天早上吃早饭时安妮问道。

安妮现在已不再是一个娇小的女人了。因为怀孕,她的身材变得十分丰满,这也是怀孕的一大特征。让-居伊现在只希望安妮和他们的孩子能够健康。如果必须为安妮搞到最后一口哈根达斯冰淇淋,他连杀人都不在乎。

"你觉得我应该接受吗?"让-居伊反问道,他看到安妮笑了。

"你在开玩笑吗?放弃现在凶杀组探员一职去那所学校?你现在可是安全局最资深的警官之一啊。"

"所以,你觉得我应该接受?"

安妮开怀大笑起来,那是她特有的大笑方式:"我不觉得你考虑过'应不应该'。我觉得你一定会接受的。"

"为什么呢?"

"因为你爱我父亲。"

说得没错。

他愿意追随阿尔芒·伽马什,哪怕陪他下地狱。安全局警校和地狱没什么两样。

蕾娜-玛丽坐在小酒馆里,看着窗外的夜色以及那三棵大松树。由于圣诞节的彩灯还挂在枝头,那三棵松树在黑暗中显得十分醒目。蓝色、红色和绿色的灯泡在一层新雪之下闪着光,仿佛被悬挂在半空中一般。

现在是傍晚五点,但仿佛已是午夜时分。

食客们陆续来到小酒馆。一天即将结束的时候也正是朋友们聚会喝酒的时候。

阿尔芒没来。新学期开始的第一天,他更喜欢家中书房安静祥和的氛围。蕾娜-玛丽的视线越过小镇绿地,越过松树。她看着家的方向,看着书房窗户里泛出的灯光。

当蕾娜-玛丽得知阿尔芒决定接管学校工作的时候,她感到松了一口气。学校工作对于一个更适合看书而非追踪凶手的人而言可能是最佳的选择。但是他之前的工作就是追踪凶手,而且一干就是三十年。很奇怪,他似乎很擅长追踪杀人犯。他追捕过连环杀手、非连环杀手、制造群体杀戮的凶手。有的凶手会在犯罪前精心谋划,有的则全凭一时冲动不计较任何后果。他们夺走他人的生命,但最后都被她丈夫一一抓获,几乎没有漏网之鱼。

是的,阿尔芒在和她一起研究并讨论了每一个工作邀请后决定接管安全局警校的管理工作,整顿多年腐败遗留下的烂摊子,这的确让蕾娜-玛丽大大地松了一口气。

她感到轻松了许多,直到她看到丈夫脸上凝重的表情。

在那一刻,一股寒流侵入她的身体。那并非致命的寒气,而是一种警告。警告有更可怕的事情即将发生。

"你看那东西已经有一整天了。"莫娜说道,她的声音打断了蕾娜-玛丽的沉思。莫娜指着露丝手里的一张纸,年迈的诗人正小心翼翼地用手指捏着纸张的边缘。

"我能看看吗?"蕾娜-玛丽轻柔地问道,并轻柔地伸出手,仿佛在哄一条流浪狗到车里来似的。如果蕾娜-玛丽手头有一瓶苏格兰威士忌的话,露丝一定会摇着尾巴坐上车子的最前排。

露丝看看大家,然后交出了手里的那张纸。不过,她没有交给蕾娜-玛丽。

她交给了克莱拉。

...05

"这是一张地图。"阿尔芒边低头查看边说道。

"那么你的第一条线索是什么呢,马普尔小姐①?"露丝问道,"那些线条吗?我们将它们称为道路。还有这个,"露丝将她苍老的手指抵在纸上,"这是一条河。"

露丝极有耐心地慢慢说出最后几个字。

阿尔芒挺直腰杆,透过老花眼镜看看露丝,然后又低头继续在灯光下研究起那张纸来。

在这个寒冷的冬夜,大家聚集在克莱拉的家里喝普罗旺斯鱼汤,配以从萨拉的面包店里买来的新鲜长棍面包。

克莱拉和加布里在厨房里忙着将最后的食材——扇贝、鲜虾、蛤贝,以及大块的鲑鱼肉——放入汤中,而莫娜则将面包切片并烘烤。

一股浓郁的大蒜和茴香的香味飘入客厅,和壁炉里木头薰烧的气味

---

① 英国作家阿加莎·克里斯蒂一部系列侦探小说中的主人公。

融合在一起。户外密布的阴云使夜色变得昏暗无比,见不到半点星光。这预示着将会下更大的雪。

但在室内则是一派温暖祥和的气氛。

"笨蛋。"露丝嘟囔道。

因为尽管露丝作了说明,但是大家仍不清楚那张纸究竟为何物。

第一眼看上去,它根本就不像地图。尽管已出现了磨损,但它上面的图案仍然显得很精致。大山和森林周围画着熊、鹿,还有鹅。春天的百合花和芍药花与秋天的枫树林画在一起,仿佛季节出现了错乱。右上角画有一个雪人,雪人头戴一顶御寒帽,身上系着一条当地居民传统的斜纹腰带。在雪人丰满的腰际还很威武地竖着一根冰球球杆。

整个画面展现出遮掩不住的快乐感。质朴的画风让人既愉悦又感动。

它不像出自一位绘画热情大于绘画天赋的农民之手,而更像是某位对艺术十分熟悉的人士所画,这个人的绘画技巧完全可以模仿绘画大师。但那个雪人除外。就伽马什对绘画的了解,雪人从来没有出现在康斯特布尔、莫奈或是七人画派的作品中[①]。

没错,的确要花好长时间才能看穿一切发现这张画的本质。

这是一张地图。

图上布满了轮廓线和地标。三棵小巧的松树在图上如同三个正在玩耍的儿童,它们清楚地表明这就是三松镇。此外,图上还标有小径、石墙,甚至还有拉森岩石——之所以起这个名字是因为农民拉森的母牛在获救前曾被困在该岩石附近。

伽马什低下头更仔细地看了看。是的,没错,上面还画有母牛。

画里还隐约标有等高线,细得如同丝线一般。这使得所有画面像是嵌在一张军用地图里似的。

"看到什么古怪的东西了吗?"露丝问道。

---

① 康斯特布尔(John Constable),英国古典主义风景画家。莫奈(Claude Monet),法国印象主义画家。七人画派(Group of Seven)是20世纪二三十年代加拿大一个风景画家团体。

"是的,我看到了。"伽马什答道,并转身看着年迈的诗人。

露丝笑起来。

"我是说地图。"露丝说道,"不过,谢谢你对我的夸奖。"

现在轮到伽马什笑了,他随即转身又研究起那张地图。

他可以用许多词汇来形容这张地图。漂亮、详细、精致、粗犷。它介于写实与艺术抽象之间,的确显得与众不同。

但是"古怪"?不,他不会用这个词来形容它。他知道露丝这位诗人擅长运用词汇,她故意使用了"古怪"一词。词汇本身没有思想,但却可以用来表达思想。

如果露丝使用"古怪"一词,那么她的确觉得它很古怪。

不过,露丝觉得古怪的东西在其他人看来未必古怪。露丝曾觉得水很古怪,蔬菜很古怪,支付账单也很古怪。

伽马什的眉头皱了起来。他注意到那个洋洋得意的雪人似乎指着某个东西。他凑近去,看得更为仔细。那东西就在那儿。

"有一座金字塔。"阿尔芒说道,一边用手指在金字塔上画着圈。

"是的,是的。"露丝不耐烦地说道,仿佛金字塔是随处可见的东西,"但是,你没注意到什么古怪的东西吗?"

"上面没有署名。"阿尔芒答道,他再次试图找到这张地图的古怪之处。

"你最后一次看到这种地图是在什么时候?"露丝问道,"好好想想,笨蛋。"

听到露丝怒气冲冲的话语,蕾娜-玛丽抬头看了一眼。她看着阿尔芒的眼睛,向他笑笑以表同情,然后继续自己的谈话。

她正和奥利维谈论今天在松木箱里发现的东西:一堆1900年代早期的《时尚》杂志。

"真是奇妙啊。"蕾娜-玛丽说道。

"我注意到了。"

你可以根据墙壁里所填塞的东西判断一个人的气质、学识与品味。蕾娜-玛丽一直对此感到很神奇。直到现在她都不清楚如何通过墙壁里的填塞物去判断一个人。

"这里一定住过一位喜欢时尚的女士。"蕾娜-玛丽说道。

"有可能,"奥利维说道,"也有可能是个男同性恋。"

奥利维看了一眼厨房,厨房里加布里正在摆弄着一把长柄勺,看上去像在跳舞一般。事实上,奥利维觉得那也很时尚。

"你觉得是加布里的曾祖父?"蕾娜-玛丽问道。

"如果是来自某个历史悠久的男同性恋家族的话,说不定就是加布里的曾祖父。"奥利维说道。蕾娜-玛丽笑了起来。

"现在,"蕾娜-玛丽说道,"真正的宝贝怎么样了?"

她和奥利维朝阿尔芒和露丝站的地方看去。

"那张地图,"奥利维说道,"上面有一些印记。也许是受潮了,也有可能是灰尘。不过藏在墙壁里对它起到了保护作用。它没有受到阳光的照射,色彩仍然栩栩如生。它就像葡萄酒一样,藏得越久越有价值。它应该有一百多年的历史了。你觉得它能值多少钱?"

"我只是个档案管理员,而你是一位古董商。"

奥利维摇摇头:"我看这东西也就值几美元罢了。它很有趣,画风还不错,不过,它只是个新奇的玩意儿而已。也许只是某个人画着玩罢了。画上的东西都是当地的风景。除了我们,没人会对它感兴趣。"

蕾娜-玛丽同意他的看法。那张地图的确画得很漂亮,但某些地方却很幼稚:一头母牛,还有金字塔?上帝啊。还有三棵神采奕奕的松树。

"快点,我快饿死了。"加布里喊道。如果这代表着开饭信号的话,那么的确,是开席的时候了。

大家一边吃着扇贝、鲜虾和充满汁水的鲑鱼肉,一边闲聊着。这几个谈论着蒙特利尔加拿大人冰球队和它的战绩,另几个则谈论起国际时事以及勒高尔夫人的金毛巡回犬所生养的一窝小狗崽。

"我想要一只。"克莱拉说道,一边将一片抹着橘黄色蛋黄酱的烤面包浸在鱼汤里,"我想念露西。家里能多一个小生命感觉一定很棒。"

她看向正蜷在一个角落里打盹的亨利。罗萨依偎在亨利的肚子边,也许它因为想要取暖而忘记了自己对狗狗的厌恶。

"你的肖像画得怎么样了？"蕾娜-玛丽问道。

克莱拉已经将沾在脸上的油画颜料擦掉了，然而她的手上还是残留着画板上的点点颜料。她似乎正慢慢变成一幅点彩肖像。

"我很欢迎各位来欣赏我的肖像画。"克莱拉说道，"但是在欣赏完之后，我希望你们能对我说'画得太棒了，克莱拉'。"

大家都笑了起来，但是克莱拉仍然目不转睛地看着大家。于是大家异口同声地说道："画得太棒了，克莱拉。"

除了露丝。她嘟囔着："一团糟、没自信、神经质、自大狂。"

"说得好极了。"克莱拉笑道，"虽然画得不出彩，可我觉得画得还行。不过，我得承认，我的注意力已经被那只该死的松木箱给吸引过去了。我晚上连做梦都会梦到它。"

"你发现有价值的东西了吗？"加布里问道，"我老爸想要买辆新车，我想用那只松木箱里的东西给他换一辆保时捷。"

"保时捷？"莫娜问道，"你也许能钻进保时捷，但你肯定出不来。你看上去就像摩登原始人①。"

"摩登原始人，"阿尔芒说道，"那就是你——"

不过看到奥利维脸上警告的表情，他立即闭上了嘴。

"还要面包吗？"阿尔芒将放着长棍面包的篮子递向加布里。

"那张地图，"加布里说道，"你们所有人似乎都对它很感兴趣。它一定值不少钱吧。让我瞧瞧。"

加布里蹦蹦跳跳地拿来那张地图，然后将它平铺在松木餐桌上。

"我可是第一次看这张地图啊。"加布里说道，"这是个好宝贝。"

然而，问题到底出在哪儿呢？

"这既是一张地图，又是一张画作。"克莱拉说道，"这会不会有助于抬高它的价值？"

"问题是，它两者皆是，又两者皆不是。"奥利维说道，"不过，主要问题是地图收藏者一般喜欢收藏某个特定地区的地图，通常是自己生活的那

---

① 指美国卡通片《摩登原始人》(*The Flintstones*)中的角色，体格魁梧。

个地区,或是具有重要历史意义的地区。这张地图标注的只是魁北克地区的一个角落而已,毫无历史意义可言。它只是画了小镇和房子,还有那个愚蠢的雪人。我们对它感兴趣是因为我们生活在这里,但是别人可不会有兴趣,只会好奇罢了。"

"我出五十买这张地图。"露丝说道。

大家一脸惊讶地看着她。根据大家的经验,露丝可从未主动花钱买过东西。

"五十?"莫娜和奥利维异口同声地问道。

"五十元,你们这些蠢蛋。"

"我记得她最后一次花钱买的东西是甘草糖。"莫娜说道。

"她是从小酒馆里偷拿的。"奥利维补充道。

"你为什么想要那张地图?"蕾娜-玛丽问道。

"你们没人想要吗?"露丝质问道,"难道你们都看不出吗? 连你也看不出吗,克鲁索①?"

"你刚才还叫我马普尔小姐呢。"阿尔芒回答道,"看出什么? 我只是看到一张精美的地图而已,当然,我明白奥利维说的话。我们可能是唯一懂得欣赏它的人。"

"你知道为什么吗?"露丝继续问道。

"为什么?"莫娜问道。

"你猜。"露丝说道。然后她凝视着莫娜:"你是谁? 我们见过面吗?"

露丝转向克莱拉并大声说道:"她难道不应该伺候我们吗?"

"因为黑人天生就该伺候人?"克莱拉问道。

"嘘,"露丝说道,"你可不要侮辱她。"

"我侮辱她?"克莱拉反问道,"我可不觉得身为黑人是一种侮辱。"

"你怎么会知道呢?"露丝问道,然后她又转向莫娜,"没关系。如果莫罗夫人解雇了你,我会雇佣你的。你喜欢甘草糖吗?"

"啊,上帝啊,你这个发疯的老巫婆。"莫娜喊道,"我可是你的邻居。

---

① "粉红豹"系列喜剧侦探电影中洋相百出的警察。

我们相处有好多年了。你每天都会来我的书店。你总是拿书,但却从不付钱。"

"谁在发疯?"露丝反驳道,"那又不是书店,是一家图书馆。牌子上写得很清楚。"她又转向克莱拉并轻声说道:"我猜她根本不识字。你愿意教教她吗?不过那可是自找麻烦。"

"牌子上写的就是'书店'。"莫娜回答道,然后她用法语的发音读了一遍,"法语就是这么拼写的①。你应该很清楚。你的法语很好啊。"

"别侮辱我。"

"说你法语好怎么是侮辱你呢?"

"我想大家都在兜圈子。"阿尔芒说道,他站了起来,开始清理餐桌。几年前当他第一次听到这样的谈话时,他感到很惊讶。但随着他对于这些人的了解逐步深入,他也已经习以为常了。他把这种谈话交流称为"双人舞"。

这是露丝她们彼此表达情感的方式。

然而,这种谈话方式仍然会让他感到不舒服。他在想这种谈话到底有何深意?它就像一出露天表演的戏剧。也许她们喜欢彼此侮辱对方。

伸手去拿盘子时,他又低头看了一眼那张地图。在餐桌烛光的照映下,那张地图似乎发生了变化。

它并不是某个闲得无聊的人为打发冬日时光而随手涂鸦的画作。它暗藏玄机。

但他现在注意到另一个微小的变化。也许那只是他的想象。

地图上那个在自然光下看上去十分快乐的雪人此刻在烛光的照映下却显得不那么快乐了。它怎么了,是焦虑吗?一个无忧无虑的雪人会焦虑吗?它在焦虑什么呢?

将热水和洗涤剂倒入洗碗槽时,伽马什也依然在思考这个问题。雪人所焦虑的事恰恰是其他人所盼望的事。那就是春天的来临。

没错,一个雪人无论有多么快乐,它的心里一定对此极度焦虑。这张

———
① 法语中"书店"一词为 librairie,与英语中"图书馆"一词 library 同源,但意思不同。

地图或这幅画也是如此。大家在墙壁里发现的所有东西都是如此。

快乐和焦虑。它们就像伴侣一样形影不离。

当他回到餐桌旁去收其他盘子时，他注意到露丝正在盯着他看。

"你看出来了，是吗？"当他弯腰去拿露丝的盘子时露丝轻声问道。

"我看到一个表情焦虑的雪人。"他回答道。说出这句话时，他感到自己很幼稚。然而，露丝却并没有嘲笑。她点点头。

"看来你快发现了。"

"我在想这张地图到底是用来干嘛的呢。"阿尔芒说道，他再次端详起那张地图。

他并不期待答案，也没人给他答案。

"不管出于什么目的，它肯定不是用来卖的。"奥利维说道，他若有所思地看着那张地图，"不过，我很喜欢。"

当阿尔芒和莫娜洗盘子的时候，奥利维从冰箱里拿出了甜点。

"你期待开学的日子吗？"奥利维一边问道，一边准备巧克力慕斯，他往里滴入橙味甜酒，并将打起泡的奶油点缀在上面。

"我有点紧张。"伽马什承认。

"别担心。孩子们会喜欢你的。"莫娜说道。

伽马什笑了笑，递给莫娜一个盘子让她擦干。

"你担心什么呢，阿尔芒？"奥利维问道。

担心什么？伽马什也在问自己这个问题。尽管他知道问题的答案，但他仍然担心在整顿学校的烂摊子时他反而会把学校弄得更糟。

"我担心会失败。"他答道。

大家都沉默了，只听到盘子在水槽里的碰撞声以及克莱拉领着蕾娜-玛丽进入画室时的低语。

"我担心自己低估了松木箱里那些东西的价值。"奥利维说道，他将一小团奶油抹在巧克力慕斯上，"不过，我真正担心的是我不知道自己应该做什么。我担心自己会成为一个骗子。"

"我担心自己以前做心理咨询师的时候告诉病人的建议都是错的。"莫娜说道，"我常会在半夜里醒来，担心自己的建议会使某些人误入歧途。

白天的时候自我感觉还不错,可到了晚上恐惧就会袭上心头。"

"或者是在烛光的照映下。"阿尔芒自言自语道。

莫娜和奥利维看看他,不明白他到底在说什么。

"你真的认为自己会失败吗?"奥利维问道,他倒了一小杯咖啡。

"我觉得自己做了一个非常冒险的决定。"阿尔芒回答道,"一个可能会把自己引向反方向的决定。"

"当我感到害怕的时候,我总是问自己,最糟糕的情况会是什么呢?"莫娜说道。

我敢问自己这个问题吗?阿尔芒表示怀疑。

如果他失败了,他也许会引咎辞职,然后会有另一个人来接管学校的工作。不过,那倒算是一个不错的结局了,在失败的情况下。

最糟的情况会是什么呢?

他把瑟奇·莱杜克和米歇尔·布雷伯夫凑在了一起。当然他这么做是有原因的。但是最后的结果会事与愿违吗?他知道,那将是一场灾难,而被这场灾难吞噬的人将不仅仅只有他自己。

他现在所做的事将会导致一系列危险的后果。

"我不建议这样做。"克莱拉说道。

"为什么?"蕾娜-玛丽问道。

她们站在克莱拉的画室里,周围到处都是画布和放在颜料罐里的刷子。画室内弥漫着油画颜料、松脂、咖啡和香蕉皮的味道。在画室的角落里有一个狗窝,那是克莱拉从前的金毛巡回犬露西的床铺。以前当克莱拉深夜在画室里画画时,露西就会睡在那儿。亨利刚才跟着蕾娜-玛丽进入画室,现在它已躺在那个狗窝里睡着了。

不过,真正吸引蕾娜-玛丽注意力的——换作其他人也一样——是画架上的一幅油画。近距离看,那幅画无非就是一堆色彩的叠加,一堆紫色、红色、绿色和蓝色的斜杠。就像克莱拉手上的那些色点被成片泼在了上面似的。

但是退后一步望去,会发现这些混乱的色彩呈现出一张女人的脸。

一望而知是克莱拉。

"我不建议画自画像。"克莱拉说道,她在画架前的一把椅子上十分舒适地坐了下来。

"为什么呢?"蕾娜-玛丽问道,她似乎更像是在对画布上的克莱拉说话。

"因为当你看着画布上的自己数个小时之后,你不觉得画中人看上去有点不正常吗?我现在算明白是什么道理了。你可能一开始还会面带微笑欣赏画作。你可能觉得画里的人看上去很聪明或很温柔。但是你看的时间越久,你能看出的东西就越多。所有的情绪、思想、回忆,所有你渴望隐藏的东西。肖像会揭露人的内心世界和隐私生活。这些是画家试图捕捉的东西。然而在其他人身上捕捉这些与调转枪口画自己完全是两件事。"

就在这时,蕾娜-玛丽注意到克莱拉坐的那把椅子旁有一面镜子,镜子将克莱拉的形象折射出来。

"你会看到一些东西,"克莱拉说道,"一些奇怪的东西。"

"你说话的口气就像露丝。"蕾娜-玛丽说道,她试图让自己的心情平复下来,"露丝似乎在那张地图上看到了别人看不到的东西。"

蕾娜-玛丽在沙发上坐下来。她感到沙发里的弹簧在支撑着自己。刚才乍一看到那幅肖像,她觉得画中人的表情十分严肃,而此刻画中人却显出几分好奇的神情。

这是一种很奇妙的效果,肖像画里的人物似乎折射出了真实的人物。此时的克莱拉看上去也很好奇,而且觉得很有趣。

"去年,在一场诗歌朗读会上露丝说她看到了叶芝[①]。"克莱拉回忆道,"在这次圣诞节,她说她在火鸡上看到了耶稣的面孔,就在你家。"

蕾娜-玛丽还清楚地记得。当时露丝大惊小怪,不让别人切那只火鸡。不过,那倒不是因为她相信那只火鸡是耶稣的化身,而是觉得那只火鸡可能是从"易贝"网上拍卖得到的。

---

① 叶芝(W. B. Yeats),爱尔兰著名诗人,1923年获诺贝尔文学奖。

"我觉得'古怪'和露丝融为了一体。"克莱拉说道。

蕾娜-玛丽明白她的意思。毕竟,露丝还养着一只鸭子。

现在那幅肖像的表情又变了。

"你在担心什么?"蕾娜-玛丽问道。

"我担心我看到的东西可能真实存在。"镜子里的克莱拉指了指。

"画得太棒了,克莱拉。"

"你不用说这话。"克莱拉笑道,"我是开玩笑的。"

"我可没有开玩笑。我是认真的。这幅画和你以前画的完全不一样。其他的肖像画是灵感迸发的产物,而这一幅呢……"

蕾娜-玛丽又一次看着那幅肖像画,看着画上那个既坚强又脆弱,既幽默又心怀恐惧的中年女性。

"这一幅是天才之作。"

"谢谢。那么你呢?"

"我?"

克莱拉笑了起来,模仿蕾娜-玛丽刚才说话的语气:"我?没错,女士,你。你在担心什么呢?"

"无非是些家常事。我担心安妮和她的孩子。我还担心丹尼尔和孙子们,不知他们在巴黎生活得好不好。我还担心阿尔芒现在的工作。"蕾娜-玛丽如实说道。

"安全局警校的校长?"克莱拉问道,"他经历过那么多大风大浪,现在的工作对他而言只是小菜一碟。不过就是看看文件,读读报纸罢了。他会没事的。"

然而,蕾娜-玛丽看到的远比克莱拉多得多。她曾陪阿尔芒前往加斯佩半岛,她看到了阿尔芒脸上的表情。

大家一起吃晚餐的时候,前门被推开了,一阵寒风吹了进来。虽然不是猛烈的大风,但风中已夹杂着厚厚的雪花。这意味着明天早上可能需要铲雪了。

奥利维站在门边穿上外套,然后将那张地图塞进怀里,随后拉上外套的拉链。

向克莱拉道过晚安后，大家冒着大雪走在小镇绿地旁的一条小路上，踏着刚在地面形成的积雪。加布里走在露丝身边，怀里紧紧抱着鸭子罗萨。

"你可以成为一顶很棒的鸭绒帽，对不对？"加布里对着罗萨脑袋上似乎像耳朵的地方说道，"它变重了。难怪鸭子走路时会一摇一摆。"

莫娜跟在加布里身后，她轻声对蕾娜-玛丽说道："我总是对怀抱大鸭子的男人十分着迷。"

蕾娜-玛丽大笑起来，然后撞在正好在小路分岔口上停下的阿尔芒身上。莫娜朝自己的书店方向走去，她的卧室就在书店的阁楼上。

大家彼此道了晚安，但是阿尔芒仍然站在原地不动。他抬头看着那三棵松树，枝头悬挂的圣诞节彩灯在风雪中晃动着。亨利在一旁看着他，摇着尾巴，期待能赏它一个雪球。

蕾娜-玛丽满足了它的期待，亨利朝一个雪堆直冲过去。

"来吧，"蕾娜-玛丽说道，她拉起阿尔芒的手，"天已经很晚了，而且又冷。你现在看上去倒像个雪人。我们在客厅里也能欣赏那几棵松树。"

在通往自家的小径入口，他们与其他人道别。然而就在这时，阿尔芒又停下脚步。

"奥利维，"他朝着夜色喊道，然后朝奥利维的方向小跑过去，"我能借用一下那张地图吗？"

"当然可以。怎么了？"

"我想核对些东西。"

奥利维从外套里拿出那张地图。

"谢谢，"阿尔芒说道，"晚安。"

蕾娜-玛丽和亨利等着他。前方，加布里正慢悠悠地送露丝和罗萨回家。站在家门口，露丝回头看着阿尔芒。在门廊灯光的照射下，她脸上的表情显得很愉悦。

"你刚才问这张地图到底是用来干嘛的，"露丝喊道，"你不如问自己，这张地图为什么要藏在墙壁里？"

第二天早上阿尔芒打电话给让-居伊，问他是否愿意担任警校的副校长。

"我已经削好了铅笔，长官。"让-居伊说道，"我还买了新的笔记本并且给枪装上了新的子弹。"

"你不知道我现在的心情，"伽马什说道，"我刚才给拉科斯特探长打电话说起这事。她将给你一个学期的休假时间。现在看来只能这样了。"

"好的。"让-居伊说道，他声音里的幽默感消失了，"我今天下午就来三松镇。到时我们再商量。"

让-居伊到了。他将雪从帽子和外套上抖落下来。他发现伽马什正在书房里。他给自己倒上一杯咖啡，随后来到伽马什身边。伽马什并没有在看课程清单或是教职工简历，相反他正低头研究一张旧地图。

"为什么你要考虑这么久才任命我为副校长？"

伽马什摘掉老花眼镜，看着面前这个年轻人："因为我知道你一定会同意，但我不确定那是否会对你有好处。警校现在就是个烂摊子，让-居伊，而你有你自己的事业。我不认为成为警校的副校长对你的升迁会有多大帮助。"

"你觉得我在乎升迁吗，长官？"波伏瓦问道，隐隐显得有些气愤，"你难道对我还不够了解吗？"

"我是关心你啊。"

波伏瓦深吸了一口气，然后将自己的不满倾泻出来："那你干嘛现在又来叫我呢？"

"因为我需要帮助。我需要你。我不能一个人单干。我需要一个我可以完全信赖的人。除此以外，我还需要一个替罪羊来替我背黑锅。"

让-居伊大笑起来："我很乐意替你背黑锅。"他低头看了看铺在桌子上的地图："这是什么？一张藏宝图？"

"不是，但是这张地图里的确藏着秘密。"伽马什将地图拿给让-居伊看，"你能看出它有什么奇怪之处吗？"

"我猜你一定知道答案。你是在考我吗？如果我回答出来，副校长一职就是我的了吗？"

"那可算不上什么奖励。"伽马什澄清道,"副校长一职已经是你的了,不管你愿不愿意。"他走出书房,留下让-居伊仔细研究这张已经磨损的旧地图。

过了一会儿,让-居伊来到客厅,看到阿尔芒和蕾娜-玛丽也在,沙发上还有另一个被岁月侵蚀的老人。

"啊,笨蛋,我听说克鲁索终于邀请你出任副校长了。"露丝说道,"我知道你们两个一直就是天生的一对儿。"

"萨多女士,"让-居伊回应道,模仿着维多利亚时代通灵师的语气,"事实上是他邀请我,而我也接受了他的邀请。"

他在露丝身边坐下,罗萨步履蹒跚地爬到他的膝盖上。

"你看出来没有?"伽马什问道,"那张地图有什么奇怪之处?"

"这个,三棵松树,"让-居伊回答道,他的手指在画着松树的地方转来转去,"三松镇。小镇从来没有出现在任何正式的地图上,但这张地图上却有。"

他将手指按在三棵松树上。一旦发现了这一点,这张图的逻辑也就变得显而易见了。所有的道路、小径和步道都通向这里。也许它们也会穿过其他小镇,但最终都会汇集在三松镇。

阿尔芒点点头。让-居伊凭借敏锐的观察力在杂乱之中看出了这张地图最与众不同的地方。

这并非是一张三松镇的地图,而是一张告诉人们如何前往三松镇的指南图。

"多古怪啊!"蕾娜-玛丽轻声感叹道。

"真正古怪的并非三松镇出现在这张地图上,"让-居伊说道,"而是三松镇从来没有出现在其他任何的地图上,甚至连正式的官方地图上都没有。这是为什么呢?为什么三松镇会从所有地图上消失呢?"

"除忆判决[①]。"蕾娜-玛丽说道。

"你说什么?"让-居伊问道。

---

① 原文为拉丁语:Damnatio memoriae。

"这是我看到过的一个词,"蕾娜-玛丽解释道,"我以前在检查一些老档案时曾看到这个词。这个说法很特别,所以我记住了。当然,这个词也颇具讽刺意味。"

大家都看着蕾娜-玛丽,不明白这个词有何讽刺性。

"除忆判决指的是'从记忆里清除掉'。"蕾娜-玛丽解释道,"不仅仅是被人遗忘,而是被彻底清除。"

四个人再一次低头看着那张地图。那是第一张,同时也是最后一张把三松镇标注出来的地图。在那之后小镇便被人遗忘了,被从人们的记忆里彻底清除掉了。

...06

爱梅莉亚·肖凯双臂抱在胸前,身子斜靠在桌上。她仔细地将制服的袖子向上卷起,露出手臂上的刺青。她一边卷着袖子,一边一上一下地摆弄舌头上的舌钉。她显然感到十分无聊。

然后她忽然坐下来观察四周的情况。那是她最喜欢的方式:永不参与,但始终警惕地观察。

她看着教室前方的那个男人。他个子很高,但并不肥胖。爱梅莉亚觉得这个男人身体很结实,年龄与自己的父亲差不多,尽管她父亲的实际年龄还要大几岁。

他穿着夹克衫和法兰绒长裤,系着一条领带,显得整洁而不拘谨。

他看上去很得体。

当他向一年级新生说话时,声音里没有任何说教的气息,这和其他教官不一样。当他向学员们讲话时,学员们似乎可以随时与他讨论,一切都可由学员们自己决定。

爱梅莉亚用舌钉轻敲着牙齿。坐在前排的一个女生回头向她恼怒地瞪了一眼。

爱梅莉亚冷笑了一声。那个女生扭过头继续做笔记,她似乎要将教官说的每一个字都记下来。

开学已经有一周了,而爱梅莉亚在她崭新的笔记本里只写下寥寥几句话。不过,坦白讲,她对于自己能进入警校学习仍感到十分意外。

她第一天出现在校门口时原本以为自己会被拒绝进入学校。她告诉自己这一定是弄错了,她不属于这里。当她进入教室时,她原本以为教官会命令她摘掉身上的体环——不仅仅是舌头上的舌钉,还有鼻子上、嘴唇上、眉毛上、面颊上以及整个耳朵上如同毛毛虫一般的各种体环。如果教官们知道她身上的私密部位也有体环的话,他们一定也会命令她摘掉的。

爱梅莉亚原本以为,在开学后的几周里教官一定会警告她染发和刺青在学校里是被禁止的。

然而,到目前为止,爱梅莉亚收到的只有一张阅读书单和一只盒子。

书单和盒子寄到时,爱梅莉亚锁上自己卧室的房门——她住在寄宿公寓里,她看了一眼书单,然后打开了盒子。

盒子里整齐地叠放着一件警服。那是一件簇新的制服,没有任何人穿过。她将制服贴在自己的脸旁,深深地吸了一口气。

她嗅到了棉布和纸板箱的味道。这味道清新怡人,令人感到分外柔和。

盒子里除了制服还有一顶帽子。帽子上印有安全局警校校徽和几个拉丁文单词:

Velut arbor aevo

爱梅莉亚将警帽慢慢地放在自己钉子似的黑发上,小心翼翼地调整位置。她思考着那几个拉丁文单词的含义。当然,她知道这句拉丁语的意思,但不知道它究竟意味着什么。

她脱下外套,穿上制服。很合身。她朝镜子里偷瞄了一眼。镜子里站着一个年轻的女子,她生活在一个与爱梅莉亚迥然不同的世界里。如果当时转变一下生活的方向,那个世界现在也会属于爱梅莉亚。

说出真相或是保持沉默,打开门或是关上门,生活的走向将全然不同。

　　她原本可以成为镜中的那个女子，阳光、优雅、满面笑容。然而，现在的她却并非如此。

　　爱梅莉亚将帽子丢在床上。她听到门外有脚步声。她的视线忽然转向门锁以确定房门已经锁上。

　　一阵急促的敲门声，然后传来一个甜美的声音。

　　"我来看看你是不是整理好了，我的小美女。"

　　"走开！"

　　片刻的沉默。随后脚步声和咯咯的笑声渐渐远去。

　　在爱梅莉亚入住公寓的头一天，房东太太曾忽然打开房门，将脑袋探进来张望。爱梅莉亚迅速将手里拿着的东西塞到床底下。然而，这一举动还是引起了这位浑身散发着烟味、酒味和汗味的房东太太的好奇。

　　"我刚才听到了一些声音。我以为你可能是病了，我的小美女。"房东太太说道。走道地毯散发出的尿味飘入爱梅莉亚的卧室。

　　房东太太贼眉鼠眼地扫视着整间房间。

　　爱梅莉亚看着房东太太肥厚龟裂的嘴唇、充血的蒜头鼻、布满雀斑的皮肤以及那双始终充满狡诈和算计的眼睛，当着她的面砰的一声关上了房门。

　　从那时起，爱梅莉亚就决定进出房间必须锁门，哪怕只是穿过走道去卫生间或去洗澡，她都必须锁上房门。

　　爱梅莉亚极其讨厌房东太太。她明白其中的缘由。在她走进这间公寓的那一刻，她就立刻意识到自己再也不会离开这儿了。

　　房东太太像她了。

　　她也太像房东太太了。

　　爱梅莉亚猜想，房东太太也曾有过年轻的容貌和苗条的身材。她也曾经从乡村来到蒙特利尔寻找工作，也许一只手里拿着打字等级证书，另一只手里拿着小型公文包。

　　她在这里租了一间临时房间，但却未意识到自己已步入了另一道门槛再也回不来了。

她再也无法离开这里，只能在此朽烂变质。

爱梅莉亚也会变得像她一样。变质的过程已经开始。

爱梅莉亚曾花了四个月的时间应聘各种没有技能要求的工作，但一无所获。于是她便降低要求寻找一份在圣凯瑟琳大道上打扫卫生的工作。最终她提起了房东太太递给她的水桶。

清洗卫生间和浴室成为了爱梅莉亚的日常工作。她要疏通堵塞的下水道，将里面纠缠在一起的毛发和其他杂物清理出来。

好几个夜晚当她跪着清洗浴室地板时，眼泪掉入下水道中。她知道自己未来的人生也将是如此。她已经二十岁了，所有美好的东西都已成为往事。

于是她开始用药物来麻痹自己。那些毒品是从住在楼下的一个衣衫褴褛的男人那里买来的。爱梅莉亚曾向自己保证永远不会过度消沉，如今她则开始猜想自己已经消沉到了何种地步，何时才能沉到尽头。

截至当时，她抵挡住了可卡因和海洛因的诱惑。然而，这仅仅是因为她无力购买这些毒品。她也还未准备好出卖肉体以换取毒品。

然而，麻痹自我的需求最终会克服所有障碍。最后的防线终将被攻破。爱梅莉亚知道那是她人格尊严的最后一道防线。每次外出时，她都会洗一把澡并换上干净的内裤。她感觉这是多么的荒唐。她已踏上一条不归路。尽管她抹上香皂，涂上爽身粉，但总感觉一股尿臭像一条甩不掉的尾巴似的到处跟着自己。

她沿着她刚洗刷过一遍的楼梯走下楼。

楼梯比她刚来的时候更干净了。卫生间、浴室，以及走廊的地毯也变得更干净了。公寓楼里的其他住户也意识到了这一点。一些人甚至开始亲自动手清洗房间。

然而，这注定会以失败告终。这个地方的肮脏并非只在表面。它的污秽已经根深蒂固，难以清除。

"你要去哪儿？"房东太太从门缝里喊道。

"不关你的事。"爱梅莉亚说道。

"别一口吞下去。"房东太太说道，随后大笑起来，她那两条淌着汗水的大腿正趴在躺椅上,"你明白我的意思,小美女。"

房东太太的电视机开着,电视里正在播报一起发生在蒙特利尔南部村庄里的凶杀案。人们最初发现那男孩的尸体时认为只是一场意外,但现在这已被定性为一起凶杀案。紧接着又死了一个人。

爱梅莉亚停下脚步,透过门缝看着电视屏幕。她看到一位年轻的女士正在接受访问。字幕显示这位女士是魁北克安全局凶杀组负责人。

爱梅莉亚向前走近一步。

那位女士穿着整齐的制服——一件衬衫、淡蓝色的帽子,披着一件夹克衫。这使她看上去并不阳刚,而显得颇为阴柔。制服看上去很朴素,但却十分漂亮大方。

那位女士的脖子上悬着证件牌,臀部还挎着一个枪套。

身穿制服的男人们站在她身后,显得那样威风凛凛。

房东太太在躺椅上扭动了一下身子。她裸露的大腿摩擦着躺椅织物的表面,发出响声。

"你觉得她是怎么做到这个位置的?"

房东太太笑了起来,肥厚的嘴唇上沾满了唾沫。出了走道来到户外,爱梅莉亚仍然能听到那笑声。

那天晚上,爱梅莉亚认清了自己的方向。

不过,她不是在圣凯瑟琳大道上认清的,而是在一个朋友的公寓里。那是她唯一的朋友,一个和她来自同一个小镇的男同性恋。他一年前来到蒙特利尔,现在在一家脱衣舞夜总会里跳舞。这份工作收入不错,足以让他租下这间小房间。

"你到底在想什么?"他问道,同时递给爱梅莉亚一根大麻卷烟。爱梅莉亚坐在他的大腿上,而他则靠在爱梅莉亚的身上。"你还想着当警察?"

爱梅莉亚没有回答。

当爱梅莉亚回到自己的房间时,她的手里拿着一摞纸。每张纸上都详细标明了各所警校的入学要求。第二天在打扫完卫生之后,爱梅莉亚写了申请信,并附上简历寄了出去。

当然,简历上的信息并非完全真实可信。

"他们不会要你的,你该明白。"她的朋友这样说道,"看看你自己。你应该被关进监狱才对。你就是他们要抓的那种人。"

爱梅莉亚和朋友都笑了起来,他们俩都明白这说得没错。然而,和这位朋友不同,爱梅莉亚认为自己能够改邪归正,能够成为一名穿着整齐制服、梳着干练发型的警察。那时也会有一群大个子男人站在自己身后。他们不会盯着她的屁股看,而是听候她的派遣。

也许她能够成为一名掌权的警察,一名持枪的警察。

不过,这一切都发生在爱梅莉亚的申请被回绝之前。蒙特利尔警官学院最先拒绝了她的申请。随后是舍布鲁克警校和魁北克市警校。甚至连位于陆卜河乡村地区的一所私立警校都回绝了她。

安全局警校懒得对她的申请作出回应。这也是理所当然的事。

爱梅莉亚仍然跪在地上疏通着下水管道。在一个寒冷的夜晚,她发现自己站在圣凯瑟琳大道上。就在脱衣舞夜总会的后面,她做了一件她发誓永远不会做的事情。而且比那更糟。

她用钱买了可卡因,然后又买了海洛因。

两天内她给自己打了两针。尽管毒品让她感到极度兴奋,但是她的目的并非出于享受,而是希望结束痛苦。

她开始怀疑自己会越走越远,再也回不来了。她已无法回头,也无法继续前行。

然后,当天空开始下雪时,她的申请信有了回复。

她竟然被邀请参加安全局警校冬季学期的学习。信上说由于她懂拉丁文,她还获得了全额奖学金。

"怎么可能?"爱梅莉亚咕哝道。她坐在床边,手里紧紧攥着那封回信,眼睛茫然地看着前方。

当她打扫卫生时,她将那封信塞在自己的口袋里。她不敢再去读它,生怕自己看错。然而,最后在清洗浴室时,她又一次拿出了那封信并读了起来。她双膝跪在地上,眼泪又一次掉入下水道。

于是她进了警校。现在已是一月末,她坐在教室里,用舌钉轻敲着上下排牙齿。她将双臂抱在胸前,睡意渐浓的双眼看着前方的教官。

她显得很无聊,但一切都在她的注视之中。每一句话,每一个动作,每一件事。

坐在爱梅莉亚身边的一个年轻人看了她一眼,哼了一声。他留着红色的头发,显得十分快乐,他的快乐甚至都能感染黑板。

"羡慕我的舌钉,是吗?"爱梅莉亚用英语小声说道。

那个年轻人的脸涨得通红。爱梅莉亚不明白他到底在害羞什么,是对自己的快乐感到害羞,还是对自己英国人后裔的身份感到害羞?

不过,爱梅莉亚喜欢这家伙。他显得与众不同,尽管他极力让自己显得低调。

"注意听课。"爱梅莉亚说道,指了指教室前方。她发现那个年轻人变得有点恼怒了。

警校校长亲自来给学员们上课,不过大家并不清楚这门课的具体内容。

很显然这门课不是关于射击,因为大家到目前为止连枪都没摸过。不过,伽马什校长在课上提到了"瞄准的话语"。

当一位学员问什么时候能够拥有自己的手枪时,伽马什说道——他的声音变得深沉浑厚,但又安静镇定:"我不觉得瞄准的话语击中目标就像无力的弹丸。"

他对着学员们笑了笑,然后转身在黑板上写下一句话。

这就是第一堂课。此后每天伽马什都会从黑板上擦掉前一天写下的话,然后写上一句新的话。只有第一天写的那句话一直保留在黑板的最上方。现在仍然保留着。

爱梅莉亚在想,这位头发灰白、拥有睿智眼神的男人是否知道他所引用的句子出自她最喜欢的一位诗人。

> 我被判绞刑,只因为我独自生活,
> 因为我有湛蓝的眼眸和黝黑的皮肤。

爱梅莉亚能够背出整首诗。这是她躺在床上时记下的。房东太太那天忽然打开卧室房门向内窥探的时候，她塞进床底下的正是那位诗人的诗集。

那时没有食物，没有毒品，也没有偷窃来的钱包。

它是更为珍贵同时也是更为危险的一件东西。

床底下除了那本诗集还有其他书：拉丁语和古希腊语的书籍，诗集和哲学书。爱梅莉亚曾自学拉丁语和古希腊语这两种已经死亡的语言，并努力背诵诗歌。她要用这些东西来抵抗公寓楼里其他住户的抱怨、争吵和尖叫，抵抗那污秽的厕所以及公寓楼里的肮脏和恶臭。

诗歌能够清除所有污秽。

> 啊，对了，还因为我有一对乳房，
> 因为在我体内，埋藏着一个甜甜的梨。
> 每当谈起恶魔，
> 人们都会想起这些。①

房东太太最怕的是老鼠和警察。

但爱梅莉亚知道，房东太太最应该害怕的是语言和思维。她知道毒品真正的危险之处在于它们能毁掉一个人的思维。思维被毁掉后，便轮到人的心灵。心灵被毁掉后，便轮到人的灵魂。

爱梅莉亚将身子向前靠。趁伽马什还背对着学员们，匆匆抄下他写在黑板上的话。

一个人愿意成为他自己了，那就是达到了幸福的顶点。② 她在伽马什能转身看到她之前用潦草的字迹快速抄了下来。

她看着抄下的这句话，忽然意识到有一双眼睛在盯着自己。她抬起头，看到伽马什正凝视着她。

---

① 以上所引诗句均出自加拿大作家玛格丽特·阿特伍德《几乎被吊死的玛丽》（*Half-Hanged Mary*）一诗。
② 文艺复兴时期人文主义思想家伊拉斯谟的格言。

她伸出舌头,露出舌钉,然后开始上下摆弄舌钉。她想让伽马什看到真实的自己。

他点点头,笑了笑,然后转向教室里的其他学员。

"有谁知道我们学校的校训?"

"我们什么时候能有武器?"一个学员在教室后排喊道。当他看到伽马什脸上的表情,赶忙加了一句:"长官?"

爱梅莉亚轻声地哼了一下。这或许太没礼貌了。别这样,深吸一口气。这太可悲了。要么大干一场,要么什么都别干。

"我很快会给你们武器。"伽马什说道。爱梅莉亚又哼了一声,这次她的声音变得更响了。

她发现伽马什校长的注意力开始转向自己。

伽马什犹如暴风雨中的一艘大船,显得那样平稳、坚定和沉着。它能在暴风雨中安然无恙并非因为停靠在码头。恰恰相反,它安然无恙的原因不在于停靠而在于调整。它能冷静地调整航行的方向。爱梅莉亚意识到,正是这一点赋予了伽马什力量。

爱梅莉亚感到伽马什是她见过的最具力量的一个人,因为他不受任何外界条件的束缚。

现在伽马什正看着她。他在等待着。爱梅莉亚知道伽马什会一直这样等下去。

"*Velut arbor aevo*。"爱梅莉亚低声说道。

"说得没错,肖凯学警。你知道这是什么意思吗?"

"像一棵经过岁月洗礼的树。"

这是爱梅莉亚到警校以来说的最长的一句话。

"没错。但是你知道这句话的确切含义吗?"

爱梅莉亚想编造出些什么。或许她可以编出一些很机智的回答,即使不够机智,也可以十分粗俗。但事实却是她根本编不出来。她很好奇地想知道答案。

她看着伽马什身后的黑板,看着他写的那句话,关于幸福顶点的那句话。

爱梅莉亚摇摇头:"不,我不知道。"

"你想知道吗?"

爱梅莉亚犹豫了片刻,她感觉自己掉入了一个陷阱。但是她最终还是点了点头。

"当你猜出这句话的意思时,请告诉我。"伽马什说道,"下课后,我想和你谈谈。"

该死的家伙,爱梅莉亚在心里骂了一句。她瘫坐在座位上,感觉其他人的目光都集中在自己身上。她暴露了自己,暴露了自己的无知。更糟的是,她暴露了自己对于那句话的兴趣。

伽马什竟让她自己去思考那句话的含义。

让他和他的警校都见鬼去吧。

爱梅莉亚知道,伽马什将会以她的无礼、刺青、体环以及舌钉为借口将她开除掉。

> 每当谈起恶魔,
> 人们都会想起这些。

她将被伽马什赶下船。

看着站在教室前方的伽马什,聆听着周围其他学员的小声嘀咕,爱梅莉亚意识到伽马什并不是一艘船。这个冷静的男人是暴风雨,自己将会被这暴风雨吞噬。

下课后,爱梅莉亚收起书本,等其他学员都离开后向教室前方走去,伽马什校长站在讲台后面等着她。

"*Mundus*, *mutation*; *vita*, *opinion*."伽马什慢慢说道。

爱梅莉亚将脑袋歪到一边,摆弄着套在食指上的骷髅头戒指的手停了下来。

"我的拉丁语不是很好。"伽马什说道。

"够好了。"爱梅莉亚答道,她已充分明白了那句拉丁文的意思,"大学是一种改变;人生是一种观点。"

"真的吗?"伽马什问道,"这可不是我想表达的意思。我想表达的是,我们的人生由我们的思想所决定。"

伽马什从他的包里拿出一本薄薄的书,看了一会儿,然后伸出手,向爱梅莉亚展示这本已经被翻烂的书。

"我们所说的话和我们想表达的意思有时并不一致。"伽马什说道,"这取决于我们想听什么话。"

"是的,没错。"

"我刚才说的拉丁文出自这本书。"伽马什说道,"我希望你也能读一读。"

爱梅莉亚看着伽马什手上的那本书。

马可·奥勒留①。她看着被磨破的封页:《沉思录》。

"不,谢谢。我知道你的意思了。"

"拿着,"伽马什说道,"就当是送你的礼物。"

"是分手礼物吗?"

"你要离开这儿?"

"难道不是吗?"

"我请你留下是想邀请你今晚来和我以及其他部分学员一起喝酒聊天。"

原来这么回事。看来她可以继续留在学校了,但是她得为此付出代价。爱梅莉亚能够猜出这"其他部分学员"是哪些人。

爱梅莉亚得以某种方式偿还全额奖学金。她将那本书放在讲台上。她不想再欠伽马什任何人情。

伽马什校长拿起书放回包里。离开教室时,他指了指第一天写在黑板最上方的那句话。

其他的话都已经被擦掉了,唯独那一句仍然保留着。

那是引用自某个比丘尼的一句话。其他学员对那句话嗤之以鼻,唯

---

① 马可·奥勒留(Marcus Aurelius),古罗马皇帝,同时也是一位哲学家。其著作《沉思录》深刻影响了西方哲学的发展。

独爱梅莉亚将它记在了笔记本上。那是她在自己的第一本笔记本上写下的第一句话。

　　不要相信你的任何所想。

...07

壁炉里烧起了火,照亮了伽马什校长在警校的公务房。

大部分晚上他都会开车回三松镇,路上只需一个小时,而且一路景色宜人。不过,天气预报说今晚会有暴风雪,所以他决定留在学校过夜。早上蕾娜-玛丽陪他一起来的时候,还随身带着一大包她自己的文件和一个用包装纸包着的包裹。

他们走进房间时,阿尔芒指了指那个包裹:"一把新椅子?"

"你果然是个克鲁索。"蕾娜-玛丽以夸张的口吻说道,"事实上里面有一匹矮种马。"

"哦。"阿尔芒有些沮丧地摇了摇手,"我就说嘛。"

蕾娜-玛丽笑了起来,目送阿尔芒走到房间的另一头开始一天的工作。

蕾娜-玛丽一整天都在翻阅来自档案馆的各种旧文件,而阿尔芒则在查阅数量惊人的学校行政方面的资料。上一任校长几乎完全忽视了学校的行政工作,而瑟奇·莱杜克——学校当时的副校长——有着自己的一套管理模式,但似乎并没有让安全局警校有效地运转起来。

不过,阿尔芒·伽马什现在真正需要对付的是那些仍然留在学校的教职工以及高年级学员。如果认为只有这些人才会反对伽马什的改革,那就低估了真实情况的严重性。

即使那些乐意看到改革的人也因改革的力度而产生了强烈的抵触情绪。

"也许应该慢慢来。"让-居伊建议。

"不行。"夏邦杰教授说道,"坏消息要及时公布,好消息要全面推广。这是马基雅弗利说的。"

夏邦杰是伽马什新雇的教授,教授刑侦策略,马基雅弗利的《君主论》是该课程的必读书。实际这门课更多涉及操纵而非策略。

波伏瓦一脸疑惑地看着这位有点孩子气的年轻人。

夏邦杰大汗淋漓,仿佛他刚才说的每一个字都能渗透出汗液一般。他很年轻,但却十分瘦弱,经常得坐在轮椅上。

"我们必须立刻进行改革,速度要快。"伽马什校长已经决定了。他将大家召集起来就是为了宣布此事。

新学期开始了。斗争也开始了。

开学至今已有一周。尽管学校的日常运转已进入节奏,但新校长的个人威信仍时刻面临挑战。大家并没有把伽马什校长视作一股清流,反而将他看成一个不知天高地厚的鲁莽顽童。即使那些认为原来的学校已经腐败透顶的人也这么认为。

"我们要用时间来证明一切。"伽马什曾在疲倦地工作了一天之后这样对让-居伊说道。

"时间,长官,"波伏瓦一边将一本书放回书架一边说道,"恰恰是我们所缺少的。"

伽马什觉得他说的没错。但是让-居伊并不了解情况的急迫性。

现在已是第一周的周末。伽马什想好好利用这个周末的晚上来调节一下紧张的气氛。至少他是这么期待的。

一回到房间,阿尔芒就脱掉了制服,换上一条宽松的长裤,一件牛津布开领衫和一件羊毛衫。蕾娜-玛丽则套着一件羊绒衫,系着一条丝绸围巾,内穿一件过膝的衬衫。

阿尔芒在一把休闲椅上坐下。他放下手上的茶杯,伸手去拿那个包裹。

"你知道这里面是什么吗?"

"不知道。"蕾娜-玛丽回答道,"早上我们出发时奥利维给我的。他说这个包裹是给你的。别摇它!"

他总喜欢摇晃包裹。蕾娜-玛丽不明白为什么。当然,他肯定不是在探测包裹里是否有炸弹,因为如果真有炸弹,摇晃会将其引爆。

他摇摇那个包裹,听听里面的声音,然后还嗅了嗅。

现在蕾娜-玛丽可以确定他这么做是想逗她开心。

"里面没有矮种马啊。"他失望地说道。

"你的学生们知道你精神不正常吗?"

"我猜他们可能已经起疑心了。"

他打开包裹,然后盯着看了好一会儿。

"里面是什么?"蕾娜-玛丽问道。

他将包裹里的东西拿了出来。蕾娜-玛丽笑了。

"奥利维真是个好人。"蕾娜-玛丽说道。

"没错。"伽马什应和道。

包裹里的东西正是在小酒馆墙壁里发现的那张古怪的旧地图,奥利维给它镶了个框。地图背面贴了一张卡片,上面写着:

你总能找到回家的路。

署名是奥利维、加布里、克莱拉和莫娜。卡片底部还有露丝潦草写下的一行字:当你再次把事情搞砸的时候。

阿尔芒笑了起来,然后深吸了一口气,从椅子上站起身。他将地图放在旁边的一张桌子上,随后走到窗户边。

他的房间位于学校顶楼,透过玻璃窗可以看到户外的美景。然而,暴风雪和夜色挡住了视线。

他此刻所能看到的只有自己在玻璃窗上的身影。暴风雪吞噬了整个圣阿尔封斯以及所有光线。

圣阿尔封斯是数百年前由法国人建立的首批定居点之一,这里地势平坦且肥沃。然而,夏季风调雨顺的气候在冬季却变得极为恶劣。

当风雪在山间呼号,沿着河岸肆虐大地的时候,没有任何东西能够阻挡它们。唯一能阻挡它们的只有圣阿尔封斯,因为它就在风雪的路径上。

漆黑的户外,狂风犹如拳头一般撞击着厚厚的窗玻璃,仿佛在向伽马什展现自己的力量和愤怒。

伽马什没有退缩。但是他意识到此刻自己能够待在室内是多么的幸运。

有人敲门。让-居伊走了进来。

"你什么时候学会敲门了,亲爱的?"蕾娜-玛丽问道,她站起身和她的女婿打招呼。

"我不知道房间里是否还有别人。"他一边解释一边扫视房间。

让-居伊怀疑其他人已经知道了自己和伽马什之间的关系,但是学员们肯定还不知道。他不想让任何人看出他与伽马什之间既是朋友又是翁婿的亲密关系。

波伏瓦喜欢用他锐利的目光观察周遭的一切。他对任何威胁——比如说一个持枪歹徒,或是一本打开的诗集——总是保持着高度警惕。

这个房间里的摆设与伽马什在三松镇的家完全不同。

学校的这个空间显得很时尚:世纪中期现代主义——波伏瓦了解过。形状古怪的椅子没有一把贴着乐至宝①的标签,而且看上去并不舒适。波伏瓦最初认为这个房间一直就是这样,是根据别人的品味布置的,但后来他发现这些古怪的装饰却是伽马什自己买的。

波伏瓦不喜欢这房间。

踩在厚厚的粗毛地毯上,他把手放在壁炉边取暖,然后从饮料柜里拿

---

① 乐至宝(La-Z-Boy),美国家具品牌。

出一瓶可乐。

又有人敲门,第一批客人到了。二十分钟后所有客人都到了。他们包括一部分精心筛选出来的学员和几位同样精心筛选过的教师。

大家坐在一起聊着天,相互给对方拿食物和饮料。

尽管户外风雪肆虐,但依偎在热情洋溢的炉火边喝着饮料,伽马什校长和校长夫人的热情款待让原本尴尬的气氛变得融洽起来。

爱梅莉亚·肖凯可不会被愚弄。

她站在房间的一个角落,像楔子一般倚在书架和窗户之间。她感到冰冷的窗玻璃紧贴在自己的袖子上。窗外时不时会传来撞击声,仿佛一阵风雪不小心撞在了窗玻璃上然后又迅速溜走。

爱梅莉亚看着房间里所有人。

房间里所有人也都看着她。当一双眼睛从她身上移开时,另一双眼睛又会马上聚焦在她身上,犹如一场视觉接力赛。

爱梅莉亚来了。然而,这与她原本所期待的截然不同。她没有想到这竟会是一场鸡尾酒会。

伽马什夫人站在门口迎接爱梅莉亚,然后把她带到饮料柜边。爱梅莉亚从柜子里给自己拿了一瓶加拿大俱乐部威士忌加干姜水预调鸡尾酒。

她穿着一件柔软的毛绒衫,系着一条围巾,闻上去有一股肥皂和蔷薇香水相混合的味道。蕾娜-玛丽对爱梅莉亚有一种抵触感,而爱梅莉亚对房间里的其他人也同样感到抵触。

她明白这一点。她知道自己在其他学员眼里要么显得很叛逆,很吓人,要么显得很滑稽。而教师们则完全无视她的存在。

只有一个人除外。那个中年人身材粗壮,但却并不肥胖。爱梅莉亚感到在他的休闲衬衫之下似乎隐藏着紧实的肌肉,她不由寻思,这个男人是否注射了类固醇之类的激素。

这个男人一直看着爱梅莉亚。一开始他的目光显得十分尖锐,然后慢慢地变得柔和起来。爱梅莉亚看得出,这个男人对她很感兴趣。当然不是性方面的兴趣。她对于性是十分敏感的。

这个男人的兴趣点在其他方面。他正在打量爱梅莉亚。

在爱梅莉亚看来,房间里的这群人是一群奇怪的家伙。最初她认为受邀请的人一定是学校里最有前途、最聪明、最有领导才干的人。当然她无法解释为什么自己也会受到邀请。

然而,现在近距离观察到这群人,爱梅莉亚意识到自己最初的想法是错误的。这群人有男有女,有些人很明显是英裔,但大多数人说法语。大部分是白人,只有一个亚裔和一个黑人。还有一个竟然坐在轮椅上。爱梅莉亚不知道这个人究竟是学员,还是老师。

没有一个能让人眼前一亮。

这时那位亚裔女学员朝爱梅莉亚走来。

"惠芬。"

"什么?"

"这是我的名字。我是三年级的。你是新生吗?"

惠芬用期待的眼神看着爱梅莉亚。爱梅莉亚觉得,这个女人太容易上别人的当了。

"你说什么?"爱梅莉亚重复道。

"你是新生吗?"

"关你什么事。"

爱梅莉亚知道,这可不是书本里所描写的愉快的鸡尾酒会上应该说的话。

惠芬点点头,仿佛爱梅莉亚提供了十分重要的信息似的。爱梅莉亚感到不安起来。

"他是新来的,你知道吗?"惠芬的目光越过众人看着伽马什校长,后者正拿着一杯饮料站在一旁聆听几个学员之间的谈话。

"他看上去可不新。"爱梅莉亚说道。

惠芬大笑起来。

"那个人,"惠芬指了指刚才一直盯着爱梅莉亚看的那位教师,"是莱杜克教授。绰号叫'公爵',以前是这所学校的副校长。"

惠芬看了看莱杜克，又看了看伽马什，然后向爱梅莉亚靠过来。爱梅莉亚将身子向后靠，不过她还是听见了惠芬的小声嘀咕："离那个人远一点。我看得出他对你很感兴趣。离他远一点。"

随后惠芬挺直身子，大笑起来，好像刚才说了一个笑话似的。

爱梅莉亚看了看莱杜克，又看了看伽马什。她不清楚惠芬所说的"他"到底指的是谁。

"我很好奇他为什么会来这儿。"惠芬说道。这一次她明显指的是伽马什。

"总之，"惠芬的目光又落在了爱梅莉亚身上，"一切会变得越来越有趣。"

惠芬扬了扬眉毛，脸上露出微笑，随后漫无目的地在房间里溜达起来。不过，爱梅莉亚很快发现她正朝一个人的方向走去：在溜达了一会儿之后，惠芬在"公爵"莱杜克身边停下脚步。

爱梅莉亚一点都不觉得莱杜克像公爵。他身上毫无贵族气息。他虽然颇有活力，但在这优雅的鸡尾酒会上，他更像是一个粗俗的野蛮人。

他既令人厌恶，又颇具吸引力。他的吸引力并非来自个人，而是来自他所拥有的权力。爱梅莉亚不是唯一感受到这一点的人。

莱杜克的身边聚集着几名学员。

那个叫"惠菲"还是什么的女生和莱杜克说了几句。渐渐地莱杜克转过头，双眼凝视着爱梅莉亚。

这是莱杜克第二次注视爱梅莉亚了。他若有所思地看着她，犹如在思考如何摆放一块拼图。

这块拼图放在这里合适吗？这块拼图有用吗？

爱梅莉亚也在想，是否是莱杜克指使"惠菲"来和自己攀谈的。她现在正和莱杜克说什么呢？

过了一会儿，爱梅莉亚松弛了下来。她开始观察房间里的其他人。

她小口喝着她的预调鸡尾酒，看着来来往往的人。她注意到此刻还有一个人也在观察其他人。一位上了年纪的教师。

那个人是最后一个到的。在其他客人已经到了许久之后，他才姗姗来迟。爱梅莉亚以前从没见过他。无论是在走廊、教室还是食堂,她都从未见过这个人。

他是新来的,似乎颇有些资历。

他独自站在门边,手上拿着一小杯苏格兰威士忌,打量着整间房间。他的目光忽然遇到了爱梅莉亚。爱梅莉亚觉得他在对自己微笑,也许他想和她聊聊天。

然而,他锐利的目光越过了爱梅莉亚,似乎穿透了她的身体。

爱梅莉亚寻思,这人到底是学校的保卫人员,还是校长新聘的教师。

他当然是保卫人员,因为他看上去就像一名经验老到的保镖。

爱梅莉亚长久注视着他,直至他意识到有人正在看自己。爱梅莉亚这么做纯粹出于好玩,因为她喜欢关注目光锐利的人,也喜欢摆弄锐利的东西,诸如刀片、针头和小刀。

爱梅莉亚又将注意力转向其他人。

她看着校长和校长夫人。她看到校长正微笑着聆听某个学员说话,听到有趣的地方还大笑了起来。他和几名学员围坐在壁炉边,壁炉里的火光暖暖地照射在他们脸上。他显得十分轻松,惬意地看着自己的妻子,听着他人的谈话,完全没有摆出校长的架子。

当爱梅莉亚再次转移视线时,她注意到莱杜克教授从围在身边的学员们中间走了出来。他向那位新来的保卫人员走去。他们俩握了握手,彼此笑了笑,说了几句话。然后莱杜克朝校长的方向瞄了一眼。

莱杜克的眼神中充满了敌意。

爱梅莉亚随即观察伽马什校长。

任何被他人投以敌视目光的人都值得好好观察。

至少爱梅莉亚是这么认为的。她喝了一口饮料,听着窗外风雪交加。身处警校可能有些无趣,但就像那位亚裔学员说的,一切将会变得越来越有趣。

然而,爱梅莉亚·肖凯学警——以及房间里所有人——不知道也不可能知道的是,在冰雪消融之前,他们中会有一个人失去生命,而凶手就在他们中间。

"有趣"一词无法描述即将发生的事情。

...08

"你没发现吗?"波伏瓦弯下腰在伽马什耳边轻声说道,"布雷伯夫和莱杜克又开始狼狈为奸了。"

波伏瓦看到莱杜克一只手搭在布雷伯夫的肩上,显得十分友善。他觉得这两个人都是一路货色。

伽马什并没有转头看。他指了指身边一把空着的椅子。波伏瓦看着那把椅子。那是一把黑色的皮椅,看上去犹如一张会突然闭合的大嘴。

不过,他最终还是坐了下来并将身子靠在椅背上。

"见鬼。"波伏瓦咕哝道。

毫无疑问,这是他坐过的最舒适的椅子。

这间房间的确充满了许多令人意想不到的东西。

波伏瓦刚接受副校长一职的任命,他还没有机会询问伽马什,为什么要把莱杜克留下来,又为什么要把布雷伯夫找回来。

无论是保留莱杜克,还是找回布雷伯夫都是极其糟糕的决定。只有疯子才会将这两人凑在一起。

把他们留在同一所学校已经够糟了,现在竟然还邀请他们参加同一场鸡尾酒会,竟然还给他们上酒?

波伏瓦突然想到,那两个家伙会不会带了武器?伽马什已禁止教职工随身携带枪支——即使被派遣到学校的安全局警官也不准佩枪。尽管并不情愿,但让-居伊还是将自己的手枪锁在了安全局总部的一个柜子里。

他注意到,那两个家伙变得越来越亲密了。莱杜克正饶有兴致地说着什么,而布雷伯夫则频频点头,似乎表示赞同。

布雷伯夫曾是安全局凶杀组的总负责人,出事前他是安全局最有权力的警官之一。

莱杜克曾是警校最有权力的人物,曾培训出数百名冷酷无情的警员,并授予他们枪支。

看着这两个人交头接耳的样子,让-居伊极为不适。

"我要不要过去一下?"他问道,他已准备好从这把舒适的椅子上一跃而起。

"去干嘛?"

"制止他们,"波伏瓦答道,"不准他们在一起说话。"

"他们不在这里说,也会在其他地方说。"伽马什说道,"至少现在他们是在公开场合聊天。"

"这可不像青少年喝酒聊天那么简单,长官。"让-居伊说道,他极力让自己的声音显得平和,"这两个人是……"他在思考一个合适的词。

"垃圾?"伽马什笑着问道。随后他脸上的笑容消失了,露出一副严肃的表情:"我觉得你想使用更恶毒的词吧。"

"我没有。"波伏瓦说道,语气显得很真诚。他不认为还有什么词能比"垃圾"更恶毒,他甚至根本都没考虑过这个问题。

让-居伊·波伏瓦的想法十分简单明确,那就是得有人制止他们两个。他们两个人的一举一动都必须受到监控。必须时刻关注他们是否犯法,是否蓄意对他人造成伤害。

这两个人的一切行为都是蓄意的。他们的一举一动都是经过精心策划的。

不过波伏瓦知道,这一判断也完全适用于阿尔芒·伽马什,他背对门口,背对布雷伯夫和莱杜克,那是他故意的。

他好像是在故意招惹那两个人,又好像是在释放什么信号。

阿尔芒·伽马什现在已全面接管了学校的工作。他已拥有了至高无上的权力。他坚不可摧。即使布雷伯夫和莱杜克想使坏,他们的邪恶也无法压倒伽马什的善。伽马什不担忧。

这也许就是伽马什想要释放的信号。但是波伏瓦知道并不是这么回事。他也知道伽马什并不这么认为。

转身背对邪恶,这带有象征意义,但也仅此而已。

莱杜克十分友善地同布雷伯夫打招呼,似乎并不责怪布雷伯夫以前的错误行为。

而布雷伯夫呢?他很清楚莱杜克以前的所作所为,知道他是什么样的人。

布雷伯夫和莱杜克说话的方式就犹如一位被流放的国王接见一位忠心耿耿的大臣。

"你或许不在意那两人,长官,"让-居伊问道,"但他们呢?"

伽马什从他的椅子里转过身,看着站在布雷伯夫和莱杜克身后寻求他们注意的一群学员。

伽马什校长转回身看着让-居伊。

"我没有说不在意。我其实很在意。所以我才会来这儿。"

他的声音尽管显得很冷静,但波伏瓦仍然听出了一丝严厉甚至是责备。

"抱歉,看来你真的很在意。那我们不能做点什么吗?"

"我们正在做,让-居伊。"

伽马什环顾壁炉旁围坐在他和伽马什夫人以及让-居伊身边的那些学员。他不想表现出自己的紧张。

布雷伯夫并未受邀参加这次鸡尾酒会。他本该过几天才到的。

但是现在他来了。他从户外的暴风雪中走来,投入了莱杜克的怀抱。

尽管这并不令人意外,但却令人沮丧。

而且远不止此。

伽马什让这两个人聚在一起有他自己的理由。他原本认为自己有能力控制他们,但现在他觉得高估了自己的能力。

伽马什转向明亮的壁炉,他感到自己颈后的汗毛竖了起来。

大部分人都已走了。爱梅莉亚朝门的方向走去。这时她注意到桌子上摊着的包装纸,上面放着一幅画。她将那幅画拿了起来。

"你怎么看?"伽马什校长问道。爱梅莉亚吓了一跳,她赶紧将那幅画放回桌上。但为时已晚。

她的举动已经被伽马什看到了。

爱梅莉亚耸耸肩。

"你能画得比这更好。"伽马什说道,随后伸出手。爱梅莉亚将那幅画交到了伽马什手里。

"这是一张地图。"爱梅莉亚说道,"应该是魁北克的某个地方。"她指着画上那个插着冰球球杆的雪人。"但这和金字塔有什么关系呢?"

伽马什目不转睛地看着爱梅莉亚。她发现了这张古怪的地图上最古怪的地方。

"我不知道。"

"这张卡片我挺喜欢。"爱梅莉亚说道,"你的朋友认为你会把事情搞砸?"

"他们总是这么认为。"

爱梅莉亚嘴唇上的金属环颤动了一下,这表明她在笑。

"再次?"爱梅莉亚问道,她指着露丝写在卡片最下方的那句话。

"在你成长的过程中总会有把事情搞砸的时候。"伽马什回答道,"你不这么认为吗?"

他看着爱梅莉亚的眼睛。爱梅莉亚一天当中第二次在他的眼眸中看到了智慧。

她告诫自己,这个人和其他高个子中年白种男人没什么两样。这种人她见得多了。

"你猜出校训的含义了吗?"伽马什问道。

"Velut arbor aevo。'像一棵经过岁月洗礼的树。'这指的是你会像一棵树那样倒下。"

爱梅莉亚知道自己的理解是错误的。校训也许从字面上而言是这个意思,但绝没有那么简单。伽马什这个人也绝没有那么简单。

她从伽马什的眼神中已经意识到了这一点。他的眼神透出一种睿智,仿佛他比爱梅莉亚本人更了解自己,仿佛他在她身上看到了某种东西,某种爱梅莉亚认为他绝不会喜欢的东西。

"啊,很有意思。"蕾娜-玛丽说道。她和伽马什收拾完毕,终于可以到壁炉边放松放松了。"你刚才有没有感到一丝紧张?"

蕾娜-玛丽瞪着大大的眼睛问道,表现得好像自己弄错了似的。

"可能有一点吧。"伽马什回答道,他紧挨着蕾娜-玛丽坐下。

"想吃点东西吗?"波伏瓦问道,他走出厨房,一只手端着一盘三明治,另一只手正拿着一块三明治在吃。

他将盘子递给阿尔芒和蕾娜-玛丽。他们各自拿了一块。

"我不喜欢这样。"波伏瓦说道,他坐到那把黑色的皮椅上——那把椅子现在已成为了他的专座。

"你指什么?"蕾娜-玛丽问道。

"每件事,"波伏瓦回答道,"和学员们聊天。"

"你认为他们比你低一等,是吗?"蕾娜-玛丽问道,"可是你似乎聊得很高兴呀。"

"好吧,也许有点高兴。"波伏瓦承认道,"但是那个哥特女孩是怎么回事?她怎么会出现在这里?她似乎根本不想待在这里。有些学员可能很害羞,但至少他们愿意和人交流。但那个女孩却……"

波伏瓦想找一个合适的词来形容爱梅莉亚。他看着自己的岳父大人。

"我不是想说她邪恶。"波伏瓦抢在伽马什开口之前说道。

"我可没打算说她邪恶。"

"那你会怎么形容她呢?"波伏瓦问道。

"误入歧途,"伽马什回答道。然后他沉默了片刻继续说道:"不对,不是误入歧途,而是掉入深渊。"

"总之是个麻烦的家伙。"蕾娜-玛丽说道,"你为什么要把她招进学校,阿尔芒? 我记得你已经拒绝了她的申请。"

"什么?"波伏瓦试图在椅子上挺直身体,"她已经被拒绝了,而你又改变了主意。这是为什么?"

"每一个新生的申请材料我都仔细看过,"阿尔芒说道,"他们能来学校是因为我在他们身上看到了某种特质。"

"你在那个女孩身上看到了什么特质?"蕾娜-玛丽抢在波伏瓦之前问道,不过她的语气显得十分柔和。

"最后的机会,"伽马什回答道,"救命稻草。"

有人在敲门。伽马什站起身。

"这里可不是教养院。"波伏瓦在伽马什身后说道,"安全局警校可不是慈善机构。"

伽马什站在门边转过身,手里握着门把手:"谁跟你说救命稻草是给她的?"

阿尔芒打开门,门外站着米歇尔·布雷伯夫。

蕾娜-玛丽立即站起身走到丈夫身边。

"阿尔芒,"布雷伯夫说道,然后他又看了看蕾娜-玛丽,"蕾娜-玛丽。"

"米歇尔,"蕾娜-玛丽说道,她的声音显得很急促但却很有礼貌。她能闻到布雷伯夫身上散发出的酒气,但是他似乎并未醉酒。

"我很抱歉。我没受邀就擅自来参加你们的鸡尾酒会。"布雷伯夫向蕾娜-玛丽露出一个尴尬但又孩子气的微笑,"我并不是故意的。因为今天有暴风雪,所以我早早就来了学校。我想来拜访一下你们,告诉你们我已经到了。但没想到碰上了你们的鸡尾酒会。我现在是来道歉的。"

"我有点累了。"蕾娜-玛丽对阿尔芒说道,"我得上床睡觉了。米歇尔。"

蕾娜-玛丽向布雷伯夫点头致意，他笑了笑。

当蕾娜-玛丽转身走开时，让-居伊看到她和伽马什之间交换了一下眼色。

蕾娜-玛丽脸色铁青，她对于这个擅自闯入自己私人空间和私人聚会的家伙感到很愤怒。让-居伊很少见到岳母生气。阿尔芒也清楚这一点，他特意捏了一下蕾娜-玛丽的手。蕾娜-玛丽走进卧室，砰的一下关上了房门。

"你应该认识让-居伊·波伏瓦，是吧？"阿尔芒问道。波伏瓦和布雷伯夫握了握手。

"当然。您好吗，探员？"

"很好。"波伏瓦回答道，"您看上去也很好啊。"

布雷伯夫警司曾是波伏瓦的上级领导。不过，那时他们之间级别太悬殊，很少有见面的机会。此刻他们面对面站着，仿佛处于同一级别，仿佛什么事都没发生过。

大家都在玩猜谜游戏。

大家说的每一个字听上去都是那样虚伪。

不过波伏瓦知道事情没那么简单。没错，伽马什夫妇的确刻意装出很有礼貌的样子。但是他们和布雷伯夫之间毕竟有过一段过往。不仅仅是伤害，还有深深的情谊。

曾经的情谊能压倒如今的仇视吗？有这种可能性吗？波伏瓦对此深表怀疑。

他看到伽马什邀请布雷伯夫进屋。前警司站在壁炉前，等待阿尔芒允许自己坐下。

这可真是一个漫长而难熬的时刻。

阿尔芒示意坐下。米歇尔坐了下来。

波伏瓦离开时感到自己的胃里泛起阵阵恶心。

...09

"请自便。"阿尔芒说道,他指了指饮料柜以及放在柜子上的酒瓶。

他不等布雷伯夫反应,便自顾走进卧室来到蕾娜-玛丽身边。她正在挂衣服。

"你还好吗?"阿尔芒问道,一边注视着妻子娴熟的动作。

她转过身。阿尔芒发现她刚才哭过了。

"哦。"他将蕾娜-玛丽搂到怀里。

过了一会儿,蕾娜-玛丽将他推开,阿尔芒递给她一块手帕。

"只是有些心烦罢了。"蕾娜-玛丽一说,一边挥动着手帕,仿佛透不过气似的,"我刚才看到米歇尔,听他说话,刹那间我忘记了过去,好像什么事都没发生过。但是我马上又想起了过去的事情。"

她叹了一口气,双眼紧盯着关闭的房门。

"你知道自己在做什么吗?"她问道。她将手帕放在眼部下方试图擦拭掉眼影。

"米歇尔·布雷伯夫现在已经不是危险分子了。"阿尔芒说道。他握着妻子的双手,看着妻子的眼睛:"他现在什么都不是了,只是一只纸老虎而已。"

"你确定吗?"

他点点头:"我确定,亲爱的。你感觉好些了吗?你想让我打发他走吗?"

"不用。我很好。我想看一会儿书。你现在可以去和那个混蛋聊天了。"

阿尔芒面带惊讶地看着她。

她笑起来:"我似乎越来越像露丝了。不过,说脏话的确让人觉得很舒畅。"

"你这症状有个名称。等打发了米歇尔,我得给你找个驱魔师。"

他吻了一下蕾娜-玛丽,然后离开了卧室。

凌晨一点,蕾娜-玛丽关上了卧室里的灯。阿尔芒仍在客厅里和米歇尔谈话。她能听见他们的笑声。

"啊,上帝啊。我都给忘了。"米歇尔说。

他将一瓶苏格兰威士忌从饮料柜上拿到咖啡桌上。瓶子里的酒已被喝掉了一大半。

"你怎么能忘了默尼耶老师呢?"阿尔芒说道。他拿过酒瓶,给彼此又倒上一杯威士忌,然后坐回椅子,将穿着拖鞋的脚搭上矮凳:"默尼耶老师就像卡通片里的人物。他总是大声咆哮,喜欢朝我们丢粉笔。至今我这里还留着一道疤呢。"

他指了指自己的后脑勺。

"你本该躲开的。"

"你本不该挑衅他的。我记得他当时瞄准的是你。"

布雷伯夫笑起来:"啊,是的,我也记得。"他的笑声渐渐变成了咯咯声,最后变成了沉默。"警校的三年是我这一生中最漫长的时光,也可能是最快乐的时光。当时我们是那样年轻。真是不可思议。"

"我们进警校时只有十九岁。"阿尔芒说道,"今天晚上,当我看着那些学员的时候,我在想当年我们是否也像他们一样年轻。现在我们都老了。时光似乎从未流逝。我们现在竟然成了母校的老师,真是让人惊讶。"

"不仅仅是老师,"米歇尔说道,并举起手中的酒杯以示祝贺,"还是校长呢。"

他喝了一口酒,然后眼睛看着酒杯,轻声问道:

"为什么……"

"什么?"阿尔芒说道,他发现布雷伯夫似乎有问题要问。

"莱杜克。"

"你是想问我为什么要把他留下来?"

布雷伯夫点点头。

"你和他今晚似乎聊得很投机呢。"

"酒会结束后他邀请我去他的房间坐坐。"布雷伯夫说道,"他是个蠢货。"

"比那更糟。"伽马什说道。

"是的。"布雷伯夫回应道。他打量着伽马什:"你会拿他怎么办呢?"

"啊,米歇尔,"阿尔芒盘起双腿,然后将手中的酒杯放在眼前,这样他可以透过琥珀色的威士忌凝视布雷伯夫,"你还是管好你自己的事吧。学校的教学工作已够你忙的了。我的事不用你操心。"

布雷伯夫点点头,若有所思地吃着一块三明治,最后说道:"你有没有向学员讲解过《马太福音》第十章第三十六节?"

"没有,我等着你给他们讲解呢。"

米歇尔试着站起身,可却站不起来。阿尔芒站了起来。他挺直身子,俯视着布雷伯夫。他显得那样高大、坚定、甚至有些咄咄逼人。他似乎已不再受任何人的影响了。

他伸手将布雷伯夫从椅子上拉起来,扶他站定。布雷伯夫没想到他这把年纪竟还会有如此大的力气。

"你该走了。你还有工作要做呢。"

"什么工作?你为什么要我来?"米歇尔问道,他用睡意蒙眬的眼睛看着伽马什,"我想知道你究竟要我做什么。"

"你当然知道。"

离开时,他骨瘦如柴的手像一只爪子一般紧贴着走廊的墙壁。米歇尔·布雷伯夫明白阿尔芒为什么千里迢迢到加斯佩把他找回来,把他从皮尔斯巨石和死亡那里找回来。

阿尔芒总是比他更聪明。在这里工作头脑需要保持清醒。

在加斯佩的拜访之后,布雷伯夫就知道他在警校并不仅仅是一名教师。他还是一个实训教材,一个活生生的反面案例。对于学员而言,他就屈服于诱惑、听命于堕落天使的下场。

然而,今晚和阿尔芒交谈后,他开始怀疑自己的工作并不仅限于此,阿尔芒对他似乎还有更多的安排。

如果阿尔芒不告诉他请他来学校的原因,那么米歇尔也不打算告诉他自己接受邀请的原因。

此外,还有一个同样令人好奇的问题。

阿尔芒到警校来的真正目的是什么?

伽马什关好门,一手抚着头,立刻就靠了上去,这样他才不至于跌倒在地。他已经有很长一阵没有喝过这么多的酒了,也已经有很长一阵没有回忆过这么多的往事了。

他离开门,关掉电灯,蹑手蹑脚地走入卧室,心里想着等到早上醒来,不知是酒精还是情绪的后遗症会更严重。

接下来的几周,警校的一切事务都井井有条。学员们正常上课、打冰球、一起用餐、进行严格的训练,以及定期参加社区志愿者服务。

学员们的德智体都得到了全面发展。

学校生活被安排得满满当当,这让那些麻烦制造者无从下手。

过了一段时间,学员们——不管是新学员还是老学员——都渐渐明白了自己应该做什么。

新学员适应得更快。老学员显得较难适应这些新的规章制度。在他们看来,这些新规章比旧规章更严格,但同时也更宽容。

新校长明确规定学校将不再有体罚,但会有其他处理措施。一次又一次,学员们意识到自己的行为能得到迅速、果断、公平的评价。不过,这对于那些已经习惯了奉承拍马的老学员而言却是一个不小的打击。

这些新举措为伽马什校长赢得了不少的支持者,同时也招来了许多骂声。

蕾娜-玛丽每周都会来学校一次,陪同伽马什招待部分学员晚餐,这是大家彼此坦诚交流,解答疑惑的好机会。

他们会围坐在壁炉边探讨一些疑难案件,探讨警察在社会中被赋予的道德责任,以及警察何时应该表明立场,何时应该退居幕后。

这些问题是大多数年轻学员从未考虑过的,但却是必须要考虑的问题。

日子一天天过去,友谊一天天深化。不同的圈子开始形成。既有忠诚的同盟军,也有虎视眈眈的敌人,既有仰慕的目光,也有仇视的眼神。

爱梅莉亚·肖凯始终独来独往。在班级里她也始终不合群。

参加伽马什的聚会除外。那倒不是她想去,而是因为她总会受到邀请,而且她不认为有回绝的自由。

"这是什么?"一天晚上惠芬这样问道。

她凑到爱梅莉亚身边,而爱梅莉亚正注视着墙上挂着的一幅画。

"它看上去像什么?"爱梅莉亚反问道。

校长可以命令她来参加聚会,但不能强求她喜欢聚会,或是喜欢其他学员。

"像一张地图,"惠芬回答道,"嗨,雅克,过来看这个。"

雅克·劳林走了过来。他是去年由莱杜克选出的学生会主席,伽马什把他继续留在这个位子上。

爱梅莉亚之前从未和他说过话,不过经常看到他带领他的小队在冰冻的操场上跑步。雅克身材高大,长相帅气,似乎有一种自信。但爱梅莉亚认为那是傲慢。

而且她注意到,雅克对小巧的惠芬言听计从。

"怎么?"雅克问道。

"画得还不错，是吗？"惠芬说道。

"看不明白。"雅克说道，"这是雪人和玫瑰吗？这两个东西怎么会在一起？"

另一名学员走过来站在一边。爱梅莉亚认识他，他就是同班的那个快乐的红头发男生，名字叫纳撒尼尔之类的。

"我喜欢这幅画。"纳撒尼尔说道，其他三个人都看着他。雅克十分轻蔑地哼了一声，转身离开。他不喜欢这个快乐的英裔学员。

爱梅莉亚凝视着纳撒尼尔。他竟敢反驳学生会主席，他要么吃了豹子胆，要么就是个大傻瓜。

爱梅莉亚将视线又转向那张地图。

她不明白那张地图为什么如此吸引她。那天晚上第一次见到它的时候，她和雅克一样觉得这是一幅很幼稚的画作。但是后来每次聚会，她总会情不自禁地站到它面前。

这是一头母牛吗？这是雪人吗？还有那些看上去像孩子一样的树木。

画面很幼稚，但又很感伤。太奇怪了。或许这正是她喜欢这幅画的原因。

伽马什注意到他们几个。他走过去将地图从墙上拿下来。他看看地图，然后又看看学员们充满期待的面容。

"这幅画暗藏玄机。"他说道，"你们谁能看出来？"

他把地图递给惠芬，惠芬仔细看了看，随后传给其他人。

"您为什么把它挂在墙上？"雅克问道，"我看不出它好在哪里。"

"那你们为什么盯着它看呢？"伽马什反问道。

雅克的个子和伽马什一般高，但是雅克还年轻，他还会继续成长。

"表达好奇心没什么好难为情的。"伽马什说道，"事实上，好奇心是成为警察的一项必备条件。你对一件事或一个人越是感到好奇，你的工作就能做得越出色。"

伽马什低头看着那张地图："这上面画的是我和我妻子生活的地方。这是朋友送给我的礼物。"

伽马什作了一个决定。他将画框翻转过来,然后将地图从画框内取出。

"我交给你们一个任务。"伽马什对这四名学员说道,"找出这张地图里隐藏的秘密。"

"不是一起案件吧,"纳撒尼尔说道,"是吧?"

"不是每一个秘密都和犯罪有关。"伽马什回答道,"但是每一种罪恶的初始形态都是秘密。它可以是某种隐藏的想法或感受,也可以是某种欲望。它一开始的时候可能并不违法,但随着时间的流逝,它会渐渐变成罪恶。我调查过的每一起凶杀案都是从某种秘密开始的。"

伽马什表情严肃地看着学员们,而学员们也同样严肃地看着他。

"你们也有自己的秘密。你们可能不信,我知道你们的许多秘密。"

"那您呢,长官?"惠芬问道,"您有秘密吗?"

伽马什微笑起来:"很多。我心里装着许多别人的小秘密。"

"她是指你自己的秘密。"爱梅莉亚说道。

"我当然有自己的私人秘密。是的,我的确有。"他将视线从爱梅莉亚转向另外三名学员,"大多数秘密都是无害的。我们之所以不愿告诉别人,是因为我们对此感到害羞。但是有一些秘密会腐烂变质,并且会最终吞噬掉我们。这就是我们警察需要寻找的秘密。我们调查罪恶,但我们一开始得和人打交道。我们要调查那些人们不愿让他人知道的事情。秘密可不是财富,它们可不会让你变得富有,它们只会让你变得脆弱不堪。"

伽马什又低头看看手上的地图。

"你们破案所需要的技能与破解这张地图所需要的技能是一样的。我希望你们几个一起合作找出答案。"

"一起?"雅克问道。

"也许我们能分队。"惠芬建议道,"老学员对新学员。"

"等等,"纳撒尼尔说道,"这不公平。"

"为什么不呢?"爱梅莉亚问道,尽管她也觉得这不公平。

"男生对女生,怎么样?"纳撒尼尔问道。

"这不是比赛。你们一同合作完成任务。"伽马什说道,"你们是一个整体。在安全局我们是无法选择自己的同事的。所有人都是被指定的。你们得习惯这一点。"

"是出于对我们的信任吗?"雅克问道。

"不是出于信任,而是想锻炼你们。如果你不想加入的话,可以退出。我无所谓。"

雅克看了看那张地图。他想知道地图里隐藏的秘密。

"我加入。"

"好极了。我会去复印这张地图,明天课后我就把复印件发给你们。"接下来的时间大家围坐在一起探讨办案的技巧。

第二天下午,复印好的地图发到了四名学员的手上。又过了一天,有人敲响了伽马什校长办公室的门。

"请进。"伽马什喊道,他从办公桌边站了起来。

惠芬、雅克、纳撒尼尔和爱梅莉亚走了进来。伽马什摘掉老花眼镜,示意大家坐下。

"我们已经破解了地图的秘密。"雅克说道。

"你可没出多少力。"爱梅莉亚说道。

"我很忙的。"

"是的,学生会主席的确很忙。我听说了。"

"大部分工作是我做的。"纳撒尼尔说道。

"你怎么敢——"惠芬刚想反驳,伽马什举起了手,大家安静下来。

伽马什转向雅克。

"说说?"伽马什问道。

"地图上的地方根本就不存在。"雅克不屑地指了指那张地图,"那不可能是您生活的地方,除非您生活在地洞或是树干里。也不存在那样的小镇。什么都不存在。只有森林和大山。我们用谷歌地图和 GPS 卫星定位都查过了。"

"我找到了一些旧地图。"纳撒尼尔说道,"威廉斯堡在这里,还有圣雷米以及考恩斯维尔。可是没看到您说的那座小镇。"

"它叫三松镇。"伽马什说道。

"您在撒谎。"雅克说道。

"学员,请注意自己的措辞。"伽马什轻柔地呵斥道。

"这就是秘密,不是吗?"惠芬说道,"这是一张虚构出来的地图。为什么有人要做这样的事呢?这就是您想让我们破解的秘密吗?"

伽马什站起来走到门边。他示意大家出去。

四名学员站在走廊里,看着伽马什紧闭的办公室大门。

"我们把事情搞砸了。"爱梅莉亚说道,她开始上下摆弄起舌钉。

"说他撒谎没好处。"惠芬说道,"你干嘛要那样说?他可是校长。"

"我只是说说而已。"雅克回答道。

"说说还不够吗?"纳撒尼尔说道。

"你们不会明白的。"

"还是来说说那张地图吧。"爱梅莉亚说道,"我们说的没错,是吗?那个地方根本就不存在。"

"可是伽马什校长说他就生活在那儿。"惠芬说道。

"他在耍我们呢,"雅克说道,"就像莱杜克教授说的那样。"

"有了,我有办法了。"惠芬说道。

阿尔芒看看车子的后视镜。他们还在跟在后面。

已是黄昏时分,天几乎快黑了。当伽马什走出学校大楼准备开车回家时,他注意到了他们。

一开始他认为只有一辆车。然而,在行驶了数公里之后,他注意到有另一辆车也正尾随其后。

他点点头。看来班级里有人开始较真了。

虽然已是三月初,但在魁北克仍能感到冬天的寒意。车头灯照在公路两边参差不齐的雪堆上。他的车在清新而寒冷的夜色中行驶着,后面尾随着两辆车。

没过多久,伽马什看不见他们了。或者说得更确切一点,是他们跟丢了他。

伽马什叹了一口气。他在考恩斯维尔镇外一家蒂姆·霍顿斯咖啡店门口停了下来，然后将车停在路灯下。他等着。后车之一转了一圈，然后又转了一圈。转到第三圈的时候，他们再次发现了伽马什，然后将车停靠在一边。

第二辆车也发现了伽马什。它停在了几百码开外的一家面包店门口。

伽马什怀疑那辆车里头坐的是惠芬，也有可能是雅克。但是当他们将车停在路边时，为什么不和第一辆车里的人联系呢？

看来在团队合作方面他们还要好好学习。

伽马什的车又开动了。第一辆车也随即开动起来。他们不会再跟丢他了。第二辆车还十分犹豫地停在路边。

是的，他们还需要学习更多的技巧，需要树立自信。

伽马什决定沿着景观线路开车回家。

"他去哪儿了？"惠芬问道。

"我不知道。"雅克回答道，他此时又累又饿，"真是搞不明白。"

"也许我们跟丢了。"爱梅莉亚说道。

"也许他开车去了异次元空间。"纳撒尼尔说道。

爱梅莉亚在想，纳撒尼尔什么时候能变得严肃一点。

"有没有人记录下他的行车轨迹？"爱梅莉亚问道，"我跟丢了。"

"记录行车轨迹可是你的工作。"惠芬说道。

"我的工作？我一直坐在后座。我几乎看不见前方。"

"我只负责开车。"

大家又争论了一会儿。前方的道路已变得一片漆黑。看不见路灯，看不见车灯，也看不见其他车辆。

"该死，"雅克说道，"他到底去哪儿了？"

伽马什摇摇头。

"我可能要晚一点到家。"伽马什对着手机说道。

"又找不着他们了？"蕾娜-玛丽在电话里问道，"我会在餐桌上多摆几套餐具。他们再次找到你时一定饿坏了。"

"谢谢。"

伽马什开始高速行驶搜寻那几名学员。最后他在一家加油站发现了他们。尽管他并不需要加油,但他还是将车开进了加油站。他想看他们彼此争吵的样子,也想向他们解释自己为什么会在这里。

"该死。他在那儿。"爱梅莉亚说道,她匍匐在后座上,"低下头。别被他发现。"

现在他们已经完全沉浸在跟踪游戏里了。他们几乎可以肯定本次跟踪的成败与否将决定他们自己的人生以及其他人的人生。

他们都低下了头。当伽马什再次发动汽车时,他们仍然没有把头抬起。

伽马什叹了口气,将车停在加油站的出口处。他打开车子的双跳灯,就差没有按喇叭引起他们的注意了。

明天一早我就打电话给麦金农教授,叫她把学员们带出教室,好好教他们怎么追踪。他这样想着。

伽马什校长厌倦了追踪游戏,他想吃晚饭了。他开车直奔家的方向,身后紧跟着另外两辆车。

"别再跟丢了。"雅克说道。

"我会做记录的。"惠芬说道,她已经饿得要命。跟踪完伽马什后,他们几个还要找到返回学校的路。回学校的时候可能已经错过了吃晚饭的时间。这样的话,他们只能偷偷溜进厨房或是吃藏在寝室里的零食了。

伽马什的车再次从正前方的视野中消失,仿佛坠下了悬崖一般。

"这究竟怎么一回事?"雅克喊道。

惠芬渐渐放慢车速,最后将车停了下来。

"天啊。"惠芬轻声说道。爱梅莉亚和纳撒尼尔从后座上坐起身。

一座灯火灿烂的小镇出现在他们的正下方。小镇被幽暗的树林环绕着。

惠芬从车里下来,其他几名学员也下了车。他们向前走着,脚上的靴子踩在雪地上发出咯吱咯吱的响声,呼出的热气在空气中凝结成阵阵白雾。

他们感觉仿佛来到了世界的边缘。

爱梅莉亚将头向后仰,感受着吹在脸颊上的清新空气。

在他们的头顶,点点繁星组合成骏马、飞鸟以及其他动物的形状。

繁星点点的苍穹之下便是这座小镇。

"它真的存在。"纳撒尼尔轻声说道。

伽马什的车停在一幢装有护墙板的砖石房子旁。

灯光从竖框窗户里映射出来,照在窗外的雪地上。

远处,学员们看到有一些人正从一家看上去像面包店的店铺里走进走出。不过,小镇中央的三棵松树遮住了部分视线。

"我们应该走了。"纳撒尼尔拉了拉惠芬的衣袖,但是惠芬仍站着一动不动。

"我还不想走。我们需要充分了解情况。"

"了解什么?"纳撒尼尔问道,"我们一路跟踪他,终于发现了这座小镇。这就是他所说的秘密。地图上的小镇的确存在。在还没遇到麻烦之前我们赶紧走吧。"

"你难道一点都不好奇吗?"爱梅莉亚问纳撒尼尔。

他们看着那幢两层楼的砖石房子。伽马什的车就停在房子前面。房子里的灯都亮着。烟囱里冒出一股股炊烟,仿佛这幢房子正在呼吸一般。

伽马什从车里下来。他没有沿着雪中的小径朝自家门廊的方向走去。相反,他正朝着反方向,朝着学员们站的方向走来。

"啊,该死。站着别动。"纳撒尼尔低声说道,"我们一动就会被他发现。他会听见我们的说话声。"

伽马什在山丘脚下停下脚步,然后开始观望。

"安静,"纳撒尼尔轻声说道,"保持安静。"

"你该保持安静才对。"爱梅莉亚压低声音说道。

"晚饭已经准备好了。"伽马什对着漆黑的山丘喊道,"如果你们想吃的话,还有红酒炖牛肉。"

伽马什随即转身朝家的方向走去。他很快听到了车轮碾压积雪的声音。他停下脚步,看到一辆车正沿着山路绕着小镇绿地缓缓驶来。只有一辆车。伽马什抬起头,看到山丘顶部隐约泛着车灯的灯光。那灯光很快就消失了。山顶再次变得一片漆黑。

阿尔芒·伽马什慢悠悠地走在回家的小路上。他一边走一边思考。他意识到自己弄错了。

学员们都在同一辆车里。

那么另一辆车里又是谁呢?

...10

"您一定对我们很生气吧?"纳撒尼尔问道。

"生气?"伽马什反问道,他将一篮新鲜的面包卷递给纳撒尼尔,"我为什么要生气?"

"因为我们一路跟踪您。"纳撒尼尔回答道,他用冰冷的手拿了一个面包卷。

"或许有一点生气。不过,我生气不是因为你们跟踪我,而是你们跟踪的方式。"

"我们一开始并不信任您。"惠芬说道,"当您说您就住在这里时,我们都认为您在撒谎。"

惠芬的声音轻了下来,因为她看到伽马什夫人正在把大块牛肉放到盛放着鸡蛋面条的盘子里。

这几个年轻人目不转睛地看着,仿佛以前从没见过食物似的。

不过,爱梅莉亚是个例外。她的目光始终盯着坐在餐桌边的另一个人。

一个干瘪的老巫婆和一只鸭子。

伽马什校长笑道:"在魁北克安全局,怀疑是一件好事。你们也正如我所希望的那样对我的话产生了怀疑,并且开始主动寻找证据。"

"可是,为什么任何地图上都找不到这座小镇呢?"雅克问道,趁机将一大块炖牛肉塞进嘴里。

"比这更小的村镇在地图上都能找到。"惠芬看着伽马什说道,"我们之所以不相信您的话,就是因为地图上根本找不到这座小镇。"

蕾娜-玛丽微笑着伸手去拿纳撒尼尔的盘子。纳撒尼尔一口吞下盘子上剩余的食物,速度之快连亨利都要甘拜下风。现在蕾娜-玛丽把拌着浓汤的大块嫩牛肉、洋葱和胡萝卜盛在盘子里。

自从警校的食堂承包给了一家当地餐饮连锁店以来,学校的伙食已大为改善,但是仍然无法与眼前的这些食物相媲美。

爱梅莉亚很快吃完了晚餐:她低下头将一块牛肉塞进嘴里,几乎没有咀嚼就咽了下去,随后用面包卷将盘子里的汤汁擦得一滴不剩。全吃完后,她将双臂抱在胸前,一动不动地坐着。

那个老婆子也坐着一动不动并将双臂抱在胸前。爱梅莉亚感觉,如果那只鸭子会交叉双翅的话,它也一定会摆出这样的姿势。

伽马什校长说这个老人是他的邻居露丝。露丝似乎在故意模仿爱梅莉亚的动作。当爱梅莉亚伸手去拿饮料时,露丝也伸手去拿自己的饮料。

不过,爱梅莉亚的杯子里只有可乐,而露丝的杯子里却是苏格兰威士忌。

当爱梅莉亚吃东西时,露丝也吃东西。现在当爱梅莉亚一动不动地坐着时,露丝也纹丝不动地坐着。

她们两个大眼瞪小眼。

"你们发现了这座小镇。"伽马什说道,"这算是解开了第一个秘密。现在你们得解开第二个秘密。为什么其他地图上没有这座小镇,而只有这张地图上才有。"

"甚至谷歌地图上都没有。"惠芬说道,"GPS系统上显示我们的车停在一片森林中间。"

"是一块无名之地的中间。"雅克说道。

"GPS还需重新定位。"纳撒尼尔说道,"惠芬似乎很关心这个问题。"惠芬从松木餐桌上一把拿起那张地图,再次研究起来。

"你们也不知道答案,是吗?"惠芬问道,她看了看伽马什,又看了看蕾娜-玛丽,"为什么小镇只出现在这张地图上?"

伽马什夫妇摇摇头。

"我的看法是这张地图所标注的东西都是普通地图上没有的东西。"惠芬说道。

"就像那个雪人和母牛,"雅克补充道,他的身子朝惠芬一边倾斜着,"为什么要画一个雪人呢?这无法作为小镇的地标,因为雪人早晚会融化。"

"还有那座金字塔。"纳撒尼尔说道。

"也许这只是一幅打发时间的涂鸦作品。"惠芬说道,"就像那些老式的刺绣图案。它们叫什么来着?"

"刺绣样本。"蕾娜-玛丽说道。

"这不是刺绣样本。"爱梅莉亚说道,她的眼睛始终盯着对面的那个老太婆,"你们看上面的细线。它们是标注高度的等高线。它是一张真正的地图。"

"那么这张地图是用来干嘛的呢?"惠芬问道。

"这是我们需要破解的第三个秘密。"伽马什说道,"这张地图有什么用?"

当学员们第一次在伽马什校长的房间里看到这张地图时,他们都觉得很可笑。然而,此刻大家都觉得它别有深意。

"三松镇没有出现在正式的地图上,我觉得这是件好事。"蕾娜-玛丽说道,"这意味着我们不会受到外界的打扰。"

"太晚了。"爱梅莉亚说道,她向露丝做了一个手势。

伽马什保持沉默,他想起了山丘上的车灯灯光。

有人已经发现他们了。

"这张地图是从哪儿来的?"爱梅莉亚问道,她终于将视线从那个古怪老人的身上挪开。

晚餐期间，厨房里一直弥漫着肉桂和红糖的味道，此外还混合着炖牛肉和面包卷的香味。

阿尔芒站了起来。他从烤炉里拿出一样东西。食物的芬芳变得愈加浓烈了。

他摘掉防热手套，转身看着爱梅莉亚。

"地图是某个人送给我的礼物。那个人知道我很喜欢这张地图。"

"地图不是奥利维发现的，"露丝恶狠狠地说道，"是我发现的。"

这是露丝到目前为止说的第一句话。当然，先前当惠芬试图搀扶她的时候，她还说了一句"滚开"。

"没错。"蕾娜-玛丽说道，"但是它是属于奥利维的。我不知道你来的时候有没有去过小酒馆。奥利维和加布里才是这张地图的真正主人。"

"他是在哪儿发现这张地图的？"爱梅莉亚问道，"它看上去可不像最近画的，一定有年头了。"

"是在墙里发现的。"露丝说道，她的视线从爱梅莉亚身上移向放在餐桌上的那张地图。

然而，那只鸭子仍然目不转睛地盯着爱梅莉亚。看来最后是它赢了。

"它被封在墙壁里。"露丝继续说道。

"什么？"纳撒尼尔问道，"为什么？"

"为什么？"伽马什重复道，他将一碗碗混合着热苹果汁和草莓酱的香草冰淇淋放到每个人面前，"这个问题问得好。"

他能从学员们的表情中看出他们已经意识到推理案件的思路往往不是走直线。就像这张布满了等高线和道路的地图一样，在案件推理的过程中你会时不时地遇到一些意想不到的情况。

"为什么要把一张地图封在墙里呢？"伽马什问道。

"它在等待。"露丝说道。

"哦，露丝，"蕾娜-玛丽说道，"别和我们年轻的客人玩脑筋急转弯游戏了。"

"这可不是游戏。这张地图很古怪。我能感觉到它的神秘。我想你们也能感觉到。"

露丝看看阿尔芒,阿尔芒点了点头。于是她又转向爱梅莉亚,继续像先前那样与她对眼神。

"你也感觉到了吧。"

"我什么都没感觉到。这只是个作业罢了。"爱梅莉亚说道,"是一个布置的任务,仅此而已。甚至都算不上有挑战性的任务。"

"那你干嘛来这儿?"露丝问道,她吃力地站起来,朝门的方向走去,身后跟着阿尔芒。不过,这一次没人过来搀扶她。

"有些东西被封存起来是有原因的。"露丝说道,她回头看了看坐在餐桌边的学员们。他们是如此年轻,努力表现得对这位身体佝偻的老妇人无动于衷。然而,他们睁得大大的眼睛却透露出了内心的畏惧。

"你们问我这张地图在等待什么。也许它就是在等你们。"露丝说道,"你们发现了这座小镇,或许这已经足够了。或许你们应该到此为止。偷偷溜回家,祈祷永远不知道/青春和欢笑去向何处。"①

"这是谢幕演说词吗?"惠芬在露丝走出屋外后说道。所有人甚至连爱梅莉亚都大笑起来。大家都希望露丝能呼吸一下户外的新鲜空气。

透过厨房的窗户,大家看到伽马什校长正扶着露丝走在结冰的小路上。他的怀里抱着那只鸭子以防它受冻。

"她是老年痴呆症患者吗?"惠芬问道。

蕾娜-玛丽摇摇头:"不,她是一位诗人。"

"晚安。"阿尔芒等露丝走进她家的门后说道,同时将鸭子罗萨交还给她。

"没错,晚安。"露丝说道,她准备关门了。

"等等。"阿尔芒说道,他用戴着手套的手抵住即将关上的门,"你刚才为什么要引用西格夫里·萨松的诗句?"

"为什么要引用?你自己去猜吧。"

---

① 英国诗人西格夫里·萨松(Siegfried Sassoon)《战壕中的自杀》里的诗句。

然后露丝关上了门。走在回家的路上,阿尔芒抬头望着夜空:许多星星早已灰飞烟灭,只留下它们的光芒。

他又看着眼前的小镇,它似乎也介于有无之间。

那张地图藏在墙壁里,成为了建筑的一部分。它被用作填充材料,抵御从海湾吹来的寒风。

然而,现在它离开了墙壁。寒风正在咆哮。

阿尔芒用外套把自己裹得更加严实。经过厨房的窗户时,他停下脚步向屋内张望。蕾娜-玛丽正用手托着下巴,耐心地聆听着学员们的谈话。她看上去如此美丽,学员们看上去如此年轻。

伽马什夫妇邀请学员们在自己家过夜。当蕾娜-玛丽去拿睡衣和牙刷的时候,阿尔芒打电话给警校叫他们不用担心这几名未归校的学员。

随后他在书房里待了几个小时。他批改作业,并为接下来的教职工大会准备书面材料,蕾娜-玛丽则坐在客厅里阅读档案文件。

学员们只在客厅里安静地待了一小会儿就决定偷偷前往小酒馆。

午夜时分阿尔芒听到开门的声音。蕾娜-玛丽已经上床睡觉了,但他还在工作。

学员们在书房门口停下脚步。阿尔芒在书房内两腿交叠,正戴着老花眼镜在读一份材料。

"晚安,长官。"纳撒尼尔说道。

"非常感谢您的晚餐,"惠芬说道,"同时也感谢您让我们在这里过夜。"

"你们在小酒馆玩得愉快吗?"阿尔芒问道。

"小酒馆的主人带我们看了藏地图的那堵墙。"雅克说道,"但是他无法提供更多信息。"

爱梅莉亚一直踱着步,其他学员跟在她身后前往各自睡觉的房间。读完材料后,阿尔芒站起身。他锁上前门,然后检查后门和窗户是否关好。不过他明白,如果真有危险的话,危险也不会隐藏在被雪覆盖的户外。就像中国的长城一样,绝大多数危险来自内部。

几小时后他被一个声音惊醒了,那像是枯枝被踩断时发出的声音。

他立马从床上坐了起来,警觉地聆听着。

随后他穿上外套,走到楼梯最高处,然后蹲伏在那里。

他看到一个人影从厨房进入客厅。

那就是第二辆车里的人吗?那个人跟随他和学员们来到这里,然后又消失了。难道那个人计划在凌晨两点潜入别人家里?

那个人影在客厅里移动着。壁炉里的火几乎快熄灭了。微弱的火光照出了鬼魅般的人影,但仍然辨不出到底是谁。

在打开灯的那一刻,伽马什的情绪几乎落到了谷底。一个看上去像疯子一般的家伙站在客厅里,正啃着手里的一只鸡腿。

这个疯子身穿一件粉红色褶边睡衣,睡衣的上部露出一个戴着体环、文着刺青的脑袋。爱梅莉亚穿着蕾娜-玛丽的一件法兰绒睡袍,正在客厅里溜达。

伽马什的头脑里又冒出了一个想法。他要打电话给麦金农教授,告诉她好好教授学员们如何进行秘密搜查。

搜查行动第一步:得到搜查许可证。

搜查行动第二步:千万不要开灯。

伽马什摇了摇头。他忽然回忆起自己和米歇尔·布雷伯夫以前也做过同样的傻事。当然,他们从没搜查过校长的家。

爱梅莉亚看了看放在书架上的书籍,然后拿起伽马什的全家福相片。她手指上的鸡油在照片上留下了一抹污渍。她看到一张结婚照。照片上的新娘一定是伽马什的女儿,她丰满的身体披着洁白的婚纱。站在她身边的是她的丈夫。

爱梅莉亚又用舌钉敲打起牙齿。

阿尔芒知道爱梅莉亚正在看什么,但是他看不清她脸上的表情。他之前曾考虑过,如果学员到他家,是否需要将那些照片藏起来。不过,他最终认为没有那个必要。那些是私人照片,不是秘密。

他很好奇。他想知道学员们是否会注意那些照片。

客厅里的灯熄灭了。阿尔芒也准备回去睡觉。他听到爱梅莉亚在楼梯底部走动的声音。这时他注意到另一处又亮起了灯光——他的书房。

简直太过分了。他朝楼下走去。他看到爱梅莉亚正坐在自己的椅子上看着另一张照片。

"放下!"他说道,爱梅莉亚吓了一跳。

他站在书房门口,身上穿着一件外套,脚上穿着拖鞋。

爱梅莉亚将那张黑白照片放了回去。

"按原样放好。"他说道。

爱梅莉亚一边调整着照片摆放的位置,一边注视着照片上老式冬装打扮面带微笑的男人和穿着布棉外套、戴着手套和帽子的女人。那个女人抱着一个孩子。那个孩子被裹得严严实实,犹如一大堆衣服。照片上只能看见孩子的一只小手,那只小手正紧紧抓着那个女人的手指。

最初爱梅莉亚认为照片上的人应该就是伽马什夫妇。然而,她很快意识到这张照片似乎拍摄于很久以前。

"是你的父母吗?"她问道。

"你别得寸进尺。"阿尔芒回答道。

"我只是想找本书看看。"

"那你应该来问我。"

"在凌晨两点?我可不想打扰你。"

"这是私人空间。这里的一切都是私人的。你应该明白这一点。"

"私人的,"爱梅莉亚问道,她站了起来,"还是秘密的?"

"请离开这间屋子。"

回到楼上的房间,盖上羽绒被,爱梅莉亚拿出一本书,那是她刚才在楼下的书架上找到的。

书名叫作《我很好》。那是她最喜欢的一位诗人露丝·萨多的诗集。

她读着诗集的副标题,然后笑了起来。

乱糟糟、不可靠、神经质、自大狂。

爱梅莉亚向床里缩了缩，吃着她在厨房里找到的最后一块曲奇饼。她翻阅着诗集，有些诗作她已读过，而有些她尚未读过。

你是一只飞蛾
掠过我的脸颊
在黑夜里
我杀死了你
但却不知道
你只是一只
不会叮人的飞蛾。

她将诗集放在自己的膝盖上，思考起来：伽马什到来之前警校是什么样的？那时学校的一切都由莱杜克教授掌管。

雅克曾说莱杜克将学校管理得很好，而伽马什破坏了这一切，使学校和安全局变得混乱不堪。她知道，雅克在重复他从莱杜克那里听来的话，但这种说法是否真实呢？惠芬尽管对此并不赞同，但也没有否认雅克说的话。

伽马什的书房里看不到任何奖状，也没有他穿警官制服的照片。莱杜克说伽马什是安全局的耻辱，所以不得不提前"退休"。警校内还流传着有关他贪污受贿的传言。

爱梅莉亚很难将那些传言与伽马什本人联系在一起。然而她也知道人往往表里不一。

她拿出手机搜索阿尔芒·伽马什这个名字。这是她来警校之后一直想做的事情，但是有太多其他的事情一直占据着她的精力。

没有任何连接。她失望地将手机丢在床上。她忘了这里没有覆盖网络信号。不仅正式的地图遗忘了这座小镇，连科技也遗忘了这座小镇。

她向上拉扯羽绒被，思索着阿尔芒·伽马什究竟是一个什么样的人。

如果他知道惠芬、雅克与纳撒尼尔经常拜访莱杜克教授的话,他会作何反应?

莱杜克会挑选一些学员并时常与他们碰面。如果伽马什知道爱梅莉亚也是莱杜克选中的学员之一,他又会作何反应?

大家已经选择了阵营,大家也已经宣誓效忠。猫捉老鼠的游戏该结束了。

爱梅莉亚已经困得快睁不开眼了。她伸手去关灯。就在这时她看到了那本诗集封页上的一句题词。

献给克鲁索,有朝一日他会一切安好。露丝。

露丝?

露丝?

她又从床上坐了起来,凝视着这本诗集,然后看看窗外的小镇。此时的小镇介于有无之间。在它厚厚的墙壁里埋藏着各种各样的秘密。

...11

又过去了一周。新学期已经如火如荼。

尽管有部分老学员仍在抱怨,但埋怨声变得越来越少了。伽马什知道,这并非因为他们已经适应了新的规章制度,而是因为他们有太多的事情要做,没时间发牢骚。

这天早上,他在自己的房间里和蕾娜-玛丽通电话,前一天的会议一直开到夜里,他索性就住在了学校。

"我昨天告诉过你克莱拉收养了一只小狗吗?"蕾娜-玛丽在电话里问道。

"是上次说起过的那窝小狗吗?"

"不是,是比利·威廉姆斯在垃圾箱里发现的一窝小狗。"

他深深地吸了一口气,然后说了一声"人啊"。在他看来,人这种动物既可敬,又可恨。刻薄的残忍与博爱的仁慈竟会集中在同一个物种身上。

"克莱拉收养了其中一只。是一只小公狗,克莱拉叫它雷欧。它很可爱,就是——"

蕾娜-玛丽只能说到这里了。即使在电话这头,她都能听到传来的喊叫声。她听不清喊叫声的具体内容,但很明显那是充满恐惧的叫声。

"我得挂电话了。"伽马什说道。通话到此结束。

他披上外套,刚冲出房门又听到一声大叫。他朝叫喊声传来的方向跑去。

那是一个男人的叫喊声,那个声音显得很年轻,但又很惊恐。大理石的地面和墙壁使那个声音听上去更为恐怖。

"救命!"那个声音喊道,"救命!"呼喊声被拖长,"救——命!"听上去更像两个字而非一个完整的词。

其他教师也从各自的房间里跑了出来。他们紧跟在伽马什身后。当伽马什经过让-居伊·波伏瓦的房间时,他用力敲了几下,然后继续向前奔跑。

他听见波伏瓦房间的门开了,然后又听见了那熟悉而昏沉的声音。

"怎么回——上帝啊。"

叫喊声忽然停止了。但是整个走廊里仍然回荡着恐惧。

伽马什拐过一个弯,然后看到纳撒尼尔·斯迈思蹲在墙角处。在他前方的地面上有一个托盘,托盘里是打碎的玻璃杯和食物。

伽马什走到纳撒尼尔面前,挡住他的视线,用十分严肃的眼神迅速看了他一眼。

"你没受伤吧?"他问道。

纳撒尼尔的眼睛睁得大大的,但他并没有看伽马什,只是摇了摇头。

"照看他一下。"伽马什对身后赶上来的人说道,"把他带去我的房间。但别让他离开你的视线。"

"发生什么事了?"让-居伊·波伏瓦问道,此时他已来到伽马什身边。

其他教师也陆续赶到,他们伸长脖子想看个究竟。但是伽马什挡在了敞开的房门前,遮住了大家的视线。

他已经看到了房间内的景象。当纳撒尼尔被带走时,他又转过身来。

"打电话报警。"他一边看着房内的情况一边对波伏瓦说,随后他盯着让-居伊:"打电话给伊莎贝拉·拉科斯特。"

"是,长官。"让-居伊说道。尽管一切都令人感到震惊,但在他的声音里却听不出任何惊讶。

他明白眼前的一切意味着什么。他也明白伽马什看到了什么。

让-居伊沿着走廊跑回房间打电话。当他回来的时候,所有人都面带焦虑地问着:"发生什么事了?"

更多教师到达了现场。他们身后站着其他的职工和第一批赶到的学员。

"把学校大门锁上。"伽马什对两名教师说道,"禁止任何人进出。"

那两名教师沿着走廊跑开了。

其他教师聚集在一起,试图张望房间里的情况。但是伽马什挡在了前面。

"每个年级的主管在哪里?"伽马什问道,他环视了一下聚集在走廊里的人。三名教师走了出来。

"我们在这儿呢,校长。"

"确保你们的学员都安然无恙。把他们叫到食堂里集合,然后清点一下人数。让他们待在食堂吃早餐。除非我同意,否则不准任何学员离开食堂。"

他看着那三名主管的眼睛说道:"听明白了吗?"

"明白。"

"快去吧。如果有人受伤或是失踪,请马上通知我。"

教师们分成几个小组,带领站在走廊里的学员去食堂。

伽马什校长仍然站在房门口。

"麦金农教授,请把教学助理和其他职工包括秘书、场地管理人员、维修部人员、食堂工作人员等都召集起来,然后把他们也带到食堂。请让各部门的主管清点一下人数,确保没有人失踪。"

"好的,校长。"麦金农教授回答道,她随即沿着走廊匆忙离开了,现场只剩下了另一位教师。

"你需要我做些什么呢,阿尔芒?"

"什么都不需要。"他简短地回答道。

米歇尔·布雷伯夫向后退了一小步,看着伽马什,而伽马什一直注视着房间里的情况。

"对了,有一件事你可以做。"阿尔芒说道,他转身看着布雷伯夫,"去找医生。"

"好的。"

根据伽马什说话的口吻和举动,布雷伯夫知道他派给自己的是最不迫切、最不重要的任务。尽管如此,他还是匆忙离开了现场。

"伊莎贝拉已经赶过来了。"波伏瓦说道,他回到了伽马什身边,吃惊地看着空荡荡的走廊。

他和伽马什同时看了一下手表。

现在是早上六点二十三分。

周围显得那样安静,但伽马什和波伏瓦能听见一个十分低沉的声音。他们看了看走廊,走廊里已经空无一人。然而,那个声音正在向这里靠近。

在走廊的拐角处,雨果·夏邦杰教授坐着轮椅出现了。

"发生什么事了?"

当看到伽马什脸上的表情时,夏邦杰教授的轮椅停了下来。

"是很可怕的事吗?"

伽马什仍然纹丝不动。

"其他人都去哪儿了?"夏邦杰问道。

"他们在检查教学大楼。教工和学员都去了食堂。"

"他们把我给忘了。"夏邦杰说道,他又开始向前推动轮椅,"我能帮你们做些什么吗?"

"不用,谢谢。您也去食堂和其他人待在一起吧。"

夏邦杰将轮椅向后转。伽马什很惊讶大家竟然遗忘了夏邦杰教授,同时他又对此感到很羞愧。不过,他很快意识到,遗忘一个人有时是多么容易。这也是凶手可以在众目睽睽之下逃之夭夭的原因之一。

当夏邦杰教授推动轮椅时,伽马什注意到了轮椅发出的低沉声音。

伽马什之前从未注意过这一点。

他随即将视线转向房间内部,看着躺在房间里的那个人。

瑟奇·莱杜克蜷缩着身子躺在地板上。

蜷缩的身体和地板上的鲜血都已充分说明了情况。莱杜克的脑袋被打开了花,尸体旁还放着一把手枪。

尽管空洞的眼神、张大的嘴巴以及头部的伤口都清楚地表明莱杜克已经死了,但伽马什仍然弯下腰确认莱杜克是否还有脉搏。他的手不慎碰到一点血迹,他拿出手帕擦了擦。

让-居伊迅速扫视了一下现场环境,然后又向卧室的方向看了看。

伽马什点点头。波伏瓦随即进了莱杜克的卧室。

"没有发现。"让-居伊过了一会儿说道。

"先到此为止吧。"伽马什来到卧室门口说道,此时波伏瓦正打开一只床头柜的抽屉,"我不认为凶手会躲在那个抽屉里。我们还是交给拉科斯特和现场搜证班的人来调查吧。"

波伏瓦关上抽屉,然而伽马什已经注意到了他未曾注意到的东西。

那东西就在那个抽屉里。即使站在一定距离之外,伽马什仍能清楚地认出它。

"刚开始调查凶杀案时总让人感到很兴奋,但我们需要等待。再给伊莎贝拉打个电话,让-居伊。向她报告更多的细节。她和凶杀组的人应该很快就到了。你能到大门口接一下,然后把他们带到这里来吗?"

"现在就去吗?"

"难道还有更好的时候吗?"

"你不想让我留下来帮你吗?"

"我们现在什么事都不需要做。我现在只需要一个医生来宣布莱杜克已经死亡。你也知道整个流程。我会把房门锁起来,然后等着你带领拉科斯特探长来这里。"

波伏瓦低头看了一眼尸体。

"是自杀吗?"

"有可能。"伽马什回答道,"但你有没有发现什么地方不对劲?"

波伏瓦仔细看了看现场。

"是的,那把枪。它放的位置不对。如果他是自杀,枪的位置和伤口的位置应该处在同一边才对。"

伽马什若有所思地点着头。

波伏瓦离开了,他先回自己的房间添加了几件衣服。

当他沿着走廊回来时,莱杜克房间的门已经锁上了,伽马什也不知去向。

阿尔芒看着莱杜克的尸体。除了已经留下的印迹之外,他小心翼翼地避免留下其他印迹。

他的视线转向房间里的家具、窗帘和书架。壁炉里还留着烧尽的烟灰。

然后他又看着尸体以及留在尸体旁的那把手枪。正如让-居伊所说,如果莱杜克是自杀的,那么那把枪摆放的位置的确不对。

很奇怪,为什么杀人凶器会被留在现场?更奇怪的是,为什么凶手一定要将手枪摆放在那个位置上?

伽马什明白,既然这是一起凶杀案,那就一定有凶手。这个凶手并没有像其他杀人犯那样将凶杀现场伪造成自杀现场,而是故意留下蛛丝马迹。

看来,一定是有人故意这么做的。

这让伽马什这位凶杀组的前任领导感到很困惑。让他困惑的不是尸体,不是莱杜克被谋杀,而是凶手的作案手法。

伽马什凝视着。不过,此刻他的目光并没有聚焦在尸体上而是聚焦在卧室内。他知道自己不应该这么做,但他还是做了。他快步走进卧室,打开了床头柜的抽屉。

他向抽屉里看了一眼。他脸上的表情变得凝重起来,就像他刚看到尸体时那般凝重。

学校的大门发出一阵电流的嗡嗡声,然后咚的一声开了。伊莎贝拉·拉科斯特探长快步走入大楼。她的步伐之所以那么快并非因为案件十分紧急，而是因为外面实在太冷了。

潮湿的寒风正扫荡着平原，裹挟着数百英里内融化的冰雪所产生的湿气，仿佛能够侵入人的骨髓。

波伏瓦探员的第一通电话十分简单。他仅仅报告警校内有人死了。至于死者是谁、怎么死的以及这是否是一起凶杀案，他没有透露半点信息。当然，身为安全局凶杀组的负责人，伊莎贝拉明白，波伏瓦给自己打电话这事本身就足以说明事态的严重性。

她也知道死者并不是伽马什校长，否则波伏瓦会告诉她的，不仅通过语言，还会通过语气。

坐上警车——后座坐着一名警员，现场搜证班的车跟在后面——她又接到了波伏瓦的第二通电话。

"把你知道的情况都告诉我。"她说道。

在电话的另一头，让-居伊的脸上露出了微笑。他在想，伊莎贝拉是否知道这句话是伽马什以前担任探长时最爱说的一句话。

把你知道的情况都告诉我。

他将自己知道的情况如实告知伊莎贝拉。她一边聆听，一边做着记录，忽然她放下了手中的笔。

"那么凶手呢？"伊莎贝拉问道，这时波伏瓦已经报告完毕。

"没有发现凶手留下的痕迹。"波伏瓦答道，"学员和教职工都在食堂里。整幢教学大楼都已封锁。相关人员正在清点人数。"

"那么尸体呢？"

"伽马什校长在看护尸体，他在等医生前来。只要医生一宣布死亡，他就会把现场封锁起来直到你们到场。"

"我已打电话给验尸官了。她很快会到现场。"

"好极了。根据目前我所知道的情况，学校里没有人失踪，也没有人具备明显的作案动机。没有人手上沾着鲜血。"

波伏瓦可不是在开玩笑。如果有人拿着枪对着莱杜克的太阳穴扣动扳机的话，这个人的手上一定会沾着鲜血。

波伏瓦已经询问过值班的保安是否有人离开学校，或者是否发现过可疑人员。

没有。

这就可以得出一个大概的结论了。

凶手尚未离开学校。他仍然在学校里，隐藏在学校的围墙之中。

伊莎贝拉·拉科斯特走在空无一人的走廊里，身边跟着波伏瓦，身后跟着现场搜证班。他们咔哒咔哒的脚步声在大理石的地面上回荡着。

这是伊莎贝拉第一次来到新建成的警校。她很好奇，因为她曾听说新大楼十分奢华。建造的成本大大超出了预算。

后来她又听说在建造工程方面存在着回扣、贿赂以及更改合同等问题。不过，这些事都没有得到证实。当时安全局和魁北克政府似乎还有更为棘手的事情需要处理。

不过那些烂摊子现在已经得到了治理。深陷贪污丑闻的那些人有的已经死了，有的被关进了监狱，有的则被开除。她渐渐意识到，重点又转回到警校方面。

这就是伽马什接管学校工作的原因吗？

这就是凶杀案发生的原因吗？

她意识到自己把这两个问题联系在了一起。她必须停止这种想法。现在下结论还为时过早。

她拐过一个弯，然后看见一个男人正站在一间房间的门口，他的脚边有一个托盘，此外还有一些玻璃碎片和食物。

走近时，伊莎贝拉·拉科斯特认出了那个男人。

他不是阿尔芒·伽马什，而是布雷伯夫。她克制住自己的情绪，这个布雷伯夫早已不是当年的警司了，现在他只是一个普通人。但尽管她已经知道了布雷伯夫现在的身份，仍然本能地感到一种威胁。布雷伯夫是一个危险分子。

布雷伯夫独自站在走廊的中央，仿佛失魂落魄。

伊莎贝拉每走近一步，她的厌恶感就会变得愈加强烈。她希望自己的脸上没有露出厌恶的表情,但是多少还是会显露出来。他向走廊旁边退了几步,向伊莎贝拉点点头,但却没有握手的打算。伊莎贝拉怀疑,他之所以不伸出手是害怕自己会当着众人的面拒绝和他握手。

"拉科斯特探长,这可是一起棘手的案件啊。"布雷伯夫说道。

"是的。"

自从上次见到布雷伯夫以来,他似乎老了许多。拉科斯特知道,布雷伯夫和伽马什一样大,但现在他却比伽马什看上去老十岁,甚至十五岁。尽管布雷伯夫的体格并不健壮,但是以前他总给人一种充满活力的印象。许多人都曾十分钦佩他,包括她自己。

然而,眼前的布雷伯夫却显得无精打采,仿佛已经干瘪枯萎了。

"伽马什校长在房间里看护着尸体。"

"我明白。"拉科斯特探长说道,"您为什么在这里?"

布雷伯夫显得有些愤怒,不过只是略微有点而已。这是一个曾经辉煌过的男人本能的反应。

"伽马什先生叫我去医务室找校医。我执行了。他证实莱杜克教授已经死了。"

"医生还在房间里吗?"

"没有。宣布莱杜克死亡后他就走了。"

伊莎贝拉·拉科斯特继续看着他。她带来的团队站在其身后,已经准备好进行现场调查了。

那些警员认识布雷伯夫,也了解他的过去。此刻他们瞪大眼睛好奇地注视着他。

布雷伯夫耸耸肩,然而这一动作却使他显得更为可怜。拉科斯特怀疑他是不是故意做出这样的动作以博取同情。

他一定是故意的。

对于可怜人,人们很容易放松警惕。人们不会把他们当回事,更不会把他们视作威胁。人们甚至会本能地远离可怜人,因为他们更容易成为受害者。如果你和一个可怜人在一起,你也很有可能变成受害者。这是一种连带的伤害。

"我站在这儿以备伽马什校长需要帮助。"布雷伯夫说道。

现在,就在拉科斯特眼前,米歇尔·布雷伯夫又变成了另外一种人。他不再是刚才那个故作可怜的家伙,而变成了一个失宠的仆人。他在等待主人的眷顾,仿佛一条宠物狗在等待着主人的微笑,抚摸,甚至脚踢。

总之一切。

布雷伯夫似乎正在以这种微妙的方式将自己变成一名忠心耿耿的随从,而将伽马什变成一个暴虐的主子。然而她绝不会上当,因为她知道真相。但是她也知道,一定会有人被布雷伯夫的这种伎俩所欺骗。

"这是怎么回事?"她指着地上的托盘以及打碎的玻璃杯和吐司面包。

"是一名学员首先发现了尸体。"波伏瓦向前走了一步说道,"他吓坏了,手上的托盘掉在了地上。"

"我需要取样。"法证团队的一名队员说道。在他取样的同时,其他队员开始在门把手上寻找指纹和DNA信息,另有一名队员在对现场拍照。拉科斯特站到一边,思索着布雷伯夫的转变。

豹子永远无法改变身上的花纹。然而,布雷伯夫这位安全局的前任警司并不是一头豹子。他是一条变色龙。

待法证团队取样完毕,伊莎贝拉·拉科斯特走到房门口。她松了一口气,因为终于可以远离布雷伯夫了。比起活生生的布雷伯夫,她更愿意跟死人打交道。

尽管事先已有了心理准备,但眼前的血腥场景还是让她吓了一跳。显然,这个下场也让瑟奇·莱杜克猝不及防。

. . . 12

"校医已经确认死亡。"伽马什说道。他站在一边,看着现场搜证班调查现场。

"死因非常明确。"拉科斯特说道。

她站在前领导身边,而波伏瓦则站在另一边。他们自然而然地站在伽马什的两侧,这让他们有安全感。他们怀念以前与他共事的日子,如同怀念自己的童年一般。

伽马什点了点头。

"我们需要等验尸官出具正式的死因调查报告。"波伏瓦说道,他又低头看了一眼尸体,"要搞错会很难。"

"你们最后一次见到死者是什么时候?"拉科斯特探长问道。

"昨晚莱杜克在食堂里吃晚饭。"伽马什说道,"那是我最后一次见到他。"

"我也是。"波伏瓦说道,"当时大概晚上八点左右。"

他们环顾周围,似乎没有任何迹象表明莱杜克昨晚曾邀请他人来房间做客。

伽马什和波伏瓦从没来过这间房间。这里是莱杜克"公爵"的私人领地。

套间的布局与伽马什的房间一模一样,只是调转了一下方向。客厅通向一间卧室,卧室里有配套的浴室。不过,伽马什房间的装饰风格更现代,较为符合整幢教学大楼的风格,给人一种宾至如归的感觉,而莱杜克的这间则显得十分沉闷。

房间里的家具属于老式的维多利亚时代的风格。黑色的实木地板,一张大大的马鬃填塞的沙发上铺着厚厚的紫色天鹅绒毛毯。房间里的氛围显得十分压抑,甚至隐约透出一股阴柔感。这与房间外阳刚硬朗的装饰风格形成了鲜明对比。

伽马什他们觉得自己仿佛置身于一间女子的闺房或是舞台。

然而,伽马什知道这不是演剧。房间的装饰风格能展现出一个人的内心世界,至少能反映部分性格特质。伽马什怀疑这些家具中有相当一部分是家族祖传的。

瑟奇·莱杜克喜欢将自己包裹在传统的伪装之中,尽管他从不遵守传统。

维多利亚式家具风格体现的是伟人——一个所有传统规则都不适用的不凡之人——的气质。伟人应该统治他人并受到他人的爱戴。莱杜克曾经按照这种方式生活,仿佛他对此深信不疑。

"他是一个什么样的人?"拉科斯特问道。

"你可以猜猜看,"伽马什说道,"根据你眼前所看到的。"

"一个挑剔的人,"她不假思索地答道,"十分古板。也许喜欢说教,喜欢打官腔。"

她低头看看死者。死者身穿一套休闲服,外面套着一件夹克衫,系着一条领带,看上去十分整洁。这一切与领子上方那个血肉模糊的脑袋显得极不和谐。

"我猜得对吗?"

"波伏瓦探员,你能描述一下瑟奇·莱杜克的为人吗?"

"暴君兼恶霸。"波伏瓦回答道,"既狡猾又愚蠢。有时胆大妄为,有时又胆小如鼠。"

"既是猎人又是猎物。他总是处在一个尴尬的位置上。"伽马什说道,他四下打量了一番。

"我原本以为他的房间里会有许多皮椅。"波伏瓦说道,"墙壁上还会挂着鹿角。这些竟然都没有。"

"我在想,当他走进这间房间时,他会不会感到很快乐呢?"伽马什说道,"他在其他地方时显然并不快乐。"

"对,至少你来学校以后是这样。"波伏瓦说道。

伊莎贝拉·拉科斯特饶有兴致地听着他们的对话。

"这不是自杀。"她说道,"他右边一侧的太阳穴中枪,而那把枪却在他身子的左边。为什么会这样呢?那把枪是凶器吗?"

"我不清楚。"伽马什说道,"我曾下过命令,除了军械库,学校任何地方都不准存武器。"

"他有库房的钥匙吗?"

"他以前担任副校长的时候有库房的钥匙。但我接管了学校事务之后就收回了他的钥匙,并更换了库房的门锁。我这里有一把钥匙,枪械教师也有一把。必须同时使用这两把钥匙才能打开军械库。"

"你认为谁会干这样的事?"

"莱杜克是一个人格分裂的人。"伽马什思索片刻后说道,"有些人十分崇拜他。大多数崇拜他的教职工现在都已不在了。许多高年级的学员也很崇拜他。不过,我觉得他们对莱杜克的恐惧多于崇拜。这间房间属于典型的维多利亚时期的装饰风格,但是'公爵'却是属于黑暗的中世纪的人物。他相信残酷的惩罚。他也相信通过不断的锤炼可以塑造年轻人的性格,仿佛年轻人只是一块马蹄铁而已。"

伊莎贝拉·拉科斯特全神贯注地聆听着伽马什的话。伽马什与他所描述的莱杜克形成了鲜明的对比。

"你不喜欢他,是吗?"

"是的,我不喜欢他。你不会认为……"他看了一眼尸体。

"我只是随便问问。我还没有得出结论。"

他微笑着说道:"我既不喜欢他,也不信任他。"

"那你为什么——"

"为什么把他留在学校?你不是第一个问我这个问题的人了。"

"你把他留在学校的理由是什么呢?"

"我要监视他。你可能也听说了有关新校舍建造合同方面贪污受贿的传闻吧?"

"是的,不过我并不知道其中的细节。"

"那是因为根本就没有细节。只有一些猜测,但却没有实质性的证据。"

"你是想收集相关证据?"她问道,"莱杜克知道那些证据吗?"

"没错,我相信他知道。在新学期开始之前我和他见过面。当时我给他看了我所掌握的信息。"

"你为什么要这么做?"拉科斯特和波伏瓦异口同声惊讶地问道。

"为了吓唬他。"

"啊,我倒吓了一跳。"波伏瓦对拉科斯特说道。

"在收集安全局贪污案的相关证据时,我接触到了警校的一些奇怪的交易记录。"伽马什解释道,他压低了嗓音,周围其他人无法听到说话的具体内容,"不过,比起学校的贪污腐败,最近几届毕业生的整体素质更为令人不安。你们也一定注意到了。"

拉科斯特和波伏瓦都点点头。

"他们身上充满了戾气。"拉科斯特说道,"我的部门可不会要这样的毕业生。"

"你再好好想想,伊莎贝拉,"伽马什说道,"他们需要正确的精神指导。"

"暴虐,这就是我对他们的评价。"她说道,"不过,我会再好好思考一下。这就是你来学校的原因?"

伽马什点点头:"警校与安全局紧密相连。我想看看到底是什么导致这么多学员在毕业时变得如此暴力。我要阻止这一趋势。"

"你能阻止吗?"

伽马什叹了一口气:"不能,目前我还做不到。但是我知道瑟奇·莱杜克是其中的一个核心人物。"

"你刚才叫他'公爵',"拉科斯特问道,"这是为什么?"

"这是学员们给他起的绰号。"波伏瓦说道,"莱杜克似乎很喜欢这个绰号。"

"这也不奇怪。"拉科斯特说道,"那么你把你所掌握的信息给'公爵'看了?"

"是的,我想震慑他一下。我要让他知道我已经掌握了许多真相。这样他或许会因为害怕而犯错。"

"他犯错了吗?"

"我想是的。"伽马什说道,他又低头看了一眼尸体,"还有一个人也犯了错。"

伊莎贝拉·拉科斯特将视线转向尸体旁的那把手枪:"不明白为什么凶手会选择手枪作案。这把手枪并不是学校库房里的。你们这儿不会有这种类型的枪支,不是吗?"

伽马什点点头:"即使在历史课上我们也不会讲到这种类型的手枪。我们这里只有学员用来训练的枪支。那也是他们毕业后在工作中会用到的枪支。即使安全局的警官也已经有几十年没用过这种类型的手枪了。"

拉科斯特弯下腰,仔细端详那把枪:"我从没如此近距离看过这种手枪。这是一把左轮手枪。以前这种手枪被称为六发式手枪,对不对?"

"是的,没错。"波伏瓦回答道。

她的腰弯得更低了:"弹仓里还有五发子弹。"

她环顾四周。她的手下正在房间内追踪血迹喷溅的方向,试图找到第六发子弹。

"我刚才一直在想为什么当时没有人听见枪声。现在我知道原因了。"她用铅笔指了指那把手枪,"装了消音器。"

她站起身,但是波伏瓦仍然半蹲着。

"我以为左轮手枪是无法安装消音器的。"波伏瓦说道。

"消音器可以安装在各种类型的枪支上,但是安装在左轮手枪上通常起不到消音效果。"伽马什补充道。

"你们刚才说是一名学员发现了尸体。"拉科斯特说道,"现在他在那儿?"

"在我房间里。"伽马什回答道,"有一名老师正陪着他。他是新生,名叫纳撒尼尔·斯迈思。你想找他谈谈吗?"

"是的。"她转身看着让-居伊·波伏瓦,后者仍然目不转睛地看着那把手枪。过了一会儿他站起身,看着她。

"在想是不是也叫上我?"波伏瓦问道,"我算嫌疑人吗?"

"是的。伽马什校长也有嫌疑。至少目前是这样。"

对于伊莎贝拉的话,伽马什并不感到吃惊。他自己也会有这样的想法。

他仍然穿着睡袍和拖鞋。他的头发显得蓬松而凌乱,脸上留着胡茬——他还没刮脸。

拉科斯特寻思伽马什是否意识到自己现在竟是这副样子。不过伽马什看上去毫不在意。

"我希望你能和我一起去,探员。"随后她转向伽马什:"你能带我们去见那名学员吗?"

"当然可以,探长。"伽马什回答道。他带着伊莎贝拉走出房间,波伏瓦紧跟在他们身后。一进入走廊,大家立刻感觉轻松了许多。

他们沿着走廊走着。此时伊莎贝拉·拉科斯特有一种奇怪的感觉——他们永远无法找到那名学员了。教学大楼里的每一个拐角都和前一个拐角一模一样,难以区分。

以前的警校——她在那里受训——有着十分狭窄的走廊。走廊两侧挂满了各种肖像、锦旗和奖状。铺着旧地毯的黑色木质楼梯上总是回荡着学员们的叫声、笑声和谈话声。学员之中一直流传着一种说法——学校的教学大楼以前曾是一所疯人院。她对此深信不疑。在她看来,只有疯子才会住在这样的大楼里。即使是正常人,住在这样的大楼里也早晚会被逼疯。

她花了整整三年时间才敢独自去洗手间。她暗中怀疑学校经常搬移女生浴室以抵制拥有女生浴室的事实。

然而,这座新大楼同样让她感到困惑。它的每一处看上去都一模一样,没有任何建筑上的特色。

"莱杜克教授有家人吗?"她问伽马什。

"就我所知,没有。不过,我会去查一下他的档案。如果他有家人的话,你来联系他们,还是我来联系?"

他们终于到了伽马什房间的门口。伽马什的房门与之前他们经过的二十多间其他房间的房门一模一样。拉科斯特很惊讶,伽马什的房间竟然与莱杜克的房间相隔如此之远。

她在想,这是谁作的决定呢?

"你希望谁来联系?"她问道。

"如果你不介意的话,那就由我来联系吧,"伽马什回答道,"毕竟莱杜克是我的员工,由我负责。"

她点点头。

"你认为谁有可能杀了莱杜克?"她问道,看看伽马什,随后又看看波伏瓦。

"不知道。"伽马什和波伏瓦异口同声地答道。当伽马什伸手准备打开房门时,拉科斯特阻止了他。

"还有一件事。"她目不转睛地看着伽马什。

她是多么熟悉这张面孔,多么熟悉这些习惯性的动作。伽马什善于将他的想法和情绪隐藏在冷静的表面之下。此刻,她之所以阻止伽马什并非因为他脸上的表情,而是因为他先前的举动。

"你为什么要待在莱杜克的房间里?"她问道,"你为什么不离开房间,将房门锁好,然后等医生来呢?"

让-居伊也有同样的疑惑,只是他想等到与伽马什单独在一起的时候再问他。现在伊莎贝拉抢先一步让他觉得有些恼怒。

伊莎贝拉也算是他带出来的。此刻他自忖是否把伊莎贝拉训练得过于出色了。

"我不想让莱杜克一个人躺在房间内。瑟奇·莱杜克可能不是一个好人,也不是我的朋友。但是他的亡魂需要有人陪伴。"

拉科斯特凝视着伽马什的眼睛。她不得不承认,阿尔芒·伽马什的确会那么做。但是……

"你认为他会允许你盯着他的尸体看吗?把门锁起来让他一个人享受最后的安宁不是更好吗?"

她意识到自己正在给伽马什施压。但换作其他人,她也仍然会问这些问题。她绝不会敷衍了事。

"我想到了。所以我没有盯着他的尸体看。"伽马什简短地回答道。

"那你为什么要待在房间里?"她继续逼问道。

伽马什微微挺了一下腰杆,看着她。

"我需要关注现场的细节。"他微笑道,"这是我多年来的习惯。"

然后他的笑容消失了,脸上露出了严肃的表情。

"你是凶杀组的总负责人,我明白你的担忧。但我是学校的校长,学校里的每一个人,每一件事都由我全权负责。莱杜克不是正常死亡,他是被谋杀的。所以我想凭借多年的工作经验找出凶手。这有什么问题吗?"

"当然有问题,长官。对于现场调查而言,你的做法是无法容忍的。你应该比其他人更明白,保持现场完好有多么重要。"

"我完全明白。所以我什么都没碰。我只是站着观察而已。"

他的回答十分简短。他并没有责怪拉科斯特,只是在反驳她的责问。

"如果我冒犯了你,我对此表示歉意,探长。我只是想帮忙而已。"他的声音又变得柔和起来,"难道你真的认为是我杀了瑟奇·莱杜克?"

伊莎贝拉·拉科斯特看上去也放下了心:"不,我可没这么想过。"

"很好。"伽马什笑道,"我可不希望你监视我的行踪。"

"我十分尊重你,校长先生。但是该案由我负责。"

"我明白,伊莎贝拉。我并不想越权。我只是想帮你们调查一下案情而已。我会打电话把这里发生的事告诉圣阿尔封斯市长。我也会给安全局打电话报告相关情况。"

"听上去很合理。"拉科斯特说道。

波伏瓦一直站在旁边看着。他仔细聆听着他们之间的对话。然而，他的目光大多数时候一直聚焦在伽马什身上。

虽然阿尔芒·伽马什反驳了拉科斯特的问题，但是他并没有正面回答。这也是波伏瓦想问的问题。

为什么伽马什要待在房间内和莱杜克的尸体在一起呢？拉科斯特说得没错，一位经验丰富的警察在这种情况下应该及时离开现场，锁上房门，等待法证人员的到来。

然而，伽马什却没有那么做。

"现在，我要和那名发现尸体的学员谈谈。"拉科斯特说道。

"可以。"伽马什回答道，他随即打开了房门。

纳撒尼尔坐在沙发旁，神情紧张地回答着问题。即使在回答那些无关紧要的问题时，他都显得十分焦虑。他的情绪似乎正变得越来越焦躁不安。不过，必须得承认，询问一开始就进行得并不顺利。

"你的姓名？"

"纳塔尼尔·斯密特。"

纳撒尼尔试图用法语读法回答，虽然这明显是个英裔名字，而且他也明显是英裔。

"纳撒尼尔·斯迈思？"伊莎贝拉·拉科斯特反问道，她用标准的英语重复。

纳撒尼尔的脸涨得通红。他红色的头发和白皙的肤色使他的脸显得尤为血红。

拉科斯特意识到，这个年轻人特别渴望成为一个说法语的魁北克人，虽然他的姓名和发色马上就会揭穿他。他被误导了。他试图拥有一个永远无法拥有的身份。

虽然这只是一个很小的细节，但是拉科斯特探长知道，谋杀往往就建立在这种微小到几乎察觉不到的细节上。谋杀往往并非源于一起重大事件，而是源于那些微不足道的羞辱、轻蔑、谎言和欺凌，直至最后变成了致命的杀戮。

她看着年轻的斯迈思学警,他为什么要假装自己不是英裔呢?此时她又有了另一个看法。

或许他是个同性恋。

同性恋没什么不对,英裔的身份也没什么不对。然而,如果想在魁北克安全局工作,那就得另当别论了。毫无疑问,这个年轻人想要隐瞒自己的身份。

她看了看伽马什——他仍穿着睡袍睡裤,轻松地坐在一把休闲椅上。她想着这把椅子是否也是伽马什挑选的。她认为很有可能。

"斯迈思学警是我班上的学员。"伽马什说道,"他有时也会来我房间参加聚会。"

"是的。"

"告诉我们发生了什么?"拉科斯特继续问道,她的声音显得很平淡。

"今天早上我给莱杜克教授送早餐。我敲了门,但没人回应。我试着转动门把手,门竟然没有锁。于是我推开门。"

这个节点上原本可以问许多问题,但拉科斯特并没有问,她在等纳撒尼尔把话说完。

"我看到他躺在地上。"

他的脸再次涨得通红。他努力平复自己的心情以防呕吐出来。

"当时你做了什么?"拉科斯特问道。

"我后退了几步,然后开始呼救。"他看了一眼伽马什,"我把盛早餐的托盘摔在了地上。"

"这很自然。"伽马什说道,"换了是我,我也会的。"

"你当时进房间了吗?"拉科斯特探长问道。

"没有。"

"一点都没有吗?哪怕只是进去几步?"她加强语气问道。她觉得这个问题对方是完全能听明白的。然而,纳撒尼尔摇摇头。

摇头似乎是这个年轻人最爱做的一个动作。

"你为什么要给莱杜克教授送早餐?"波伏瓦问道。

"我们每天早上都送。爱梅莉亚·肖凯和我轮流送早餐,我们每周换一次班。"

此时伽马什微微吸了一口气。

他之前不知道这事。拉科斯特心想。

"难道你们不知道，自从伽马什校长管理学校以来，新生就不用再给教师端茶送水了吗？"波伏瓦问道。

"莱杜克教授跟我们说过。但是他说服侍老师是学校的传统，这有助于建立威望，便于下达命令。他还说安全局警校以这一传统为荣，所以需要保留这个传统。"

纳撒尼尔说这些话的时候显然没有意识到这对伽马什校长而言是一种羞辱。这又是一个小小的细节，但很说明问题，关于这个年轻人的问题，更反映出莱杜克对于新校长的不屑。

莱杜克把自己的观点灌输给了学员们。

波伏瓦没有抬头看伽马什，而是用余光注视着他。此时伽马什的脸上仍旧是一副冷静淡然的表情，但是他的坐姿变了，更僵硬了。

"不是所有传统都是好的。"波伏瓦说道，"这个传统贬低了新生。你们是来受训的警员，不是仆人。当我是新生的时候，我就十分痛恨这一传统。我很奇怪，你似乎对此一点都不介意。"

"莱杜克教授说我和爱梅莉亚是他精心挑选出来的学员。"

"他向你们解释过挑选你们的原因吗？"拉科斯特问道。

"他说我们是最有前途的学员。"

"我明白了。"她说道。

她转头看着伽马什，但伽马什摇摇头，表示自己没有问题要问。他始终在聆听纳撒尼尔的回答，并且一直凝视着这个年轻人。

"莱杜克教授的房门没有锁，"拉科斯特回顾道，就在这时她的手机震动起来，但她并没有拿出手机，"这异常吗？"

"没什么不正常。他早上经常不锁门。我们常常可以进入他的房间。"

"你进入他的房间之后做什么呢？"拉科斯特问道。

"把早餐托盘放在桌上，然后离开。"

"那莱杜克会做什么呢？"伽马什终于发问了。

"他会向我表示感谢,然后我就离开。"

拉科斯特探长低头看了一下手机上的短信,站起身说道:"谢谢你,斯迈思学警。"然后她转身看着伽马什和波伏瓦:"哈里斯法医已经到了。你们想一起来吗?"

"我想先洗一把澡,换一身衣服。"伽马什说道,"只需要几分钟。"

他又转身看着纳撒尼尔。

"你在这里休息一下。如果你喜欢,也可以给自己倒杯咖啡。"

伽马什指了指放在橱柜上的一台咖啡机,"我很快就来。"

拉科斯特和波伏瓦离开了房间。纳撒尼尔给自己倒了一杯咖啡。伽马什走进浴室,关上了门。

过了一会儿,他从浴室里走出来。他洗了澡,刮了胡子,换上了一身套装,系上了领带。看到校长出现,纳撒尼尔立即站了起来。

伽马什挥挥手示意他坐下,然后给自己倒了一杯咖啡,坐到纳撒尼尔身旁。

太阳已经高悬于天际,它照耀着三月的苍茫大地。透过落地窗,伽马什能看到斑驳的雪地和灰暗的灌木林。一个月前大地上还覆盖着洁白的雪毯,人们滑雪和行走的痕迹在雪中时时可见。而再过一个月,大地上将野花绽放,树木也会长出嫩叶。

但眼下的大地还是一片死寂,犹如一具行尸走肉,毫无生气。

"那么,斯迈思学警,你在那张地图上发现了什么?"

他指着挂在墙上的那张地图,用带着英国口音的标准英语问道。

纳撒尼尔没想到他会问这个问题,也没想到他会用英语跟他说话。他的脸再次涨得通红。

"您说什么?"他用法语问道。

伽马什笑了:"英裔又如何?完全没有问题。如果你无法面对自己的真实身份,你又如何能面对别人的真实身份呢?我刚才问你那张地图。你和另外三名学员不是正在研究那张地图吗?"

"我们停止了研究。"纳撒尼尔仍然用法语答道,"我们平时的功课太多了。"

场面有点古怪,这也是在魁北克地区经常会遇到的情况——法国裔说着英语,而英国裔却说着法语。

"那么我给你们的地图复印件呢?"伽马什问道。

"复印件?我不知道。我想应该放在某个地方吧。"

伽马什将身子微微前倾,这样他可以离斯迈思学警更近一些。

"我不是在跟你闲聊,年轻人。我问的每一个问题都是有原因的。我正在调查一起凶杀案,不是在跟你喝咖啡聊天。"

"明——白,长官。"

纳撒尼尔这一次换成用英语回答,眼睛睁得大大的。

"好,我再问你一遍。你们的地图复印件现在在哪里?"

"我不知道。"

看着校长的面孔,他的脸又一次涨得通红。

"我真的不知道。但我应该没有把它扔掉,可能还在我寝室的书桌里吧。"

"把它找出来。"伽马什说道,随后站起身,"我还有一个问题。"

"是,什么问题?"

"你去过莱杜克教授的卧室吗?"

"您这是什么意思?"

"我没什么意思,年轻人。你不用紧张。你没犯任何错,你也没犯法。在道德和法律上你都无可非议。我只是想知道而已。"

"没有,长官。我从没去过他的卧室。"

伽马什目不转睛地看着学警。纳撒尼尔红色的头发看上去仿佛在燃烧一般。

"你和莱杜克教授是什么关系?"

"您指什么?"

"我知道你有顾虑。你当然有权对自己的私生活保持沉默,尤其在这里。从前的警校可不是以宽容著称的地方,你来这儿真是非常勇敢。"

"我不明白您到底在说什么。"

伽马什笑了,他点点头:"你要记着,我现在正在调查一起凶杀案。你的秘密早晚会水落石出。我给你一个机会,现在就把你的秘密告诉我。"

"我没有秘密可说啊。"

尽管房间里没有其他人,但是伽马什刻意压低嗓门。

"我不会说出去的。相信我,说吧。"

纳撒尼尔·斯迈思凝视着伽马什的双眼。他闻到了房间里檀香木和蔷薇香水的淡淡香味。虽然他并不清楚那到底是什么香气,但他喜欢这股淡淡的幽香,它能让人放松下来。伽马什的眼神也具有同样的效力。

然而,纳撒尼尔仍然记得莱杜克教授的警告。那是关于伽马什校长的警告。

然后他又想起了莱杜克教授的尸体。

"我现在能回自己的寝室吗?"他用法语问道,"我想去找那张地图的复印件。"

伽马什盯着他的眼睛,过了会儿点点头:"稍等。"

他拿起电话,拨通了一个号码。

过了一会儿,有人敲伽马什的房门,一名教师走了进来。

"请把斯迈思学警带回他的寝室,然后再带去食堂大厅。"

"我该怎么对其他学员说呢?"纳撒尼尔站在房门口问道,"我能告诉他们莱杜克教授已经死了吗?每个人都想知道发生了什么。"

"告诉大家真相就可以了。"

房门关上后,伽马什又盯着房门看了会儿,然后把视线移向挂在墙壁上的那张地图。

地图上褐色的污渍可能是泥点,也有可能是磨损的痕迹或是泪渍。那细微的等高线犹如一张饱经风霜的人脸上的皱纹。还有那些河流、山谷、母牛、金字塔、三棵小松树以及雪人。雪人得意洋洋地高举着手臂,但也有可能是在举手投降。

伽马什长长地吐了一口气。他竟然没有意识到自己刚才一直在憋着气。

就像露丝所说的,那张地图被藏起来是有原因的。有人故意将它封存在墙壁内。

伽马什端着咖啡走到窗边向外看去。

他的头脑不停地思考着。随后他打电话向圣阿尔封斯的市长和警局①负责人通报了情况。

过了一会儿,伽马什沿着空荡荡的走廊向着瑟奇·莱杜克的房间走去。

现场搜证人员应该已经有所发现了。他们应该已经发现了他之前在瑟奇·莱杜克的床头柜抽屉里看到的那件东西。

那张地图的复印件。

---

① 加拿大警察力量大致可分三类:联邦警察——加拿大皇家骑警,省警——如魁北克安全局,以及由所在地城市财政负担的市警。此处指圣阿尔封斯的市警。

...13

莎伦·哈里斯法医见过比这更可怕的凶杀现场。就尸体的破坏程度而言,莱杜克的尸体还不算很糟。当然这一切的前提是哈里斯法医没有将尸体翻过来。她最终将尸体翻过身,发现部分脑袋已经被打飞了。

哈里斯医生站起身,脱掉手上的橡胶手套。她绕开瑟奇·莱杜克的尸体,朝让-居伊·波伏瓦和伊莎贝拉·拉科斯特走去。

"他倒地之前就已经死了。死亡时间可能是在午夜之前。他的太阳穴直接被枪击中,此外身上没有其他伤口。杀死他的子弹像是一颗中空弹,以前被叫作威力弹。"

无须检查尸体就已能明白死者死于枪击。

"你们找到子弹了吗?"哈里斯医生问道。

"还没有。"波伏瓦答道,他朝房间的另一边指了指,"他们正在寻找。"

就在这时传来了敲门声,阿尔芒·伽马什随后走了进来。他和哈里斯医生彼此打了个招呼,然后询问起案件的情况。

"我正在说呢,死因毫无疑问。"哈里斯医生答道,"他应该是立即死亡,几乎没有痛苦。"

"看上去就好像莱杜克教授站在那里,任由凶手朝他开枪似的。"伊莎贝拉·拉科斯特说道,"没有任何搏斗的迹象。为什么呢?"

"因为他不认为凶手会朝他开枪?"哈里斯医生说道。

"也许他认为手枪并没有上膛。"拉科斯特说道,"也许凶手并没有想杀他。在杀了他之后,他被自己的所作所为吓坏了,然后就逃了。"

波伏瓦走到现场搜证人员身边。他不愿意听"也许"之类的假设,他想要的是事实真相。

他知道杀人动机是一个关键。然而,杀人动机却经常无法立即被破解。可能永远无法知道一个人夺走另一个人生命的真正动机是什么。这些动机往往隐藏得很深,即使凶手自己有时也无法理解。

那么确凿的证据呢? 它们可以帮助警方找到凶手。证据就隐藏在谎言和 DNA 之中,隐藏在被揭露的秘密和被发现的指纹之中。

然而,这么多年与伽马什探长共同破案的经验告诉他,情绪往往会创造出凶手。情绪也有可能帮助警方发现凶手,尽管情绪并不像事实真相那么重要。

伊莎贝拉·拉科斯特也走了过来,和搜证人员讨论起现场的情况。哈里斯医生和伽马什仍站在尸体旁。

哈里斯医生看看伽马什,然后又看看尸体。最后她目不转睛地看着伽马什,脸上露出既惊讶又惊叹的表情。

"您不喜欢死者,是吗?"她问道。

"我脸上的表情有那么明显吗?"

她点点头。与其说此时伽马什的脸上透露出了厌恶的情绪,倒不如说他的脸上看不到任何怜悯之情。

"我把他留了下来。"伽马什压低声音说道,"我原本可以开除他。"

"所以您不是不喜欢他?"莎伦·哈里斯困惑了。不过,她知道人的情绪往往是非理性的。人的情绪总是喜欢拐弯抹角,很少会一条路走到底。

她每天都得面对情绪导致的各种伤害。

伽马什在尸体旁蹲下,凝视着莱杜克太阳穴上子弹射入的伤口,以及子弹射出的那个更大的伤口。然后他沿着喷溅出的血迹——血迹在地板上形成一个扇形——看向搜证人员正在寻找子弹的那个角落。

"有发现。"

声音并非来自客厅里的警员。找到的东西也并非子弹。

大家走过去,看见一名警员正站在卧室门口。

"就在下面的那个抽屉里,在一堆衣服下面。"那名警员说道,随后她领着拉科斯特探长和其他人走进卧室。

在一堆叠得整整齐齐的衣服下面有一个皮制的小盒子。警员打开盒子。盒子的内衬是红色的天鹅绒。天鹅绒上已经布满了霉菌。这是放左轮手枪的盒子。盒子里还有一个地方是放消音器的。此外,盒子里还有放置六发子弹的凹槽。

"所以是他的枪。"拉科斯特说道,她将身子挺得笔直。

大家看着这个空无一物的盒子,又看看客厅。每个人都在想,那把左轮手枪是如何从卧室的抽屉移动到客厅里去的。是莱杜克把手枪带进客厅的?还是凶手?

"对不起,打扰一下。"另一名警员在卧室门口说道,"是您给圣阿尔封斯警局负责人打的电话吗?"

这名警员在对伽马什说话。伽马什点点头:"我还给市长打了电话。"

"他们两位都已经到了。"警员说道,"现在正在您的办公室里。"

"谢谢,我过一会儿就过去。"

"该死的莱杜克,"波伏瓦嘟囔道,"竟然在房间里藏着一把手枪,在学校,而且房门也不锁。真是个愚蠢的家伙。"

"手枪要么是莱杜克带进客厅的,要么就是凶手。"拉科斯特说道,"但不管是谁,凶手一定非常了解莱杜克并且知道他藏枪的地方。"

"我还有一件东西要给你们看。"伽马什校长说道。

爱梅莉亚·肖凯坐在一张长长的餐桌边。在她和其他学员之间隔着许多把空椅子。

学员们都被赶到了食堂,搜查工作正在他们的寝室里展开。爱梅莉亚听见周围学员们交头接耳的声音。在得知了莱杜克教授死亡的消息后,议论并没有停息,相反越来越响。

  谣言在空气中传播,
  等待着某个人掉在地上摔断脖子。①

  学员们都很震惊。有些学员看上去很害怕,而有些则极力克制住内心的兴奋。
  时不时有人会朝爱梅莉亚的方向看过来。她明白大家此刻在想些什么。如果学校里真有杀人凶手的话,那一定就是这个古怪的女人。
  她是最容易被攻击的目标。没有人会来保护她。
  爱梅莉亚将制服的袖子向上卷起,露出整只胳膊。她向其他学员展示胳膊上的文身图案。那些图案像胎记一般深深嵌在她的皮肤里。
  其他学员皱起眉头,粉嫩的脸上露出厌恶的表情。
  爱梅莉亚知道,这是在自找麻烦。
  莱杜克教授死了,被人谋杀了。
  用不了多久警方就会找到她。
  "我能坐下吗?"
  爱梅莉亚抬起头,原来是纳撒尼尔。他的一只手正放在爱梅莉亚身旁的一把椅子上。
  爱梅莉亚想说"走开"。然而,她却点了点头。
  "现在没人愿意跟我坐在一起。"纳撒尼尔说道,"我把知道的都告诉其他学员了,可他们却觉得我有重大嫌疑,好像和我坐在一起会让他们也变成嫌疑犯。"
  "他们害怕了。"爱梅莉亚说道。
  "我也很害怕。"纳撒尼尔回答道,"你不害怕吗? 看看发生了什么。怎么会——"

---

① 阿特伍德《几乎被吊死的玛丽》中的诗句。

"闭嘴!"爱梅莉亚命令道,她现在有些后悔让纳撒尼尔坐在自己身边。

"伽马什校长刚才问我地图的事。"纳撒尼尔低声说道,他将身子凑上前,"他叫我找出我的那张地图复印件。"

纳撒尼尔将他的复印件平摊在餐桌上,但是爱梅莉亚一把将它从桌上掀掉。

"拿走!"

但为时已晚。

自从纳撒尼尔坐在旁边之后,爱梅莉亚感觉自己就像一个掉在地上摔断了脖子的人。其他学员们不再看她。大家都纷纷避开她的视线。

伽马什伸出手,用手里的笔慢慢打开床头柜的一只抽屉。

"你的手下应该也看到这件东西了。"伽马什说道,他将笔放回胸口的衣袋,背起双手,"不过,他们可能并不清楚这件东西的重要性。"

"什么重要性?"拉科斯特问道。

"我见过这东西。"波伏瓦说道,他凑近看了看,"这是一张地图。"

和伽马什一样,他也背起双手。

波伏瓦曾经一直认为这是老年人才会做的动作。但是随着调查经验越来越丰富,他开始领悟到这个动作的真正作用。

将双手放在背后,你就不会本能地伸手去碰那些不该碰的东西。这已经变成了伽马什探长的习惯。但根本原因还是出于办案的实际考虑。

波伏瓦在快四十岁的时候开始明白,每一个动作——无论是凶手明目张胆的举动,还是一只手轻柔地握住另一只手——都有其特定的目的。

波伏瓦转身看着伽马什。

伽马什是他的精神导师、上司、岳父。但同时,伽马什在许多方面又是一个谜。

"先前当我打开那个抽屉时,你就已经发现了这张地图,是不是?"波伏瓦说道,他并没有打算隐瞒事实,"当时我并没有注意,但你注意到了。所以你匆忙叫我离开房间。你当时为什么不告诉我?"

"我需要时间思考。"伽马什回答道。

"思考什么?"拉科斯特问道。她感到十分震惊,阿尔芒·伽马什竟会隐瞒证据。当然,她觉得说伽马什隐瞒可能有些过分。可是他应该第一时间指出这张地图而不是隐瞒它的存在。

"这是一张复印件。"伽马什指着那张地图,"原件在我这里,就在我的房间里。"

"你有原件?"拉科斯特问道,"那么,为什么……怎么会?"

"是的,"伽马什说道,"波伏瓦说得没错。他一打开抽屉我就注意到了那张地图。但是当时我站在较远的位置。我需要核实。"

"你没有碰过那张地图吗?"拉科斯特问道。

"没有。"

"你当时为什么不告诉我们?"

"我用那张地图给四名学员布置了一份作业。"伽马什解释道,"我给了他们每人一张地图的复印件。纳撒尼尔就是其中之一。"

"所以你认为——?"拉科斯特问道。

"我想是不是纳撒尼尔把他的复印件给了莱杜克。"伽马什说道,"但是他说他的复印件还在。他已经回寝室去找复印件了。"

"总共只有四张复印件吗?"拉科斯特问道。

"五张。我自己也复印了一张。"

"你的在哪儿?"

"在三松镇我家里。"

"三松镇,"拉科斯特重复道,她低头看着抽屉里的那张地图。"地图上描绘的就是三松镇啊。"她看得愈加仔细,"可是我从没见过哪张地图上标有三松镇。"

"这就是我布置给学员们的作业。我要他们找出这张地图的作用,同时也找出其他地图没有标出三松镇的原因。"

"然后呢?"

"纳撒尼尔说他们目前顾不上这项作业。"伽马什说道,"这项作业不算分数,只是用来锻炼一下他们的侦查技能而已。纳撒尼尔说他们平时的功课太多了。"

"你相信他的话吗?"拉科斯特问道。

阿尔芒·伽马什看看她,随后又看看地图,他叹了一口气说:"我也不知道。"

"但是你很想知道具体情况,是不是?"

"莱杜克最初并没有接受纳撒尼尔·斯迈思的入学申请,是我接受了他,我认为他具有潜质。不过,我必须承认,我没想到他和瑟奇·莱杜克竟会走得那么近。"

"问题是,究竟有多近?"拉科斯特说道。

"没错。"

拉科斯特叫来一名法证人员,要求将地图送到实验室进行进一步的分析。

他们看着后者将地图复印件装在一个证物袋里。

"问题不仅仅是谁给了莱杜克这张地图复印件,"波伏瓦说道,视线依然不离证物袋,"而是瑟奇·莱杜克为什么想要这张地图并且保存着它。"

"而且保存得那么好,"拉科斯特补充道,"竟然放在床头柜里,这可是很隐秘的地方啊。"

波伏瓦有些坐立不安起来。他感到拉科斯特又胜过了自己。尽管学生胜过老师无可厚非,但他仍然感到不太舒服。

"你思考的时间已经够多的了,"拉科斯特对伽马什说道,"得出什么结论了吗?"

"没有,但的确发生了一些奇怪的事。就在我给学员们地图复印件之后,有人跟踪我回家。"

"是去三松镇吗? 你为什么不早说?"波伏瓦问道,他显得很紧张。

"因为我不想引起别人的恐慌。"伽马什面带微笑说道,"我不知道跟踪我的人是谁以及跟踪我的原因。到目前为止还没发生什么事。"

"你认为是莱杜克?"拉科斯特问道,"那张地图会和这一切有关吗?"

"我还不知道。"伽马什承认,"凶手应该不是为了找那张地图。莱杜克并没有把地图藏起来。床头柜也没有被人翻动过的痕迹。我认为地图应该和莱杜克的死没什么关系。"

"但你对此很担心,是不是?"让-居伊问道。

阿尔芒·伽马什缓慢地点点头。

"我担心是因为地图复印件一定是我的某个学员给莱杜克的。瑟奇·莱杜克保留了地图,这让我坚信那张地图一定有它的价值。"

伽马什转身面对伊莎贝拉·拉科斯特。

"请相信我。如果我认为那张地图和凶杀案有任何联系的话,我一定早就说了。"

"我相信你,长官。"拉科斯特答道,"但是我们还是得确认一下。你能把拥有地图复印件的另外几名学员的姓名告诉我吗?"

"除了纳撒尼尔·斯迈思,还有两名老学员,一个是惠芬·克鲁蒂耶,一个是雅克·劳林,他是学生会主席。另外还有一名新生,爱梅莉亚·肖凯。"

"就是另一个早上给莱杜克送早餐的学员吗?"拉科斯特说道,她瞄了一眼莱杜克的尸体。

"是的。你们分析完那张地图之后,能不能把分析的结果告诉我?"伽马什问道。

"当然可以。"拉科斯特答道。

"如果你允许的话,我想把那四名学员带去三松镇。"

"现在吗?"

"是的,马上。"伽马什答道。

"既然那张地图与案件无关,你为什么要带他们去三松镇?"

"一切迹象都说明这四名学员中有人与莱杜克教授的关系非同一般。这名学员将地图复印件给了莱杜克,而莱杜克出于某种原因一直保留着。不管那个学员是谁,他一定知道许多和莱杜克有关的事情。"

"也许他也知道莱杜克的死亡真相。"拉科斯特说道。

"没错。"

"你是打算把他们带去你家保护起来吗?还是打算把他们和别人隔离开?"

"我把他们带走是因为现在我还不知道真相。"伽马什答道,"凶手就在学校里,凶手用枪指着毫无防备的莱杜克,然后朝他的脑袋开了一枪。如果某个学员构成了威胁,你觉得凶手会对那个学员手下留情吗?所以他们四个越早离开越安全。"

伊莎贝拉·拉科斯特点点头,但她无法确定伽马什的做法是否正确,那也有可能会把凶手引向三松镇。

"我会告诉学员们,那张地图复印件可能与莱杜克教授的死有关,然后要求他们开始重新调查。"伽马什说道,"届时一切都会水落石出。"

"对此我没有反对意见。你呢,波伏瓦探员?"

让-居伊·波伏瓦摇摇头。

"我已经和斯迈思学警聊过了,"拉科斯特说道,"我们还要找其他三名学员谈一谈,在他们离开学校之前。对学员寝室的搜证现在应该结束了。"

"我们需要额外的警员来监视这四名学员。"波伏瓦说道,随后他走向一名调查员,在他耳边说了几句话,那名警员随即离开了房间。

"我要向全校师生说些话。"伽马什说道,他看了看手表。现在是上午十点钟,然而大家却觉得已经是午后了。"你能把所有学员召集到大礼堂吗?"

一名警员点点头,随后走了出去。

"我现在得去办公室和市长以及本地警方负责人见见面。"伽马什对拉科斯特探长说道,"我还有事要对你说。一个小时之后你能来我的办公室吗?"

"当然可以。"

"我跟你一起走吧。"波伏瓦对伽马什说道。到了走廊后,波伏瓦问道:"你真的认为那张地图和莱杜克的死无关吗?"

"我看不出有什么关系。"

然而,伽马什的语气并不笃定。波伏瓦看着伽马什沿着走廊走向办公室,他的步伐坚定,一边走一边扭动肩膀以缓解肩胛骨之间的紧绷感和刺痛感。

... 14

  伽马什校长走上主席台,全体学员立刻安静下来。
  他站在主席台正中央等了会儿。当所有人的注意力都集中在他身上时,他开始说话了。
  他将今晨发生的事情原原本本地告知全体学员。他说得很简单,同时也很清晰,既没有把莱杜克教授的死说得云淡风轻,也没有刻意将其渲染成一部情节剧。
  他提供给学员们的信息恰到好处,既能避免他们产生不必要的揣测,又不致影响案件调查。
  他没有提左轮手枪。他只告诉学员,莱杜克教授是被人用枪打中头部而死的。
  此外,关于那张地图他也只字未提。
  "还有什么问题吗?"全说完后他这样问道。
  许多人举起了手。
  "除了'到底谁杀了莱杜克教授?',"伽马什说道,许多人放下了手,

"以及'为什么有人要杀莱杜克教授?'。"

剩下的手大部分也放下了。

"蒂博多学警,你有什么问题?"伽马什指着一名三年级的学员,那名学员站了起来。

"我们现在可以回自己的寝室了吗?"

伽马什思考了片刻:"你是想问,我们在搜查你们寝室的过程所找到的东西是否会对你们不利,是吗?比如说,大麻,酒精饮料,或是偷来的考卷试题。"

学员们开始骚动起来。

"我们对于在你们寝室里发现的东西会守口如瓶。除非我们发现的东西严重违反了学校纪律或是与本案有关,否则我们不会说出去。"

蒂博多点点头,然后坐了下来。他看上去像是松了一口气。

然后又有一些学员提问,无非是关于破案流程、未来课程以及该对家长和朋友透露哪些信息等。

"告诉他们真相就可以了。"伽马什回答道,"拉科斯特探长以及她的刑侦团队可能会询问你们中的一些人。你们中的大多数人都曾是莱杜克教授的学生或是——"

"撒谎。"

伽马什将手搭在前额上,他想看清楚是谁在说"撒谎"。然而,那个人却始终隐藏在学员们中间。

"如果你有任何问题,请站起来提问。"伽马什说道。他的声音浑厚而冷静,足以传达到大礼堂的最后面。

学员们开始在自己的座位上东张西望。

伽马什站在大礼堂的正前方等待着。然而,没有人站出来。于是伽马什继续解释问题,仿佛什么事都没发生过。

"一小时之后大家就可以回自己的寝室了。如果大家知道些什么,哪怕只是很琐碎的信息,请不要声张出去,请告诉办案人员。十分遗憾,警校竟然出了凶杀案。你们现在有机会来观看凶杀组的警官是如何办案的。办案的过程并不有趣,也不刺激。它会揭露某些人试图隐藏的东西。

我指的不单单是寝室里藏的东西。"

学员们发出紧张的笑声。伽马什校长等大家安静下来,然后继续说下去。

"别犯错,因为你的错误终将被揭露。自动坦白远胜于被揭穿。"

"骗子。"又是之前那个声音。

学员们开始窃窃私语。有些学员面露恐惧,有些则觉得很有趣。

伽马什校长目不转睛地看着学员们。他们慢慢安静下来。所有人都等着看伽马什校长的反应,认为他一定会大发雷霆。

就在他们等得有点不耐烦时,伽马什有了一个令所有人意外的举动。

他微笑起来,尽管只是一个浅浅的微笑。当脸上的微笑消失之后,他又一次轻柔地说起话来。不过,这一次他说的每一个字都掷地有声。

"大家要保持警惕。现在不是说笑的时候。凶手就在我们中间。很有可能此刻就在这里。"他停顿片刻,然后用关注的目光看着大家。有些学员在叹气,试图将心中的紧张情绪吐出来。"我们有时过于愤怒,有时又过于软弱。我们必须学会反省,必须决定自己到底想要成为什么样的人。人格就是在这样的过程中被塑造起来的。现在正是考验我们的时候。我们必须保持警惕。"

说完这些,阿尔芒·伽马什从主席台上走下来。

"懦夫。"同一个声音在伽马什的身后响起。

那个声音犹如拳头一般击中了伽马什校长的背脊。然而,他并没有停下脚步,依然迈着坚定的步伐。

爱梅莉亚将身子朝主席台方向靠过去。即使在伽马什校长离开大礼堂后,她仍凝视着校长之前站的那个位置。

伽马什校长之前的那番话是对在场的每一位学员说的,其中也包括爱梅莉亚。然而,校长说话时的目光却始终聚焦在一个年轻人身上。当校长的面部表情发生变化时,爱梅莉亚看得出校长的眼神里流露出心痛。

伽马什完全知道是谁叫了那几声。他直截了当地告诉那个人必须保持警惕。

"嘿。"爱梅莉亚低声自语。

"怎么了?"站在她身边的一名学员说道。

"走开!"她说道。她并非故意这样无礼。此刻她需要思考。

伊莎贝拉·拉科斯特探长和让-居伊·波伏瓦站在大礼堂的最后排。他们急促地倒吸一口凉气。

"他们难道不知道吗?"拉科斯特轻声问道。

"知道他是谁?"波伏瓦反问道,"他们才不会关心呢。瑟奇·莱杜克早已经给他们洗脑了。过去几个月里他不知说了伽马什校长多少坏话。"

"伽马什不会反驳吗?"拉科斯特问道。

大礼堂内,学员们开始叽叽呱呱地谈论起凶手的话题,有些话甚至影射伽马什校长。

"他不会选择反驳。"波伏瓦回答道,"他必须刻意回避。向'公爵'发动反击战实在太耗时间了。"

"他们都是一群傻瓜。"

"可不全是傻瓜。"

看到眼前的场景,拉科斯特觉得伽马什似乎已经无法掌控大局。然而,让-居伊·波伏瓦却看到了其他东西。

他也听到了学员对于伽马什的公开刁难,但是他也看到一部分学员对于伽马什的冷静反应表现出了尊敬。大家开始深入思考问题了。

"你就是个傻瓜。"惠芬轻声说道。

"什么?大家不都这么认为吗?"雅克回答道。

"不是所有人都这么认为。"

惠芬用目光急切地扫视四周。她看到一些学员已经安静下来。

随后她看着雅克。雅克是一个长相帅气、五官精致,看上去颇为聪明的男生。他体格健硕,无论是攀岩、划船还是冰球,他都样样在行。他的身体里蕴藏着无限的能量,这曾让惠芬觉得难以抵挡。惠芬曾梦想能用手指抚摸这些结实的肌肉。她也曾梦想能用自己的手和脚挽住雅克的身体。

然而，此刻惠芬却感到在雅克的身体和头脑里还蕴藏着其他东西。她有这种感觉已经不是第一次了。去除那些健硕的肌肉，雅克还能剩下什么呢？

当惠芬回到自己的寝室时，她看见有一个女人正等着她。此外，还有一名警员正在检查她的寝室物品。

"你是惠芬·克鲁蒂耶学警吗？"

"是我。"

"我是安全局凶杀组的拉科斯特探长。我们坐下谈吧。"

惠芬坐在自己的床边，她看见那名警员正在检查衣柜。

拉科斯特坐到书桌旁的一把椅子上，十分随意地搭起双腿。

"昨晚十点到凌晨两点你在哪儿？"

"就在这儿，在床上睡觉。"

"一个人？"

"是的。"

"你没有起床上洗手间，或是起床喝水吗？"

"没有。我睡得很死。每天要上许多课，还要参加各种活动和训练，我简直精疲力尽。"

拉科斯特笑了："想起我那时候了。你和莱杜克教授的关系怎么样？"

"我是他的学生。他是我的导师。"

"当初是他选的你，还是你选的他？"

惠芬看着探长。这是一个既敏感又尴尬的问题。

"是他选的我。当时我是新生，他叫我给他送早餐。过了没多久他邀请我晚上去他房间做客。"

"去干嘛？"

"聊天。房间里不止我们两个人。"惠芬急忙澄清，"不是您想的那样。他只是和我聊天。我们会聊执法以及安全局方面的话题。他似乎对一些学员很感兴趣。"

"你对他的死一定感到很震惊吧？"

不过，拉科斯特能明显看出惠芬对此并不震惊。她也并不感伤，只是有些紧张而已。

"是的。"惠芬回答道。

"你还有几个月就毕业了，然后你将进入安全局。你知道我们的工作。你是否有凶手的线索？"

"我想这个问题应该问校长。"

"是吗？为什么？"

"他们彼此憎恶对方。这一点很清楚。"

"你怎么知道？"

"从他们说的话里就可以知道。"

"莱杜克教授是怎么说伽马什校长的？"

"说他是个懦夫，是他让警校和安全局变得软弱不堪。"

拉科斯特抿抿嘴唇，等了片刻才继续发问。

"那么伽马什校长又是怎么说莱杜克教授的呢？"

惠芬张了张嘴，又慢慢闭上了嘴。她开始绞尽脑汁去回忆校长是怎么说"公爵"来着。

她看着拉科斯特探长，拉科斯特点点头。

"想不起来了？"

惠芬点点头。

"把闲言碎语当作事实证据可当不了一名好警察哟，克鲁蒂耶学警。"

正在搜查寝室的警员走过来在拉科斯特耳边轻声说了几句话，然后交给她一件东西。她看了看，随后向那名警员表示了感谢。

"请你收拾一下东西。"她站起身对惠芬说道，"主要是过夜用的东西。把这件东西一起带上。"

她将三松镇地图的复印件递给一头雾水的惠芬，随后便转身离开。

波伏瓦探员走出雅克·劳林的寝室，来到走廊上。

"我敢确定他就是刚才羞辱伽马什先生的那个家伙。"他对正好走到他身边的拉科斯特说道。

"为什么?"

"你是指为什么我这么认为,还是为什么是他?"

"我都想知道。"

"因为他是莱杜克小组成员之一。他从一年级起就是他最忠实的仆人。"

"克鲁蒂耶学警也是。"拉科斯特朝惠芬寝室的方向指了指,"你发现地图了吗?"

"是的。他的地图还在。"

"克鲁蒂耶的地图也在。我们已经找到两张了。"

"我叫他收拾一下过夜用的东西,然后带上地图。不过,我没告诉他去哪儿,这家伙看上去很害怕。"

"但是如果莱杜克教授是他们的导师,并且他们十分尊敬他,他们就不太可能会杀死莱杜克。"拉科斯特分析道。

"我可不这么认为。"波伏瓦说道,"尊敬也可以变成仇恨。如果又有其他人在莱杜克那里得宠,这些年轻人很快就会恨死他。"

"比如说那两个新生。"拉科斯特说道。

"有这可能。"

"你去找那个女生谈谈,"拉科斯特说道,"我再去找纳撒尼尔·斯迈思聊聊。我要看看他是否找到了他的地图。"

纳撒尼尔拿出了他的地图。

"很好。"拉科斯特仔细看了看,然后还给他。现在已经有三张了。"晚上和瑟奇·莱杜克在一起的时候,你都做些什么?"

"您怎么知道我和他在一起?"

纳撒尼尔的脸又涨得通红。

"我和其他学员聊过了。"

"晚上会有一群人去他的房间。"纳撒尼尔回答道,"我们也不是经常去。只有在'公爵'邀请的时候,我们才去。"

"所以每次都有其他人? 你从没单独去过?"

"从来没有。"

"那么昨晚你在干嘛?"

"我吃过晚餐,然后去练了一会儿冰球,随后回寝室做功课。我们得思考一起入室盗窃案的调查步骤。"

"几点上床睡觉?"

"大概十一点吧。"

"根据你的了解,有没有什么人特别讨厌莱杜克教授?"

"他不是最受欢迎的教授,"纳撒尼尔回答道,"但大家都很尊敬他。"

"是尊敬还是畏惧?"

纳撒尼尔缄口不言。

"你呢?你对他是尊敬还是畏惧?"

"我尊敬他。"

"为什么?"

"我——我——"

"其实你怕他,对不对?"拉科斯特轻声问道。

"不是的。我很感谢他能选我。"

拉科斯特点点头,因为这倒是真的。纳撒尼尔有"公爵"当导师,其他学员就不会拿他怎么样。但是莱杜克应该知道自己曾回绝了这个年轻人的申请,是伽马什校长改变了莱杜克原来的决定。

这就是莱杜克选择纳撒尼尔的原因吗?因为伽马什接受了他的申请?莱杜克想要腐化每一个由伽马什接受的学员吗?

"你收拾一下过夜用的东西。"拉科斯特站起身说道,"这张地图也一起带上。"

纳撒尼尔也站了起来:"为什么?"

"没人教过你不要质疑命令吗?"

"没有。"

"那么现在教给你了。"

她摇了摇头,转身离开。她看得出伽马什在校长这一新岗位上正面临着巨大的挑战。

"应该就在某个地方的。"爱梅莉亚回答道。

一开始是凶杀组的警员,现在是爱梅莉亚自己在整间寝室里到处翻找,而让-居伊·波伏瓦则站在一旁看着。

寝室里只有一张单人床、一张书桌、一个储物柜和一个小壁橱,爱梅莉亚的制服就挂在里面。搜查这样一间房间不需要花很长时间。

储物柜的抽屉都是空的,只有几双袜子和几件内衣裤。

然而到处都是书。书桌上有一排,地板上也放着一堆,墙壁的架子上也有一排。爱梅莉亚还用简易材料搭起了一个书柜。

她翻开每一本书晃动,但是没有任何东西掉出来。

"行了。"波伏瓦说道,"地图根本就不在这儿。"

他指了指床,爱梅莉亚在床沿上坐下。他又拉来一把椅子自己坐下,然后将身子朝爱梅莉亚靠过去并轻声问道:"它在那儿?"

"我不知道。"

她看上去显得非常困惑。

波伏瓦看着她,他并不喜欢这个女生。不过,他必须得承认,自从开学以来爱梅莉亚·肖凯就一直是这副样子,她并没有去刻意掩饰自己。

她的打扮既让人感到新奇,又令人感到恐慌。

然而,波伏瓦知道这并不意味着她不会撒谎。

"你是不是给莱杜克教授了?"

"什么?"爱梅莉亚问道,"没有,当然没有。我为什么要给他?"

"你最后一次见到那张地图是在什么时候?"波伏瓦问道。

"我不记得了。"

"好好想想,学警。"

到目前为止,波伏瓦对爱梅莉亚仍然保持着克制。波伏瓦在学校教授犯罪现场调查和技能,但爱梅莉亚知道,他曾经是伽马什校长的副手,同时他也是伽马什校长的女婿。爱梅莉亚是从伽马什家里摆放的照片上得知这一点的。不过,爱梅莉亚一直将这个秘密埋在心里,她想等到某个关键时刻才把这个秘密说出来。

然而，爱梅莉亚并不知道波伏瓦是凶杀组最有前途的一位警探，她也不知道波伏瓦是安全局最资深的一名警官。这些她都一无所知。

直至这一刻。

就在她眼前，教授变身为资深警探。

爱梅莉亚摇着头，无奈地举起双手。

"我真不知道它在哪儿。"

"莱杜克教授是否要求你成为他的仆人？"波伏瓦问道。

"他没有要求，"她回答道，"他只是跟我说说而已。他并没有要求我成为他的仆人。为他服务是一种荣誉，同时也是机遇。"

"你是这么认为的？"

"我没有太多选择。我只能那么做。"

"似乎你不是很喜欢莱杜克这个人。"

"我不喜欢任何人。"她回答道。

"那你讨厌他？"

"我也不讨厌任何人。"

"是吗？"波伏瓦说道，"你真是自命清高啊。"

"听着，我到这里来是学习如何成为一名安全局警察的。我不是来交朋友的。"

"可是，你应该知道你在这里遇到的每一个人将来都可能成为你的同事，好多年的同事。所以你最好学会喜欢，或退一步说，讨厌他们。"

"是，长官。"

波伏瓦看着她，在她的眼中看到了睿智，然而也看到了慌张。

波伏瓦知道，爱梅莉亚完全有理由感到慌张。她甚至有理由感到恐惧。

她的地图找不到了。要么是她把地图给了莱杜克，要么就是别人拿走了那张地图。不管是哪种情况，人们的焦点都将集中在她身上。爱梅莉亚·肖凯将成为众矢之的。波伏瓦清楚这一点。爱梅莉亚本人也清楚这一点。

"请你收拾一下东西。你可能要去别的地方住几晚。会有警员陪你一起去。"

"为什么？就因为那张地图？"爱梅莉亚在波伏瓦身后喊道。不过，波伏瓦并没有搭理她。

"我能进来吗？"拉科斯特问道，她又敲了一下门，然后开门走了进去，"你和市长以及市警负责人都见过面了？"

伽马什从办公桌后站起身，指了指沙发边的一把椅子，自己在另一把椅子上坐了下来。

"是的，可怜的市长大人。过去几个月我都一直努力想挽回他对学校的信任，最后他终于同意配合警校开展志愿者活动。没想到现在竟发生了这样的事。"

"可这两者之间并没有关联啊。"拉科斯特说道。

"是的，但这件事大大破坏了学校的名声。我们学校的一名教授被人谋杀了，你觉得市长还会同意社区的孩子们到我们学校来游泳或打冰球吗？"

"我明白。"拉科斯特回答道。她看得出伽马什此刻真的十分难过。不过，她也看得出，伽马什并非为莱杜克被谋杀而难过，他难过的是像市长这样的好人以及当地的孩子再次因为莱杜克而受到了伤害。

"市警负责人似乎很乐意帮助我们破案。"伽马什说道。

伊莎贝拉·拉科斯特用手抚平裤子上的褶皱，然后抬头看着阿尔芒·伽马什。

"我没想到这里的环境竟是如此险恶。"

伽马什笑了："坦白说，我也没想到。我刚来学校时认为一定会遇到麻烦。现在真的遇到了。我原本以为莱杜克会继续控制学校。他也的确那么做了。我原本以为三年级的学员都已经被洗脑了。他们中的大多数也的确如此。"

他看着拉科斯特，思考了一会儿。

"你知道为什么部队只收十八岁的年轻人？"

"是因为既年轻，身体又健康？"拉科斯特问道。

"难道十八岁会比二十三岁更健康？当然不是因为这个。因为十八岁的年轻人更具可塑性。你可以让一个十八岁的人相信一切东西,做一切事情。"

"街头混混和恐怖组织也可以利用这一点。"拉科斯特说道。

话一出口,她自己也不禁吓了一跳。措辞看似不经意,但想法应该已经存在一段时间了。瑟奇·莱杜克不就是利用了这一点将警校变成了一个恐怖分子培训营吗?

短短几年,他就玷污了原本声誉良好的警校。不仅如此,来自学校的学员成了安全局的警察。他们还会升迁,从而进入安全局的核心部门——不,不是"还会",而是"已经"。

最糟糕的是,这些年轻的学员并不认为这有什么不对。他们一直被灌输自己所做的完全正确。

阿尔芒·伽马什选择校长一职是有原因的。那就是要矫正这些错误的想法,而为此他必须制止瑟奇·莱杜克为所欲为。

此时伽马什站起身朝办公桌走去。

她忽然警惕起来,那是受过专业训练的警察本能的反应。

瑟奇·莱杜克现在被制止了,被完全而彻底地制止了。

但是这一切不是伽马什先生干的,她这样告诫自己。伽马什和这一切没有任何关系,他什么事都未参与。

她看着伽马什拿起一份档案材料,然后走回刚才坐的椅子边。

"你本可以解雇他的,长官。"她说,"也许无法以贪污的名义逮捕他,但解雇他至少可以阻止他造成更多的伤害。"

"解雇莱杜克解决不了任何问题,那只会把问题转嫁给其他人。莱杜克这种人总能找到适合他们的土壤。不在安全局,他也会在市警或是私人侦探所里找到机会。我不能让这种情况再度发生,一切必须有个了结。我要让那些受他影响的人看到我们再也不会容忍这种胡作非为。"

"那你原本打算怎么做呢?"

伽马什一脸困惑地看着她:"你问我打算怎么做?你觉得是我在凌晨时分开枪打死了莱杜克?"

"我必须提这个问题。"她说道,"你也必须回答。我现在正在调查这起凶杀案呢。"

"你不必问。我也不必答。"伽马什说道,他将背靠在椅背上,"你觉得我会做出杀人这样血淋淋的事情吗?"

拉科斯特愣了一会儿,直视伽马什的眼睛说道:"我觉得你会这么做。"

两人面面相觑了好一会儿。

"如果杀人对自己有利,我也会这么做。"她补充道。

"在必要的情况下的确如此。"伽马什说道,他慢慢地点着头。

"没错。"

"但问题是,什么样的情况才算是必要的情况呢?"伽马什问道。

"你应该再清楚不过了。瑟奇·莱杜克已经占了上风。几乎所有三年级的学员都已经被他洗脑。你自己也说过他们已经无法被救赎了——"

"我是说几乎无法被救赎。我还没有放弃他们。"

"那么你为什么不亲自教三年级的学员而只教新生呢?"

"因为我想让更优秀的教师来教高年级学员。那个人能教会他们更多东西。"

"让-居伊?"拉科斯特问道,她并没有掩饰自己惊愕的表情。

"米歇尔·布雷伯夫。"

伊莎贝拉·拉科斯特一动不动地坐着,仿佛有什么可怕的东西正在进入房间似的。她不想被那个东西发现。

终于她开口说话了。

"一个声名狼藉的叛徒?"

"一个案例。"伽马什回答道,"他是一个展示堕落下场的活生生的案例。堕落将他所有在乎的东西都夺走了。他的同事、朋友、自尊、工作以及家人都离他而去。他失去了曾经拥有的一切。瑟奇·莱杜克向学员保证他们会获得权力与荣耀,那么米歇尔·布雷伯夫就是最好的反面教材。一个腐败堕落的安全局警官最终的下场。"

"布雷伯夫知道这些吗?"

"他只知道我给了他一次赎罪的机会。关闭罪恶的大门。"

伊莎贝拉·拉科斯特微微将脑袋歪到一边,她并不明白伽马什话里的意思。

"如果他并不打算赎罪呢?"她问道,"如果他利用这次机会卷土重来呢? 也许他会再次腐败堕落,再次找到适合自己的土壤。难道你不担心把布雷伯夫、莱杜克以及那些容易受到蛊惑的学员放在同一所学校最后会演变成一场浩劫吗?"

"我当然担心。"伽马什咬牙切齿地回答道,不过很快便恢复了平静。他看着拉科斯特,眼睛里透出敏锐而愤怒的目光:"你不知道我每时每刻都在担心。但是你该如何熄灭一场野火呢? 点起另一场火。"

"可控火烧①。"伊莎贝拉·拉科斯特沉吟道,然后她压低嗓音:"可控。"

"你认为我已经无法掌控学校了?"

"学校里死了一名教授。校长演讲时被学员呛声。"她叹了一口气,"我的确认为你已经无法掌控大局了。我是怀着极大的敬意才说这番话的。我原本以为你可以很好地解决这些问题。"

"你认为是我把事情搞砸了?"

她张了张嘴,没出声。

"我可不会坐在这儿告诉你杀死莱杜克是我计划中的一环。"伽马什说道,"我也不会告诉你任何毫无根据的猜测。我是不会退缩的。你也从来没有退缩过,伊莎贝拉。即使当你能够退缩的时候,你也从来没有退缩过。"

他的脸上露出了微笑,他那双深邃的深褐色眼睛凝视着伊莎贝拉,正如当年他奄奄一息躺在一家工厂的地板上、伊莎贝拉绝望地为他止血时一样。当时自动武器在他们的头顶上喷射着火光,周围的墙壁上布满了

---

① Controlled burn,指在火势蔓延前预先烧除蔓延方向上的可燃物,以起到阻遏火势的效果。也称"计划火烧"。

弹孔,空气中弥漫着烟尘以及伤者的尖叫。

当时伊莎贝拉和他在一起,紧紧握着他的手,心照不宣地听他做有可能是最后的嘱托。他说:蕾娜-玛丽。

这是他当时用尽力气在她耳边说出的话。他的语气里饱含着幸福,同时又满含愧疚。

当然,伽马什最后活了过来。伊莎贝拉也没有必要传达他的遗言。

"现在我不会退缩。"他说道,"我们必须坚持到底。"

"是。"伊莎贝拉回答道。

"我们遇到过比这更糟的情况,不是吗,伊莎贝拉?"他问道。

伊莎贝拉笑了:"是的。至少这里的学员不会朝我们开枪。现在还没有。"

伽马什呵呵笑了一声:"我已经让市警悄悄将库房里的弹药转移到其他地方去了。枪支还留着,但是无法开火。"

伊莎贝拉脸上的笑容消失了:"我刚才只是在开玩笑。你真的觉得有这必要吗?"

"我可不希望再发生凶杀案。"他说道,脸上的表情变得异常严肃,"我们必须保证学员们的人身安全。凶手现在被困在学校里了,这比凶杀案本身更可怕。我们不能让库房里的弹药落入凶手手中。"

"也不能让凶手拥有追随者。"伊莎贝拉·拉科斯特说道,她忽然想起了发生在大礼堂里的那一幕,"瑟奇·莱杜克似乎拥有很多追随者。"

"是的。你有没有发现谁特别悲伤?"

她愣了一会儿,思考片刻之后摇摇头:"没有。"

"的确没有。"伽马什说道,"这就是'国王的呼吸'的问题。"

"'国王的呼吸'?"

"国王的呼吸掀起的泡沫,国家的弄潮儿。"伽马什说道,"我真希望地让-居伊能在这儿。"

"又是一首诗?"她问道,她知道肯定是这样。

"嗯,是的,是乔纳森·斯威夫特的诗句①。"

伽马什把他刚从办公桌上拿来的那份材料递给她。

"这是什么?"

"是杀死莱杜克的那把枪的相关信息。"伽马什回答道,"你看一下,然后告诉我你的想法。"

她拿起那份材料,然后站起身:"行,我会看的。你这里有没有我可以用的办公室?"

"在走廊对面有一间会议室。"

"太好了。"

拉科斯特已经站了一会儿,而伽马什仍然端坐不动。她明白伽马什似乎还有话要说,于是又坐了下来。

"还有什么事?"

"是政治方面的考虑,恐怕对破案帮助不大。"伽马什说道,"管理一个部门有太多东西需要考虑,尤其像安全局凶杀组这样有较高威望的部门。"

"所以?"

"正义要以看得见的方式加以实现。"

"我同意。"

这是一句古老的格言。伽马什不会随意说出这样的格言。一旦说了,那他一定会照做。

"'正义不仅应得到实现,而且要以看得见的方式加以实现。'"拉科斯特说道,"你想说什么?你觉得有必要召开新闻发布会吗?"

"这主意不错。但是我想的比这更微妙。这里可是魁北克安全局警校。这里的教师大多是以前安全局的警官,或是借调来的在职警官——比如说波伏瓦,或是和安全局有千丝万缕的联系——比如说我,我是凶杀组的前任领导,你的前任上司。"

拉科斯特探长明白了伽马什的意思。

---

① 这是斯威夫特《为一名已故著名将领之死所作的讽刺哀歌》中的诗句。

"所以说现在是安全局调查安全局。"

"而且还是一起凶杀案。"伽马什补充道。

拉科斯特若有所思地点点头:"你觉得我应该打电话给布鲁内尔总警司叫她安排外部机构的人来接手吗?"

"不,"伽马什摇摇头,"不要别人接手,而且你必须抵制这种选择。你只需要叫他们派一名外部调查员来确保办案的公正性就可以了。"

拉科斯特坐在椅子上思索着,显得有些不高兴:"你以前遇到过类似的事吗?"

"有过两次。这的确令人不快,但却又是必须得做的事,主动提出总比被动接受要好。我猜布鲁内尔总警司现在可能也在思考这个问题吧。"

拉科斯特掏出手机,然后拨通了总警司办公室的电话:"我还需要注意什么吗?"

"不用了。"伽马什回答道,他站起身,"太多注意事项反而会把事情搞砸。这件事就交给你了。"

伽马什走到办公室外间,让-居伊恰好走了进来。

"他们已经准备出发去三松镇了,长官。"

"很好,谢谢。"

现在一切就绪,波伏瓦看得出伽马什此刻十分紧张。

"还有一件事。"让-居伊说道,"他们中有一个人的地图不见了。"

"谁的地图不见了?"

"那个哥特风女孩。"

"爱梅莉亚?"

波伏瓦扬了扬眉毛:直呼名字?

"是的,正是肖凯学警。"

"她怎么说?"

"她似乎显得很吃惊。她否认与莱杜克教授有特殊的关系。她只是每天早上为莱杜克送早餐,晚上有时参加莱杜克的私人聚会而已。"

"所以那都是真的,"伽马什说道,"她的确是其中的一分子。"

伽马什深深地吸了一口气,然后又长长地叹了一口气。他看着办公室门外空荡荡的走廊。走廊里曾经随处可见学员们的身影,而现在却是一片死气沉沉。

他轻轻地自言自语,声音轻得几乎听不见:"我究竟做了什么?"

...15

"我们被您绑架了。"

"这可说得有点过分了,不是吗?"阿尔芒·伽马什说道,他站在小酒馆内看着四名学员,"这里可不是监狱。"

"您明白我的意思。"雅克说道。

"是的,劳林学警。我听见你说话了。"

爱梅莉亚在想雅克是否明白伽马什校长的话。然而,雅克此时过于专注于自己,看上去不像是会听别人说话的样子。

"我们为什么要来这儿?"惠芬·克鲁蒂耶问道。她更有礼貌,但仍能听出些许埋怨。

下午的小酒馆坐满了人。不过他们这桌却不受干扰。应伽马什的要求,奥利维把他们安排在角落里的一桌,正好介于墙壁和窗户之间。当伽马什走进小酒馆时,几名学员立即站了起来。伽马什示意他们坐下,然后从另一张餐桌边拿来一把椅子。

在这并不熟悉的环境中,爱梅莉亚反而有种到家的感觉。这里没有寄宿屋内尿液和香烟的味道，也不像警校那样显得空空荡荡。这里弥漫着熏木和咖啡的香味。她能听见壁炉里的火在噼啪作响、周围食客欢声笑语。那笑声不像回荡在学校走廊里的笑声那般响亮，而是一种窃窃私语，是从愉快的内心深处发出的声音。

先前走出校门后，她被带上一辆没有标志的安全局车辆。车子已经启动，纳撒尼尔坐在车子后座上，前排坐着两名便衣警员。车子驶向荒野深处，离警校和安全局总部越来越远，爱梅莉亚开始不安起来。

轿车驶离了主干道。过了一会儿，行驶到了一条狭窄的公路上。最后开进了一条泥泞的小路。

"你们要带我们去哪儿？"爱梅莉亚问道，此时车子正缓缓驶上一座小山丘，"我们这是在哪儿？"

"我们当然不是在堪萨斯。"其中一名便衣警员转过头来说道。

他竟然是加布里。爱梅莉亚立刻认出了眼前的小镇是三松镇。

"三松镇。"爱梅莉亚说道，"我们怎么会来这儿？"

"老实说，"奥利维一边推开小酒馆的门一边回答，"我也不知道伽马什先生为什么要把你们带到这儿来。但这的确是他的要求。"

学员们被带到为他们预留的餐桌旁，奥利维解释说伽马什校长要他们在这里等他。

过了一会儿，惠芬和雅克也来了，是两个女人开车带他们来的。她们一个是一家书店的店主，另一个则是一位画家。在将惠芬和雅克带到餐桌旁之后，女画家便回家去了，而书店店主则坐到了另一张餐桌，她点了一杯啤酒和一块三明治，并始终看着这几名学员。

学员们吃过午餐，又喝了好几杯咖啡。他们一直等着。终于，伽马什校长来了。

"为什么我们要来这儿？"伽马什就座时雅克将惠芬的问题又重复了一遍。

阿尔芒向奥利维要了一杯浓咖啡，然后转身看着学员们："我让我的朋友把你们接到这儿，因为我们必须对你们的行踪保密。只有拉科斯特探长和波伏瓦探员知道你们在这儿。我不想让安全局的警员开车送你们。我不想让其他任何人知道你们的落脚点。"

大家不自觉地向伽马什凑过来。

惠芬和纳撒尼尔异口同声地问道:"为什么呢?"

然而,爱梅莉亚和雅克并没有发问。伽马什猜测他们是否已经知道自己是嫌疑犯了。他们几个都有谋杀莱杜克的嫌疑,或是成为下一个受害者的可能。

他看着这几张年轻而困惑的脸庞,又看了看他们身后的小镇以及小镇后方的山丘。那是接他们的车子驶来的道路。他忽然想起了学员们第一次拜访小镇时山丘上的车灯灯光。

那束灯光犹如一双眼睛一般凝视着他们。然后它渐渐远去。

伽马什不知道车里坐的人是谁。不管是谁,那个人一直在跟踪伽马什。伽马什开始变得忧心忡忡起来。

或许自己并不是那个人的目标?或许那个人跟踪的是这几名学员?

是所有人吗?

还是只是其中的某一个?

"我们为什么要来这儿?"惠芬再次问道,这一次她的语气显得很急促。

"我把你们带到这儿来是因为我有一项工作要交给你们。"

"让我猜猜看,"雅克说道,"您想让我们给您铲雪或是为您做饭?"

雅克故意说得很大声。周围餐桌上的客人都回头看了他们一眼,然后继续吃饭。

"我想你一定把我当成莱杜克了。"伽马什说道,他的声音显得很理性,似乎并没有被冒犯的感觉。一只猛禽又怎么会被一只小飞虫所干扰呢?"事实上,我交给你们的这项工作十分艰巨而且非常重要,你们一定要保密。我希望这能有助于莱杜克教授谋杀案的调查。"

伽马什的这番话对这几名年轻人而言显得如此坚定而诚恳,即使雅克也保持着安静,耐心地聆听着。爱梅莉亚则将身子向前靠过去。

伽马什认为他们还太年轻,无法明白其中的利害关系。

"在莱杜克教授的床头柜抽屉里发现了一张地图复印件。"伽马什说道，他将那张地图放在了餐桌上。

只有纳撒尼尔注意到爱梅莉亚的脸忽然变得煞白。她的脸色原本就很苍白，而现在白得几乎快透明了。

"调查组以外的人现在还不知道这件事。"伽马什继续说道，"我不知道莱杜克怎么得到的这张地图，或者他为什么会有这张地图。"

"是谁的地图？"惠芬问道。

"凶杀组正在调查。"伽马什回答道。

爱梅莉亚一言不发地看着伽马什。

"这就是警方要求我们拿出地图复印件的原因吗？"雅克问道。

"是的。我也希望你们随身带着自己的地图复印件，因为我需要你们从中发现一些东西。"

伽马什的目光渐渐地聚焦在了爱梅莉亚身上。

自从开学第一天以来他就一直在关注爱梅莉亚的成长。

爱梅莉亚的成绩是所有一年级新生中最出色的。然而，到目前为止她没有参加过任何志愿者活动，也不属于任何俱乐部或体育团队。每次吃饭的时候她总是一个人坐着。

今天下午来三松镇之前，伽马什特地看了一眼爱梅莉亚的寝室搜查报告。没有毒品，也没有酒精饮料，只有一些从厨房里拿来的巧克力曲奇饼。

此外，也没有任何关于父母的照片、信件或是卡片。

警校仿佛就是她的出生地——一个二十岁的新生儿。然而，阿尔芒·伽马什确切地知道她究竟来自哪里。

用眼角的余光，他看到在爱梅莉亚坐的椅子边上放着一个粗呢背包。背包显得鼓鼓的，粗呢帆布都被撑开了。

伽马什猜得出里面装了什么。衣物和洗漱用品，此外还有爱梅莉亚·肖凯最珍视的东西——书籍。

伽马什在想，露丝·萨多的那本小小的诗集是否也装在这个背包里了呢？那是爱梅莉亚从他家里拿走的诗集。他不愿把这种行为称为"偷盗"。他仍希望有朝一日她会将那本诗集物归原主。

学员们的目光从地图转向了伽马什。

伽马什看到窗外有一辆车正在向这里靠近。他一眼就认出了那辆车。

他压低声音,用急促的语气说道:"我希望你们继续研究这张地图,尽你们所能地找到所有相关信息。谁画了这张地图?为什么要画这张地图?这张地图有何用处?地图里是否隐藏着对莱杜克教授而言十分重要的东西?"

伽马什看到那辆车已经停在了自家的门口。

他站起身。学员们也站起身。

"还有一个问题。既然某个人花了时间和精力画了这张地图,他又为什么要把它藏在墙里呢?"伽马什问道,"我现在得走了,不过我很快就回来。你们待在这儿。"

伽马什将他的地图复印件塞进口袋,然后转身离开了。

爱梅莉亚用目光追踪着离去的伽马什。他走得比一般放松状态下稍快,但一离开小酒馆,他的步伐便慢下来。他沿着小镇绿地缓缓地朝自己家的方向走去。一个男人和一个女人正站在他家的门前等着他。

爱梅莉亚不认识那个男人。那人五十岁左右,留着灰白的头发。最令人惊讶的是他穿着一件警官制服,但那并不是安全局的制服。这件深蓝色的制服上配有金黄色的纽扣和徽章。他还戴着一顶系着金黄色丝带的帽子。当伽马什走近的时候,他挺直腰杆。他并没有敬礼,而是很亲切地走上前去。

爱梅莉亚认为伽马什校长以前一定是个大人物,否则如何能得到这位高级警官的礼遇呢?同时爱梅莉亚又在想,伽马什究竟犯了什么可怕的错误才会被降职来到圣阿尔封斯担任安全局警校校长一职呢?

伽马什和那个男人亲切地握着手。这时爱梅莉亚开始关注起那个女人。那个女人穿着便衣,留着一头金发。她虽然身材娇小,但却给人一种敬畏感。即使离得那么远,爱梅莉亚仍能感受到那个女人强大的气场。

爱梅莉亚睁大眼睛。

"见他妈的鬼!"

"你说什么?"惠芬问道,她顺着爱梅莉亚的目光看去,"那两个人是谁?"

"我怎么知道?"爱梅莉亚回答道。

那是安全局凶杀组的探长,也就是爱梅莉亚之前在电视上看到的那个人。当时喝醉酒的女房东正跷着腿躺在躺椅上看着电视。

爱梅莉亚站起身朝小酒馆的出口走去。

"别动!"

包括爱梅莉亚在内,小酒馆里所有人都静止不动了。

"到这儿来!"

爱梅莉亚转过身。当其他人意识到命令的对象原来是这个年轻女孩时,纷纷调转视线,不忍直视惨剧发生。

露丝用她弯曲的手指指着自己餐桌边的一把空椅子。犹豫片刻之后,爱梅莉亚走过去并坐了下来。

"他不是告诉过你们待在这儿吗?"露丝说道。

"你是露丝·萨多?那位诗人?"爱梅莉亚问道。

"我听说警校里发生了一起凶杀案。是你干的吗?"

露丝睁大眼睛用极为锐利的目光看着爱梅莉亚。爱梅莉亚觉得露丝的眼睛快要流血了。

在露丝身边,鸭子罗萨点着头发出嘎嘎的叫声。

爱梅莉亚感到自己的大脑一片空白。她只记得伽马什校长曾要送一本书给她,但被她回绝了。不过,没过多久她在一家二手书店里看到了一本并且买了下来。那就是马可·奥勒留的《沉思录》。

> 人生的目标并非成为大多数,而是不要让自己陷入疯狂。

爱梅莉亚知道此刻自己已经深陷于疯狂之中。

...16

伽马什在走过小镇绿地时看清了来访者制服上的徽章：皇冠下三颗星，那星星的形状来自历史悠久的巴斯骑士勋章。

一位加拿大皇家骑警的高层，助理警监。

伊莎贝拉·拉科斯特刚想开口介绍，但那个男人已经上前一步迎接伽马什了。他伸出一只手，脸上露出了微笑。

只是这微笑主要出于礼节而非愉快，毕竟，他来这里是为了调查一起凶杀案。

"伽马什校长。"他说道，"很遗憾在这种场合与您相见，但是能和您相识我真的感到十分荣幸。"

"这位是杰力纳斯副警监①。"伊莎贝拉·拉科斯特介绍道，"他来这儿帮助我们一起调查。"

"帮助"只不过是一种委婉的说辞罢了。无论杰力纳斯副警监表现得

---

① 加拿大皇家骑警最高指挥官为警监，以下为副警监、助理警监。

如何礼貌,他都将像一条警犬那样,始终盯着安全局的人员,监督他们的一举一动。

"我是保尔·杰力纳斯。"皇家骑警副警监说道。

"我是阿尔芒·伽马什,"伽马什回应道,"很高兴认识您。"

握手十分有力,但并不生疼。他并不试图展示力量,或者说没这个必要。握手只是做做样子而已。

"副警监从渥太华来。布鲁内尔总警司打电话请求协助调查时他正好在视察蒙特利尔的皇家骑警地区总部。"拉科斯特解释道。

"这真是太好了。"伽马什说道。

"是的。"杰力纳斯说道,"我当时就要求能尽快安排我们三个人见面。不过,我没想到见面的地点会在这里。可爱的小镇。"他看看四周。

他的语气十分委婉,但很明显他并不打算在三松镇停留太长时间。

"实在抱歉。"伽马什说道,"我必须待在这儿处理一些事。不过,我会尽快回学校。我很抱歉让您开车来这儿。"

"没什么。老实说,我觉得这样更好。"杰力纳斯说道,他在伽马什陪同下朝伽马什家门口走去,"能够远离城市的喧嚣还是不错的。不过,现在的情况有点尴尬,我正在介入别人的案件调查。虽然以前我有过一次这样的经验,但这并不是我喜欢做的,可是又不得不去做。所以一开始能够在远离凶案现场的小镇里聊聊天还是颇为轻松的,而且这里很隐蔽,至少不会受到外界的干扰。来这里的路上,拉科斯特探长已经和我聊过案情了。"

"所以现在您想跟我聊一聊?"

"是的,如果可以的话,就我们两个。"

伽马什让副警监走在前面,此时他们已走上了门廊:"您去过凶案现场了吗?"

"我去过了。我在路上浏览了一下初步报告。"

"那么您了解的情况可能比我还要多。"

"我可不这么认为,校长先生。"

杰力纳斯说话的语气很柔和,但是伽马什却感到他的话里带着警告的意味。

不要相信你的任何所想,他这样告诫自己。但是……

就在这时,门上突然冒出了一张脸。那张脸卡在房门的玻璃框内,正竖着耳朵、睁着大大的眼睛看着伽马什他们。

伽马什大笑起来。他看到亨利正用后腿站立趴在门上迫切地向外张望,它伸着长长的舌头,身体随着尾巴的剧烈摆动而晃动着。它显得很兴奋,因为它听到了熟悉的声音。

"啊,亨利。坐下。你堵在门口,我们都进不来。好孩子,坐下。"

阿尔芒温情脉脉地说着这几句话,他并不在乎别人怎么想。

然而,这时屋子里传来一个陌生的名字。

"好了,格蕾丝。好了,别动。"

格蕾丝?伽马什一头雾水。

他打开房门,发现亨利已经坐了下来,用力摆动着尾巴,咧着大嘴仿佛正在微笑似的。它那如同雷达天线般的耳朵向上竖着,似乎开心坏了。蕾娜-玛丽站在亨利身后,脸上挂着笑容。

那是略显歉意的笑容。

"你们可能……"蕾娜-玛丽朝地板上的一摊污渍指了指。

"哎呦!"阿尔芒叫了一声,他低头望向那摊污渍。此时,他的目光被另一个东西吸引了。

在蕾娜-玛丽的怀抱里有一个东西正在蠕动。

"请进。"他扭头对客人们说道,"但是当心……"他指了指地板上的污渍,他看到杰力纳斯和拉科斯特先是皱了皱眉,然后十分客气地笑了起来,仿佛门口的那摊污渍是一块迎宾的红地毯似的。

大家小心翼翼地迈过那摊污渍走进了房间。

"给你抱。"蕾娜-玛丽将怀里的那个东西塞给伽马什,然后去清理门口那摊污渍。

"哇喔,"拉科斯特凑到伽马什身边,"瞧瞧这是谁呀?"

"我也不知道。"伽马什回答道,他感觉那个东西正在剧烈扭动身子,"我猜它就是格蕾丝吧。"

"它好小啊。"杰力纳斯说道,此时他也走到伽马什身边,"我能摸一下吗?"

伽马什点点头。杰力纳斯伸出手摸了摸那东西的脑袋:"它好软啊。"

蕾娜-玛丽拿着海绵球、肥皂水以及消毒喷雾剂回来了。

"我能帮您吗,女士?"杰力纳斯问道。

"不用,谢谢。我已经不是头一次干这活儿了。而且说实话,今天也不是头一次了。"

"我们是不是应该谈一谈?"阿尔芒问道。

格蕾丝在伽马什的怀里停止了扭动。伽马什感觉它渐渐放松了下来。当伽马什抚摸它的时候,它仍会颤动。它从头到尾只有伽马什手掌般大小。

"你先介绍你的,然后我来介绍我的。"蕾娜-玛丽说道,她用海绵球指了指伽马什带进屋的客人。

杰力纳斯和拉科斯特都笑了起来。

"伊莎贝拉我当然认识。"蕾娜-玛丽说道,她脱掉手上的橡皮手套,然后上前吻了一下伊莎贝拉的脸颊,"欢迎你,亲爱的。"

"这位是保尔·杰力纳斯。"伽马什说道。蕾娜-玛丽和杰力纳斯握了握手。

"很高兴认识您。"杰力纳斯说道,"很抱歉突然来到您家。"

"您是皇家骑警队的啊,"蕾娜-玛丽说道,"欢迎大驾光临。"然后她转身看着伽马什,"你们这是要干嘛?"

"杰力纳斯副警监来这儿帮助我们调查莱杜克教授的凶杀案。"伊莎贝拉回答道。

"明白了。"

阿尔芒已经在电话中把学校里发生的事情告诉蕾娜-玛丽,所以她并不吃惊。大家注意到,她并没有对莱杜克的死表现出哀悼或是同情。对于一起已经颇为复杂的凶杀案而言,没有必要故作怜悯。

"现在该你来介绍你的客人了。"伽马什低头看着已经在他怀中睡着了的格蕾丝。

"你还记得早上我告诉过你,克莱拉要了一只小狗崽吗?"

"就是这只吗?"阿尔芒问道。

"不是。"

"那它是从哪儿来的?"他问道,"它究竟是什么?"

格蕾丝看上去并不像一只小狗。

"它看上去像一只土拨鼠。"伊莎贝拉·拉科斯特说道。

"它也可能是一只小香猪。"杰力纳斯说道。

"上帝啊,别告诉这是真的。"阿尔芒说道。

"亏你们还调查案子呢。"蕾娜-玛丽笑着说道,她将格蕾丝从伽马什的怀里抱了过来,"它可没有蹄子。它不是猪。"

"露丝的头上也没有长犄角,"伽马什反驳道,"但是我们都知道……"

"格蕾丝不是小香猪。"蕾娜-玛丽用肯定的语气回答道。

"那么它是什么?它可不像小狗。"

"嗯,"蕾娜-玛丽犹豫片刻说道,"我觉得它是。"

"你觉得?"

"我还没有带它去看兽医。它是比利·威廉姆斯在垃圾桶里发现的,当时他打电话给我——"

"至少它不是一只臭鼬。"伊莎贝拉说道,"你们觉得呢?"

"会不会是一只雪貂?"杰力纳斯说道。

蕾娜-玛丽将格蕾丝放进壁炉边的一个笼子里。笼子里铺着软和的毛巾,还摆放着几个小玩具。

四个成年人和亨利都目不转睛地看着格蕾丝,犹如医生在诊断疑难杂症一般。

格蕾丝显得那么小,很难确定它到底是什么动物。它长着一双圆圆的耳朵和一条细细的尾巴。爪子上还长有锋利的指甲。除了一小簇黑毛外,它全身光滑无毛。此刻它正睁着眼睛,看着周围。

"它是一只小狗崽。"伽马什说道,然后挺直了身子。

"你要不要连说三次以证明其真实性?"拉科斯特问道。

"你不信?"伽马什反问道。

"我还是保留自己的看法吧。"

"聪明。"杰力纳斯副警监说道,"我还是坚持认为它是一只雪貂。不好意思,女士。"

"没关系。"蕾娜-玛丽说道,"我很赞赏您能始终坚持自己的观点,即使您的观点是错误的。"

毫无疑问,蕾娜-玛丽的话里隐藏着些许警告的意味。

杰力纳斯点点头。他明白自己不能干涉蕾娜-玛丽的想法,即使格蕾丝真的就是一只雪貂。

"我们需要谈一谈。"伽马什说道。他用毛巾将格蕾丝裹起来,然后将一只手放在格蕾丝身上。

"好的。"拉科斯特说道,"我得尽快回学校去。你会回来吗?"

她看着伽马什,伽马什微微点了点头。

那几名学员此时就在三松镇。可是杰力纳斯和拉科斯特却见不到他们。伽马什想把他们暂时保护起来。

"今天下午我就回学校。"伽马什说道,"我会和杰力纳斯先生详细说明案情,然后我会开车送他回来。"

伊莎贝拉走了。蕾娜-玛丽想给自己的丈夫和杰力纳斯准备午餐:"您可能已经饿了吧?"

"的确饿了。"杰力纳斯回答道,"不过,您不必麻烦。我刚才在小镇里看到有一家小酒馆。"

"我们最好还是找个更隐秘点的地方谈论案情吧。"伽马什建议道。他将杰力纳斯带进厨房,然后切了几片新鲜的面包,杰力纳斯也搭手烘起了三明治。

"您妻子很会体贴人,校长先生。"杰力纳斯说道,他们正肩并肩地准备午餐,"不仅是对那只雪貂——"

"——是小狗。"

"好吧。您是一个幸福的人。"

"您指的是在门口留有一摊狗尿很幸福吗?"

"即使那样您也很幸福。"杰力纳斯回答道,他低头看着自己切的三明治,"我妻子和您的妻子很像。她总是喜欢把一些小动物或是朋友带回家。"说着说着,他的手停了下来,声音变得哽咽起来,"三年前她去世了。有时我觉得她永远离开我了,而有时我仍然能闻到她身上的香水味,仍能听见她的脚步声。有时我抬起头,期待能再次见到她的身影。"

"对此我深表难过。"伽马什说道。

"就在我妻子去世之后,我接受了加拿大驻巴黎大使馆的工作邀请。我想离开这里换一个环境。不过,几个月前我又回到了加拿大。"

"换个环境对您有帮助吗?"伽马什问道,"我是指巴黎。"

"还不坏。"杰力纳斯微笑着回答道。

伽马什也笑了起来。他点点头,然后将煎锅里的三明治翻了个身。他觉得自己的问题显得十分老套。

杰力纳斯的年纪和伽马什差不多。他现在正在经历人生最艰难的时刻。

然而,伽马什还知道更多内幕。

杰力纳斯副警监被派往驻巴黎使馆可不是去参加礼节性活动的。他以前一直为加拿大情报部门效力,过去几年他很有可能在从事间谍工作。

现在他受魁北克安全局之邀来到这里监督凶杀案的调查工作。

"您这里的环境真不错,校长先生。"杰力纳斯说道,他将烘好的三明治放在餐桌上,"安全局警校一定对您很有吸引力吧,否则您怎么愿意来担任校长呢?"

杰力纳斯的语气十分委婉,犹如朋友之间的随意聊天一般。但是他和伽马什都清楚这可不是随意的聊天。

"我来警校的目的是想整顿学校的管理工作。"伽马什回答道,"我想您也很清楚这一点吧。"

杰力纳斯咬了一口三明治,他点头表示同意。"太好吃了。"他一边嚼着一边说道。最后他将整块三明治吃了下去,然后说道:"有时在打扫脏乱的房间之前,我们需要让它变得更脏乱。只有变得更糟才能治理得更好。"

伽马什放下手中的三明治,目不转睛地看着坐在餐桌对面的这位皇家骑警官员。

"您究竟想说什么?"

"我想您一定会竭尽全力保护自己的家人和这个家吧。"

杰力纳斯看看厨房,然后扭头又看了看木质壁炉和窗户边的舒适躺椅。窗外能看到小镇的绿地。

"您是打算谈论瑟奇·莱杜克的凶杀案呢,还是打算谈论别的话题?"伽马什问道。

"我可没有跑题,校长先生。警校其实就是您家的延伸,不是吗?学校里的学警就是您的家人,就像以前的安全局凶杀组。您是一个天生喜欢保护他人的人。保护他人当然是一种美德。但是就像绝大多数美德一样,有时它也会变成一种负担。"

杰力纳斯小心翼翼地将另一块三明治放在盘子上。

"我明白您的感受。"

"您明白什么?"

"我明白当一个我们关心的人死了或是受到威胁的时候,我们会有多么难过。"

"我根本就不在乎瑟奇·莱杜克。"

杰力纳斯副警监噗地笑了起来:"我指的不是莱杜克。就我所知,莱杜克是一个人人讨厌的家伙。我指的不是他,我指的是警校。"

"我当然在乎警校。"伽马什回答道,"但是学校只是一个机构。如果它明天关门了,我当然会很伤心。但是我也不会伤心到非去巴黎不可。"

杰力纳斯点点头,然后清了清嗓子说道:"请您原谅,但是您是不是在故意回避问题,校长先生?我所谓的警校指的是学校里的学警。那些年轻男女都是由您负责的。虽然学校之前由莱杜克管理,但是他的管理方法很糟糕,甚至出现了滥用资金的情况。我还听说了一些传言,想必您也知道。然而,就在您接管学校几个月之后,学校里竟然发生了凶杀案。"

"您的意思是我的管理方法比莱杜克更糟?"

"我只不过问一问而已。"杰力纳斯说道,"我看过您的履历,校长先生。我知道您是一位十分出色的警探。请相信我,我十分敬佩您,也十分尊重您的选择。您做了其他人不敢做的事情。也正因为这一点我才想开诚布公地与您聊一聊。您也应该知道我来这里的用意吧。"

"我知道。"伽马什回答道,"您不是来调查莱杜克凶杀案的,您是来调查我的。"

"难道这一切不是因您而起吗？是谁把莱杜克留在学校里的？"

"我本可以开除他,但我把他留了下来。"

"所以这不是令人感到很费解吗,校长先生？"杰力纳斯用餐巾纸抹了抹嘴巴,然后将餐巾纸小心翼翼地放在餐桌上。

"您既然已经开诚布公了,那么我也开诚布公地回答您的问题。"伽马什说道,"我讨厌莱杜克,但我没有杀他。您来这里其实是我主动要求的。"

会面至此,杰力纳斯第一次露出了惊讶的神色。

"是您自己要求的？"

"是的。就在伊莎贝拉·拉科斯特给布鲁内尔总警司打电话之前,我就给总警司打了电话要求您来这里一起协助调查。"

"可是拉科斯特探长并没有提起这件事啊。"

"她应该不知道吧。"

杰力纳斯将脑袋歪到一边,仔细打量着伽马什。

"您为什么要求我来协助调查呢？"

"因为我想见见您。"

"为什么？您认识我吗？"

"您知道的,因为需要调养,我选择了提前退休。我一直在思考接下去该做什么。最后我终于想到自己究竟想做什么了。"

"是的,我听说了。"

"在我休养的那段时间里我收到了许多工作邀请,包括来自皇家骑警队的邀请。"

"是去巴黎吗？"

伽马什摇摇头。

"魁北克分局？"

伽马什又摇摇头。

"去渥太华?"

伽马什坐着一动不动,杰力纳斯则在思考着各种可能性。忽然他想到了。

"担任骑警队的警监? 他们邀请您担任骑警队的最高职务?"

"我拒绝了。您知道为什么吗?"

"因为要接管警校的工作?"

"这当然是一个主要原因。但是我是在进行了详细研究之后才拒绝了邀请。"

"您的研究发现了什么?"

"我发现有一个人比我更适合警监一职。那个人就是您。所以今天早上当我需要一个独立观察员的时候,我想到了您。我觉得这是一个认识您的好机会。看来我是对的。"

"我可不是您的门徒,"杰力纳斯说道,"这是一起凶杀案,不是工作面试。"

"没人比我更清楚这一点了。"伽马什说道,他将餐巾纸犹如文书一般小心翼翼地叠放在餐桌上,"现在让我来跟您聊聊瑟奇·莱杜克吧。"

...17

"是的,我明白。"奥利维的语气听上去并不确定,"你确定吗?"

在电话的另一头阿尔芒·伽马什轻声地说着话,他不想被别人听见。他站在书房门口,透过客厅,可以看到杰力纳斯和蕾娜-玛丽仍在后花园里。

他转过身,透过书房的窗户望向小酒馆。他看到小酒馆的窗户边有人影走动,他想那会不会是那几名学员的身影。

他仍然要求他们待在小酒馆里。没有命令,不准离开小酒馆。

"我希望你们不要再问我是不是确定了。"伽马什说道。

"如果你能给一个合理的解释的话,我想我们就不会再问了,头。"奥利维为了配合伽马什的语气也轻声地回答道,虽然他自己也莫名其妙。

"我尽力。在我们离开之前,你能让他们一直待在小酒馆里吗,奥利维?"

"当然可以。我准备了鞭子和刑椅。"

"我想这应该和露丝有关吧。"伽马什说道,他听到电话里奥利维发出咯咯的笑声,然后笑声忽然停止了。

"他们是不是遇到危险了,阿尔芒?"沉默片刻之后奥利维问道,"我们会有危险吗?"

"我正在努力避免发生可怕的事情。"伽马什说道,不过,他也知道可怕的事情已经发生了。

他将那几名学员带到三松镇就是为了防止发生更可怕的事情。

"好吧。"奥利维来到他们的桌边,"伽马什校长刚才打电话给我,他说你们必须暂时待在这里。"

"真是该死。"雅克说道,他将身子紧贴着椅背,"他把我们带到这里,然后又把我们遗弃在这里。他到底想干嘛?"

"你怎么了?"奥利维问道,"你是对校长不满,还是对所有人不满?"

"您不了解他。"雅克说道,"您以为自己了解他,可您并不了解。您只知道他是一个好邻居,但是您并不知道他真正的为人。"

"那你了解他吗?"

"莱杜克教授十分了解他。他把有关伽马什的一切都告诉我了。"

"真的吗?他说什么?"

"他说伽马什曾涉嫌一起贪污丑闻,他差一点就被开除了。他说伽马什是一个懦夫。他惹出了麻烦,然后又逃之夭夭。他让安全局的声誉大大受损。"

"够了。"

老诗人露丝和那位书店店主站起身。不过说话的并不是露丝,而是书店店主莫娜。

"冷静一点,亲爱的。"露丝说道,"他并不知道自己在说什么。"

莫娜站在露丝身边,显得怒不可遏。她的脸由于愤怒而变得扭曲起来,几乎快认不出来了。

雅克也忽然站了起来直视着莫娜。

"你是想替他辩护吗?你知道在他担任探长期间,有多少人为之丧命吗?你知道他杀了自己的上司吗?你认为我们不知道是他杀了莱杜克教授吗？莱杜克教授一定是被他杀掉了。他用枪杀死了一个手无寸铁的人，可是他却不敢承认。伽马什就是一个懦夫。"

"你这个蠢蛋。"莫娜回应道，露丝牢牢抓住她的手臂，是这温柔的接触——除非是露丝的力量——使莫娜保持着克制。

"你——"雅克说道，这时惠芬站了起来并将手放在雅克的肩膀上。她不希望雅克把所有听说的事情都说出来。看着站在自己面前的莫娜，雅克激动得浑身颤抖起来。

一个大块头的黑人女性。不，她不是女性，她甚至都算不上一个人。她只是一个黑鬼。雅克已经迫不及待地想侮辱莫娜了。

莫娜向前走了一步。露丝陪在她身边。

雅克·劳林瞪大眼睛，害怕她们会继续向自己靠近。

莫娜·兰德斯曾无数次见过那种表情。她曾在购买车票时见过那种表情，在蒙特利尔举行的民权运动游行中见过，在种族骚乱中见过，在彩色和黑白照片中见过，在最近的新闻报道和老纪录片中见过，在有关美国南北战争的档案照片中也见过。

而现在在三松镇她又一次见到了那种表情。

那种表情并非憎恶，而是一种贬低，将她贬低为低等物种。

莫娜知道，几个月之后雅克将会拥有自己的警枪并且可以使用枪支。届时他可以拿枪指着任何人。

"好了，小小的意外让事情变得更复杂了。"奥利维说道。

"什么意思？"

"伽马什先生已经支付了你们的食宿费用。"

"难道我们都要住在小酒馆里？"惠芬问道。

"我可不认为你们所有人都会住在这里。"奥利维回答道。

"那么我们住在哪儿？"

爱梅莉亚看了一眼露丝·萨多。

请让我和她住在一起吧。

露丝打了一个喷嚏，然后用莫娜的外套擦了擦鼻子。

请别让我跟她住一起。

"惠芬·克鲁蒂耶学警和我们住在小酒馆里。"奥利维说道。

"爱梅莉亚·肖凯学警——"

露丝。不要露丝。求你了,我要和露丝住一起。不,我不要和露丝住。

"——住在克莱拉·莫罗家里。"

爱梅莉亚看着露丝。老诗人看上去有些惊讶? 也许她有些失望吧。

露丝看着爱梅莉亚,朝她竖了竖中指。

一点也不。

"纳撒尼尔·斯迈思学警住在露丝·萨多家里。"

"啊,该死。"纳撒尼尔和露丝异口同声地说道。

"现在轮到劳林学警了。"奥利维看着雅克,"你猜得出伽马什校长把你安排在谁家过夜吗?"

雅克看着奥利维,他发现莫娜正站在奥利维身后睁大着眼睛看着他。

"没门。"莫娜说道。然而,奥利维点了点头。

"劳林学员住在莫娜·兰德斯家里。"

"我可不干。"雅克回答道。

"你现在只有两个选择,要么住在莫娜家里,要么就睡在那里。"奥利维指着窗外小镇绿地上的一张长凳,长凳上融化的雪水正闪耀着银光。

"我要离开这里。我是不会待在这里的。"

"当然可以。"奥利维说道,"这里不会有人阻止你离开。但是从这儿到圣阿尔封斯可有很长的一段路呢。"

"谁才是真正的懦夫?"莫娜颇为得意地说道。

雅克耸耸肩:"我可不是懦夫。"然后他转身对惠芬小声说道:"我们交换一下吧,好吗?"

惠芬摇了摇头。

"干得漂亮。"莫娜说道。

"好吧,看来你还没想好跟我换地方。"

"我从来就没想过跟你换。"

"为什么是那个家伙跟我住在一起?"露丝愤愤不平地问道,"他看上去就是一个乳臭未干的孩子。"

她用弯曲的手指指着纳撒尼尔。

"嘿,"纳撒尼尔说道,"我可是这里的贵客。"

"是吗?如果我想玩捉迷藏游戏,或许我会来找你。"

"您到底什么意思?"纳撒尼尔问道。

"啊,去玩你的——"

现在轮到莫娜将手放在露丝的手臂上了。

"克莱拉·莫罗是谁?"爱梅莉亚问道。

"她是一位画家。"惠芬回答道,她指着自己的脑袋,模仿起克莱拉蓬乱的头发,"是她开车带我和雅克到这里来的。她似乎很和善。"

奥利维指着窗外,克莱拉正在户外遛狗。那只小狗崽显得如此娇小,仿佛狗绳牵着的那一头空无一物似的。

爱梅莉亚叹了一口气。在她看来,和善的人大都头脑愚钝。

伽马什向克莱拉挥挥手。克莱拉抱起小狗,然后向伽马什走来。

"她是谁?"杰力纳斯问道,"看上去似乎很眼熟。"

"是的,克莱拉·莫罗总是显得与众不同。"

"克莱拉·莫罗?是那位知名的肖像画家吗?我曾看过她画的童贞玛利亚,太不可思议了。我一看到那幅画就被它牢牢吸引住了。不过,我最喜欢的是她的《美惠三女神》。我在蒙特利尔当代艺术博物馆看过她的个人画展。"

"她就住在那儿。"伽马什指着小镇绿地对面的一幢房子。

伽马什和杰力纳斯迎着克莱拉走去。她将小狗放到地上,伽马什向她介绍了杰力纳斯。此时的杰力纳斯完全变成了克莱拉的粉丝。

"你见过雷欧吗?"克莱拉问伽马什。

"还没呢。你好,雷欧。"伽马什一边说着,一边弯下腰。

伽马什必须得承认,雷欧是一只人见人爱的小狗崽。它有着浅棕色的皮毛,长着圆圆的如同毡帽一般的耳朵。此刻它的双耳向前竖立着,尾巴不停地摇摆着。它用后腿站立起来,明亮的眼睛睁得大大的。

它看上去就像一只小狮子。

克莱拉会不会收养了一只狮子,而蕾娜-玛丽则收养了一只鼬鼠呢?

不,雷欧肯定是一条狗,只不过现在还不知道它的品种罢了。

"格蕾丝怎么样了?"克莱拉问道。阿尔芒看着克莱拉,他想看看克莱拉是否在笑。

他没费多少力气,因为克莱拉的脸上露出了明显的笑容。

伽马什站起身,杰力纳斯则蹲下和雷欧玩了起来。

"格蕾丝很棒。"伽马什说道。

"真的吗?"

"是的,它到处小便。这让我想起了丹尼尔和安妮小的时候。我和蕾娜-玛丽第一次带他们回家时,他们也经常到处小便。不过,我可以确定丹尼尔和安妮是人类,但无法确定格蕾丝到底是什么。"

"这重要吗?"克莱拉问道。

"对你而言当然不重要。"伽马什说道,"它们真的都是从垃圾桶里捡来的吗?"

他低头看着可爱的雷欧。

"是的,它们是在同一个垃圾桶里被发现的。我猜当时可能有一只浣熊也躲藏在垃圾桶里,或许是一只臭鼬。"

"好吧。"阿尔芒说道,"那么我们该拿格蕾丝怎么办呢?它是垃圾桶里最后剩下的那一只吗?"

"不是,是蕾娜-玛丽自己选的。比利·威廉姆斯对蕾娜-玛丽很好。他把垃圾桶里的小动物拿给蕾娜-玛丽看。蕾娜-玛丽最后挑中了格蕾丝。"

她当然会这样选,阿尔芒心想,如果让他选,他也会作出同样的选择。

"亨利能适应格蕾丝吗?"克莱拉问道。

"亨利似乎觉得格蕾丝是我和蕾娜-玛丽掉在地板上的食物。"

克莱拉扮了个鬼脸,随后她转身准备离开:"那么,祝你们好运吧。"

"也祝你好运。"

伽马什说话的语气让克莱拉又转过身来:"你似乎话里有话啊,阿尔芒。"

"你很快就会明白了。"

克莱拉有些生气地看着伽马什。

在克莱拉身后,伽马什看见四名学员正站在小酒馆的窗边生气地看着他。

在他们当中谁是狮子,谁又是臭鼬呢?

伽马什开车驶回警校。路上,他把自己搜集的关于瑟奇·莱杜克的材料给杰力纳斯看。

之前他们已讨论了莱杜克的职业生涯,有些是公开信息,有些则属机密。

他们也讨论了莱杜克甚少为人所知的个人生活。

"他的父母都已去世。今天早上我和他的姐姐通了电话。"伽马什说道,"她住在席库提米。莱杜克和她并不是很亲近。当听说他的死讯时,她显得很震惊。不过,我从她的语气里推断她似乎并不悲伤。"

"学校的教师中没有他的朋友吗?"

"我还没发现。瑟奇·莱杜克是一个等级观念很强的人。他从不和比自己级别低的人来往。不过,这在一个封闭的机构内部也是很常见的现象。"伽马什说道,"在封闭的机构内地位就是权力,而权力会让人产生神秘感。"

"那么您会选择……?"

伽马什微微地笑了一下,现在他才不会上杰力纳斯的当呢。

"学员当中有没有比较特殊的?"杰力纳斯问道。

"'特殊'?您是指莱杜克有没有和某些学员发生过性关系?我希望他没有。不过,我也不知道真实的情况。我曾尝试杜绝这种可能,比如命令不许新生给教师送早餐,因为那样会强化教师对学员的权力,可能会导致性欺凌。"

"但您认为他一定和学生有过暧昧关系?"

"他我行我素,根本没把我的命令放在眼里。"伽马什回答道,"不,这不能说是暧昧关系,那听起来像是你情我愿。"

"至少这些学员都已是成年人了。"

"您真的觉得一个新生会选择和瑟奇·莱杜克发生性关系吗？如果他不是学校的教授，学员们或许根本不会理睬他。不，如果学员和他发生了性关系，更准确地说，他和学员发生了性关系，那学员也一定是迫不得已的。或许是出于恐惧，因为学员知道如果拒绝了莱杜克的要求，就可能面临十分糟糕的境况。"

"这或许就是杀人动机。"杰力纳斯说道。

"有这可能。"

"那么您觉得这起凶杀案有可能是学员干的喽？"

"警校的学员已经不是孩子了。更何况，孩子有时也会杀人。他们已经是成年人了，完全有杀人的能力。"

"杀人或许没问题，"杰力纳斯说道，"一名警员必须能够杀人。但谋杀是我们不愿看到的。"

伽马什沉默不语。杰力纳斯继续读着材料，最后抬起头，任由材料在他的膝盖上合起。他思索了片刻，然后说道：

"您为什么不利用这些材料起诉莱杜克呢？我看到材料里有各种指控——秘密银行账户，恶意串通合同，甚至还有恐吓信。"

"只是指控而已，证据还不够充分。"伽马什回答道，"我需要真正确凿的证据才能起诉莱杜克。"

杰力纳斯低头看了看那份材料："我没想到情况竟然如此严重。我在巴黎的时候就听说魁北克政府和安全局出了一件丑闻。我还听说了一些有关安全局警校的传闻。不过，我不知道那些传闻是真是假。"他摇了摇头，"这应该是第二件丑闻吧。"

"不是第二件。它们都是同一件丑闻。那些贪污腐败的警官来自哪里呢？为什么弗朗科尔总警司会将莱杜克调来警校呢？弗朗科尔曾是安全局的负责人，是后来一切事件的总建筑师，是他出于某种理由将莱杜克安插在学校里。学校里发生的一切和安全局的丑闻密切相关，是所有事情的第一步。"

"您接管学校的时候知道这些吗？"

"我只是怀疑。当时有许多傲慢无礼的年轻警员进入安全局基层,他们很快就升职了。那么多警员得到升职是一件不正常的事。警校变成了一个训练暴力警察的基地。暴力执法成为了学员们所认同的职业价值。"

"这一切是莱杜克所导致的?"

伽马什点点头,"他成为了学员们的楷模和榜样。您知道他的绰号吗?学员们称呼他为'公爵'。"

"这也不奇怪。莱杜克,公爵①。"

"但是这至少能说明一个问题。"伽马什说道,"他是一个野心家,一个暴君。"

"所以您在接管学校之后换掉了大部分教师,进行了彻底的改革。可是您却留下了莱杜克。您知道他才是问题的关键所在。他知道您手头掌握的证据吗?"

"是的,我给他看过那些材料。"

"真的?为什么?"

"想吓唬一下他。"

杰力纳斯神情专注地听着:"奏效了吗?"

伽马什张嘴刚想回答,又立马闭上了嘴。过了一会儿,他问道:"您仔细读过那些材料了吗?"

"我只是大概看了一下,但是已经足以说明瑟奇·莱杜克收受了贿赂。"

"看得再仔细些。然后我再跟您说。"

"您就不能现在告诉我吗?"

"不行,我可不能把自己的想法强加给您。我想看看您是否也会得出和我一样的结论。"

杰力纳斯再次打开材料读了起来。伽马什开着车,他的目光始终看着前方的道路。雪花飘落在公路上,在地面形成薄薄的一层冰。

杰力纳斯抬起头。他在说话前沉默了片刻。

---

① "莱杜克"原文 Leduc 拆开为 le duc,在法语中即为"公爵"的意思。

"材料里没有明说。"杰力纳斯说道,他的语气显得十分谨慎,"但我不认为这一切都是莱杜克一个人干的。他顶多就是个从犯,一定还有其他人。这个人比莱杜克更狡猾,级别也更高。这个人也许并不是安全局内部人员。您觉得呢?"

杰力纳斯副警监得出的结论与伽马什如出一辙。然而,伽马什却高兴不起来,他的表情显得十分严肃。

"这个人并非安全局的人,"杰力纳斯继续说道,"所以他可以毫无顾忌地做这些事,因为不会有人想到是他干的。"

伽马什点头表示同意。虽然他并没有证据,但他的确也是这么认为的。

"根据这上面的信息,"杰力纳斯低头看着那些材料,"莱杜克的确很狡猾。他一定知道一旦安全局的烂摊子被收拾干净,人们的注意力一定会转移到警校,转移到他身上。"他抬起头看着伽马什,"如果您掌握着这些材料,那被杀的人应该不是莱杜克才对啊。"

"您认为凶手想杀的人是我?"伽马什问道。

"难道不是吗?如果您掌握的这些材料属实,您就是一个巨大的威胁。您已经逮捕或击毙了大部分参与者。而据我所知,那些和安全局丑闻有关的人不仅仅是贪污而已,他们还有刑讯逼供和谋杀等嫌疑。您对莱杜克和他的同伙明摆着是一个威胁,因为您掌握的这些材料可能会把他们送进监狱。"

他看着伽马什的侧脸。

"他们不是没搞过恐吓和谋杀,为什么会放过您呢?"杰力纳斯问道。

"他们的力量已经被削弱了。绝大多数他们原本能够依赖的黑警都已经被安全局开除了。他们不会杀我。如果杀了我,他们只会给自己带来更大的麻烦。"

"您把这些材料给莱杜克看了,"杰力纳斯用手轻轻敲击着文件袋,"您想吓唬一下他。奏效了吗?"

"可能比我想象的要好。"伽马什回答道。

"您觉得会是莱杜克的同伙杀了他吗?由于您不断接近莱杜克,所以他把莱杜克杀了?"

"有这可能。不管这同伙是谁,他一定很担心莱杜克会把他供出来。"

"所以他杀了莱杜克好让他闭嘴。那么他会是谁呢?我猜一定是学校里的某人。某位教师?先暂时把您排除掉——"

"暂时?"

"有一个人颇有嫌疑。米歇尔·布雷伯夫。"

伽马什凝视着前方。他急促地点点头。

杰力纳斯看着伽马什,他似乎得到了某种暗示。

"是您把布雷伯夫带到学校里来的。是您让他和莱杜克待在同一所学校。如果莱杜克是公爵,那么布雷伯夫就是国王。您很清楚这一点。"

"我只是有所怀疑罢了。"

"可是您却这么做了。您到底是怎么想的,伙计?简直疯了。"

"我还缺少证据。"

"您还需要什么证据?"杰力纳斯喊道,随后他克制了一下情绪,"安全局警校发生了一起凶杀案,这是因为您把两个罪人安排在一起共事,您给了他们两个犯罪的机会——"

"不是这样的。"

"事实差不多就是这样。您的学员没有受伤或是被杀已经够幸运了。"

车子已经停在了警校停车场。伽马什关掉引擎,但杰力纳斯仍然坐在车里不动。

"您为什么要离开学校,校长先生?"

"您是指昨晚吗?我没有离开学校啊。我一直待在学校,因为晚上要开会。"

"我是指今天。您学校的一名教师被杀了,而嫌疑犯很有可能是另一名教师。您没有留在学校确保所有人的安全,反而离开学校回家去了。"

"您觉得我弃所有人于不顾?"

"我只是觉得很奇怪。身为校长您竟然让几百名学员与一个杀人嫌疑犯待在同一幢教学楼里,而自己却回家在厨房里吃着三明治。这到底算怎么一回事?"

...18

瑟奇·莱杜克的尸体被抬走了,就像一个污渍一般被从警校里抹除了。他来学校的时候如此强势,而如今却走得如此狼狈。

按照伽马什校长的要求,全体学员和教师都沿着大理石的走廊过道排成一队,目送莱杜克教授的尸体被抬出房间。大家都保持着肃静,但没有一个人流下眼泪。

"忠实于利益与高傲,"伊莎贝拉·拉科斯特念道,她就站在伽马什身边,"在他死前他已经让他人流尽了眼泪。"

"又是乔纳森·斯威夫特的诗句。"伽马什说道。

"为一位公爵之死而作。"伊莎贝拉轻声说道,目视着莱杜克的尸体被抬过走廊,"你今天早上引用了这首诗的片段,所以我特意看了那首诗。到这儿来吧,所有空虚的生灵,/国王的呼吸掀起的泡沫;/国家的弄潮儿,/到这儿来,看看你们的下场。"

尸体从面前经过时,他们行了注目礼。

"让民众的指责来教训高傲吧,"伽马什轻声地念道,"公爵是一个多么卑鄙无耻的小人。"

"我们得谈谈。"拉科斯特说道。

"好的。"

莱杜克的尸体终于被抬出了教学楼,变成了阳光下的一个黑点。

"但让我先处理一件事。"伽马什说道。

他沿着长长的走廊朝外走去,一阵清风从敞开的门口吹入。学员们向伽马什校长敬礼。他知道那只是敷衍了事,毕竟他们刚才还对着莱杜克的尸体敬礼呢。

不过,他也发现有一些学员带着敬畏向他敬礼。他明白其中缘由。他已经听说了相关的传言。人们认为是他除掉了莱杜克,学校又来了一个新暴君。

他来到户外,站在灵车旁,看着相关人员将尸体抬上灵车。

"还要确定他是不是真死了吗,阿尔芒?"

伽马什转过身,发现米歇尔·布雷伯夫正站在自己身边。

"我知道你对他的死感到很震惊,但至少你现在可以安心了。"布雷伯夫说道。

"米歇尔,如果你和他的死有关,我早晚会查出来。你知道我会这么做的。"

布雷伯夫笑了:"你会怎么做?把我开除吗?不管谁杀了莱杜克都是在帮你清理烂摊子。而且如果我和这件事有关,你也是我的同谋。不是因为你,我也不会来这儿。是你打开了罪恶之门。你知道我是什么样的人,可你却接纳了我。"

"这是你的忏悔吗?"

布雷伯夫大笑起来。殡葬人员回头看了一眼,笑声可不是在这种情景下该有的声音。

"我只是好意提醒罢了。现在他已经走了,不是吗?"布雷伯夫转过身,若有所思地看了一眼装着尸体的运尸袋,"他后来已经失去了权力,但他却毫无意识,继续高傲地走在学校里,仿佛仍旧掌管着一切似的。这种人我再熟悉不过了,胆小怕事、喜欢打官腔、卑鄙而愚钝。他早就完了,可偏偏不愿撒手。浪费了一颗子弹。"

伽马什转身朝着学校入口走去。

"你要当心啊,阿尔芒。"

伽马什停下脚步转过身。布雷伯夫说话的语气引起了他的注意。没有愤怒,也没有仇恨,而是一种关怀。正是这轻柔的语气让伽马什停下脚步。它比愤怒还管用。

布雷伯夫站在那儿,在他身后是一大片草地。

"好几年前我受了你的恩惠——"布雷伯夫说道。

"是吗?"

"你让我辞职离开。尽管你手头掌握的证据足以把我送进监狱,但是你并没有那么做。"

"你是想说这几年你没有尝到监狱的滋味吗?"阿尔芒说道,他看到布雷伯夫低下了眼睛,"如果我真的给过你恩惠,那不是好几年前的事而是几个月前的事。你别告诉我,请你回来是一个可怕的错误。如果是你干的,那就请你认罪吧。"

"我没有杀瑟奇·莱杜克。"

他们对视了一番。载着尸体的灵车缓缓启动了。

伽马什转过身,沿着门道走回教学楼。身后不远处跟着他曾经最好的朋友。

学员们从小酒馆里出来。此时的小酒馆人声鼎沸,已经不适合正常交谈了。他们来到小酒馆后面的旅店。现在是下午四点。这一天显得如此漫长。

太阳已经西斜,残余的阳光照在地平线上。爱梅莉亚在壁炉里生起了火,惠芬给大家泡茶,而纳撒尼尔则在加布里的厨房里找到了一些饼干和蛋糕,他认为,在露丝那个疯老太婆的家里是不会有吃的东西的。

一想到要住到露丝家,他就觉得头皮发麻。

他们围坐在壁炉边,小口喝着茶,吃着蛋糕,谈论着莱杜克的凶杀案。他们几个对莱杜克再熟悉不过了,尽管他们并不愿意承认这一点。

现在的环境如此宁静安详,以至于纳撒尼尔必须提醒自己早上学校里发生的凶杀案并非只是一场梦。他看着屋子里舒适的旧家具、壁炉里温暖的炉火以及手里美味的巧克力蛋糕和饼干——这才是一场梦。

然而,这就是现实生活。

小镇让他忘记了可怕的场景,哪怕只是一刹那。这算是一种恩赐还是诅咒呢?

"伽马什把我们带到这儿来是让我们研究这张地图。"惠芬说道,她将自己的地图复印件放在桌子上。纳撒尼尔和雅克也将自己的复印件放在了桌上。

大家看着爱梅莉亚。

"我的没了。"爱梅莉亚说道。

"去哪儿了?他们不是要求我们必须随身带着地图吗?"惠芬问道。

"它不见了。"

大家都看着她。

"不见了?"雅克说道,"还是在'公爵'的抽屉找着了?"

"我不知道。我从没留心过那张地图。我只是随手一放,然后它就不见了。"

她警惕地看着大家。

"我相信你。"纳撒尼尔说道。

"你相信她?"雅克说道,"为什么?"

"为什么不能相信她?"纳撒尼尔反问道,"我们现在都没有证据。为什么不能相信她?"

"你得学会调查真相。"雅克说道。

"他只是一名新生。"惠芬提醒道,"他会学会的。"

"学会什么?"爱梅莉亚问道,"他要学会什么?学会毫无根据就怀疑别人吗?学会在没有证据的情况下就谴责别人吗?难道他也要像你们一样冷嘲热讽吗?"

"不是冷嘲热讽,而是实事求是。"惠芬说道,"真实的世界是一个非常危险的地方。真实的世界里到处都有犯罪组织、毒品交易以及凶杀案件。"

那可不是茶话会。"

尽管有些夸张,但真实情况的确如此。

"我们必须作好最坏的打算。"雅克说道,"每一个人,每一件事都有可能成为潜在危险。我们的生命取决于我们应对危险的能力。"

"那你打算怎么应对危险呢?"爱梅莉亚问道。

"莱杜克告诉过我们,"雅克说道,"他说真相不是我们在教室里或是从书本里能学到的。你得从人群里选一个人,然后拿他作榜样,这样其他人才会照着做。"

"你说的'榜样'是指把那个人狠狠揍一顿?"爱梅莉亚问道。

"如果需要的话,当然会。"

爱梅莉亚看着雅克,脸上露出厌恶的表情。她转身看着纳撒尼尔。

"谢谢你。我真的没有把地图交给'公爵'。我既不知道警方发现的那张地图是不是我的,也不知道它是怎么跑到那里去的。"

"没事。"纳撒尼尔轻松地说道。

爱梅莉亚看着纳撒尼尔真诚的面庞。她隐隐感到纳撒尼尔是无法从事警察这份工作的,至少目前他是无法胜任的。

"行了。"惠芬说道,"如果你说的是真的,那么就意味着有人拿走了你的地图并把它交给了'公爵'。这个人为什么要这么做呢?"

"或许还有其他可能。"纳撒尼尔说道。

"什么?"雅克说道,他气呼呼地看着这个新生。

"也许有人发现自己的地图不见了,于是就偷了爱梅莉亚的地图来冒充自己的地图。"

"你所谓的'有人',是指我们中的某个人吗?"惠芬问道。

"是的。"纳撒尼尔说道,"还能有谁? 也许'公爵'想看一看那张地图,那个人不愿把自己的地图给他,于是就偷了爱梅莉亚的地图。"

"我再问一遍,"惠芬说道,"你指的是我们中的某个人吗?"

"是的,你,或者雅克。但肯定不是我。你们有地图,而且和'公爵'走得最近。"

"我们和他走得近?"雅克问道,他怒视着纳撒尼尔。

爱梅莉亚改变了原先对纳撒尼尔的看法。看来纳撒尼尔很聪明,他分析问题的思路十分清晰。

"我并不是在指控你们。"纳撒尼尔急忙说道,"我只是说有这种可能性而已。"

"好吧。现在让我们来分析一下。"惠芬说道,"'公爵'的抽屉里发现了一张地图复印件。这是为什么呢?"

尽管惠芬没有说,但真正的问题仍然是谁把那张地图给了莱杜克。

大家看着放在桌上的那三张地图复印件,然后又将目光集中在了爱梅莉亚身上。

...19

凶案现场的照片被铺在会议室里的一张长桌上。伊莎贝拉·拉科斯特探长、伽马什和杰力纳斯快步走到长桌边。

"我们已经询问了绝大多数教师和学员。"

"有什么结果吗?"杰力纳斯副警监问道。

"目前还没有。莱杜克喜欢独来独往。根据我们了解到的情况,昨天他和平常一样:上完课之后,下午就一直待在自己的办公室里,晚上去食堂吃饭。我想当时你也在。"

伽马什点点头。

"古特博德教授到了,探长。"一名警员探进头来说道。

"很好。"拉科斯特转向伽马什,"我们得和古特博德教授谈谈。你想一起参与吗?"

"谢谢邀请。"伽马什回答道,语气里带着几分讥讽。

"请把古特博德教授带进来吧。"拉科斯特探长说道。

一个大个子男人走了进来。看得出他曾经是一个肌肉健壮的男士,但现在臀部上的赘肉会随着身体的移动而微微颤动。

"我是马塞尔·古特博德。"他自我介绍道,然后在一把椅子上坐下,"这件事情太可怕了。我真不敢相信是真的。"

"根据档案记录,您已经在警校任职五年半了。"拉科斯特探长说道。

"是的。"古特博德看着伊莎贝拉,就像一位叔叔看着自己的侄女一般,"我以前是阿比蒂比①分部的资深警员。"

"安全局阿比蒂比分部?"杰力纳斯副警监问道。

"当然。"古特博德说道,他用一种藐视的眼神看着皇家骑警的官员。

"您是教痕证调查的?"杰力纳斯看着手中的资料继续问道,"但不是DNA鉴定之类,而是教学员如何调查犯罪记录、银行账户,以发现诈骗、敲诈线索。书面痕迹鉴定,而非生物痕迹鉴定。"

"是的,算不上高大上,但却非常实用。不是所有警察都有机会追踪杀人犯。"

"很重要的工作。"伽马什附和道,他始终眯着眼睛注视着古特博德。

伽马什知道,在他担任校长以前,古特博德常常会在学校的走廊里巡视,以发现上课迟到、衣冠不整或是头发留得太长的学员。

他会让学员付出相应的代价。

他喜欢贬低他们。尽管他从不体罚学员,但他会让学员"自我体罚"。他会让学员在冬天只穿着内衣内裤在操场上跑步。他会让学员上下跑楼梯,并要求他们完成大量的仰卧起坐。如果他们完不成,仰卧起坐的数量就会翻倍。

马塞尔·古特博德会把学员推至崩溃的边缘,然后再把他们从崩溃的边缘拉回来。

这是一种古老的体罚形式,然而,有些人却认为这是一种训练。训练、放松、再训练、再放松。

受罚的学员起到了震慑作用。其他学员很快就会自觉遵守校规。到了三年级,甚至有些学员会加入到这种侮辱性的惩罚中来,他们将其视为

---

① 魁北克西部的一个地区。

进入安全局工作的第一步。

如果莱杜克是一名建筑设计师,那么古特博德就是一名建筑工人。他会选择建筑材料,然后将其破坏掉。

接管学校之后,伽马什对于这样的做法十分厌恶。在他看来,这是对学员的折磨。不过,古特博德并不是学校里最糟糕的教师,最糟糕的都被伽马什开除了。而且对于古特博德,伽马什还找不到实质性的证据,对于他的指责都很零碎。古特博德教授——这位教授书面痕迹鉴定的教授——没有留下任何蛛丝马迹。

但伽马什一直在暗中观察着古特博德,他确信古特博德也意识到了这一点,他对于学员的凌虐已经停止了。

然而,随着愤怒与不满不断积聚,终有一天它们会像火山一般喷发出来。

也许昨天晚上古特博德教授就像火山一般爆发了。会是他杀了莱杜克吗?

可是他的杀人动机并不明确。不能简单地认为他会杀人。杀人总是需要理由的,哪怕只是一个看起来不经意的推搡。

莱杜克的凶案现场看上去并不像经历过打斗,更像是经过精心布局,一切都显得那样严谨、规整而冷静。

"跟我们说说学校的建造合同吧。"伽马什说道。

古特博德将身子慢慢转过来,他目不转睛地看着伽马什。

"我对此一无所知。"

"您教授学员如何鉴别虚假文件,可是当您自己遇到虚假合同时却变得漠不关心了?"

"是吗?这对我来说实在太新奇了。我只是一名教师。自从校长大人您来到学校之后,您就一直在找我的茬儿。"

"我有吗?我一直认为您在做事方面非常出色。"伽马什说道,"问题是,您到底做了什么?您在学校里的真实工作到底是什么?"

"什么意思?"

"意思就是瑟奇·莱杜克在学校的建造过程中收受了贿赂。"保尔·

杰力纳斯说道,"整幢教学大楼建造在贿赂和合同欺诈的基础之上。有人替他打理一切,这个人不仅懂得如何做,而且懂得如何脱身。"

"我希望您已经掌握了确凿的证据,警监大人。这可是很严重的指控。"

"这不是指控,只是推理。"杰力纳斯笑道,"您最后一次见到莱杜克是在什么时候?"

"昨晚吃饭的时候。我们在一起谈论仿真训练,这您是知道的,校长大人。然后我们又谈论起蒙特利尔加拿大人冰球队的比赛近况。"

这又是明显在挑衅伽马什。他对课程的意见对他们来说还没冰球比赛重要。

"那么吃完晚饭之后呢?"伽马什若无其事地问道。

"我回到自己的房间,批改作业,准备第二天的课,就像任何称职的教师。"

"您有没有见过谁,或是接到电话?"伊莎贝拉·拉科斯特问道。

"没有。整个晚上都十分安静。我一直睡到被学员的尖叫声吵醒。"

"您比任何人都更了解莱杜克教授,"拉科斯特继续问道,"您认为发生了什么?"

"我想你们刚才说的话有些道理。"古特博德说道,"我觉得他的死或许与学校的建造有关。不过,我不认为是学校内部的人干的。如果我是你们,我会从学校外部入手。"

古特博德指着窗外的操场,然后又指向远处的教堂尖顶。

"您是指圣阿尔封斯?"拉科斯特问道。

"你们觉得瑟奇·莱杜克是被自己人还是敌人杀死的?"古特博德问道,"那里到处都是恨死他的人。"

此时让-居伊·波伏瓦悄悄地走进会议室。他和古特博德彼此点点头,但都显得很冷漠。

古特博德站起身,他看了一会儿窗外的风景。太阳已经下山了,天空已从蓝色变成了玫瑰红。

远处的地平线上,圣阿尔封斯亮起了点点灯火。

"仇恨总能压倒一切。"古特博德说道,他从窗户边走开,"我会从那里开始调查。当然,我可能并不擅长凶案调查,不是吗?"

如果他期待伽马什校长对此会有所回应的话,那么他会十分失望,因为伽马什只是坐着一言不发。古特博德教授点点头,然后离开了会议室。

"真是个混蛋。"拉科斯特说道。

"他就是一坨屎。"波伏瓦说道,站在他身边的杰力纳斯呵呵地笑起来以示同意。

"但是他说的可能是对的。"拉科斯特说道,"圣阿尔封斯的居民对警校颇有怨恨,这已经不是第一次提到了。"

"但是原因是什么呢?"杰力纳斯问道,随后转身看着伽马什,"到底发生了什么事?您之前给我看的那些材料只提到了建造合同方面的问题,但并没有提及其中的原因。"

"市里原本想用这块地来建造游乐场。"伽马什解释道,"莱杜克答应如果市里能为他在郊外找到一片建造校舍的土地,他就想办法帮助地方。地方上十分欢迎警校的到来,因为这对社区的经济建设有好处。市长也十分信任莱杜克。所以三个月之后学校的校址就被确定下来了。"

"结果是市里看中的这块地。"拉科斯特说道。

"市长和居民为了在这里建造溜冰场、游泳池、运动中心和公共会堂已经奔走了多年,也筹集了资金。对圣阿尔封斯的居民来说,这不仅仅是块地,不仅仅是一幢建筑,而是社区的未来,尤其是孩子们的未来。市长当时气得中风了,差一点就住院了。"

会议室里一片肃静。

这些原因足以导致莱杜克被杀。

"会是市长干的吗?"拉科斯特问道。

伽马什想了一会儿:"我不知道。"

杰力纳斯扬起了眉毛。他已经有好久没听过一名资深警探说"我不知道"了。

"不过,我觉得有这种可能性。"伽马什在沉思片刻之后继续说道,"但如果是市长杀了莱杜克,那么他在好几年前被骗的时候就会把他杀了。"

我见过那位市长,他是一个很和善的人,很努力。我非常喜欢他。"

伽马什又思索了一会儿,补充道:"不过,他的确是个很较真的人。老实说,莱杜克彻底破坏了他对于警校的信任。在我接管学校工作之后,我花了好长一段时间才说服他答应见我,说服他允许社区居民来学校使用学校里的运动设施。"

"您有这提议?"杰力纳斯问道。

"这是应该的。不过要彻底消除莱杜克的负面影响还需要时间。现在才刚开始。我原本打算让部分学员指导本地的孩子们。谁知道竟会发生凶杀案。"

"您与市长的接触是否又唤起了旧怨呢?"杰力纳斯说道,"当然,您是无意的。"

"有这可能。一方面市长是一个十分固执的人。他十分重视社区的安全,而且有自己的一套是非观念。"

"他是不会赞同杀人的,我猜。"拉科斯特说。

"没错。但另一方面,他也可能会把杀人看成一种正义的做法。许多杀人凶手都认为自己的杀人行为是出于正义,他们并不觉得那有什么不对。"

"尤其像杀掉莱杜克这种自作自受的人。"杰力纳斯说。

"的确如此。"

"那本案中,校长先生,您认为凶手杀莱杜克是出于正义?"

伽马什看看铺在桌子上的凶案现场照片。

"有这可能。"

"但是?"拉科斯特问道。

"你已经询问了所有的教师和学员?"伽马什问道,拉科斯特点点头,"学校里的每一位教师都曾是安全局的资深警员。所有学员也都具备一定的反侦查能力。"

"您的意思是这是一所凶手学校?"杰力纳斯问道,"您教会学员如何捉拿凶手,但同时又教会了他们如何成为一名凶手。"

伽马什点点头:"尤其是学校里的教师。他们很清楚我们正在找什么。"

"他们能够伪造凶案现场,"拉科斯特说道,"他们能让现场看上去与真实情况截然相反。"

"在太阳穴上开一枪,"伽马什说道,"绝大多数凶手会让现场看上去像一个自杀现场。而且莱杜克有充分的自杀理由。他知道我一直在调查他,所以他宁可自杀也不愿锒铛入狱。"

"这些凶手会将手枪放在太阳穴被击中的那一边。"拉科斯特说道。

"但是这个凶手没有那么做。"杰力纳斯说道,他低头看着凶案现场照片,"相反,他故意将手枪放在了另一边。"

"凶手想要人们知道这不是一起自杀案件。"拉科斯特说道。

"可是为什么呢?"杰力纳斯反问道,"为什么凶手要让警方知道这是一起凶杀案呢?难道他想让人们知道正义得到了伸张?"

大家凝视着桌子上的那些照片。有些照片上,莱杜克看上去像睡着了一样,而在另一些照片上,他的脑袋血肉模糊,难以辨认。

视角问题。

"你怎么一直不说话?"伽马什转身看着波伏瓦,在波伏瓦的脸上看到了若有所思的表情,"你知道了什么?"

"昨晚学校的警报系统被人关闭了。"

拉科斯特探长、杰力纳斯副警监和伽马什校长不约而同地聚到波伏瓦身边。

"怎么可能?"伽马什问道,"学校的警报系统是由电脑控制的。被人关闭保安一定会发现。系统会亮起红灯。"

"你们猜得到吗?"波伏瓦说道,"保安人员早就知道学校的警报系统是一堆垃圾,他们曾向前任校长报告过这件事,但是莱杜克置之不理。当你接管学校时,他们对此默不作声。"

"你说警报系统是一堆垃圾,这是什么意思?"拉科斯特问道。

"劣质工程。"

伽马什皱起眉头,然后摇了摇头:"他们可是花了数十万购置了这套警报系统啊。"

"根据保安人员的说法,你在加拿大轮胎①连锁店购买的报警系统都比这套来得强。"

伽马什呻吟了一声。他感到一阵头痛,于是不停地揉搓着太阳穴:"学校里有枪械库。如果警报系统不起作用,那么库房等于是完全开放的。这可不仅仅只是合同欺诈这么简单了。这种事情竟会发生在警校里,简直太荒谬了。"

"明天早上我会召集所有保安人员开会,"波伏瓦说道,"检查安保情况。"

"很好。"伽马什说道。

"可是不管是谁关闭了警报系统,这个人一定知道如何操作这套警报系统。"拉科斯特说道。

"没错,可是这套警报系统的管理密码不止一个。"波伏瓦说道,他转身看着伽马什,"你有一个密码——"

"我以为密码只有一个。"

"——我怀疑莱杜克也有一个密码。"

"也许还有其他我们不知道的密码存在。"伽马什说道。

波伏瓦点点头,此刻他几乎不敢直视伽马什的眼睛。

"您认为是莱杜克自己关闭了警报系统?"杰力纳斯问道,"可他为什么要那么做呢?"

波伏瓦耸耸肩说道:"说不上来,而这只是一种可能。要黑入警报系统把它关闭也不是件难事。"

"保安人员对此会一无所知?"

波伏瓦点点头:"即使保安人员看到系统亮起红灯,他们也只会认为系统又出故障了。这套系统有时一天会出十几次故障。"

"有可能是远程操作的吗?"伽马什问道,"由某个学校之外的人?"

"有难度,"波伏瓦说道,"但是可行。你想到了什么吗?"

"我忽然想起了几个月前和市长的一次谈话。市长并非一份全职工

---

① Canadian Tire,加拿大一家集汽配、五金、体育、休闲及家居产品零售为一体的连锁企业。

作，他还是个软件设计顾问。"

"我会找时间约谈市长。"拉科斯特说道，"我们继续说案情吧。杀死莱杜克的那发子弹已经被找到了。它深嵌在房间对面的墙壁里。我们已经对它进行了分析，它应该就是那把手枪里射出的子弹。"

"我已经发了一封电子邮件给那把手枪的生产厂家，"波伏瓦说道，"生产厂家位于英国某地。但是莱杜克那把很有可能是在二手手枪黑市上买的。"

"我还没见过那把手枪，"杰力纳斯说道，"它现在在哪儿？"

"已经送去实验室检验了。不过这里有它的照片。"拉科斯特说道。

杰力纳斯凝视着照片，脸上的表情变得越来越困惑。

"子弹嵌入的高度是多少？"伽马什问道。

"五英尺八英寸。"

"莱杜克是站着被射杀的。我曾经考虑过他是否是跪着被射杀的。"

"祈求饶命？"波伏瓦问道。

"或者是一种处决。"伽马什说道。

"不，"拉科斯特说道，"他似乎就是站着的时候被杀的。"

伽马什哼了一声便不再说话。换成别人当然会这么认为。

为什么有人会等着被杀呢？为什么他不反抗呢？尤其一个像瑟奇·莱杜克这样的人。

杰力纳斯拿起照片更仔细地看着，过了一会儿他抬头看着伊莎贝拉·拉科斯特。

"这是一把左轮手枪。装了消音器？"

"是的。"波伏瓦回答道，"定制的消音器，因为没有人听见枪声。"

"莱杜克有收藏枪支的爱好？"

"没有。"伽马什说道。

"那他怎么会有一把老式的左轮手枪呢？"杰力纳斯问道，其他人都一脸茫然地看着他。他将照片放回桌上，摇着头。

"您的学校发生了一起十分古怪的凶杀案，校长先生。"

...20

"嗨,有人吗?"纳撒尼尔·斯迈思喊道,"你好。"

房子的前门开着。他深吸了一口气,然后探头探脑地向屋子里张望。

"萨多女士,您在家吗?"

他将背包搭在自己的肩膀上,然后走进了屋子。

六点已过,他又累又饿,所以不得不来到自己被安排的住处。

一进入屋子便来到了客厅。客厅显得十分幽暗,只有一盏灯散发着微弱的光亮。

纳撒尼尔安静地站着。

屋子里一片寂静,既听不到地板的咯吱声,也听不到鸭子的嘎嘎声。在这幽暗的环境里,他唯一能看到只有书。满屋子的墙壁上摆满了书。桌子上也堆满了书,甚至连角落里的一把椅子上也堆放着书。层层叠叠的书。

纳撒尼尔一直屏住呼吸,因为他确信这个地方一定散发着恶臭或是腐败的霉味。毕竟这是一个疯老太婆的住所。但此刻他再也坚持不住了,于是他深深地吸了一口气。

那是一股熟悉的气味,既不是臭味,也不是芳香,而是一种十分质朴的气味。当然,也不是食物的气味。

这是书的气味。屋子里弥漫着书籍纸张特有的香味。

"我在这儿呢。"

爱梅莉亚将背包丢在厨房的餐桌上,然后寻找说话声的来源。

来到画室的门口,她停下了脚步。

克莱拉·莫罗坐在画室里的一把木凳上,她背对着门,嘴里咬着一支画笔,盯着一块画布。

爱梅莉亚看不清画布上画的是什么,因为视线被克莱拉蓬乱的头发遮住了。

"我需要做些什么吗?"爱梅莉亚问道,"您不是该下厨或做些其他准备?"

克莱拉嗯了一声,然后转过身。她的脚边有一只小狮子正在蠕动着身体。

她打量着自己的房客。

乌黑发亮的头发,雪白透明的肌肤。鼻子、眉毛和脸颊上都穿着体环。不过,耳朵上的耳钉并不是黑色或血红色,而是两颗人工钻石。在灯光的照射下,它们像星星一般闪烁着光亮。

耳朵上也打了环。手指就像在金属中浸过一般。

这个女孩似乎将自己包裹在一副铠甲之中。

裸露在外的皮肤上也布满了文身。

唯一没有被盖住的是她的那双眼睛。她的眼神中还保留着原始的清纯,眼眸如同钻石一般闪闪发亮。

"什么?"惠芬喊道。加布里把一个围兜递给了她,然后指了指小酒馆厨房里的盘子。"我可是——"

"我知道,你是——"加布里竖起大拇指和食指,"——安全局未来的警官。你已经说过了,而我是——"加布里将五根手指并拢,"——为你提供食宿的人。"

"您不能这么做。"

"我当然可以这么做。这是我们对于伽马什先生的报答。我很高兴你能和我们住在一起,但是你必须为自己的食宿买单。当我们需要你的时候,你必须来小酒馆帮忙。"

"这是奴役。"

"这是真实世界里的真实生活。你整个下午都坐着吃着各种美食,回到住处后又吃起了蛋糕。现在你得为此买单了。"

他丢给惠芬一块抹布。

"我们一开始就相处得很不和谐啊。"莫娜说道,她将一杯可乐放在雅克面前。雅克瘫坐在莫娜房间里的一张沙发上,用力地点击着手机的屏幕。

"该死的玩意儿在这儿竟然不能用了。"

"好好说话!"莫娜说道,她坐在一张大大的椅子上,椅子深深地凹陷下去。

"那个老太婆可没好好说话。"

"如果你是个老人,我们也能忍受你的坏脾气。但是现在你是我家的客人,是这座小镇的客人,所以你必须注意自己的说话语气。你说得没错,这里没有无线网络,也没有GPS。"

雅克将手机塞进自己的口袋。

"又想开始吵架吗?"莫娜问道。

此时的莫娜早已从小酒馆的对峙中冷静下来了。看到露丝扮演理性角色深深刺激了她。她下午就回到了书店,上了楼,开始为自己的房客铺床并准备晚餐。

"你想谈谈学校里发生的事情吗?"莫娜问道,"你和那名教授熟吗?"

雅克站了起来:"你让我感到恶心。他已经死了,被人杀了,而你却像打听八卦新闻一般打听他的事。"

莫娜也站了起来。她用坚定的眼神直视着雅克。

"我能理解你的感受。"

"啊,真的吗?"雅克笑道,"你理解凶杀吗?或许你在书里看到过凶杀,但是你不知道这里以外的凶杀案到底是什么样的。"他用手指着窗外,"发生在真实世界里的凶杀案。"

"我当然有所了解。"莫娜轻声说道,"这里也并非像表面看上去那般宁静祥和。"

"是吗?是你的车子被人剐蹭了?还是有人偷了你的垃圾桶?"

"到这里开书店之前,我是蒙特利尔的一名心理医生。我的客户包括SHU的在押犯。你知道SHU吗?"

莫娜看到雅克脸上的表情从愤怒变成了惊讶,然后又变成了颇感兴趣的表情。然而,他依旧过于沉浸在自己的观念之中,难以马上改变。

"特别关押单元①?"雅克问道。

"是的,关着最危险的犯人。"

"你把他们治好了吗?"

"你知道这概率很低,几乎不可能。"

"所以你失败了。于是你便来到了这座失败者聚集的小镇,就像伽马什一样。"

莫娜可不想再被这个毛头小子激怒了。尽管她感到自己的手由于愤怒而发痒,但她还是点点头,然后将一根电话线接在笔记本电脑上:"你可以看看这台电脑里的东西,或许它们会改变你的看法和情绪。"

"好吧,谢谢。"

雅克一把抓起自己的外套,然后两步并一步地走下了楼,到户外去了。

莫娜站在房间的落地窗边看着雅克沿着小路向前走着。小酒馆里的灯光将他的身影映射在地面上。

雅克转过身,抬头看了一眼莫娜,然后大踏步地朝书店和小酒馆的反

---

① Special Handling Unit,简称 SHU,是加拿大安保等级最高的监狱。

方向走去。他从克莱拉的门前经过。莫娜一直用目光跟随着他,直到他消失在茫茫夜色之中。

然后漆黑的夜色被一道微光打破了。

在搜查完整间屋子后——包括床底,以免那个疯老太婆死在了床底下或是故意躲在床底下,纳撒尼尔来到小酒馆。

露丝也不在那儿。小酒馆的那个大块头店主建议他去克莱拉·莫罗家里找找。

纳撒尼尔往克莱拉家的方向走去,路上遇到了爱梅莉亚。

"露丝·萨多?她不在克莱拉家。你知道吗?克莱拉是一名画家,她的眼睛一直盯着我看,看得我都起鸡皮疙瘩了。于是我就出来了。"

"如果你不喜欢别人看——"纳撒尼尔指了指爱梅莉亚身上的体环和刺青,"你干嘛还要搞这些东西呢?"

"那么你干嘛要穿成这样呢?"爱梅莉亚用手指着纳撒尼尔。

"什么?"纳撒尼尔低头看着自己的外套和牛仔裤,"每个人都是这样穿着啊。"

"那么你干嘛想和别人穿得一样呢?"

"为什么你总是喜欢和别人不一样呢?"

其实,爱梅莉亚并非因为克莱拉的注视才离开她的家。

当克莱拉从木凳上站起来时,爱梅莉亚看到了那幅画。那是一幅全身肖像画,同时也是一幅自画像。画面上的人物仿佛从画布上跳出来,直接站在了爱梅莉亚的面前。她们互相注视,目光交织在了一起。

画布上的那个女人凝视着爱梅莉亚,仿佛她早就认识她并且知道她的所作所为似的。

于是爱梅莉亚逃走了。

灯亮着,门开着。

爱梅莉亚已经不记得上一次进教堂是在什么时候了。也许是在她接受洗礼的时候吧。然而,她也不敢确定自己是否接受过洗礼。

这是一座很小的教堂，是爱梅莉亚见过的规模最小的教堂。夜色里看不清教堂的整体模样，她所能看到的只有从教堂窗户里泛出的光亮。

然而，教堂窗户上的图案并非十字架、圣徒或是殉道者，而是一群看上去快要成年的男孩，他们似乎正在艰难地穿越一片战场。

"来吧。"纳撒尼尔说道，他已走上台阶站在教堂门口了，"加布里说如果萨多女士不在自己家，也不在小酒馆或是那位女画家的家里，那么她一定在这座小教堂里。她可能在教堂里睡着了。"

"你干嘛迫不及待地要找到她？"爱梅莉亚问道，她跟着纳撒尼尔走上了台阶。

"因为她的家现在就是我的家。"纳撒尼尔回答道，"你觉得除了她家之外，我还能去哪儿？"

露丝·萨多的确在小教堂里。她躺在长凳上，脑袋枕着赞美诗集。鸭子罗萨睡在她的肚子上。

"她死了吗？"纳撒尼尔轻声问道。

"没有，她才不会这么容易死呢。"一个声音忽然说道。

露丝坐起身。不过，她并没有看着纳撒尼尔和爱梅莉亚，而是紧盯着说话的那个人。

雅克坐在另一边的长凳上，穿着靴子的脚跷在前排的长凳上。他从外套口袋里掏出从莫娜的冰箱里拿来的一小瓶啤酒，随后喝了起来。

雅克极力模仿露丝的说话方式，无论是说话的语调还是语音都模仿得惟妙惟肖。他的声音里蕴含着愤怒与创伤，甚至还带有一丝脆弱。

纳撒尼尔大笑起来。然而，当雅克和露丝同时看着他的时候，他感到十分恐惧。

上帝啊，救救我，他默祷道。

"你来这儿干嘛？"他们异口同声地相互问道，这时正好惠芬也走了进来。

"我看见你们走了进来。哇，这里太棒了。"惠芬坐到雅克身边，一把从他手中夺过啤酒瓶，然后大口喝起来，"为什么我们都会来这儿？"

"我来这儿是想寻找安宁。"露丝说道,她看着这几个年轻人。

雅克向露丝举了一下啤酒瓶。犹豫片刻之后,露丝向雅克点点头。雅克站起身把酒瓶递给露丝,然后在她身边坐下。

"我刚才一直在观察您。"雅克说道,"您为什么一直看着那个地方?"雅克指了指教堂的窗户以及窗户上的男孩图案。

"除了那里我还能看哪儿呢?"露丝说道,她把酒瓶交还给雅克。

学员们环视着整座教堂。教堂中心的走道两侧排列着木质长凳。这些长凳看上去像是手工制作而成,每一把都各不相同。此外,教堂里还有几排座椅和一个漂亮的神坛,也是手工制作。神坛上雕刻着精美的图案——树叶以及一棵参天橡树。

"我有时会到这儿来写诗。"露丝说道。学员们看到露丝的笔记本就放在她身后的座椅上。"这里很安静,不会有人来打扰你。上帝已经离开了这座教堂,正在外面游荡呢。"

"在荒野游荡。"爱梅莉亚说道。

露丝生气地看着爱梅莉亚,但爱梅莉亚感觉这更像是露丝的一种习惯而非指责。同时她也意识到露丝在这里想要寻找的也绝不仅仅只有安宁。

爱梅莉亚沿着中间的走道来到前排的长凳旁。她抬头看着教堂的窗户。从教堂外部观察,窗户上的图案仿佛是一群士兵正朝这里走来。然而,此刻站在教堂内部,图案又仿佛是一群士兵正在离开。他们似乎越走越远,越走越远。

窗户的下方有一行字,但爱梅莉亚看不清写的是什么。

教堂的其他地方也有窗户,包括大门上方还有一扇精美的玫瑰花窗。但是整座教堂仅有这一扇窗户有图案。

那不仅仅是图案,那也是一种情怀。无论谁画了这些图案,他都一定饱含深情。

窗户上的图案显得那样复杂精细。男孩们脚上解开的沾满泥土的袜子,紧握着步枪的泥泞的指关节和手指,套在皮套里的左轮手枪以及衣服上的青铜纽扣。

一切都画得栩栩如生,活灵活现。

就在这时,爱梅莉亚发现了什么。她站了起来,然后在座椅间不断向前靠近。越来越近,越来越近。

"你不会突然着火爆炸吧?"经过露丝身边时,露丝嘲讽道。

爱梅莉亚径直朝那扇窗户走去。她凝视着其中的一个男孩——那个佩左轮手枪的男孩。那个男孩的背包掉了一个扣,一张纸从背包敞开的空隙中露了出来。

爱梅莉亚继续靠近,她发现那张纸上有三棵松树和一个雪人。

...21

"见他妈的鬼!"莫娜喊道,她从教堂窗边向后退了一步。

"好好说话。"雅克说道。

"她说'妈啊',"露丝说道,"你没听到吗?"

莫娜又向后退了一步,克莱拉则向前走了一步以看得更清楚。

露丝让爱梅莉亚把克莱拉、莫娜和蕾娜-玛丽都叫了来,她想让大家看看爱梅莉亚在孩儿兵背包上发现的东西。

"是那张地图。"蕾娜-玛丽轻声说道,此时她也来到窗边,占据了克莱拉之前的位子。

大家坐在一起,仔细研究纳撒尼尔从包里拿出的地图复印件。

"为什么窗上的战士也会有这张地图?"蕾娜-玛丽问道,她说话时嘴里冒出的热气在男孩图像上凝成一层薄雾,"也许是一张法国地图,也有可能是比利时地图。也许是维米①或是弗兰德斯地区的地图。我看得出

---

① 法国北部小城。1917年,参加一战的加拿大军队以过万人伤亡在此取得维米岭战役的胜利。

这是一张作战地图,可是三松镇并不是战区啊。"

"显然你看得还不够仔细。"克莱拉说道。

她站起身,再一次走进那扇蒙着雾气的窗户:"我一直都很喜欢这扇窗户,可是我从来没有如此近距离观察过它。"

"窗户上的这些人是谁?"惠芬问道,"下面好像有一串名字。是这些人的名字吗?"

她指着窗户下方的一行字。

他们是我们的孩子。

下面便是一行名单。名单上并未列出军衔,只有姓名。死亡面前人人平等。

艾蒂安·亚戴尔。特迪·亚当斯。马克·勃力厄。

小小的教堂里回荡着露丝颤颤巍巍的朗读声。大家抬头看着,发现露丝的目光直视前方,她看着神坛的方向念诵着那些名字。

弗雷德·达克奈斯。斯图尔特·戴维斯。

"你都背得出?"莫娜问道。

"是的。"露丝回答道。

她转身看着窗户,看着那些镌刻在下方的名字,她已熟记在心的名字。

"我曾经猜想这扇窗是一个纪念物,"莫娜说道,"纪念所有在战争中失去生命的人,并不特为纪念三松镇的子弟。但现在我对此有所怀疑。"

"他们会是谁呢?"蕾娜-玛丽问道。

"这个人是谁?"克莱拉问道,她指着那个处于画面中心的年轻人。

"他有一把左轮手枪,但是其他男孩只有步枪。这是为什么呢?"

蕾娜-玛丽问道。

"我想军官有左轮手枪。"莫娜说道。

"但是他不可能是一名军官。"惠芬说道,"他还只是个孩子,年龄和我差不多,甚至比我更年轻。这就好像——"惠芬指着纳撒尼尔,"说他是资深警探一样。太可笑了。"

"总有一天我会成为资深警探的。"纳撒尼尔说道,可是没人听见他的说话声。

"如果军官都阵亡了,这也就不奇怪了。"莫娜说道,"火线提拔。"

"这不是问题的关键。关键是他为什么会有这个?"克莱拉说道,她指着从男孩背包里露出来的那张地图。

大家低头看了看纳撒尼尔带来的地图。尽管这只是一张复印件,但是地图上原有的折痕和污渍仍然清晰可见。大家原本以为那是由于地图在墙壁里埋藏的时间太久造成的。

然而,此刻大家意识到真正的原因可能并非如此。

"太难以置信了。"阿尔芒对着手机说道。他看了看警校会议厅里的其他人,脸上露出抱歉的神情。

后勤部门送来了三明治和饮料。制做三明治的面包片不怎么新鲜,边缘都卷了起来。

只有让-居伊在大口吃着这些三明治。伽马什知道,如果周围没人注意的话,他甚至会把餐具也一起吞下去。

"你肯定这是同一张地图?"他听着电话那头的解释,"对,还有雪人。"

波伏瓦、拉科斯特和杰力纳斯听到的只有伽马什的只言片语。电话响起时他们正在对最后一名教师进行问讯。

夏邦杰教授将手放在自己的膝盖上,他看上去十分镇定。然而,他浑身冒汗,仿佛已经湿透了。他的脸看上去油光发亮。波伏瓦甚至怀疑他是否会因为脱水而晕厥过去。

"要杯水吗?"

他从水壶里倒了一杯水,然后递给夏邦杰。然而夏邦杰摇摇头。

到目前为止,夏邦杰教授的回答都十分简洁。不过,这并未使人怀疑他在隐瞒什么。相反,他简洁的回答表明他十分愿意配合警方的问讯。

有没有看到什么?

夏邦杰摇摇头。

有没有听到什么?

又摇摇头。

以前认识瑟奇·莱杜克吗?

又摇摇头。

"他教什么?"杰力纳斯副警监轻声问波伏瓦,而伽马什则在一旁打着电话,"这上面什么信息都没有。"

杰力纳斯指了指打开的档案材料。

"他是教策略的。"波伏瓦说道,"由伽马什校长亲自挑选。虽然是教授,但他只教一个毕业班。"

"他应该教水上运动才对。"

夏邦杰教授一动不动地坐着,犹如一头受到惊吓的野兽。他身上唯一在动的东西是一颗大大的汗珠。它正沿着夏邦杰的鼻梁向下滑动,然后悬挂在了鼻尖下方。

拉科斯特、波伏瓦和杰力纳斯都目不转睛地看着那颗汗珠。

"既然他几乎什么都不教,那他为什么在这里?"杰力纳斯问道,此时那颗汗珠已经掉了下来。他听见伽马什仍在和妻子通电话。

"除了教学,他还为学员设计练习案例。"波伏瓦轻声回答道,"新生们一开始只接触书面案例,但是到了高年级,会有角色扮演和仿真训练。我们为这些训练准备了原大模型。但是除此之外,我们还要教他们应对各种不同的情况。这是一种全新的教学模式。"

"这一模式是伽马什校长亲自引进的吗?"

"是的。和这一模式同时引进的还有夏邦杰教授。他教授学员在不用武力的情况下处理各种情况。而如果需要使用武力,学员们就必须懂得如何发挥武力最大的功效。"

杰力纳斯副警监点头对此表示赞同。

"在聘用夏邦杰之前伽马什认识他吗?"

"是的。雨果·夏邦杰许多年前曾是伽马什的下属之一。"

"他也曾是安全局的警官?"杰力纳斯问道。

"是的。"

"那么他也是伽马什门下的弟子喽?"

"一开始是这样。不过,当他表现出策略方面的能力后,他就成了别人的干将。"波伏瓦说道。

"真的? 谁的干将?"

"布雷伯夫警司。"

杰力纳斯点点头,将这一信息牢牢记在心里。他看着坐在轮椅上的夏邦杰:"他受过伤吗?"

"不是。据我所知,他患有一种类似于帕金森病的疾病。"波伏瓦回答道,"有的时候他可以拄着拐棍走路,但大多数时候他只能坐在轮椅上。其实坐在轮椅上对他而言行动起来更加方便快捷。"

"您在安全局的时候和他共事过吗?"

"没有。他在安全局待的时间并不长。他后来离开了安全局,建立了一家属于自己的咨询公司。他一定非常优秀,"波伏瓦说道,"否则伽马什先生也不会聘用他。"

"他看上去很胆小。"

"他总是那样。"

"可是一个胆小的人怎么教授学员侦查罪犯的技能和策略呢?"

"谁会比一个害怕飞行的人更了解飞机呢?"波伏瓦反问道,他很高兴地看到杰力纳斯副警监扬起了眉毛。

"我会自己来看的。"伽马什说道,"我今晚回来,我会把地图的原件带回来。"

伽马什挂断了电话,然后走回桌边。

"我很抱歉。"

"家里没发生什么事吧?"拉科斯特问道。

"没有。"

"他们发现了一张地图?"

大家的目光同时转向夏邦杰。此时夏邦杰的汗水已经湿透了他的衣领。当他说话时,湿透的衬衫会微微浮动起来。

刚才他问的那句话仿佛是从喉头挤出来似的。

就在这时,杰力纳斯突然将身子向前靠去,仿佛有人在背后推了他一把。

"等等。您是 H. E. 夏邦杰?"

夏邦杰教授并未理会杰力纳斯,他的目光仍旧看着伽马什。伽马什点点头。

"事实上,那张地图是几个月以前在一个小镇的老建筑墙壁里被发现的。"伽马什说道,"那是我所居住的小镇。而现在有人在小镇教堂的窗玻璃上也发现了那张地图的图像。"

"真的吗?"拉科斯特问道,她对于那座小教堂以及那扇窗户都十分熟悉,"这太奇怪了。就是我们在——"

"墙里发现的那张。"伽马什截断她的话头。

又有一颗大大的汗珠沿着夏邦杰的脸颊向下滑落,最后它滑入夏邦杰微笑的嘴角。

"他就是那位夏邦杰吗?"杰力纳斯轻声问波伏瓦,波伏瓦点点头,"可是他早已隐居起来了啊。上帝啊。我曾雇佣他作为策略咨询师,可他从不接听电话,只通过电子邮件和我交流。我原本以为他年纪很大,块头也很大。"

夏邦杰将轮椅朝会议桌的方向略微移动了一下。他并不打算倾听杰力纳斯的谈话,他也不在乎别人对他的评论。

"这很有趣。人们有时会在阁楼或是老旧的抽屉下面发现重要的地图,但是您说那张地图是在墙壁里被发现的?"

"我不认为那张地图有什么重要价值,它并不值钱。"伽马什说道,"它只是很特别罢了。"

"没错。"夏邦杰对此表示同意,他看了看伽马什,又看了看拉科斯特。

"那么现在,"伽马什看看其他人,"我们言归正传吧。"

"它现在在哪儿?"夏邦杰问道。

"什么?"

"那张地图。"

"我这里有地图的原件。"伽马什说道。对于夏邦杰随意转变话题的举动,伽马什一直保持着克制,"如果您想看的话,我过一会儿可以拿给您看。"

"您说您有原件。言下之意还有复印件喽?"

"对不起,夏邦杰教授,"伽马什说道,"这难道很重要吗?"

"这正是我在思考的问题。"夏邦杰说道,他打量着伽马什疑惑的表情。有关地图的话题似乎打开了夏邦杰的话匣子。"您自己也在思考同样的问题,不是吗?否则您也不会花那么长的时间在电话里讨论这个问题了。"

"或许我们可以过一会儿再来讨论这个问题。"伽马什说道。

"那我等着。"

夏邦杰将轮椅从会议桌边挪开。

"可是我们刚才的问讯还没结束呢,"杰力纳斯说道,"我们还有其他问题要问您。"

"你们无须再问了。"夏邦杰回答道,"我对所有相关问题都已作了回答。我不会再回答你们的任何问讯了。如果是我干的话,我早就承认了。再纠缠下去就是浪费时间。"

波伏瓦一直十分敬佩这位奇特的年轻人,现在对他又多了几分喜爱。

夏邦杰坐着,他的衣服已经被汗水浸湿了。与面前这几位办事高效的警官相比,他显得孱弱而瘦小。不过,他自己根本没有意识到这一点。

在夏邦杰自己看来,他与正常人并没有什么两样。

尽管波伏瓦对夏邦杰的态度并不赞同,但他很欣赏夏邦杰的自信。

"我想问您最后一个问题,"伽马什说道,"然后我就给您看那张地图的原件。"

夏邦杰的脸上露出了浅浅的微笑,似乎对伽马什开出的条件表示了认可。

"您怎么看瑟奇·莱杜克这个人?"

"我觉得他是一个笨蛋。他更适合去卖鞋。"

杰力纳斯副警监笑了起来。但当夏邦杰看着他的时候,他又马上停了下来。

"您对此有不同的意见吗?"

"没有,没有。我只是觉得您说的话很好笑。"

"是吗?莱杜克教授一定能成为一名了不起的卖鞋能手。他能让人们买下对自己有害的东西并且为此付出高昂的代价。他是一个施虐狂。"

"您觉得他能管理一家腐败的企业吗?"杰力纳斯问道。

"不能,因为他会立刻现出原形。他无法从长远的角度来思考问题,因为卖鞋不需要这么做。"

"真是讽刺啊。"拉科斯特说道。只有伽马什明白她的意思,他的脸上露出了微笑。

"但是警校的校长能够做到。"夏邦杰看着伽马什说道。

"如果让您寻找凶手,您会从哪里开始呢?"伊莎贝拉·拉科斯特问道。

"《马太福音》第十章第三十六节。"夏邦杰在沉思片刻之后回答道,"没错,我会从这里开始寻找凶手。好了,现在我能看看地图的原件了吗?"

"十五分钟后我在我的房间碰头。"伽马什说道。

"真是个怪家伙。"拉科斯特等会议室的门关上后说道。

"他是一个天才。"杰力纳斯说道,"您说得没错,他也是一个怪家伙。"思考片刻后他继续说道:"像他这样的人也会干出可怕的事情吧。你们觉得呢?"

"您认为他和莱杜克的死有关联?"拉科斯特探长问道。

"也许和腐败有关联。也许和腐败以及莱杜克的死都有关联。您怎么看?"杰力纳斯看着伽马什,"这是否就是您聘用他的原因?夏邦杰是一个不用教书的教授,同时又是一个聪明绝顶的策略专家。您一直在观察他们,是不是?您把所有有嫌疑的人都聚集到学校里,莱杜克,布雷伯夫,以及夏邦杰。然后您在暗中观察究竟会发生什么事。但是您犯了一个错误。我以前听人这样批评过您。您认为自己比这些人更聪明，或者说比他更聪明。您认为自己能够控制大局。可是您错了。局势最终失去了控制，校长先生。凶手意识到了这一点。他先采取了行动。这简直就是一个笑话。凶手肯定正在嘲笑您呢。"

伽马什站起身。

"也许您说得没错。"伽马什说道，他朝门的方向走去，"时间会说明一切。"

"时间已经说明了一切。难道您还没发现吗？凶手已经杀了一个人，校长先生。如果您还是无法控制局面的话，很快还会有人被杀。"

伽马什离开了会议室。杰力纳斯转身看着其他人。

"夏邦杰刚才指的是圣经里的话吗？"

"《马太福音》第十章第三十六节。"拉科斯特说道，"在伽马什担任安全局凶杀组探长的时候，他给下属讲的第一句话便是这个。"

"人的仇敌就是自己家里的人。"波伏瓦说道。

杰力纳斯点点头："夏邦杰认为应该在'家里'寻找杀人凶手。"

"我认为他的意思已经很清楚了。"拉科斯特站起身说道。

"'家里'隐含着亲密关系。"杰力纳斯说道，"指的是十分亲近的某个人。非常之近。"

22

夏邦杰看着画框里的地图,发出喔的惊叹声。

地图是伽马什从墙上摘下来交给夏邦杰的。

"喔?"伽马什说道,"您干嘛这么惊讶,难道这是一张很重要的地图吗?"

"不是。"夏邦杰回答道,但他目不转睛地看着那张地图。

"我恐怕得走了。"伽马什看看手表,已是晚上七点,"早上我还会来学校的。拉科斯特探长和她的团队会待在学校。波伏瓦探员也在学校。明天早上他们会报告痕证检验结果。"

伽马什伸手想从夏邦杰手中拿回那张地图,然而夏邦杰却似乎并不愿意交还。

"我和您一起走。"夏邦杰说道。

"为什么?"伽马什问道,"别生气,我只是不明白您干嘛要去。"

"我喜欢收集地图。这张地图很有意思。而且您之前说,你们那个小镇教堂的窗玻璃上也有地图上的图像?"

"是的。"

"我很想看看。"

"可是您刚才还说这张地图并不重要。"

"是的,但是它对您来说却很重要。"夏邦杰说道,"它或许只是一张地图,但也有可能蕴藏着不同寻常的信息。"

伽马什看着眼前这位被汗水湿透的年轻人,思考片刻后说道:"那么您收拾一下。十五分钟后大门口碰头。"

夏邦杰离开后,伽马什拿起那张地图。画框玻璃由于沾满了汗水而变得十分湿滑。他小心翼翼地将地图从画框内取出。

晚上八点三十分他们到达了三松镇,然后直接前往圣托马斯教堂。此时的教堂仍然灯火通明。

走进教堂时,有八个人同时回头看着他们俩。四个小镇居民,四个警校学员。这是会令任何一位部长眼红的迎接规模。

"阿尔芒。"蕾娜-玛丽走上前迎接自己的丈夫。然后她转过身看着站在伽马什身边拄着拐棍的那个年轻人。阿尔芒之前已经告知她今晚会有客人在家里过夜,但并未将客人的所有情况告诉她。

鉴于人体中大部分成分是水,眼前这个年轻人的人性超越常人。

"这位是雨果·夏邦杰。"伽马什介绍道,"他是学校的教授。"

"您是我们的老师之一。"雅克说道,"您是教策略进阶的。"

"而你,上课思想要更集中,劳林学警。"夏邦杰说道,"我记得最近几次模拟行动里,你有两次被打死了,一次被劫为人质。这些都是你毕业前的演习,可是你完成得并不出色。"

惠芬竭力忍住笑容,而爱梅莉亚和纳撒尼尔则颇有兴致地看着雅克。他的金童光环不只是暗了,而是彻底碎了。

夏邦杰转身看着伽马什。

伽马什看着夏邦杰的眼睛,他明白这位策略专家此刻正在想什么。

四名学员此时没有待在学校里,而是出现在数英里之外的一座小教堂。可以毫不夸张地说,他们被雪藏起来了,尽管他们自己并未意识到这一点。"

"夏邦杰教授喜欢收集地图。"伽马什解释道,"我想或许他能帮上忙。他自己也觉得能帮助我们。"

到目前为止,夏邦杰尚未就地图提供任何信息。来三松镇的路上,他和伽马什都沉默不语。不过,这对伽马什而言倒是一件好事,他可以静静地思考问题。

"就在那儿。"蕾娜-玛丽说道,她朝着那扇窗户走去,"我们以前怎么没注意到?"

"那是因为你们以前从未有过这心思。"夏邦杰说道,"看他的脸!"

画面上有两个士兵的脸是侧面,他们的视线看着前方。然而,有一个男孩的目光望向画面以外,直视着观者。

"那就是我们要找的。"夏邦杰举起手中的拐杖指着那个男孩,"他的表情显得如此惊讶。他似乎想隐藏什么东西。也许就是那张地图。"

"您认为那张地图是被故意隐藏起来的?"莫娜问道。

"这是一种欲盖弥彰的手法。"惠芬说道,她曾经拜读过夏邦杰教授编写的策略教科书。

"当然有目的性。"夏邦杰说道,"但是这是否是为了隐藏那张地图呢?我不认为有人会把线索放在这里,但又将人们的注意力从这里引开。"

"您是说,为什么不藏起线索?"蕾娜-玛丽问道。

"或者画得更明显一些。"莫娜补充道。

"也许这些都并不重要。"克莱拉说道,"这些也许只是细节而已,就像画面上的纽扣、泥土以及套在皮套里的手枪,不过都是用来使画面更精细罢了。"

"精细?难道非要用一张画有雪人的地图吗?"露丝反问道,"你认为加拿大远征军在和谁作战?'匈人冻冻'[①]?"

伽马什拿出地图原件。夏邦杰什么都没说,一把从伽马什手中夺过,

[①] 匈人是古代游牧民族,曾给罗马帝国造成极大威胁。雪人冻冻原是同名圣诞歌曲中人物,后被塑造为卡通形象。

然后和窗户上的地图比较起来。

它们的确是同一张地图。

教堂的长凳上还放着好几张地图复印件,上面落满了各种食物——烤牛肉、芝麻菜、长棍面包、鸡肉、苹果片、谷物——的残屑,旁边还摆放着啤酒瓶和饮料瓶。

阿尔芒和蕾娜-玛丽初到三松镇发现小镇居民有时会在教堂里"野餐"时,可是大大吃了一惊,甚至——阿尔芒自己承认——还颇有微词。

但几个月后蕾娜-玛丽问道:"谁规定在教堂里不准吃东西呢?"

于是他们也将食物带进了教堂。一开始感到有点别扭,仿佛上帝会因此受到冒犯似的。不过,后来他们意识到对于上帝真正的冒犯并非是在教堂里吃东西、聊天、嬉笑,而是整座教堂里空无一人。

"你是怎么发现的?"伽马什问爱梅莉亚。

"你为什么没有发现呢?"爱梅莉亚反问道。

克莱拉原本想呵斥爱梅莉亚,但她很快意识到爱梅莉亚的问题问得很对。他们为什么就没有发现呢?难道就像夏邦杰教授所说的那样,因为注意力被那个男孩的面容吸引而忽略了其他细节吗?

而更令人困惑的是,这真的是故意误导吗?

"当时我一直在看她。"爱梅莉亚用手指着露丝说道,"她一直在看那扇窗户。"

"我在看人类的本质和他们在宇宙中所处的位置。"露丝对夏邦杰说道,比起她自己的单拐,她似乎更喜欢这个年轻人的双拐,"我当时在思考人生的意义。"

"当然。"夏邦杰回应道。

"然后我走神了,"爱梅莉亚继续解释道,"我看到她身后的那扇窗户。在那上面我发现了那张地图。"

"我们能去别的地方转转吗?"雅克说道,他从长凳上站起身,"我的屁股都坐疼了。"

"我也坐疼了。"莫娜说道,她看着雅克。

"我们走吧。"克莱拉说道,"我也累了。雷欧也需要出去遛遛。"

雷欧睡在克莱拉的膝盖上,而亨利和格蕾丝则睡在蕾娜-玛丽所坐的长凳边。

一到教堂外,爱梅莉亚便听见她们俩在夜色中说:"尿吧。拉吧。"

爱梅莉亚站在小路边,背对着教堂和那扇窗户。

"尿吧。拉吧。"

当被问及如何在窗户上发现那张地图时,爱梅莉亚并没有完全说出实情。当时所有人的目光都被那个孩儿兵的脸所吸引,然而,她却对那张脸极为排斥。

那张脸上充满了恐惧。

不过,最令她反感的是那张稚嫩的脸上露出的宽恕的表情。

所以和其他人不同,她可以、甚至是被迫将注意力集中到画面的其他地方。

这才是她发现那张地图的真正原因。

雷欧终于尿完了。克莱拉将它抱了起来,随后递给爱梅莉亚一个小包。

"我们回家去吧。"

回到家,阿尔芒先把雨果·夏邦杰带到为他准备的房间,指给他看淋浴间的位置,然后自己去换了衣服,蕾娜-玛丽则开始烧水,准备晚餐。

二十分钟后,夏邦杰穿着睡衣来到客厅,他不停地用手揉着自己褐色的头发,浑身闻上去有一股香皂的味道。

伽马什坐在客厅的壁炉前,前方的餐桌上摆放着水煮鲑鱼和芦笋。

"是在等我吗?"夏邦杰问道,"您夫人在哪儿呢?"

"我叫她来一起吃,可她盛了一盘菜回自己的卧室吃去了。她想让我们两个单独聊天。"

"我们有那么多话可以聊吗?"

"是的,我想是的。您不这样认为? 来点葡萄酒?"

"好啊,长官。"

雨果·夏邦杰很少称呼别人"长官",而伽马什是这少数人中的一位。

伽马什给自己和夏邦杰各倒了一杯白葡萄酒。

"那些学员为什么会在这儿?"夏邦杰问道。

伽马什正等着他问这个问题呢。

"他们四个和莱杜克教授走得最近。今年是劳林和克鲁蒂耶学警的最后一年了,他们近三年来一直是莱杜克的门徒。"

"您认为他们已经被'感染'?"夏邦杰说道,"由于和莱杜克走得太近,他们已经受到了莱杜克的影响?"

伽马什对此并不否认。

"另外两个是新生,是莱杜克最新的门徒。"

"他为什么要选他们两个?"

"我也不知道。其中的原因可能我们永远都无法知晓。"

"不过,您在怀疑他们,不是吗?斯迈思学警是英裔并且还是个同性恋,所以他总是迫不及待地想取悦他人,落到像莱杜克这样的人的手里可有他好受的。另外一个,哥特女孩,肖凯学员?只要瞅一眼便能看到莱杜克对她产生的影响。像莱杜克这样的家伙简直无孔不入。"

夏邦杰看着伽马什。

"现在的问题是,您把他们带到这里是为了他们好呢,还是为了保护学校里其他学员呢?您是把潜在的受害者带来了小镇,还是把凶手带来了小镇呢?"

"在最近的一次聚会上,我布置给他们一个任务。我要求他们好好研究那张地图。"伽马什说道,他并不打算正面回答夏邦杰的问题,"我想借此锻炼一下他们的办案技能。今天早上我告诉他们在莱杜克的床头柜抽屉里发现了一张地图复印件,原本一个简单作业现在竟成了凶杀案调查的一部分。"

"太聪明了。所以您就以此为借口把他们带来这里,让他们以为您交给他们的是一项十分重要的任务。"

"可是这一点十分重要啊。"

"您指的是什么?"

"在莱杜克的床头柜抽屉里发现了一张地图复印件。"

雨果·夏邦杰看着伽马什。要让一个惯于同时考虑所有可能性的专家大吃一惊并不容易。不过，这一次夏邦杰惊讶地看着伽马什。

"它怎么会在莱杜克的床头柜里呢？"

伽马什摇摇头。

"是谁的复印件？"夏邦杰问道，"是那几个学员中的某个人吗？我猜应该是。但是会是谁呢？"

"爱梅莉亚·肖凯的复印件不见了。"

夏邦杰点点头，他的脑袋犹如汽车仪表盘上的玩具似的上下摆动着。

"在床头柜的抽屉里？"夏邦杰最后问道。

"是的。"伽马什回应道，"这让我感到很惊讶。地图收在了抽屉里，但谈不上藏起来。"

"凶手并没有找地图。"夏邦杰说道，"可见地图对凶手而言并没有多大价值。只有莱杜克认为它有用。"

"可是，莱杜克为什么看重那张地图呢？"

两人低着头凝视着地图，地图在壁炉火光映照下呈现出淡淡的玫瑰红色。

"还有一种可能。"伽马什说道。

"那张复印件是凶手故意放在莱杜克的床头柜抽屉里的，想用它来暗指某个学员。"夏邦杰说道，"肖凯的复印件不是丢了吗？那么她或许就是下一个受害者。凶手会让一切看起来像自杀。一个精神脆弱的新生杀死了一位教授，然后随着警方调查不断深入，她选择了自杀。"

对于这个假设伽马什并不觉得吃惊。他也曾想到过这种可能性。

就在他独自一个人待在莱杜克房间的几分钟里，这种可能性忽然出现在他的脑海中。

地图的真正价值。地图所指明的方向。地图的真正功能。

他当时想到的唯一方案就是把那四名学员保护起来。快速，隐蔽地。在凶手实施下一步罪恶计划之前将他们隐藏起来。

"也许凶手只是随机选中了爱梅莉亚的地图。"夏邦杰说道，他极力思索着，"也许她的地图最容易得手。凶手只想拿到一张地图复印件而已，他并不在乎那是谁的。他只想找一个替罪羊。他要让一名学员和莱杜克的死牵涉在一起。这样那名学员的自杀便可以了结该案了。除非——"

"是的,我明白。"

这也是伽马什曾经思考过的问题,在他和尸体独处的那段时间里。

"除非就是她杀了莱杜克。"

"或者是另外三人中的一个杀了莱杜克。"夏邦杰说道,"毕竟,他们都知道她有地图复印件。把她的复印件放在那里,把她卷进案子,还有谁比他们更近水楼台呢?所以您把他们带到了这儿。所有人一起。"

"我至少可以把他们拆开住。"伽马什说道。

夏邦杰点点头,"这是一个聪明而谨慎的决定。半夜里凶手就没那么容易用枕头闷死谁了。"

他拿起地图,"我们可以为地图出现在死者床头柜抽屉里找到原因,比如凶手想把警方调查的注意力引向某个学员。"他仔细地看着地图,"但是你们为什么又会出现在教堂的窗户上呢?"

夏邦杰在等待回答,仿佛地图上的雪人、母牛或是松树能够告诉他答案似的。

过了一会儿,夏邦杰微笑着将地图递给伽马什:"我想我知道答案了。"

"是地图告诉您的吗?"

"算是吧。我能来一杯草药茶吗?它能帮助我入睡。"

伽马什走进厨房,插上电热水壶,夏邦杰在他身后喊道:"或者来一杯甘菊茶也可以。"

"好的。"

水壶里传来开水沸腾的声音,然后又安静下来。这时夏邦杰问了一个问题。

"您刚才说您在一次聚会上给学员们布置了研究地图的任务。但是,您也说那两个高年级的学员是莱杜克的人。"

"是的。"伽马什在厨房里说道,"莱杜克似乎想让他们接近我以便从我这里获取一些情报。"他的脑袋从厨房里探出来,然后脸上露出一个微笑,"我是不是比看上去更聪明?"

"是的,谢天谢地。"夏邦杰说道。

伽马什拿着一杯草药茶和一小罐蜂蜜走了回来。

夏邦杰将茶匙放在草药茶杯里,然后抬头看着伽马什睿智的双眼。

"您能告诉我为什么那张地图会出现在那个男孩的背包里吗?"伽马什问道。

"可以,因为地图有魔法。"

如果夏邦杰之前说的话并未引起伽马什的注意的话,那么此刻伽马什的注意力就完全被吸引过去了。他将茶杯放在桌子上,然后直视着夏邦杰。

"魔法?"

"没错。现在地图太常见了,所以我们忽略了这一点。地图能把我们从一个地方带到另一个地方。它们点亮我们的宇宙。您知道不,最初的地图描绘的是天空。古人所能看到的天空,他们信仰的神灵生活的地方。各种文明都画过星图。然后,他们垂下了视线,开始描绘身边的世界。"

"为什么呢?"

"啊哈,先生。"夏邦杰点点头,随后变得兴奋起来,"对,为什么。还有他们是怎么做到的。这事现在看起来简单,但您能想象第一个尝试在二维平面上描绘三维世界的人吗?该如何在二维平面上描绘距离和时间呢?为什么要自找麻烦呢?看起来他们并不像闲得没事的样子。为什么要制作地图这样东西呢?"

"有这种必要性呗。"伽马什说道。

"是的。然而,是什么催生了这种必要性呢?"

伽马什想了一会儿。

"是为了生存吗?"

"一点没错。地图第一次使人们能够掌控环境。它能告诉人们如何从一个地方去往另一个地方。这听上去很简单,但是在数千年以前,这可需要了不起的想象力。所有地图都是以俯视的视角画出来的。那是鸟儿从天空俯瞰大地的视角,是神灵俯瞰众生的视角。想象一下第一个以这种视角画地图的人。他用前无古人的视角来俯瞰世界,并把这个世界画了出来。想象一下这有多么了不起,带来了多大的优势。"

伽马什之前从未想过这些事。然而,此刻他意识到一位策略高手是多么珍视地图。作为一种策略工具,地图是革命性的,是独一无二的。拥有地图的人将拥有一个凌驾于一切的视角。

这就是魔法。

"地图意味着人们可以制订规划,制定战略。"夏邦杰说道,"通过地图能看到未来,看到要去的地方,能够找到的东西。部落、国家、企业,谁拥有了最精细的地图,谁就能取胜。"

"这就是您成为策略专家的原因吗?"

"是的。我最初接触的东西正是地图,那时我还只是个孩子。"夏邦杰说道,但好像对自己说的话并不十分确定似的,"那时我觉得这个世界充满混乱,然而它在地图上却显得那样规整而美丽。于是我爱上了地图。"

这看上去并非夸张之语。他深情地看着放在桌子上的那张地图,仿佛它是一位新结交的朋友。

"这个词也很有趣。map(地图),它源于拉丁文 mappa mundi。mappa 指的是餐巾,而 mundi 指的是世界。这不是很有意思吗?世界被画在一张餐巾上。既朴实又伟大,这就是地图。"

在他口里,仿佛这个词真的具有某种魔力。在他年轻的脸上,伽马什看到了一个全新的世界,这个世界曾向一个并不快乐的孩子敞开了大门。

地图。

"欧洲最早的地图是由僧侣制作的。"夏邦杰说道,"他们从水手和商人那里收集相关信息。这种地图有时被称为贝亚图斯地图,因为它们最早是由一位叫贝亚图斯的僧侣在公元八世纪的时候画出来的,为他关于天启的研究而绘。"

"又是因为宗教。"伽马什嘀咕道。

夏邦杰看着他,然后又看了看桌子上的那张地图。

"每张地图都有其用途。"夏邦杰轻声说道,"你们的用途是什么呢?"

"您猜得出来吗?"

"根据我多年研究地图和策略的经验,我可以给您一个十分专业的观点。"夏邦杰说道。

"太好了。"伽马什说道,"您说说看,或许我会接受。"

"这张地图出自制图师之手,而且是专业的地图制图师。这绝不是业余爱好者的涂鸦作品。画这幅地图的人很有可能是一位专家。"

"是地图上的母牛还是金字塔给了您这个启示?"伽马什问道。

"都不是。"夏邦杰回答道,他并没有理会伽马什的幽默,"您从这些等高线就能看出来啊。"他指着地图上标出山丘和河谷高度的精细线条,"我猜要是去测量的话,我们会发现图上标的十分精确。"

"不完全吧。那头母牛后来被人救了,雪人一百年前就应该融化了,而且我可以向您保证,这儿附近根本没有金字塔。"

伽马什指着地图右上角的三角形说。

"这才是这张地图有趣的地方啊。"夏邦杰说道,"老地图可以呈现历史——居住地、商贸、战争,等等。而这张地图呈现的则是一段私人历史。这张地图是为某个人而画的,它只有一个用途。"

"什么用途?"伽马什再次问道。虽然他并未指望夏邦杰的回答,但夏邦杰这次却给了他一个答案。

"我认为这是一张早期定向运动地图。"

"定向运动?体育比赛?"

"一开始并不是那样。"夏邦杰说道,"教堂窗户上的那些战士是一战时期的,对不?定向运动最初是一种训练战士在战场上找到路径的训练手段。"

"那么这是一张战地地图喽?"伽马什问道,他的思路已经有些混乱了。

"当然不是。地图上有一个插着冰球杆的雪人。地图上画的地方可不是伊珀尔①,而是这里。您想知道这张地图到底有什么功能吗?"

壁炉里最后一块木柴烧尽了,炉火发出噼啪的响声。亨利睡在伽马

---

① 比利时城市。1915年第二次伊珀尔战役期间,德军在人类战争史上首次使用毒气。

什的脚边打着盹。格蕾丝也停止了叫唤。

伽马什点点头。

"这张地图是那个男孩的备忘录,"夏邦杰说道,"它提醒那个男孩家的方向。"

伽马什看着地图上那三棵年轻挺拔的松树。

"地图会把他带回家。"夏邦杰说道。

然而,这张地图并未发挥它的作用。不是所有地图都有魔力,伽马什心想。

... 23

莫娜坐在床上,她刚被一声类似于枪声的声音吵醒。由于困倦她感到浑身无力。她聆听着,认为那声音也许只是一场梦。

然而,又传来了枪声。不止一声,而是急促的一连串。没错,那是自动武器发出的声音。

然后莫娜听见了尖叫声。

她迅速掀开羽绒被,然后朝卧室的房门跑去。她打开房门,发现刚才的声音并非一场梦。她意识到这一切都是真实的。

雅克·劳林坐在笔记本电脑前,电脑屏幕发出的光照亮了他的脸庞。

现在是凌晨两点。雅克终于听从了莫娜的建议,上网搜索了"阿尔芒·伽马什"这个名字。

于是出现了一条链接,顺着链接,他打开了这段视频。

传来了更多的尖叫声和命令声。发出命令的声音冷静,有力,它穿透痛苦的叫声和枪声,随着安全局的警员在一家废弃工厂里越走越深。警员们冲向枪手。

然而,枪手到处都是,他们向警员们蜂拥而来。

这看上去像是一次埋伏,又像是一场屠杀。

然而,在一个人坚定而迅捷的指挥下,警员们奋勇向前。

惠芬·克鲁蒂耶从床上坐了起来。

这是莱杜克教授被杀以来她的第一个安宁时刻。"公爵"被谋杀了。

她明白,人们只会记得莱杜克是被谋杀的。死亡抹除了他的一切。瑟奇·莱杜克再也不存在了。人们不会记得他活过。他的一切所作所为都灰飞烟灭了。

她将地图复印件摊在自己大腿上,然后开始仔细研究起来。

劳林学警的脸色越来越苍白。

他认出了视频中的场景。那正是他们在模拟工厂里进行的模拟训练。他在那里两次被"打死",一次被"劫为人质"。学员们在这一模拟训练中还从未取胜。

然而,视频中的场景并不是模拟训练,而是一场真正的枪战。

视频应该是根据警员身上佩戴的摄像头拍下的场景剪辑而成。拍摄的视角在不同警员之间切换。当警员跑动的时候,镜头也随之晃动。有时藏在水泥柱子后面,可以看到飞来的子弹击中水泥柱子扬起的碎屑。

一切都拍摄得那样清晰,甚至每位警员的面部表情都清晰可见。他们显得如此坚定执著。即使他们中的某些人已经倒下,但是他们仍然不断向前挺进。

爱梅莉亚躺在床上,双眼紧盯着天花板。

丝丝的寒风从打开的窗户吹入房间,但羽绒被将爱梅莉亚裹得严严实实。被子上能闻到淡淡的薰衣草香味。虽然味道并不浓烈,但足以与人慰藉。

爱梅莉亚的思绪渐渐模糊起来。她停止了思考,停止了忧虑。她吸入薰衣草的香气,呼出内心的焦虑。

"公爵"已经死了。而她,现在也终于可以安息了。

视频里的声音比画面更加尖锐。当子弹飞射过来的时候,雅克本能地躲避。视频里的墙壁、地板以及警员所发出的声音远比警校的训练来得嘈杂响亮。混乱的画面,枪声、爆炸声,以及痛苦的尖叫,让雅克的精神变得麻木起来。他的双手紧紧握着椅子的扶手。

他所有的感官都已经失灵了。

在视频中,一位身背装备的警官正在向前冲。忽然他停下了脚步,然后站直身子。在枪林弹雨之中,他像是做了一个夸张的芭蕾动作,然后倒了下来。

这时有一个声音大声喊道:"让-居伊!"

雅克看到波伏瓦教授被拖到安全地带。然后摄像头中出现了伽马什校长,他一脸凝重,在纷乱的枪声中检查着波伏瓦的伤情。

当伽马什在帮波伏瓦止血的时候,波伏瓦也一直看着他。他默不作声,但是他的眼中充满了恐惧和祈求。

"我得走了。"伽马什说道,他将一卷绷带放在波伏瓦手里,然后将绷带绕在伤口上。伽马什休息片刻,然后俯下身在波伏瓦的额头轻轻地吻了一下。

露丝·萨多站在房门口,看着躺在床上的那个男孩。

他睡得正香,露丝能听见他均匀的呼吸声。然后她关上房门,走下楼。

老诗人无需睡很长时间。她似乎并不需要睡眠。她真正需要的是时间。她觉得自己仿佛已经看到了生命的彼岸。尽管还那样遥远,但它已经出现在了露丝的视野中。

纳撒尼尔将地图复印件放在了厨房的餐桌上。露丝倒了一杯甘菊茶,然后在她通常坐的那把椅子上坐了下来,鸭子罗萨躺在旁边用碎布垫成的窝里,此时已经睡着了。

不过即使在睡梦中,罗萨也会发出嘎嘎的叫声。

露丝看着地图。她觉得此时自己或许能写出一首诗。她想把自己的情感写在纸上,就像制作这张地图的人将自己的情感画在地图上一样。

然而,露丝忽然觉得没有必要写诗了,因为这张地图就是一首诗。

游丝般的等高线、道路、河流、被困住的母牛以及那个欢乐的雪人。

还有三棵挺拔的幼松。

泥土、污渍、血迹。

是的,这张地图就是一首包罗万象的诗。

露丝抬起头,看着天空的方向。她的思绪被自家的第二层楼挡住了。二楼正睡着一个年轻人,这个年轻人今天早上发现一名教授被人谋杀了。

这样的经历应该会不断折磨一个人,使其难以入睡。

然而,纳撒尼尔却睡得那样安稳,似乎根本没有受到任何影响。

雅克·劳林的心在胸口猛烈地跳动着。他感到自己的太阳穴和喉咙也在剧烈地跳动。

那些枪手都死了。安全局的警员也是死的死,伤的伤。但也有几位警员官毫发无伤,这真是太不可置信了。这全都要归功于指挥官的冷静与沉稳,而这位带领众人进入废弃的工厂并打退敌人的指挥官此时却躺在地上。他已经失去了知觉,救护人员正在极力抢救。雅克看到鲜血正从他的头部渗出。

一位女警官跪在这位指挥官身边,紧紧握着他沾满鲜血的手。

劳林学警关掉了笔记本,然后把它从桌上推开。

...24

"要咖啡吗?"

弗洛朗市长向两位警官指了指咖啡壶。

杰力纳斯身穿便服。他摇摇头,但伊莎贝拉·拉科斯特却点点头。

市长的办公室里弥漫着浓烈的咖啡香味。伊莎贝拉怀疑那个咖啡壶里一定积满了厚厚的一层咖啡渍,因为它一整天都放在电炉上烧着。这位市长会时常给他的选民倒上一杯咖啡。

现在是早上七点半。在这寒冷的三月早晨,喝上一杯热咖啡不失为一种享受。

按照拉科斯特的要求,市长在咖啡里加入了牛奶和方糖,然后递给了她。

市长的办公室看上去并不起眼。墙壁上薄薄的护墙板已经部分脱落。天花板上出现了不止一个霉斑。地毯似乎也好久都没洗了。天晓得那里面藏有什么东西。

不过,整间办公室仍然给人一种新奇的感觉。椅子颜色驳杂,而桌子在拉科斯特看来，似乎是从某个古老的教会学校回收来的。墙上挂满了当地运动队的照片。照片上的队员们满面笑容，手里高举奖杯——有季军、亚军和第五名的奖杯。

市长站在这些年轻的队员们中间，在每一张照片上都喜笑颜开。

有一部分照片已经褪色了。如果沿墙壁按次序浏览这些照片的话，便会发现市长的身材越来越圆，头发也越来越稀疏和花白。

照片上的这些年轻队员现在许多都已有了自己的孩子。

在弗洛朗市长的办公桌上放着一个小小的相框，里面是市长的家庭合照——他的孩子，他的孙子、孙女。此外，照片上还能看到狗、猫和一匹马。

市长坐在一把椅子上。他的身子向拉科斯特和杰力纳斯靠过去，脸上露出十分关心的表情。

他和拉科斯特探长想象中的完全不一样。根据伽马什的描述，她以为市长应该是一位身材瘦削并被各种失望和焦虑折磨得心力交瘁的男人才对。

但现在看到市长温柔的眼神，她似乎看到了自己的祖父。她意识到，伽马什的描述并非针对市长的外貌。他曾经说过，这位市长具有强烈的是非观并且疾恶如仇。

她又回忆起伽马什说过的其他话。

伽马什曾说自己很喜欢这位市长。现在拉科斯特终于明白为什么了。她也开始喜欢这位市长了。在她身边，杰里纳斯也摆出放松的姿势，两腿交叠。

弗洛朗市长或许有谋杀瑟奇·莱杜克的动机，但他看上去对任何人都构不成威胁。

伊莎贝拉·拉科斯特决定单刀直入。

"是您杀了瑟奇·莱杜克吗，市长大人？"

她之所以这么直截了当地问是因为这种询问方法以前从未成功过。

市长十分惊讶地扬了扬眉毛，杰力纳斯副警监也转过身看着伊莎贝拉。

市长大笑起来,笑声虽然并不响亮,但却显得十分快乐。

"啊,亲爱的。我明白您为什么会这么想。"

拉科斯特探长并不喜欢别人称呼她"亲爱的",然而这一次她并没有感到被冒犯。市长并不是在讽刺她。

"如果我是您的话,"市长继续说道,"我也会这么想。当然,我不应该笑,对此我很抱歉。您不是在开玩笑。一个人被杀了,我应该对此表示难过才对。但是我做不到。"

他将十指交叉在一起,原本柔和的眼神变得锐利起来。

"我憎恨瑟奇·莱杜克。如果我想杀人的话,我一定会先杀他。如果有人该死的话,那也一定是他。我每周日都去教堂。有时工作日我也会去教堂为某位居民祈祷。我也同样为瑟奇·莱杜克祈祷。"

"祈祷他的灵魂得到净化吗?"杰力纳斯问道。

"不,祈祷他快点死。"

"您就这么恨他吗?"拉科斯特问道。

弗洛朗市长靠到椅背上,沉默了片刻。伊莎贝拉·拉科斯特听到了远处传来孩子们的嬉戏声。

"你们来这儿是因为你们知道了事情的来龙去脉。伽马什校长已经告诉你们警校是怎么回事了吧?"

拉科斯特想告诉市长自己并非警校的教师,但她并没有说出口,她明白市长此话的用意。

"那么我就不重复具体细节了。但是我想说,圣阿尔封斯是一个很小的城市。我们没有太多财富。我们唯一的财富就是我们这里的孩子。我们工作好几年的目的就是为了给孩子们集资建立娱乐场地。他们可以拥有自己的俱乐部,一整年都可以从事各种体育活动,这样他们才能茁壮成长。当然,长大后他们或许会搬离圣阿尔封斯,我们这里的年轻人并不多。但是我们会给他们一个幸福的童年,使他们能健康而快乐地去往其他地方。莱杜克破坏了这一切。没错,我真的想杀了他。但是我并没有这么做。"

他说着说着浑身颤抖起来,显然他极力压制着内心的愤怒。

拉科斯特意识到，市长其实就是一颗人肉炸弹。现在的情况使他更容易发生爆炸。

"我了解到伽马什校长和您达成了协议，让本地的孩子们使用警校里的运动设施。"拉科斯特说道，"这肯定对孩子们有好处。"

"您这么认为吗？"

市长用尖锐的眼神看着她，她也用同样尖锐的眼神看着市长。

"两天前的晚上您在哪里，市长大人？"

市长拿起一本记事册，然后翻开其中一页。

"那天晚上我在莱昂俱乐部吃晚餐。大概九点结束。"他抬起头看着两位警官，然后笑道："我已经老了。晚上九点已是我的极限了。"

拉科斯特向他回报一个笑容，她希望并祈祷自己不必逮捕这位市长。她知道，上帝有时会对人们的祈祷作出回应。毕竟，上帝已经实现了市长的愿望。

"吃完晚餐我就回家了。我的妻子那时正在家里和她的朋友们打桥牌。打完桥牌，他们便各自回家。我大概在十点钟的时候上床睡觉。"

"您妻子多大年纪了？"杰力纳斯问道。

市长看着他，对于这个问题显得颇为吃惊。

"她比我小一岁，今年七十二。"

"她戴助听器吗？"杰力纳斯继续问道。

"两个。晚上睡觉的时候她会摘掉助听器。"市长看看杰力纳斯，又看看拉科斯特，"的确，这给了我在她睡觉期间离家的可能。我有时会出现睡眠障碍。我会去楼下的厨房做一些事。这一切我妻子玛丽都不知道，因为我不想打扰她睡觉。"

拉科斯特探长认为弗洛朗市长是一个开诚布公的人，但也有可能是一个滴水不漏的人。

"您会设计软件，是吗？"拉科斯特问道。市长点点头。"什么类型的软件？"

"主要是为保险公司设计统计方面的软件。你们可能会很惊讶，设计这样的软件需要考虑许多方面的因素。"

"您设计过报警软件吗?"拉科斯特问道。

"没有,那可是特殊类型的软件。"

"您为保险公司所设计的那些软件的信息都是保密的吗?"杰力纳斯问道。

"当然,那是绝对保密的。"市长回答道。

"那么您设计的软件能确保那些信息不会被人窃取吗?"

"不能,我只负责软件编程。至于安全问题是由其他人负责的。为什么问这个?等等。我明白了。"他打量着眼前的这两位警官,脸上的表情忽然变得严肃起来,"你们认为是我进入了警校的报警系统?当然,有这可能。但是你们学校的那套系统是非常复杂的。你们可以检查我的电脑。如果电脑里有女人裸照的话,那是我妻子的裸照。"

连杰力纳斯副警监也笑了起来。

"您的工作一定十分出色。"拉科斯特探长说道。

市长环顾四周,然后说道:"您觉得这像是一位成功人士的办公室吗?如果我的工作能力真的十分出色,难道我现在不应该在蒙特利尔或是多伦多工作吗?"

"我觉得这间办公室的主人就是一位成功人士。"拉科斯特说道。

弗洛朗市长看着她:"谢谢夸奖。"

两位警官站起来与市长握了握手,市长说欢迎他们随时回来继续调查。他们沿着破旧的走廊来到阳光明媚的户外。拉科斯特对杰力纳斯说道:"保险统计软件。它们是用来预测——"

"一个人何时会死。"

警校复课了。让-居伊·波伏瓦注意到这是伽马什校长的命令。

不只是为了确保秩序与纪律,同时也是为了阻止学员们私自进行调查。波伏瓦已经发现有些学生会聚在莱杜克房间外的走廊里或是徘徊在"公爵"办公室的门口。他们会在门把手上收集指纹,仿佛凶杀组的探员们忘记取样似的。

他还在莱杜克常去锻炼的健身室里看到这些学员。他们翻箱倒柜,搜寻着各种蛛丝马迹。当然，他们不可能找到想要的线索。

原本这也算不上什么烦人的事。但整幢教学大楼到处都充斥着这些缺少办案经验的新手，而且还有一个躲在暗中的杀人凶手，那就是个大问题了。

现在是早上八点，已经开始上课了。波伏瓦探员拿起手机。他发了封电子邮件，一直期待着回复，但是手机上什么信息都没有。

他在手机上按下一长串数字，然后听到手机里传来奇怪的铃声，就两下，很短促，而非他所熟悉的悠长铃声。

"您好，这里是麦德摩与瑞安公司。"一个亲切的声音说道，仿佛说话人正在推销玩具或鲜花似的。但其实这是一家销售枪支的公司。

"您好，"让-居伊回答道，他极力掩饰自己的魁北克口音，"我是从加拿大打来的。我是魁北克安全局的一名警官。我现在正在调查一起凶杀案。"

"请稍等片刻。"

稍等片刻？波伏瓦心想，她让我稍等片刻？难道全世界的警察都在排队打这个电话调查凶杀案？

或许该公司有专门的部门处理这样的来电。

让-居伊叹了一口气，耐心地聆听着电话转接过程中播放的音乐。没过多久，电话那头传来一个并不那么亲切的声音。

"是波伏瓦警官吗？"一个女人的声音问道。

"是我。"

"我是伊丽莎白·科德布鲁克。我是麦德摩与瑞安公司负责公共关系的副总裁。我收到了您的电子邮件，并且正在写回信。我很抱歉让您久等了，但是我必须得先确认一些事。"

她的声音听上去十分生硬。波伏瓦感觉自己仿佛做错了什么事情。当他和巴黎人或是伦敦人说话时总会有这种感觉。

"这封邮件您能发给我吗？"波伏瓦问道，"这样我就可以有一个书面凭证。不过，现在我想直接在电话里跟您聊聊，如果您不介意的话。"

"当然不介意。您发来的邮件说有人死了，真是太可怕了。是意外事故吗?"

"不,不是意外。一枪击中太阳穴。"

"哎呀呀。"她说道,虽然显得有些悲伤,但却并不惊讶。

波伏瓦心说,如果你的企业专门制造枪支,你能期待发生什么事呢?

"您找到相关文件了吗?"他问道。

"是的,我们发现了一份订单,订购一把点45口径的麦德摩MR 6手枪。2011年9月21日交付,取货人是瑟奇·莱杜克。"

"取货?在英国?"

"不是,在我们的美国弗蒙特经销商那里。我可以将那份订单的订单号和相关信息发给您。"

她的语气显得不那么生硬了。也许是波伏瓦已经习惯了她说话的语气。

她的确帮了大忙。然而,波伏瓦开始怀疑,这个女人是否在和警方打交道方面有着丰富的经验。

"我想问一下,那个型号的手枪很热销吗?"

"并不十分热销,只有少数警察还在使用这种手枪,现在一般都用自动手枪了。"

"贵公司也生产自动手枪吗?"

"是的。而您问的这把麦德摩点45是一种非常老式的手枪,一次可装六发子弹。"

"就像西部片里牛仔使用的那种手枪?"

她不自觉地笑了一声:"我想是的。柯尔特公司正是在我们的产品基础上设计出了他们的左轮枪。至少我们是这么认为的。我们的产品在一战期间十分流行。二战时我们也提供了大量枪支。不过此后,枪支的需求量开始下滑。"

"为什么现在还会有人购买这种老式的枪支呢?"

"也许是为了收藏吧。死者是枪支收藏家吗?"

"不是。他是魁北克一所警校里的教授。"

"所以他对枪支感兴趣。"

"他应该只对现代武器感兴趣,对这种古董枪应该没兴趣。"

"这或许是把古董枪,但它也是可以用的。"

"用来杀人?"

她沉默了片刻:"那倒未必。"

波伏瓦不接茬。电话两头都沉默不语。

"不过是的,有时是这样。或者用来阻止流血事件。我们在加拿大并没有枪支销售业务,因为加拿大禁止枪支销售。所以莱杜克先生只能从美国订购。我不清楚他是怎么通过边境的。"

"这不是很难。"

边境线的管制远比人们想象的要宽松。

"他并不是枪支收藏家,他为什么特地购买这种款式呢?"波伏瓦问道。

"这款枪具有很好的稳定性,不像其他左轮手枪那样会出现反冲现象。而且很准。"

"准头并不是重点,"波伏瓦说道,"他并不会去冲锋陷阵。我所关心的是为什么比起自动武器,还会有人选择一把只能装六发子弹的左轮手枪呢?"

他似乎能听到对方耸肩的声音。她并不是不感兴趣,而是对于波伏瓦的问题无言以对。

波伏瓦决定再问一个问题。

"既然柯尔特公司生产的手枪和贵公司的差不多,为什么莱杜克非要千里迢迢从英国订购贵公司的左轮手枪呢?"

"历史情结和质量保证。喜欢枪支的人都知道我们公司。"

"可是,他也可以选柯尔特或史密斯威森的产品不是,还更便宜?它们都是在美国生产的。"

"没错,它们的价格的确比我们便宜。"

"或许因为它们生产的枪支没有消音器。"波伏瓦说道。

"我们也没有。"

"没有吗?我问的那把枪就有。我在电子邮件里提到了这一点。"

"我想你们一定是弄错了。"

"您觉得我会不认识消音器吗?"波伏瓦问道。

"但这没有任何意义。"她说道,"左轮手枪是没有消音器的,因为装了消音器也没用。"

"那把手枪真的装有消音器。"

电话那头的科德布鲁克女士也仿佛装上了消音器。电话里的沉默让人极度尴尬。

"是谁生产了消音器?"波伏瓦终于问道。

"我不清楚。"

"如果不是贵公司,那还会有谁呢?"波伏瓦进一步问道,"如果有人要买消音器,您会建议他去哪儿买?"

"去找我们的自动武器部门。但左轮手枪是没有消音器的。"她的声音再次变得生硬起来。然后她又用温柔的声音说道:"有人自杀了,这的确令人很难过。我们公司一定会将此牢记在心。我也会牢记在心。"

出于某种原因,波伏瓦相信她说的是真话。她每月、每周、每天要接到多少世界各地警察为调查一具尸体的死亡真相而打来的电话?

"那不是自杀。"波伏瓦说道,他也不知道该不该透露这一消息。

"您刚才说手枪的准头不是重点。所以我以为……"她顿了一顿,"那么是谋杀?"

"是的。有人向死者的太阳穴开了一枪。"波伏瓦说道。

电话那头又是一阵沉默,更长,持续不断。不过这种沉默倒并不令人尴尬。尽管远隔重洋,但波伏瓦似乎能感觉到她正在思考、权衡。

"您在想什么,科德布鲁克女士?"

"我在想这把枪的特殊性和它的用途。为什么有人要买这把枪,尤其这个人并不是收藏家,他为什么要买一把老式的左轮手枪呢?"

她更像是在询问,而不是解答。

"您认为是为什么?"波伏瓦问道,此时他在电话里听见了敲门声和另一个声音。

"我怎么会知道。"她回答,"我们公司只负责生产枪支。就像你们的全国步枪协会声称的那样，枪支本身并不会杀人，是人类使用枪支彼此厮杀。"

"我是魁北克人，女士，是加拿大人。美国全国步枪协会跟我没关系。"

"我们公司跟这起死亡案件也没有任何关系。我对于所发生的一切深表同情。死者的脑袋被人用左轮枪开了一枪，真是可怜。但是我相信您一定能查出凶手。我会把我所掌握的全部信息以电子邮件的形式发送给您，包括枪支的订单。"

波伏瓦还没来得及表示感谢，她就已经挂断了电话。

几分钟之后，她的电子邮件便发了过来，邮件里附了一份了无新意的点 45 麦德摩 MR 6 手枪产品介绍书，以及莱杜克的订单细节。

邮件底部是她的全名——伊丽莎白·科德布鲁克-克莱尔顿。波伏瓦感到似乎有什么地方不对劲。他仔细看着那个名字，发现"克莱尔顿"几个字使用了不同的字体。相近但不同，她本人可能并未注意到，但波伏瓦却发现了。

邮箱里又来了一份邮件。痕证报告发过来了。

"如果您喜欢，欢迎您待在小镇里。"伽马什一边说一边穿上外套，"您不必和我一起回学校。"

"您希望我待在这里吗？"夏邦杰一边穿靴子一边问道，"还是您想让我待在这里？您不是打算甩掉我吧？"

夏邦杰的脸上露出微笑，但他说话的口气却不轻松。

"我？"伽马什问道，脸上也露出了微笑，然后他说话的语气变得严肃起来，"这由您自己决定，雨果。如果我想让您做什么的话，我会直接告诉您的。"

"还有谁知道他们在这里，校长？"

"您是指那几名学员吗？这不好说。"

伽马什和夏邦杰向蕾娜-玛丽道别，然后他们沿着泥泞的小路朝小酒馆的方向走去。伽马什要求学员们在小酒馆里等他。

夏邦杰晃动着手中的拐棍,步履蹒跚地迈着虚弱的双脚。

"他们的同学知道他们走了,还有他们的老师。"伽马什说道,"我告诉他们这几名学员回家去了。"

"只是没有说他们回谁家去了。"

伽马什在小酒馆门口停下脚步,转过身说道:"我不允许别人知道他们现在身在何处,您明白吗?"

夏邦杰点点头。然而,伽马什看得出夏邦杰只是将此视为一场游戏而已。对于这位策略专家来说,学员们只是一幅大拼图中的几小块,并不是真实的人。

"可是,您却邀请我来这里。"夏邦杰说道,三月早晨寒冷的空气把他的鼻子冻得通红,"您让我知道那几名学员现在身处于此。这是为什么?"

伽马什心想,如果他现在开始大量流汗的话,一定会被冻成一座冰雕。

"因为我觉得您能够帮我。"

夏邦杰点点头:"是的。我已经在帮您了。"

他们走上小酒馆的台阶。伽马什走在夏邦杰身后,以防他滑倒。走完最后一级台阶,夏邦杰停下脚步。走路已经让他筋疲力尽了,而上台阶更是消耗了他大部分的体力。

"您是在逗我玩吗,校长?"夏邦杰在冬日最后的寒风中问道。

"怎么逗您玩了?"

"您只是在这里才需要我的帮助吗?难道在学校里就不需要我了?"

"您熟悉地图。我们发现的地图对破案很重要。"

"是的。但是昨晚在学校里的时候,您应该不是这样想的吧。您当时并不知道我喜欢收集地图,但是您却让我和您一起来到这座小镇,并告诉我那几名学员也在这里。"

伽马什露出灿烂的微笑,脸上堆满深深的褶皱。他将身子靠上前去,以至于夏邦杰能闻到他口腔里的牙膏味和身上的古龙香水味,其间还夹杂着一股淡淡的蔷薇水的香味。

"您认为当时问讯的场合下,我有必要在和伽马什夫人的通话里提到地图吗?"

夏邦杰惊讶地睁大眼睛。

"难道您是故意提到地图以吸引我的注意力?"

"我对您的了解可远比您想象的多。"

一阵冷风从两人中间吹过,吹散了伽马什身上的香水味。

雨果·夏邦杰开始冒汗了。

"我想我们该进去了。"伽马什说道,"您想一起来吗？他们正在里面等着我们呢。"

...25

学员们的确已经在小酒馆的餐厅里等着伽马什校长和夏邦杰教授了。

克莱拉和莫娜决定和她们的房客一起前来,不过她们坐另一张桌子,挨着壁炉。她们刚吃完法式早餐。伽马什向她们问好,然后询问昨晚情况怎样。

"你是指昨晚吗?"莫娜问道,"还不错吧。一回到家,我就上床睡觉了。我猜他也应该回自己的房间睡觉去了。我想我得去检查一下眼窝,怎么陷得这么深。"

阿尔芒咧嘴笑了笑:"我为发生的一切道歉。"

"爱梅莉亚很乖。"克莱拉说道,"她一大早就起床了,然后叠好被子,甚至还干了一些家务。我起床后,她把咖啡也煮好了。"

"真的吗?"阿尔芒和莫娜异口同声地问道。

"当然不是真的。"克莱拉咬牙切齿地说道,"当我敲她房门提醒她起床时,她叫我走开。起床后她要求喝咖啡,还说她睡的房间像一个狗窝。

对了,格蕾丝怎么样了?"

阿尔芒对克莱拉笑了笑。

"它很好。"

他走到学员们和夏邦杰坐的那张桌子边。学员们刚吃完早餐,而加布里又给他们每人拿来了一杯牛奶咖啡。

"你想吃早餐吗?我这里有蓝莓松饼、法国吐司,还有加布里鸡蛋。"

"加布里鸡蛋?"伽马什问道,"是你发明的新菜吗?"

"其实就是在荷兰酸辣酱里加些柠檬皮。"

伽马什想了一会儿,然后说道:"还是给我一个小馅饼吧。"

"好嘞,一个小馅饼。"加布里恭敬地鞠了一躬。

"我想再来一个加布里鸡蛋,谢谢。"阿尔芒说道。

"那么您呢?"加布里问夏邦杰,他点了烤肠和蓝莓松饼。

"夏邦杰教授和我马上要去警校。"伽马什对学员们说道,坐在学员们对面的夏邦杰扬了扬眉毛,"不过,今晚我会回来。我希望到时能看到你们研究那张地图的成果。"

"省省吧。"雅克说道,"那张地图根本无关紧要。现在我想回学校。您不能把我们囚禁在这里。"

他看着伽马什,其他学员则一会儿看看雅克,一会儿看看伽马什。雅克本来就不喜欢这位新校长,但现在他对伽马什的轻蔑态度又达到了一个新的高度。

即使加布里——此刻他正给克莱拉和莫娜上一小碟奶酪——也停下了脚步看着雅克和伽马什。

莫娜也一脸困惑地看着他们。

"也许你说得对。"伽马什说道,他将手上的咖啡杯放在桌子上,"那张地图或许无关紧要。然而,你也可能是错的。"

"不要相信你的任何所想。"爱梅莉亚说道。

"那么你是站在他那一边喽?"雅克问道。

"我哪一边都不是。"爱梅莉亚回答道。

"别傻了,"雅克说道,"人总得选边站。"

"够了。"伽马什喊道,这是他第一次在学员们面前抬高嗓门。所有人的目光立刻集中到他身上。"我已经受够你们这种幼稚行为了。你们现在不是幼儿园的小孩子,而是安全局警校的学警。你们的任务是参与一桩谋杀案调查。你们知不知道有多少学员希望能参与该案的调查?而你们却在这里吹毛求疵,想要离开。你们是想收拾行装,打道回府吗?难道你们连一点破案的线索都查不出来吗?你们怎么知道那张地图无关紧要?没有确凿的证据,你们无权判定它是否重要。"

他逐个看着学员,他们一一低下了头。

即使雅克也垂下了脑袋。

莫娜和克莱拉坐在壁炉边,彼此交换了一下眼神。

毫无疑问,伽马什说话的语气里充满了愤怒,这是十分罕见的。然而,在他愤怒之下还蕴藏着别的东西。伽马什担心这些学员把他的话当作耳旁风。如果是那样的话,这就不仅仅只是学习态度的问题了,这也可能意味着死亡。有人已经死了。而杀戮会再次开始。

"作为警察,你们无法选择自己的工作时间、工作地点以及和谁一起工作。我是你们的校长。我要求你们一起合作破解地图上的秘密。你们无权对此进行争论。杀人凶手喜欢制造混乱和分歧,还有内斗。这只会破坏团队的向心力和合作精神。你们必须学会彼此合作,学会和每一个人合作。"他看着这几名年轻的学员,"你们的性命有时就取决于此。你们有没有想过,如果同一个战壕里的士兵打起来,最后会是什么结局?"

"一幢内部结构不稳的房子必将倒塌。"夏邦杰说道,"这一道理即使普通人也能明白。"

"没错,全是老生常谈。"雅克嘟囔道。

"您知道我为什么选择隐居吗?"夏邦杰问伽马什。

"对不起,有些时候我不想乱猜。"伽马什回答道。

"房子终于倒塌了,不是吗?"雅克说道,"他们都死了。那些士兵都死了。地图上的那些污渍根本就不是泥土,而是血迹。"

桌子上放着一张地图复印件。雅克将复印件掷向伽马什,他用力过猛以至于打翻了桌子上的水杯。杯中的水洒在桌面上,一路向着伽马什的方向流去。

其他人纷纷避开流过来的水,只有伽马什还依旧坐着一动不动,他直视着雅克。

雅克的心情显得如此低落,他快要哭了。他看着伽马什的脸,他看到伽马什太阳穴边那道深深的伤疤。他目不转睛地看着。

"他们都死了。"雅克轻声说道。

"是的,许多人都死了。"伽马什回答道,他也目不转睛地看着雅克。然后他伸出手,将地图复印件一把拿了过来以免它被水浸湿。他要拯救这张地图,拯救眼前的这个年轻人。

加布里正好拿着伽马什和夏邦杰点的早餐走了过来。他将桌面上的水擦拭干净,向伽马什做了一个鬼脸,然后转身离开了。

伽马什转身对夏邦杰说道:"告诉他们昨天您对我说的那些话。"

"我认为,"夏邦杰指着那张地图说道,"这是一张早期的定向运动地图。"

"什么地图?"爱梅莉亚问道。

"定向运动,"纳撒尼尔说道,"这是一种体育运动。"

"就像冰壶那样的运动吗?"爱梅莉亚问道。

"冰壶很有趣,"惠芬说道,"你们玩过吗?"

"我还没有——"

"看在上帝的分上,"伽马什喊道,"仔细听教授说话。"

"定向运动是一种被伪装成为体育运动的军事训练项目。"夏邦杰继续说道。

"训练什么呢?"惠芬问道。

"训练如何应对战争。在布尔战争[①]和第一次世界大战期间定向运动被用来训练士兵在战场上找到路径。所以定向运动地图上会标出其他地图上不会标出的东西,比如说岩石、篱笆、形状古怪的树木、废弃的房屋等等。但是它同时也像其他地图一样会标出等高线。"

---

① 1899 年至 1902 年英国人和南非布尔人(荷兰殖民者后裔)之间爆发的两次战争。

夏邦杰指着桌子上的地图复印件。

"无论谁制作了这张地图,他一定精通地图的制作,而且一定也精通定向运动,早期的定向运动。"

"他一定生活在小镇附近。"纳撒尼尔说道。

"你觉得会不会是教堂窗户上的那个男孩制作了这张地图?"爱梅莉亚问道。

"有这可能。"夏邦杰回答道。

"但是?"惠芬问道,她十分犹豫地拿起地图。

"但是这张地图是一位颇有制图经验的人制作的。那个男孩还只是个孩子,他不可能有时间学习如何制作地图。即使学了,也不可能达到这样的水平。"

"也许是男孩的父亲制作的。"雅克说道。当其他人在讨论的时候,他悄悄地看着那张地图,"是父亲送给儿子的地图。"

"提醒他家的方位。"纳撒尼尔说道。

"让地图带他回家。"雅克补充道。

夏邦杰看看伽马什,伽马什则点点头:"我们也是这么认为的。"

"我们应该从哪儿开始研究呢?"惠芬问道。

"我们自己能够解决,"雅克说道,"我们不需要他们的帮助。"

"但是——"

"你们会需要我们的帮助的,学警,"伽马什说道,"你们会的。"

"为什么?"雅克问道,"听从你意见的人都不会有好下场。"

阿尔芒·伽马什放下手上的刀叉,然后用十分专注的眼神看着雅克。雅克开始颤抖起来。坐在桌边的其他人包括夏邦杰在内,都下意识地将身子向后退。

"圣雷米的市政府保留着许多房产交易的记录。"伽马什轻声而冷静地说道,"这些档案有的已经有一百多年的历史了。它们可以告诉你们小酒馆之前的房主是谁。你们可以从那里开始着手研究。"

纳撒尼尔把这一点记录在自己的笔记本上,但是雅克仍然看着伽马什。

伽马什站了起来，其他人也立刻站了起来，雅克则慢慢地站起身。

"今晚七点我会回来，届时我需要你们的研究报告。"

"是，长官。"三名学员异口同声地回答道。

伽马什转身看着雅克，雅克说道："是，长官。"

"很好。"伽马什说道，随后他向莫娜走去，"我能和你说一句话吗？"

莫娜感觉自己像被传唤到法庭一般。她紧跟着伽马什来到小酒馆的客厅。

"没错，他看了那个视频。"阿尔芒尚未开口，莫娜就已经承认了。见他仍然一言不发，莫娜点点头说："是我建议他在网上搜索你的名字。"

"为什么？"

"为什么？因为他相信莱杜克对你的污蔑之辞。如果他想要成为一名警官，他就必须了解真相。这可是一起凶杀案。他必须警惕。"

"不是非得看那个视频不可。"

"阿尔芒，我知道你十分痛恨那个视频，但是它就在网上。如果它能让那个年轻人知道真相，也许这也不是什么坏事。"

"你觉得他看上去像是改变了原来的想法了吗？"伽马什问道。莫娜朝餐厅的方向看了一眼，然后摇了摇头。

"我觉得可能还有其他原因。"莫娜说道，"当他看那个视频的时候，我看到他脸上惊恐的表情。他似乎十分震惊。他仿佛进入了那个视频，身临其境地感受着所发生的一切。我很少看到他这么投入。他几乎完全沉浸在那个视频里了。"

莫娜看着伽马什，她再次重复道："他几乎完全沉浸在那个视频里了。"

伽马什朝餐厅的方向看了看，然后转身看着莫娜。

"他看到了所有人，"伽马什说道，"雷亚，艾蒂安，萨拉。"

就像露丝念着教堂窗户下的那一串名字那样，伽马什也以同样的方式念着死去同事的名字。

莫娜点点头："他还看到了让-居伊和你。也许他有生以来第一次意识到作为一名安全局的警员到底意味着什么。被杀的那个人的绰号是叫

'公爵'吗?"

伽马什点点头。

"'公爵'之前也许告诉他们那意味着权力和荣耀。任何的暴力不过都是战争片或西部片里的情节罢了。死亡离年轻人是如此遥远。但是这个视频却让雅克看到了真相。他感到恐惧,同时也感到愤怒。所以他为此仇恨你。"

伽马什意识到自己原先的判断是错的。他曾担心劳林学警对此不以为然,然而,事实上雅克已经被那个视频吓坏了。

雅克此时一定在不断地问自己所有警员都会问的那个问题:如果自己遇到视频里的那种情况,究竟会勇敢向前呢,还是临阵逃跑呢?

"现在该是他补上这课的时候了。"伽马什说道,"也是其他人补课的时候了。"

于是他真诚地笑了起来。

"看来你说的没错,莫娜。死亡有时或许是一件好事。他人的牺牲也许能拯救生命。尤其像雅克这种临阵退缩的人,他人的牺牲或许能救他的命。"

"你觉得他会临阵退缩吗?"

"我想他以前应该会。"

"但是他也有可能会在其他情况下死去。"莫娜说道,"比如说躺在床上,开着车,或者被人枪杀。"

"你是说命运吗?我们别再谈论这个话题了。"伽马什说道。这是他们经常谈论的一个话题,但是伽马什今天不想谈。

伽马什和夏邦杰开车去学校了。莫娜和克莱拉也离开了。现在只剩下这几名学员还待在小酒馆里。

还有好多盘子正等着惠芬去洗。爱梅莉亚起身帮着惠芬一起洗。纳撒尼尔也过来帮忙。最后雅克也走进了厨房。他一把从纳撒尼尔的手里夺过一块抹布,然后拿起一个盘子用力擦拭起来。

纳撒尼尔大笑起来。他知道雅克的举动是出于玩笑,但这粗鲁的举动仍然让纳撒尼尔的心感到隐隐刺痛。

...26

"有可能是他杀的。"伊莎贝拉·拉科斯特说道。

聚集在警校的会议室里,伽马什、夏邦杰、波伏瓦以及杰力纳斯仔细聆听拉科斯特汇报今天清晨对市长的问讯。

阳光从窗户里照射进来,户外的积雪在阳光的照射下已经开始融化了。

"市长有杀人的动机,而且他也有侵入学校警报系统的专业能力。"

"不过,我们还不知道是有人蓄意入侵警报系统,还是警报系统自己出了问题。"波伏瓦说道。

"你怎么看弗洛朗市长这个人?"伽马什问道。

"我很喜欢他。他是一个很有趣的人,友好,热情。不过,他也很愉快甚至是高兴地承认,如果自己离开家,开车到这里杀掉莱杜克,然后再返回家中,不会有任何人察觉。"

"可是当您问他是否是杀死莱杜克的凶手时,他予以否认。"杰力纳斯指出,"所以我认为人不是他杀的。"

"你又直截了当地问那样的问题了?"伽马什问拉科斯特。

"不过,仍然不起作用,是不是?"波伏瓦问道。

她点点头,然后笑道:"或许某一天它会起作用的。这样我们大家都可以早一点回家了。"

"不过,市长的确承认自己憎恨莱杜克。"杰力纳斯说道,他饶有兴致同时又颇为妒忌地聆听着他们之间的亲切闲谈。他必须得时刻保持警觉,因为他的任务是监督他们的办案工作。他不能参与他们的闲聊。"这就是他所使用的字眼——'憎恨'。而且他还祈祷莱杜克早点去死。"

"如果每一个人都祈祷自己憎恨的人死掉的话,那么街上到处都是尸体了。"波伏瓦说道。

"不是那么回事。"杰力纳斯说道,"我们或许会希望一个人快点去死。但是对于一个去教堂祷告的人而言,在上帝面前祈祷一个人快点死掉,这合适吗?这不是祈祷某个受到病痛折磨的人赶快摆脱痛苦,而是祈祷一个身体健康的大活人快些去死。仇恨已经胜过了心中的良知和道德。这是一种深入骨髓的仇恨。"

伽马什聆听着杰力纳斯的话,他怀疑杰力纳斯自己也是一位虔诚的教徒。

"所以您认为弗洛朗市长是一个宗教狂热分子,而上帝就是他的同谋?"波伏瓦问道。

"您是在故意丑化我的话。"杰力纳斯说道,脸上露出尴尬的笑容。他摇摇头说道:"他可能是一个虔诚的教徒。但是如果真是他杀了莱杜克,那一定是出于仇恨而不是出于对上帝的虔诚。我们可不能低估了仇恨的力量。仇恨往往伴随着疯狂。"

"痕证报告已经发过来了。"波伏瓦说道,他轻敲了一下笔记本电脑。

能够使用高效率的网络来查案真是一件幸运的事情。报告清晰地呈现在电脑屏幕上。

事实证据将大家从漫无头绪的假设中解放出来。

"在墙壁内找到的那颗子弹的确是杀死莱杜克的那颗。它也的确是从那把左轮手枪里射出的。麦德摩,点45。这些和我们判断的一样。"

"有一个令人惊讶的地方,"杰力纳斯说道,"虽然我并不是凶杀组的警官,但是我知道绝大多数凶手在杀完人之后都会把凶器带走。他们会把凶器处理掉。因为如果找不到凶器,警方就难以破案。"

"这是外行人的看法。"夏邦杰说道。到目前为止夏邦杰都一直保持沉默,也没流汗。而就在他开口的一瞬,汗水便源源不断地从他的毛孔里渗出来。

"专业人士知道,当凶手杀完人,凶器就不再是一把枪或一把刀,而变成了一种束缚。"夏邦杰说道,"因为凶器会指向凶手,所以有些凶手会自作聪明地在作案后带走凶器,但是要处理掉凶器远比人们想象的困难。凶器就像一个绳套。凶手持有凶器的时间越长,这个绳套就会收得越紧。"

夏邦杰用手模仿起绳套,然后忽然一下子将双手紧握在一起。其他人都目不转睛地看着。这个沉默不语的家伙似乎一下子兴奋了起来,上午的阳光和处决的话题让他显得精力充沛。

伽马什将身子微微向夏邦杰靠过去,他睿智的目光变得锐利起来。他终于知道这位前下属让他想起什么了:他瘦弱的身体就像一根绳子,而他那大大的脑袋就是一个绳套。

如果伽马什是一个探索者,波伏瓦是一个猎人的话,那么夏邦杰就是一个天生的死刑执行官。

那么杰力纳斯是什么呢?伽马什看了看这位加拿大皇家骑警的资深警官。他算是什么呢?

"只有业余的家伙才会慌张,然后带走凶器。"波伏瓦证实,"莱杜克一定是被某个职业杀手杀死的。至少凶手是精心设计过如何杀人的。"

"但是为什么要使用左轮手枪呢?"杰力纳斯问道,"为什么莱杜克会有一把左轮手枪,而凶手也使用那把手枪作为凶器呢?凶手为什么不用自动武器呢?"

"左轮手枪原本就是莱杜克房间里的东西。"伽马什说道,"所以它无法被用来指明凶手。此外,还有一个原因。"

"是什么原因?"拉科斯特问道。

波伏瓦的脸上露出了微笑。他将身子向前倾,然后说道:"这就是我们一直在讨论,一直百思不得其解的原因。那把左轮手枪正是关键所在。它会消耗掉警方很多的时间和精力。"

"你认为那把左轮手枪既是凶器,同时又是迷惑警方查案的工具?"拉科斯特说道。

"没错,它就是一颗烟雾弹。"波伏瓦说道,"当一件事物显得过于奇怪的时候,你一定会把全部精力耗在那上面,这样反而会忽略其他事物。"

"的确要考虑到这一点。"伽马什说道。

"这些都是假设。"拉科斯特说道,"我们继续说痕证报告吧。我看到报告上提到了凶杀现场提取的 DNA 样本,有个初步分析。"

"在凶杀现场提取到了不同的 DNA 样本。"波伏瓦看着电脑屏幕说道,"分析所有提取到的 DNA 要花一些时间。"

"现场还提取到了一些指纹。"杰力纳斯也看着电脑屏幕说道,"这些指纹不仅仅出现在客厅里。"

"是的。"波伏瓦说道,他又轻敲了一下电脑。

屏幕上出现了莱杜克房间的平面图,标有一些家具的位置和尸体轮廓。波伏瓦又轻敲了一下键盘,屏幕上出现了许多小圆点,密密麻麻,几乎覆盖了整张图。

"红色的小圆点代表莱杜克的指纹,"波伏瓦解释道。他按了一个键,红色的小圆点消失了,只剩下了黑色的小圆点。黑色小圆点的数量明显要比红色的少许多。

"正如各位所看到的,黑色圆点主要集中在客厅里。但是在卫生间和卧室里也有黑色圆点。"

"这些指纹进行身份确认了吗?"拉科斯特问道。

"大部分得到了确认,还有一小部分尚在确认中。确认的指纹都属于同一个人,米歇尔·布雷伯夫。"

"啊?"伽马什说道,他将脸凑到电脑屏幕前,然后将手放在额头上,"你能让我们看看他的指纹分布情况吗?"

波伏瓦轻敲了一下按键。屏幕上的图像再次发生了改变。那些小黑点在客厅、卫生间以及卧室里到处都有。

伽马什仔细观察着这些圆点的分布。

杰力纳斯在他自己的电脑上点开一个图标，痕证报告占据了整个屏幕。他认为电脑的分析有它的局限性。电脑可以让数据图像化，但是被图像化之后的数据仍然让人感到困惑，因为信息量过于庞大而信息类型又过于单一。

相比之下，他更喜欢阅读书面报告。

"还发现了布雷伯夫之外其他教授的指纹。"杰力纳斯说道，"比如有古特博德教授的指纹。似乎莱杜克、古特博德和布雷伯夫这三个人经常在一起啊。"

"没错。"波伏瓦说道，"但是我们无法判断这些指纹是同时出现在莱杜克的房间里还是先后出现的。"

"房间多久打扫一次？"杰力纳斯问道。

"一周一次。"波伏瓦回答道，"莱杜克的房间在凶杀案发生三天前刚打扫过一次。"

"但是打扫房间不可能将所有指纹彻底清除掉。"伽马什说道，"有些指纹可能已经存在很久了。"

"我看得出莱杜克和古特博德走得很近。"杰力纳斯说道，"但是布雷伯夫呢？我无法相信布雷伯夫能和莱杜克喝着啤酒一起看比赛。"

想到优雅的布雷伯夫和曾经的打手莱杜克一起消闲的场景，伽马什笑了起来。他忽然想起本学期初那个夜晚的聚会。有蕾娜-玛丽和学员们，壁炉中炉火闪亮，大家互相传递着饮料。户外寒风凛冽，暴风雪猛烈地敲打着窗玻璃。

那是学员们在伽马什房间里的第一次非正式聚会。虽然那只是几个月之前的事，但如今想来恍如隔世。

那次米歇尔·布雷伯夫很晚才到，瑟奇·莱杜克几乎是巴结地走上前去迎接他。很显然，他认出了布雷伯夫，并依然十分敬重他，哪怕他已今非昔比——或恰恰因为他已今非昔比。

让-居伊·波伏瓦也注意到了这一点，他曾害怕这两个人会建立同盟。他的担忧或许不无道理。

"他们似乎很要好。"伽马什说道,"不过我不认为他们是真正的朋友。我会找布雷伯夫谈的。"

"或许还是我找他谈比较好。"杰力纳斯说道。

杰力纳斯的潜台词十分明显。伽马什扬扬眉毛,但并未拒绝。毕竟,杰力纳斯就是来监督自己的办案工作的。他要确保案件调查的公平和公正。大家都知道伽马什和布雷伯夫曾经是最亲密的朋友兼同事,也曾经是想置对方于死地的敌人。

"如果您允许的话,您和他谈话时请让我出席。"伽马什说道。见杰力纳斯有些犹豫,他继续解释道:"我比您更清楚他的为人。"

杰力纳斯点点头。

波伏瓦和拉科斯特交换了一下眼神,随后拉科斯特问道:"那么弗洛朗市长呢?莱杜克的房间里有他的指纹吗?"

"没有。"

"那么其他的指纹是谁的?"她指着卫生间和卧室里另一些小圆点问道。

"有些还没能确认身份。"波伏瓦说道,"但是大部分属于学员。"

"学员的指纹出现在教师的卫生间和卧室内?"杰力纳斯问道,"这可有些古怪,不是吗?"

"我一直鼓励教师在闲暇时多和学员们交流。"伽马什说道。

"问题是他们之间是怎么交流的?"

"这个问题问得好。"伽马什说道,"我的指示是以小组的形式。"

"您难道不害怕会出事吗?"

"小组的形式可以确保每一个成员的安全。"伽马什解释道。

"这真的管用吗?"

"是的。"波伏瓦说道,"大部分教师每周和学员聚会一次。我的小组每周三晚上来我的房间。我们一起吃三明治、喝啤酒、聊天。"

"这算是一种学徒制吗?"杰力纳斯问道。

"算是吧。"伽马什回答道。

"学员们可以自主选择自己的导师吗？"

"当然可以。"

"所以有些人选择了瑟奇·莱杜克？"杰力纳斯问道，他低头看着电脑屏幕上那些黑色的小圆点，然后又抬头看看其他人。他的脸上露出难以置信的表情。

"我想是的。"伽马什说道，"尤其对于高年级的学员而言，莱杜克就是他们的领袖。"

"他不是领袖，他就是一个恶棍。"杰力纳斯说道，"他喜欢把学员们玩弄于股掌之中。"

"以前警方曾调查过一起虐待儿童事件。"拉科斯特说道，"但是警方并不知道究竟是父母亲中的哪一个虐待了自己的孩子，于是他们进行了一个简单的实验。他们让孩子坐在房间的一角，而孩子的父母则分别坐另外两角。警方想看看孩子会向谁跑去。"

"我们能继续谈论正事吗？"杰力纳斯说道。

"没过多久警方就发现他们犯了一个错。"拉科斯特继续轻声地说道，"那个孩子竟然向虐待自己的那个人跑去。"

她的说话声像幽灵一般笼罩在会议室内。此刻电脑屏幕上出现了莱杜克尸体的照片。

"怎么可能？"杰力纳斯问道，"那个孩子难道不想逃离伤害自己的人吗？"

"您是这么想的。但是受虐的孩子急于取悦于虐待自己的人。因为他知道如果他不这么做，他一定会为此付出代价。没有孩子愿意激怒虐待自己的父母。"

杰力纳斯转身看着伽马什："莱杜克也属于这种情况吗？"

"我想是的。有些学员和莱杜克走得很近，那是因为他们臭气相投，莱杜克能够为他们提供许多便利。然而，有些则是出于害怕才接近莱杜克的。"

"可是他们都已经是成年人而不是孩子了啊。"杰力纳斯说道。

"他们只是刚成年而已。"伽马什说道，"年龄并不是关键。在许多成年人身上我们也会看到那些取悦他人的行为。无论在家庭、工作还是体育团队中都存在这种情况。在军队和警察队伍中也有这种情况。一个强大而又暴虐的人高高在上,其他人往往出于恐惧而非尊敬才跟随他。"

"在学校这样相对封闭的环境里,这种暴虐的人往往会成为榜样。"拉科斯特说道。

"但当您取代'公爵'后这一切就停止了。"杰力纳斯对伽马什说道,"您尝试教会他们'服务、廉明、正义'。"

他尽量让他的话听上去不是在质疑安全局警队座右铭或是伽马什校长。

"没错,"伽马什说道,"您说得很对。"

杰力纳斯很少遇见熟知警队座右铭、更不用说真心信仰的人。尽管他十分熟悉伽马什的生平事迹,并且知道伽马什对这三点有自己的见解。

与魁北克安全局警队座右铭相比,皇家骑警的座右铭则显得平淡无奇。

捍卫法律。

保尔·杰力纳斯一直都不喜欢这句座右铭。他知道法律并不总是等同于正义。不过,他也明白,正义是因人而异,因具体的情形而异的。每个人对正义都有着自己的解释。

他低头看着电脑屏幕上莱杜克的照片。

凶手触犯了法律,但凶手难道不是在维护正义吗? 也许吧。

"如果仔细回想整件事,校长。莱杜克从一位教师变成了一个教训。"夏邦杰说道,"学员们也应该明白一个道理了:专断的独裁者最终都会没落。"

"然而,有些人仍然将莱杜克视为导师。"杰力纳斯说道,"他们似乎并没有从中吸取教训。"

"这需要时间。"伽马什说道,"他们的世界已经被完全颠倒了。有些人相信一切不会维持太久。他们原本以为我顶多支撑一个学期,然后莱杜克又会东山再起。不过,大部分学员并没有追随莱杜克,这真的出乎我的意料。"

"大部分学员难道在追随着你?"

伽马什微笑道:"城里来了新警长?当然不是。我原本以为我对学校的改革可能过于激烈了。但是有越来越多的学员会来我的房间参加聚会。大部分都是新生。有些是我特意邀请来。"

"这些人是谁呢?"杰力纳斯问道,"是属于最有前途的学员吗?"

伽马什笑道:"您觉得我是在捡垃圾吗?"

杰力纳斯对于伽马什的这一回答感到不解,他将脑袋歪到一边。

"我们能不能继续谈谈论痕证报告?"拉科斯特问道,她看了一眼手表。

"当然可以。抱歉。"杰力纳斯说道。

大家再次将目光集中在电脑屏幕上。

"正如各位所见,在莱杜克的卫生间里也发现了学员的指纹。"波伏瓦说道,"其中就包括现在身处三松镇的那几名学员。当然,这也并不令人吃惊。我们已经知道他们几个和莱杜克走得很近。但是有一个指纹却出现在了莱杜克床头柜的抽屉上和放置左轮手枪的那个盒子上。"

波伏瓦敲击了一下键盘。此刻屏幕上只剩下一个圆点。

"是小镇里的那几名学员吗?"杰力纳斯问道,他看看波伏瓦,然后又看看拉科斯特,"还是在圣阿尔封斯的人?"

波伏瓦看了一眼伽马什,脸上露出抱歉的表情。

"枪盒上是谁的指纹?"伽马什问道。

"是爱梅莉亚·肖凯的指纹。"

伽马什的眉头紧皱起来。

"那么凶器上的指纹呢?"拉科斯特问道。

"枪上的指纹很模糊,似乎有好几个指纹重叠在一起。验尸官的尸检报告说莱杜克的身体并没有出现异样。他四十六岁,身体十分健康。死前也没有发生过性行为。他死前刚吃过东西并且还喝了一些苏格兰威士忌。"

"下毒?"杰力纳斯问道。

"没有,也没有任何打斗所引起的擦伤或红肿。"

"所以他只是站着,然后就有人用枪指着他的太阳穴并且扣动了扳机。是这样吗?"拉科斯特问道。

她看着其他人,所有人都在想象那个场景。尤其是莱杜克这样一个人为什么不反抗呢?

杰力纳斯将身子前倾,摇了摇头说道:"不对,这说不通。我们一定遗漏了什么。手枪上那些重叠的指纹。会不会是莱杜克自己拿着手枪展示,然后把它交给了凶手呢?"

"谁会在众目睽睽之下开枪杀人呢?"拉科斯特问道。

"您想到了什么?"杰力纳斯问道。

"我把我的想法告诉你们吧。"波伏瓦说道,"我认为莱杜克出于某种原因十分喜欢那把左轮手枪。他想拿出来炫耀一番。所以当有人来拜访他的时候,他便会把那把手枪拿给别人看。也许那种枪是莱杜克某个亲戚在战争中使用过的。所以手枪上的指纹重重叠叠。"

"你们读过痕证报告下方的脚注了吗?"杰力纳斯问道。

伽马什已经读过了,他看出波伏瓦和拉科斯特也读过了,虽然他们两个选择一言不发。

"注解对手枪上不完整指纹的归属进行了推理。"杰力纳斯说道,"当然只是推理,并不一定可接受。列出了一些名字,我看到其中也包括爱梅莉亚·肖凯的名字。"

"那些指纹太模糊了,很难认清究竟属于谁。我们不必太当一回事。"拉科斯特说道,"这毕竟只是推理而非科学结论。现在的情况已经够复杂了。我们需要事实。"

"我同意。"杰力纳斯说道,他似乎也不想再谈论这个话题了。当他抬起头时,他看到伽马什正紧盯着自己。

注释里就这些模糊指纹的归属给出了一些概率。不出所料,它们与莱杜克本人指纹的吻合率最高。但令人惊讶的是在爱梅莉亚·肖凯的名字之外还出现了另一个人的名字。其中的一枚指纹可能属于这个人,概率达到了百分之四十。米歇尔·布雷伯夫。

注释还提到了其他人的名字。这些名字是电脑推理列出的,其中竟然有美国前总统理查德·尼克松的名字,虽然概率很低。这也是为什么他们不把这一注解当回事的原因。电脑还把茱莉亚·蔡尔德[①]也列为嫌疑人,这种可能性也被大家排除了。

但是报告中还有一个名字也十分引人注目。

电脑分析其中一枚指纹有百分之四十五的概率属于阿尔芒·伽马什。

杰力纳斯看看报告,随后又看看伽马什。拉科斯特和波伏瓦则看着其他地方。只有夏邦杰大汗淋漓地问道:"您的指纹怎么会在凶器上呢?"

伽马什向他露出一个尴尬而冷漠的微笑。

"不完整指纹。"波伏瓦提醒夏邦杰,以及会议室里任何有怀疑的人。

"你拿过那把枪吗?"拉科斯特问伽马什。

"没有。"

"很好。我们继续吧。"

"我和手枪生产商的公共关系负责人通过电话了。"波伏瓦说道,他成功地转移了话题,"麦德摩与瑞安公司,一个名叫伊丽莎白·科德布鲁克的女人。"波伏瓦低头看了一眼笔记本,"位于英国达特茅斯。"

他拿出邮件以及附件的复印件供传阅。

复印件的第二页是枪支购买的收据,所有人都仔细地看着这份收据。

"我看到科德布鲁克-克莱尔顿女士强调消音器不是他们公司生产的。"拉科斯特说道。

"我相信她说的话。"波伏瓦说道,"她没有理由撒谎,因为要戳穿这样的谎言很容易。我们正在追踪消音器的来源。一开始她以为这只是一起自杀案件。当她得知这是一起凶杀案时,她显得十分沉痛。"

"不过,她现在应该打起精神了吧。"杰力纳斯说道,"她一定在想凶手为什么要用左轮手枪杀人呢?"

"她有没有告诉你,莱杜克为什么要订购一把左轮手枪而不是自动武器?"伽马什问道。

"她说枪支收藏者非常喜欢这一型号的左轮手枪。但当我告诉她莱

[①] Julia Child,美国著名电视节目主持人,同时也是著名作家兼厨师。

杜克并非枪支收藏者时,她也没了主意。"

拉科斯特点点头,她听到伽马什清了清嗓子,于是抬头看着他。

伽马什仍在研究复印件第一页。他看了一眼伊莎贝拉,然后摘掉老花眼镜,指着复印件上的一段话说道:"这很有意思。"

大家聚了过来。

"怎么了?"拉科斯特探长问道,"这只不过是一张产品介绍而已,上面记录了这种型号手枪的历史。"

"是的,麦德摩点 45 左轮手枪,它在第一次世界大战时就已经出现了。"伽马什说道,"一战的战壕里。"

"是的,"拉科斯特说道,"这又怎么样呢?"

"可能一点关系也没有。"伽马什说道,"但是你知道的,在莱杜克的床头柜抽屉里发现了一张三松镇地图的复印件。教堂窗户上的那个一战男孩身上也有一张这样的地图,而且他也有一把左轮手枪。我怀疑那也是一把麦德摩。"

"不好意思,"杰力纳斯说道,"我没听明白您的意思。"

"你是说这两者之间存在着关联?"波伏瓦问道。

"等一等。"杰力纳斯说道,此时他举起一只手,"一张地图?"

"是的。几个月前在三松镇一家小酒馆的墙壁内发现了一张旧地图。"伽马什解释道,"我昨天开会的时候已经说这件事了。"

"是的,可是当时您并没有说在莱杜克床头柜抽屉里发现了地图的复印件。"

"这一点写进案情报告了。"拉科斯特说道。

杰力纳斯转身看着伊莎贝拉:"报告里有许多信息。有些信息根本没有价值。信息的价值取决于它所处的环境,您不这么认为吗?"

杰里纳斯说话的语气仿佛是在教训一个成绩不合格的学员。然后他转身看着伽马什。

"您对我隐瞒了这个情况。"

"我不是正在告诉您嘛。"伽马什说道,"几周之前,在莱杜克的凶杀案发生之前,我就打算把这张地图用作训练学员的教学工具。我当时邀请了几名学员参与地图的研究。我给了他们每人一份复印件。"

"其中的一份复印件出现在了死者床头柜的抽屉里?"杰力纳斯问道,"它是怎么到那里去的呢?"

"这就是问题的关键,不是吗?"拉科斯特说道。

"那份复印件上有指纹吗?"杰力纳斯浏览着痕证报告。

"复印件上有三枚指纹。"波伏瓦说道。他根本不用看自己的电脑,因为早上收到邮件时他就已经详细地阅读过了。并非所有细节他都能记住,但是有些细节他却印象深刻,其中就包括复印件上的那三枚指纹。

"三枚指纹分别是莱杜克、爱梅莉亚·肖凯学警以及伽马什校长的。"

"伽马什校长复印了地图,并把地图分发给学员们。"拉科斯特说道,"所以那上面自然会有他的指纹。而肖凯学警的复印件不见了。"

"那么莱杜克的那张就是不见的那份。"杰力纳斯说道,"肖凯学警是谁?看来这个人有重大嫌疑。"

"爱梅莉亚·肖凯,女,一年级新生。"伽马什说道。

杰力纳斯翻到痕证报告里的一页:"我看到枪盒上也有这个人的指纹,枪上的某些指纹也有可能是她的。"

"是的,她的名字就在纳尔逊·曼德拉旁边。"拉科斯特指着爱梅莉亚的名字。

"不过还是得找她谈谈。"杰力纳斯说道,"现在能把她带来这儿吗?"

"她现在不在学校。"拉科斯特探长回答道。

"那么她在哪儿?"

拉科斯特看看伽马什。伽马什说道:"她在三松镇。在凶杀案发生的当天我就把她和另外三名学员带到了三松镇。"

杰力纳斯惊讶地看着伽马什,他无法相信自己听到的话。

"您说什么?"他急切地问道,"您说有四名学员现在在三松镇?他们不在学校,竟然在您居住的小镇里?有哪几个人?"

"他们是和莱杜克教授走得最近的学员。"伽马什说道,"爱梅莉亚·肖凯和纳撒尼尔·斯迈思是新生——"

"斯迈思?是发现尸体的那个人吗?"杰力纳斯问道。

"是的。另外还有两名三年级的学员。雅克·劳林和惠芬·克鲁蒂耶。"

"你们知道这事?"杰力纳斯看着其他人问道。

夏邦杰点点头。杰力纳斯副警监终于大发雷霆。

"你们所有人都知道这事,只有我不知道。为什么会这样?你们在玩什么把戏?"他愤怒地看着伽马什:"您知道这有多么严重吗?您在隐藏证据,隐藏目击者。上帝啊,您到底做了些什么?"

"我把他们带走是为了保护他们,而不是为了隐藏他们。调查总负责人知道他们的具体下落。但是我们不能让这间屋子以外的知道。"

"这间屋子里至少有一个人不知道。"杰力纳斯反驳道,他变得更加愤怒了,"您无权这么做。您正在干涉案件调查。"

"我有权这么做。"伽马什说道,"我是学校的校长。所有学员都由我负责。不仅是他们的学业,也包括他们的人身安全。"

"您听听自己在说什么?"杰力纳斯朝伽马什的方向靠过去,"您和莱杜克是一丘之貉。您把安全局警校当成了自己的小王国。这里可不是梵蒂冈,您也不是教皇。您自以为自己至高无上,战无不胜。您大错特错了。"

"未必。"夏邦杰说道,"从策略角度而言,如果——"

"知道那几名学员下落的人越少越好。"伽马什说道,他并不想从策略的角度进行阐述。

"对谁'越好'?"杰力纳斯追问道,"对我,对办案都不会'越好'。可能只对您'越好'吧。"

"您这是什么意思?"波伏瓦问道。

"凶器上的指纹是谁的?"杰力纳斯问道。

"都是不完整的指纹。"波伏瓦说道。

"地图上的指纹是谁的?是谁拒绝陪伴,独自一人和尸体待在一起,直至其他人赶来?"杰力纳斯追问道,"多长时间?十分钟?二十分钟?这时间足够重新布置现场了。然后接下来,校长先生,您做的第一件事竟是将重大嫌疑对象带离学校,还包括尸体的第一发现人。所以您在凶案发生后离开了学校,对不对?您把那几名学员带去小镇。"

"我是想确保他们的安全。"伽马什回答道。

"安全?学员们待在学校里难道就会有危险吗?为什么您不带走其他学员,却只带走他们几个?这是为什么?"

"我已经说过了,他们和莱杜克走得最近。"伽马什回答道,他愠怒的语气表明他正在极力压制自己的怒火,"难道那些指纹还不能够说明问题吗?他们和死者有着密切的往来。他们很有可能知道一些情况。他们必须被保护起来。"

"唯一能保护他们的方法就是告诉我们他们所知道的一切。"杰力纳斯说道,"很有可能凶手就是他们中的一个,所以他们可能了解内幕。您难道没有想到过这一点吗,校长先生?"

"不需要您来提醒我。我当然知道。"伽马什回应道,"但我把他们带走也是有原因的。难道您没有想到过这一点吗?"

"把他们藏起来。"杰力纳斯说道,"这样他们就不会告诉我和其他人是谁指使他们去杀人了。"

杰力纳斯的眼睛死死地盯着伽马什。

"您的意思是伽马什校长才是凶杀案的幕后黑手?"拉科斯特问道,她也正在极力克制自己的怒火,"难道您认为是校长指使某个或所有这几个学员去杀人?"

"这是证据的意思。"杰力纳斯说道,"他的所作所为不是最好的证据吗?我不怀疑他,还能怀疑谁?"

"我没有杀瑟奇·莱杜克。"伽马什说道,"您知道这一点。"

"您要求我来监督你们办案,校长先生,表面上好像是要确保调查工作公平、合理——"

"你要他来的?"拉科斯特困惑地看着伽马什。夏邦杰靠在椅子上,看着这一切。他似乎不再冒汗了。

"现在我终于明白您为什么会选择我了,因为您认为隔了这么多年,我对刑侦工作有些生疏了。"杰力纳斯继续说道,"我可以很容易地被您误导,最后受到您的影响和控制,就像那几名学员那样,是不是?您以为我会因为受到您这位大人物的眷顾而晕头转向,是不是?"

"副警监阁下,我之所以邀请您来是因为我尊重您并且知道您一定会秉公执法。"伽马什说道,"您不会被任何手段所蒙骗。您一定会维护法律的公正。"

"啊,是那回事吗?"杰力纳斯指着电脑屏幕上显示的痕证报告说道,"这难道还不是您试图蒙骗我的伎俩吗?难道是有人在故意陷害您吗?"

"您是指为什么那把左轮手枪上的指纹?"伽马什问道,"难道您没想过,凶手既然精明到丢弃凶器,为何还会将指纹留在凶器上,难道他不会戴手套吗?如果真的是我杀了莱杜克,我为什么要在凶器上留下自己的指纹呢?"

"所以您觉得是有人在设计陷害你?"

"我认为有这种可能性。"

"谁还能比安全局凶杀组的前任负责人更精于凶案现场的布置呢?您在凶杀案方面有着丰富的经验。我希望您能把这一点也考虑进去。"

杰力纳斯副警监转过身开始和其他人说话。

"有没有可能是他杀了莱杜克,"杰力纳斯继续说道,他举手阻止波伏瓦发表意见,"以保护学员?他怀疑莱杜克在虐待学员。不仅仅是普通的体罚,而且是系统地,有目的性的惩罚。某些学员可能在精神上、心理上甚至性方面遭受到了侵害。然而,他没有证据,所以他邀请那些学员来参加自己的非正式聚会。他希望学员们能就此逐渐信任自己。他要求学员们研究地图,以此作为和学员们保持联系的一种方式。但是学员们依旧往莱杜克的房间里跑。杀了莱杜克才是拯救这些学员和其他人的唯一方式。"

波伏瓦和拉科斯特默不作声地坐着。他们在想象着杰力纳斯描述的场景。

"你们是否认为伽马什校长会为了保护年轻的学员们而杀人?"

很显然,拉科斯特和波伏瓦不愿往这方面去想。他们想为伽马什辩护。然而,他们也清楚地看到了这种假设的合理性。如果伽马什真的杀了莱杜克,如果真是为了保护学员。

"可是伽马什校长也是唯一不会去杀莱杜克的人。"夏邦杰用十分冷静的语气说道。所有人的目光都转向他。

"给出您的理由。"杰力纳斯说道。

"他是校长。如果他想摆脱莱杜克,解雇他不就完事了吗?"

波伏瓦点点头以示赞同。他转身看着杰力纳斯,等待着他的回应。

"把问题转嫁给其他人?"杰力纳斯问道,"校长先生自己也承认,他不愿把莱杜克这种害人精转嫁给别人。"

"您该明白,伽马什校长是不会杀人的。"波伏瓦说道,"您现在已经落入了凶手的圈套。"

"所有的疯狂和折磨,"杰力纳斯说道,他紧盯着伽马什,"所有的真相及其中隐藏的邪恶,所有的罪恶都被人格化为——也因此可被攻击——"

"——莫比·迪克。"夏邦杰帮他补全了这段话①,"您说得没错。我也曾让学员读过这段。我要让他们明白什么东西会驱使一个人变得疯狂。我想您也明白这一点。"

"他可不是白鲸,"杰力纳斯说道,他的视线始终紧盯着伽马什,"他是一个人。对您来说,校长先生,莱杜克就是邪恶的化身,而您就像亚哈船长,试图消灭邪恶。"

伽马什坐着一动不动。他既没有表示赞同,也没有表示否定。

面对着沉默不语的伽马什,杰力纳斯继续说道:"捡垃圾,这是您刚才说过的话。您妻子不正好捡了一个'垃圾'吗?她收养了一只不知名的动物,而您也做了同样的事情。您捡起垃圾并邀请这些垃圾来参加您的聚会。这就像您妻子对待格蕾丝一样。您想要拯救他们。有时这意味着让他们远离危险。有时也意味着消除危险。"

阿尔芒·伽马什深吸了一口气。他看着电脑屏幕上那个他越来越憎恶的人的照片。现在那个人已经死了。随后他抬起头看着杰力纳斯。

"我不是亚哈,莱杜克也不是我追杀的白鲸。没错,我的确十分了解

---

① 这段话引自美国作家赫尔曼·麦尔维尔的长篇小说《白鲸》,小说讲述了船长亚哈曾在与白鲸莫比·迪克的战斗中失去一条腿,从此执著于追杀莫比·迪克,终于在疯狂中与莫比·迪克同归于尽。

凶杀案，但我绝不会杀人。"伽马什用手指敲打着手中的玻璃杯，仔细打量着杰力纳斯，"我曾告诉我的学员，凶手最爱干的事就是制造混乱。凶手喜欢让我们自相攻击，自相猜忌。"

"夏邦杰教授，昨天晚上当您被问到会从哪里着手调查案件时，您的回答是什么？"

夏邦杰犹豫了片刻。他的额头上又开始冒汗了。他看了一眼伽马什，伽马什微微点点头。

"我的回答是《马太福音》第十章第三十六节。"

"是的。"杰力纳斯转身看着伽马什问道："您知道《马太福音》第十章第三十六节是什么内容吗？"

"我曾让安全局所有新警员读过那句话。"伽马什回答道，"我还要求布雷伯夫把那句话作为他教授课程的核心内容。"

"人的仇敌就是自己家里的人。"杰力纳斯说道，"这是一个需要时刻铭记在心的告诫。您说得没错，夏邦杰教授。我也会从这一点入手寻找凶手。在'自己家里'。"

"伽马什校长没有杀人。"拉科斯特说道，"您知道这一点，干嘛还要刨根问底呢？"

"因为你们不愿意刨根问底。"

此刻杰力纳斯仿佛变成了亚哈船长，他的视野中出现了白鲸。

...27

"啊,就是这个。"年轻女子一边用白色的围裙擦着手一边说道,"这是一张定向运动地图。但是它很旧啊。你们在哪儿找到的?"

她看着眼前这两个女孩:一个是亚裔,身材纤细穿着朴素,另一个却是哥特风装扮。真是一对古怪的组合。

"这是有人装修时在墙壁里找到的。"爱梅莉亚说道,"你对这张地图有什么见解?"

年轻女子看上去十分惊讶:"我没什么特别的见解。该说的我都说了。我以前在介绍定向运动历史的书里看到过这种地图,但是从来没有见过实物。很酷,不是吗?"

爱梅莉亚怀疑她是否明白"酷"的含义。

年轻女子的目光越过她,看着排队等候购买咖啡和面包的长队,又看了一眼一脸怒容的领班。

"现在是我的休息时间。"她用嘴型向他示意。随后她转过身,目光又被那张地图吸引过去了。地图上似乎有一种令人难以抗拒的东西。也许是它的淳朴画风。也许是地图上所洋溢的欢乐。也许是地图上的那只母牛。

"您知道是谁画了这张地图吗?"惠芬问道。

"想不出来。一定是手工绘制的。不过,能够绘制定向运动地图的人并不多。"

爱梅莉亚想到反正已经到了这儿,不如问得更详细一些:"什么是定向运动?"

和惠芬一样,她之前在网上也查询了有关定向运动的信息。但是眼前这个年轻女子恰好是一家家庭式定向运动俱乐部的主持人,成员有她自己、她的哥哥和两个表亲。或许她能说出一些维基百科上查不到的信息。

"这就如同寻物游戏。"她说道,"不过在定向运动中只能使用指南针和地图。地图上会标出一些特定地点,参加者要尽可能快地到达这些地点。我们有时会把这些地点称为控制点。"

"所以这是一种竞赛?"惠芬问道。

"是的。定向运动最大的乐趣就是控制点之间距离最短的路径有时并不是最快的路径。我们必须找到最佳路径,然后才能最快到达指定地点。"

爱梅莉亚怀疑她是否明白"乐趣"的含义。

"你们一定体力很棒。"惠芬说道。

"是的。我们经常会在平坦的地面上跑步,但不只是在马路或小径上。我们会越野,穿越田野、森林、小山丘以及河流。这很疯狂,会让你筋疲力尽。"

爱梅莉亚心想她看上去确实明白"疯狂"一词的含义。

"到达控制点后需要做些什么呢?"惠芬问道。

"插上一面小旗,敲一个章,以表明我们到过那儿。然后我们就去下一个控制点。我实在弄不明白,这么有趣的活动怎么会没有人气呢。"

爱梅莉亚倒有个答案。有种虚拟的定向运动似乎颇有人气。

"您知道本地定向运动的历史吗?"惠芬问道,"比如说,是谁先开始的？谁是这一地区最早从事定向运动的人？"

"这我真不知道。"年轻女子摇摇头,"定向运动在第一次世界大战之前就已经开始了。我知道它和军事训练有某种联系。人们喜欢玩这个,他们假装自己在战场上。但我不知道本地区的定向运动是何时开始的。定向运动的发展也经历了起起伏伏。"

她若有所思地看着那张地图。

"它很漂亮,不是吗？无论是谁绘制了这张地图,这个人一定很热爱定向运动。但是,正像你们说的,这张地图上的确很古怪。我是说,地图上似乎融合了不同的季节。此外,那个金字塔又是怎么一回事？"

她指着地图右上角。

爱梅莉亚再次凝视起那张地图。金字塔无疑是整张地图上最古怪的东西。其余的东西都可以得到解释,而唯独金字塔让人百思不得其解。

"一个图标？"年轻女子自言自语。

然后她又摇摇头："我也不明白。那是哪儿？是什么东西？"

惠芬用自己的手机给地图拍了一张照,然后在手机上将地图放大。另外两人也聚拢过来。

那竟然并不是什么金字塔。事实上,那里什么都没有,只是一片森林。

"也许那只是一顶帐篷。"爱梅莉亚说道。

"也许是一座山。"年轻女子说道,她忽然打起了精神。

而惠芬在仔细看过后,摇起了头,"也许那只是绘制地图的人开的一个玩笑,就像地图上的雪人和母牛。"

"一定是这样的。"爱梅莉亚说道。

她从白色的咖啡杯中小口喝着咖啡。那是蒂姆·霍顿斯的双份加量咖啡,然而一点都没有咖啡的香味,尝上去更像是孩提时代喝的果汁——甜蜜而浓郁。她看着桌对面,仿佛看见父亲坐在那里。她记得小时候上完花样滑冰课后,父亲经常带着她来——按他的叫法——"蒂姆家"。那时父亲总是看上去十分严肃,而她则穿身粉红色的溜冰服,拘谨地坐在那儿。

父亲会让她喝一口自己的双份咖啡。"别告诉你妈。"他常这样说。

爱梅莉亚从未告诉过母亲。这是她一直保守至今的秘密。

年轻女子似乎无法提供更多信息了。她站起身,走回柜台后面。爱梅莉亚看着她快速地在顾客、咖啡机和面包柜台之间移动着。

惠芬指了指她的嘴巴。爱梅莉亚迅速拿起一张餐巾纸,将嘴角边的草莓酱和冰碴抹掉。

她们坐在靠窗的餐桌边,看着考恩斯维尔这家蒂姆·霍顿斯快餐外的停车场。阳光照射着大地,结冰的池塘和路面上的积雪已经开始融化了。窗外的世界晶莹剔透,而咖啡店内则弥漫着面包和咖啡的香气,宛若纯真的童年一般美好。

"现在怎么办?"爱梅莉亚问道。

"夏邦杰教授说这张地图是由某个精通制图的人制作的。"惠芬说道。

"一个制图者。"爱梅莉亚说道,"我认为这张地图的制作时间可以追溯到二十世纪初。"

"我也这么认为。"惠芬回答道。

她们面面相觑。

地图是人们拿来以防万一的。从来没人会把地图上的所有山山水水都走一遍。

"有没有一个专门制作地图的政府部门?"惠芬问道,她再次拿起自己的手机。爱梅莉亚也拿起手机。手机是这些年轻人的指南针,是生活导航的必要工具。

她们安静地坐着,默默地敲击着手机屏幕,试图寻找到一个答案。

"有一个叫地质调查局的部门。"爱梅莉亚说道,"是专门制作地图的。"

"那是联邦机构。"惠芬回答道,"再找。"

一分钟后,爱梅莉亚再次抬起头:"我找到了魁北克地名委员会。"

惠芬点点头:"我想我们的下一个目的地就应该是那儿。附近就有一个政府机构大楼。"

"可是网上说魁北克地名委员会是 1970 年代才成立的。"

"你再仔细看看。"

爱梅莉亚仔细看了看,忽然说道:"啊。"

"啊,"惠芬回应道,"好了,我们出发吧。"

她们将地图叠好,向柜台后那个正忙得不可开交的年轻女子挥了挥手,离开了快餐店。

惠芬开着车,爱梅莉亚则往 GPS 软件里输入政府大楼的地址,搜索前往那里的最短路径。

她们的调查虽然很浅显,但至少发现了这样一个事实:魁北克地名委员会虽然在 1977 年才成立,但它实际上是 1912 年以来,官方正式命名魁北克所有村庄、城镇、山川、湖泊以及河流,并持续进行的地图绘制工作的成果。

"你们想知道在二十世纪初那幢房子的主人是谁?"圣雷米市政府的一位办公人员问道。

两个年轻人点点头。

"为什么你们想知道这个?"

纳撒尼尔看看雅克,后者的脸上似乎已经露出了怒容。

纳撒尼尔赶紧说道:"这是学校布置的一项作业。我们在研究本地区历史。这应该属于公开档案吧?"

那名办公人员点点头:"不过要找到那些信息就得凭运气了。"

"为什么?"

"我们这里的房产档案可以追溯到两百多年以前。"他说道,"但很多信息并不在电脑里。"

"那么在哪儿?"纳撒尼尔问道。

"在地下室的卡片上。"

"好吧。"雅克说道。

办公人员打开一扇木制大门,然后打开电灯。昏暗的灯光照射出一排向下延伸的楼梯。

"最好穿上你们的外套。"他关照道。

"下面很冷吗?"纳撒尼尔问道。

"应该会很冷。你们可能还需要手套。"他做了一个鬼脸,将手臂交叉在胸口,看着这两个年轻人沿着木质楼梯向下走去。

他们走在地下室布满灰尘的地板上,时不时地从脸上捋走蜘蛛网。挨着煤渣砖砌成的墙壁,有一排排青铜色的档案柜,里面放着的就是房产档案。三松镇小酒馆还是私人住宅时的房产记录应该也在其中。

找到它便能找到地图的制作者以及将地图藏在墙壁里的那个人。

"该死。"雅克说道。他开始逐个搜索档案柜。

"你们来错地方了。"前台接待员说道。

这是一位中年妇女,看上去显得颇为疲惫。到她这个部门来的人都是前来投诉的,因为税单、马路上的窟窿或电力管制等各式各样的不满,刚才还有一名母亲因为自己的孩子得了荨麻疹而向这位接待员大吼大叫了二十分钟。

"我们想知道是谁绘制了这张地图。"惠芬说道,她将地图放在那位疲倦的接待员的桌子上。

"我希望你们能够明白,"接待员说道,她慢慢地将地图往反方向推去,"这,不归,我管。"

"但是这里不是魁北克地名委员会分部吗?"爱梅莉亚问道。

接待员厌恶地看着爱梅莉亚,然后把脸转向两人中看上去更规矩的惠芬,这个亚裔女孩儿。

"我们这里只负责取地名,"接待员解释道,"我们不负责绘制地图。"

"但以前你们绘制地图,不是吗?"爱梅莉亚继续问道,但那位接待员已经懒得再看她了。

"我们能不能和这里的负责人谈谈?"惠芬问道,她满脸笑容地看着表情阴郁的接待员。

"可以。"

"啊,"爱梅莉亚说道,"我还以为你就是。"

接待员拿起电话,然后用手指猛敲拨号键。

"这里有人想找你谈谈。没有,我没有开玩笑。是一个亚裔女孩儿。别笑啦。我说的是真的。"

她挂断电话,朝等候区的方向指了指,随即转过身去。

"难道我是隐形人吗?"爱梅莉亚说道。她和惠芬在等候区的椅子上坐了下来。

"这对你而言一定是一种全新的经历吧。"惠芬说道。爱梅莉亚笑了笑。

几分钟之后,惠芬转身问爱梅莉亚:"你为什么会申请来警校念书?你并不适合学校的氛围。"

"那么你适合吗?中国小姑娘?"

惠芬笑了:"佩手枪的中国小姑娘能适应所有地方。"

爱梅莉亚大笑起来。接待员转过脑袋,一脸厌恶地看着她。

"我已经不记得申请的原因了。"爱梅莉亚说道,"我当时一定是喝醉了或是被人打蒙了。"

她的脑海里浮现出女房东的形象:她跷着两条肥硕的大腿,手指间夹着香烟。在女房东房间里的电视屏幕上有一位穿着得体,气质优雅的女士。

那时候,她看到了自己的两种未来。

"我并没有想到自己的申请会被接受。"她承认,"你说得没错,我不适合警校。也许我哪儿都不合适。"

"能在这里学习不是坏事。"惠芬说道,"但你为什么不听我的?"

"什么?什么时候?我一直在听你说话呀。"

"我不是说现在,我是指第一次聚会,在校长的房间,我告诉过你要远离他。"

"我当时并不明白你的意思。我不知道你指的是校长还是莱杜克。"

"现在你该明白了吧。"

爱梅莉亚点点头。此刻她真心希望自己当时就能听明白惠芬的话。

"你知道到底是谁杀了他吗?"爱梅莉亚问惠芬。

"你是指'公爵'?我不知道。"

"但是你应该对他十分了解啊。"

"你为什么会这么认为?"

"因为你们似乎很亲密。"

"亲密?和'公爵'吗?"惠芬问道,"没人和他很亲密。就和你一样,我只是按照他的吩咐去做而已。你有没有单独去过他的房间?"

"没有。"

爱梅莉亚的脸泛起了红晕。惠芬看得出她在撒谎。她迟疑了片刻,然后伸手碰了一下爱梅莉亚的手。爱梅莉亚感觉有一只飞蛾从自己的手上一掠而过。

正巧那位接待员站起身,扭头朝她们看了看。她恰好看到惠芬的举动。她摇了摇头。看来情况比她想的更糟。

"负责人现在可以接待你们了。他就在右手边的第一间办公室里。"

"该死。"雅克说道。

他倚在一个打开的抽屉上,双眼凝视着一排排不断向前延伸的档案柜。

"我们怎样才能找到那张房产记录呢?这些档案不是按照时间顺序排列的,而是按照字母顺序排列的。我简直快疯了。"

纳撒尼尔对此表示同意。

更糟糕的是,这些档案并没有将三松镇当作一个独立单位,档案柜里根本找不到任何有关三松镇的记录。

比这还要糟糕的是,雅克已经不耐烦了。他坐立不安,神情沮丧。纳撒尼尔明白这将意味着什么。一旦他对这些档案失去了耐心,他就会寻找另一个发泄怨气的对象。

"你说得没错。"纳撒尼尔应和道,"既然这些档案是按照字母顺序排列的,那么我们就查找那几个男孩的名字直到找到匹配的名字为止。"

纳撒尼尔拿出手机,然后轻敲了几下手机屏幕。屏幕上出现了小教堂窗户上那几个男孩的图像以及窗户下方的那一串名字。

"那个身上带着地图的男孩可能也在这些档案里。只要能查到他的姓氏,我们就能查出1914年小酒馆的主人是谁。"

雅克点点头,他或者没注意,或者不想承认这个好主意不是来自于他。此时此刻,他所想到的只是这个地方又黑又冷。他怀疑幽暗的角落里隐藏着某种东西。头顶上悬挂着的是什么?如果着火或是发生地震的话,他该怎么逃出去呢?这里会不会生活着一只超大的蜘蛛?

忽然有一个东西从他的脸旁一掠而过。他猛地向后退去,疯狂地甩动胳膊,转动着脑袋。他戴上御寒帽和手套,然后满口抱怨地继续查找起来。

纳撒尼尔蹲在墙边,用冻僵的手指快速地翻阅着档案卡片。

伯杰龙先生是魁北克地名委员会在本地区的负责人。他是一位身材干瘪、头顶微秃的中年男性。他的办公室和他一样显得十分干练。除了一座蒙着灰尘的有机玻璃纪念牌——祝贺他为魁北克省服务三十周年——之外,办公室里看不到任何私人物品。他身后的整面墙壁上挂着一张十分详细的魁北克地图。

伯杰龙先生的手指像鸟爪似的牢牢攥着办公桌的一角,把座位向前挪了挪。

他叹了一口气,先看看亚裔女孩,再看看哥特女孩。

"这是特柯尔特绘制的地图。"伯杰龙先生叹了一口气说道,"你们在哪儿找到的?"

"在墙壁里,在三松镇。"惠芬回答道。

"哪儿?"

"一座小镇。"爱梅莉亚说道。

他一脸茫然地看着她们,然后把目光转向地图。

"特柯尔特,"惠芬说道,"这是绘制这张地图的人的名字吗?"

"是的,是的。"伯杰龙先生茫然地回答道。

"你是怎么知道的?"爱梅莉亚问道。

爱梅莉亚对于这个男人的反应感到既好笑又好气。伯杰龙先生不仅对这张地图产生了好奇,而且他已经完全被迷住了。他仿佛正快乐地游荡在那些线条之间。

"不会有错的。"他十分自信地说道,他惊讶的是,竟然有人会对他表示质疑。"我能摸一下吗?"

惠芬和爱梅莉亚点点头。她们并没有告诉他,就在几分钟之前地图上还沾着一小块带果酱的面包呢。

他伸出手,细细的手指在地图的表面慢慢滑动着,仿佛在赋予地图生命。这不禁让人想起了梵蒂冈西斯廷教堂里米开朗基罗所画的亚当。

他的手指终于慢慢地放下了,动作优雅而亲密。爱梅莉亚甚至有了非礼勿视的感觉。

她想告诉伯杰龙,这只是一张复印件,并不是原件。然而,她还是决定不要说出口。这个男人不会不知道这一点,但他仍然是这样入迷。

"特柯尔特是个专门绘制地图的人吗?"惠芬问道。

"他不仅仅只是绘制地图而已,安东尼·特柯尔特是魁北克所有现代地图之父。他创立了一家专门制作地图并为魁北克地区命名的机构,其历史可以追溯到二十世纪初。他是一个了不起的人。他发现了居民与其生活的地区之间的联系。这种联系不仅仅是土地。我们的历史、饮食、传说、歌曲都源于我们生活的地方。特柯尔特想要捕捉这种联系。他要赋予住民他们的财富。"

伯杰龙使用了一个已经过时的词汇来指代魁北克当地的居民——住民。在过去的许多年里,这个词已经变成了愚蠢乡巴佬的代名词。

然而,伯杰龙以及特柯尔特却十分精准地使用着这个词。住民们耕耘着土地,清理着土地。他们在土地上耕种,在土地上建造房屋并建立产业。他们以土地为生,同时又深爱着土地。他们出生在这片土地,死后又埋葬于这片土地。

没有这些住民,也就没有魁北克。

然而,伯杰龙还使用了另一个词,一个对魁北克居民而言充满了想象的词汇——财富,他们的历史遗产,语言,文化,财产,土地。

"特柯尔特一开始住在蒙特利尔,但是他决定到这一带生活。"伯杰龙说道,"他在整个魁北克都建立了绘图工作室,但他决定亲自为本地区绘制地图。我相信他一定爱上了这里,爱上了这里的历史。"

"你是指地理?"爱梅莉亚问道。

"它们是一体的。"伯杰龙看着坐在办公桌对面的爱梅莉亚说道,"特柯尔特明白,历史和地理是不能被分割的。"

"但是我能。"爱梅莉亚轻声说道,"我以前的老师也能。"

"那只能说明他们都是一群傻瓜。"伯杰龙说道,他简洁明了的回答掷地有声,"一个地区的历史是由它的地理环境所决定的。这个地区周围有很多山吗?如果有的话,那么该地区就不容易受到入侵,该地区的人也会更加独立。这一地区周围有水吗?如果有,那么该地区就更开放——"

"但是也更容易入侵,就像威尼斯。"爱梅莉亚说道,她终于明白了伯杰龙的话。

"没错。"伯杰龙先生说道,他赞赏地看了一眼爱梅莉亚,"威尼斯放弃了抵抗,它向所有入侵者敞开大门。于是它成为了商业、知识、艺术和音乐的中心。由于独特的地理位置,威尼斯成为了一个门户。地理位置决定了你将成为入侵者还是被入侵者。"

"想想古罗马人,"爱梅莉亚说道,"还有后来的英国人。"

"没错,就是这样。"伯杰龙先生说道,他有点兴奋起来,"英国人在历史上曾被入侵过无数次,直到他们意识到自己的地理劣势同时也是自己的优势。于是他们开始征服海洋,开始征服世界。如果英国不是一个岛国,这一切都不会发生。"

"地理就是历史。"爱梅莉亚说道。她热爱历史,但却从未想过历史与地理之间的关系。

"但是这对魁北克又意味着什么呢?"惠芬问道。

"夹在两个大国之间。"伯杰龙先生说道,"美国人在魁北克的南面,而英国人则在东面和西面。魁北克毫无招架之力。而绘制地图,将所有地方记录下来并对它们命名,这也是一种保卫财富的方法。"

"是为了宣示对这些地方的主权吗?"惠芬问道。

"早期的地图的确如此。比如说尚普兰①为新法兰西绘制的地图,还有大卫·汤普逊②的地图。特柯尔特可能知名度没他们高,但是人们更热爱他,因为他并不是为政府、为征服或为商业绘制地图,而是为了民众。"

他低头看着地图,仿佛那就是特柯尔特本人。

"这张——"他的手在地图上滑动着,"当然不是正式的地图。它更像是游戏之作,看上去像一张定向运动地图。"

"我们也是这么认为的。"惠芬说道,"您了解定向运动吗?"

"当然。但是这张地图和一般的定向运动地图不一样。"

"怎么不一样?"

"比如说,那个雪人。"伯杰龙先生看着那个雪人笑道,"它看上去更像是定向运动地图和地理地图的结合产物。地理地图会把该地区所有地貌标示出来,但不会标注地名;定向运动地图则会将石墙或是磨坊等人造建筑标示出来。而这张地图却有一些古怪的地方。比如这三棵松树,它们看上去就像在玩。这一定是特柯尔特画着玩的。"

伯杰龙先生将脸凑近地图,仿佛地图正在对他轻言细语一般。

"也许是他画了送给自己儿子的作品。"惠芬说道,她将手机放在桌上,"我猜想这个人就是他的儿子。"

手机屏幕上出现了教堂窗户上那个男孩。

伯杰龙先生看了一眼惠芬的手机:"真漂亮。这是在哪儿拍的?"

"在一座小教堂的窗户上。窗户上的画像是为了纪念那些在一战中阵亡的士兵。"爱梅莉亚说道。

伯杰龙先生喽嘴道:"可怜的孩子。"然后他又抬起头:"你怎么知道他就是特柯尔特的儿子?"

惠芬将手机屏幕上的画像放大。伯杰龙睁大眼睛,他看到一张地图从那个男孩的背包里露了出来。

---

① Champlain,法国探险家,被誉为"新法兰西"之父。
② David Thompson,英国、加拿大探险家。

"太不可思议了。"伯杰龙先生惊叹道,然后他摇摇头:"多少人为争寸土而死去啊。"

他感叹了几声,为在战争中消逝的青春而叹息。

爱梅莉亚站起身,朝伯杰龙身后的那张大地图走去。她的手指沿着地图上的道路和河流移动着,最后在一个山谷中停了下来。

她转过身说道:"这上面竟然没有三松镇。"

"肯定有。"惠芬说道,她也走了过去,"GPS或商业地图上或许查不到三松镇,但这是一张官方地图啊,对不对?"

伯杰龙先生站起身,面朝那张大地图说道:"如果这张地图上没有,那就表明它不存在。"

"但是它的确存在。我们就住在那儿。"惠芬说道,"这张地图还不够准确。"

"不可能,这是特柯尔特亲自绘制的地图。"伯杰龙先生回答道,"这张地图是在特柯尔特绘制的魁北克地图的基础上绘制而成的。我们只是在上面增加了新建的公路和村镇而已。也许当年特柯尔特把你们所说的那座小镇遗漏了。那座小镇一定很小。我从来没听说过。"

"但是特柯尔特自己就生活在那座小镇里啊。"爱梅莉亚说道,"他为什么会在正式的地图上遗漏了自己生活的小镇呢?"

"也许我们弄错了。他并没有在三松镇生活过。"惠芬说道,"也许他制作了这张定向运动地图,然后把它送给了别人。那个人才是三松镇真正的居民。"

"那么这张地图又怎么会出现在小镇教堂的窗户上呢?"爱梅莉亚问道,"这张地图一定是生活在三松镇里的人绘制的,而且这个人深爱着三松镇。"

"那为什么这个人会遗漏了三松镇呢?"惠芬反问道。她转过身看着伯杰龙先生:"您对特柯尔特了解多少?"

"并不多。没有多少人真正接触过特柯尔特本人。"

"这是否有些异常?"爱梅莉亚问道。

伯杰龙先生笑了:"我也没接触过多少人。我记得魁北克制图师协会曾经为《加拿大百科全书》编纂过有关特柯尔特的条目。让我来找找看。"

他从书架上取下一本很厚的书,拂去书上的灰尘,然后翻到某一页。他将书递给惠芬。

"安东尼·特柯尔特,制图师,"惠芬念道,"1862 年生于拉萨勒①,卒于 1919 年。"

"不是在三松镇?"爱梅莉亚说道,她也凑过来读着书上的内容,"这上面说他被埋葬在一个叫支架顶的地方。支架顶?"

爱梅莉亚看着伯杰龙。伯杰龙笑道:"我想是的。这是特柯尔特的一大失误,在制图界成为了传奇。"

"他把一座小镇命名为'支架顶'?"

"我无法解释。也许也可以作出解释。在那座小镇的入口处,以前有一家作坊专门制作——"

"支架顶?"

"是的。'支架顶'是用来支撑屋顶的木质架子。特柯尔特并不懂英语,所以他就把店招当成了小镇的镇名。"

"特柯尔特本人从未对此作出过解释吗?"

"从来没有人问过他。他在地图上标注了小镇的名称,但小镇太小,直到好几年之后人们才注意到它。"

"那您怎么能确定他不会犯其他的错误呢?"惠芬问道。

伯杰龙先生看上去有些困惑,仿佛特柯尔特会犯错是不可思议的事。

"他犯错也很正常。毕竟,他也是人。"惠芬补充道。她意识到对于特柯尔特的造神运动许多年以前就开始了。

"特柯尔特不可能再犯错了。'支架顶'是他一生犯的唯一错误,所以他才选择死后埋葬在那里。"伯杰龙先生回答道,他的语气忽然变得生硬起来。

爱梅莉亚原本想说,特柯尔特犯了一个大错,因为他在地图上遗漏了三松镇。然而,她决定还是闭上嘴。她怀疑那应该不是一个差错。

---

① 加拿大东部城市。

"小传里没有提到他的妻子或孩子。"惠芬说道。

"是的,因为没有相关的记录。不过,这也并不意味着他没有妻子或孩子。也许只是相关记录遗失了而已。这也是人们对他知之甚少的原因之一。"

特柯尔特的条目的确十分简短。

"您能在地图上指给我们看支架顶镇的位置吗?"惠芬问道。

伯杰龙先生此时看上去有些疲倦了:"恐怕不能。"

"别告诉我——"惠芬忽然说道。

"它已经消失了。"他回答道,"发现了错误后人们又重新命名了它,镇上的人自己选的名字。但后来那座小镇就消失了。"

"消失了?"爱梅莉亚反问道。

"一座小镇随着产业的兴起而兴起,随着产业的消亡而消亡,这也是很正常的事。"伯杰龙先生说道。

如同三松镇一样,支架顶镇在那张大地图上竟然也消失无踪了。

雅克用力抽动着档案柜的抽屉,发出的巨大响声让纳撒尼尔心惊肉跳。

他感到自己的双手在颤抖。他的呼吸变得急促起来,瞳孔在放大。他垂下了脑袋。然而,很快他发现雅克正站在一排抽屉边看着自己。

他马上重新开始翻找档案。他迫切地希望能赶快找到那份所需要的材料。但雅克似乎对于翻找档案已经失去了耐心,他发现了更有趣的事。

快啊,快啊,纳撒尼尔的手指再次颤抖起来,但他的眼睛却始终盯着档案卡片上的文字。他在等待着雅克的突袭,或是他的恶言相向,或是更为可怕的事情。

雅克站在几码开外的地方。他的口袋里有嗡嗡的声音传出。就像巴甫洛夫的狗一样,他情不自禁地将手机从口袋里掏了出来。

手机屏幕的亮光照亮了雅克的脸。

"T开头的档案在哪儿?"

"在这儿。"纳撒尼尔回答道,他跑到几个柜子开外的地方,"你要干嘛?"

雅克没有回答。他走到那个柜子旁,然后迅速搜寻起来。他的嘴里嘀嘀咕咕:"特柯尔特……特柯尔特……在这儿。啊,不是他。"

几分钟之后,雅克走了回来,看上去一脸困惑。

惠芬的手机响了。

"雅克刚从档案局发来短信。他说那里没有关于安东尼·特柯尔特的记录。"

爱梅莉亚敲击了一下手机屏幕。屏幕上再次出现那个男孩的画像。她仔细看了看画像下方的那一串名字。

"这上面也没有特柯尔特的名字。"

"您确定这张地图是安东尼·特柯尔特绘制的吗?"惠芬问道。

"当然。"伯杰龙先生回答道。

"可是为什么我们找不到他的资料呢?"惠芬问道。

为什么有关安东尼·特柯尔特的所有线索都会消失无踪呢?爱梅莉亚思忖道。

...28

"你好,阿尔芒。"米歇尔·布雷伯夫说道,一边从办公桌后站起身,"抱歉,我应该称呼你校长才对。"

空气中忽然弥漫开一股紧张的气氛。

布雷伯夫十分夸张地伸出手和伽马什握了握。伽马什向他介绍了杰力纳斯副警监。

"皇家骑警。"布雷伯夫指着杰力纳斯翻领上的警徽说道,"之前在走廊里我就注意到了。您一定是来这儿确保公正办案的吧。"

杰力纳斯点点头。布雷伯夫转过头对伽马什说道:"总是做正确的选择,不错。"

空气中的紧张气氛变得更强烈了。

"我们希望你也能如此。"伽马什说道,他看到布雷伯夫脸上的笑容消失了,"你可以吗?"

布雷伯夫没来得及回应,伽马什和杰力纳斯就已经坐了下来。伽马什搭起双腿,摆出一个舒服的姿势。

"现在，米歇尔，我们有几个问题要问你。"

"他们已经找我问讯过了，但是我还是很乐意回答。你们是不是快要找出杀死莱杜克的凶手了？"

"我们正在调查。"伽马什回答道，他转身看着杰力纳斯。杰力纳斯正饶有兴致地听着他们的对话。

要说伽马什和布雷伯夫之间存在仇恨那也太轻描淡写了。他们之间的敌视仿佛使空气里弥漫着硝烟。这些敌意大部分来自布雷伯夫，但伽马什对此也有贡献。尽管被他们的礼貌克制所掩盖，但是长期的敌视所导致的仇恨仍然会时不时地从细缝中冒出来。

副警监对于两人合谋杀死瑟奇·莱杜克的怀疑顿时消失得无影无踪。他发现这两个人或许可以一起烘制蛋糕，但绝不可能一起策划杀人。

"您对瑟奇·莱杜克了解多少？"杰力纳斯问道。

"我以前就听说过他。那时我还在安全局，他当时已经被调到警校了。虽然只是副校长，但学校其实是由他掌管的。"

"您当时是资深警官，"杰力纳斯继续说道，"总警司。"

布雷伯夫微微点点头。

"您是否记得，我们曾经见过一次面？"杰力纳斯说道，"那是在好几年前，在领事馆的一次活动上。"

"是吗？"

布雷伯夫的语气显得十分客气，但是显然他已经不记得了，而且也不打算去回忆。当时杰力纳斯也许只是一个与会的普通客人而已，而布雷伯夫则会给人留下深刻的印象，一个占据很大空间的小个子，倒不是故意要求，而是因为他身上自带的气场。

有意无意之间，他总会成为整间屋子里人们所关注的焦点。

能让杰里纳斯留下深刻印象的另一个人就是现在坐在他身边的伽马什校长。但阿尔芒·伽马什拥有一种布雷伯夫所不具备的特质。

当他选择隐身时，他可以完全从人们的视野中消失。此刻他选择了隐身。

他一言不发地坐着，几乎变成了房间里的一件摆设。

某种程度上，比起办公桌另一边布雷伯夫的咄咄逼人，他的态度更令人不安。

"所以您认识他。"杰力纳斯说道。

"瑟奇·莱杜克吗？我和他在正式场合碰到过好多次。来学校后我给毕业班上课，出席检阅。但通常我在主席台上，而莱杜克在操场上带着新学员。"

他并不十分巧妙地提到了他和莱杜克的地位差异。

"当您接受来学校教书的邀请时，您有没有打算重拾老关系？"

"您这是在故意误导我。"布雷伯夫说道。尽管他的语气显得很随意，但他像寒冬般冷酷的眼神却显得十分严肃。杰力纳斯感觉他的眼神就像冬天街道上的泥水。那既不是水，也不是冰，而是某种介于两者之间的物质。那是三月严冬般的眼神。

"我和他谈不上结交。以前我几乎没和他打过交道。当然，自从被弄到这儿来之后，我和他逐渐熟悉了起来。"

"您说得仿佛您是被骗到这里来似的。"

"有吗？我可没这么说。"

"您在过去的几个月里对莱杜克了解了多少？"

布雷伯夫看着杰力纳斯，杰力纳斯几乎能看出他在想什么。他在想杰力纳斯和伽马什到底发现了什么。他知道 DNA 和指纹报告已经出来了。

他知道警方正在采取什么措施。他也知道该如何比警方先一步采取行动。

"我在他的房间和他见过几次面。"

"他去过您的房间吗？"

这个问题让布雷伯夫措手不及，他扬了扬眉毛回答道："没有。"

"在他房间里的时候，你们都谈了些什么？"

"我们在聊战争故事。"

"莱杜克有没有跟您谈起过合同伪造和他在卢森堡的银行账户？"杰力纳斯问道。

他感到左侧的位子上动了一下,那是伽马什。

他不赞成我将莱杜克的犯罪行为告诉布雷伯夫,杰利纳斯心想。然而,现在为时已晚,那是他故意透露给布雷伯夫以观察他的反应的。

"他只和我谈起过他的一些计划。"布雷伯夫说道,"他打算修建一个大操场。他当然知道我的前车之鉴。"

"他想让您知道他对您并没有看法?"杰里纳斯问道,他发现布雷伯夫有些不高兴了。

"请相信我,副警监先生,我对莱杜克的看法根本不感兴趣。"

"但是您和他之间有许多共同点。你们以前都曾是安全局的警官,也都因为犯罪行为被驱逐。你们都受到了来自高层的保护。对您而言,是伽马什先生保护了您,而对莱杜克而言,是当时的总警司保护了他。而现在你们两个又都在警校工作。"

"您是来羞辱我的,还是来寻求我的协助的?"

"我只是指出您和莱杜克的共同点而已。"杰力纳斯说道。

"或许那些在您看来是共同点,但是我和他毫无共同之处。"布雷伯夫说道,"他就是一个自以为是的家伙,一个妄自尊大的傻瓜。"

"那您为什么还要去他的房间?您甚至还进了他的卫生间和卧室。"杰力纳斯质问道,他的语气不再像先前那么柔和了。他将痕证报告的复印件重重地摔在桌子上,"您是不是拿过凶器?"

伽马什的身子又开始挪动起来,但很快他又静止不动了。

布雷伯夫拿起痕证报告,然后用他敏锐的目光浏览起来。他在寻找着那些最为关键的信息。

他脸上的表情一开始显得颇为凝重,但很快又放松下来。杰力纳斯意识到他刚才把痕证报告给布雷伯夫时伽马什为什么要躁动了,尽管很细微。

没错,布雷伯夫的确有可能使用过那个凶器。但是根据痕证报告上的信息,伽马什更有可能使用过凶器。

"您应该很清楚,"布雷伯夫说道,他把报告还给杰力纳斯,"这些只是假设而已,法庭不会采纳的。"

"那么您对此表示否认喽?"

"当然否认。我并不知道莱杜克有枪,尽管我应该想到。只有傻瓜才会把枪藏在学校的宿舍里。而且我从没想到他会有一把左轮手枪。你想到过吗?"

布雷伯夫问伽马什。

"我以为他会藏有导弹发射器。"伽马什回答道。布雷伯夫大笑起来。

在这笑声中,杰力纳斯似乎发现了什么。

这两个人曾经是最要好的朋友。他们曾经共同建立起一个强大的刑侦部门,彼此之间曾有过密切的合作。

两人笑过之后,房间中的气氛似乎发生了变化。

布雷伯夫变得沉默起来,他在思索着什么。

"你们想知道为什么我和莱杜克有时会在一起吃饭聊天吗?"布雷伯夫问道,他的声音变得深沉而温柔。

杰力纳斯点点头,他看了伽马什一眼。伽马什依旧一言不发,他始终用锐利的目光观察着布雷伯夫。

"我之所以会和他走得近是因为我太孤独了。"布雷伯夫说道,"虽然学校里有很多人,但是没人愿意接近我。我并不责怪他们,因为这是我自作自受。我到这里来是为了改过自新。我知道要向高年级学员讲述自己的堕落和腐败是多么困难的一件事。我告诉学员们,当他们被赋予了权力和枪支,但同时又变得毫无底线时,一切都会出错。这就是权力的腐败。"他转向伽马什,"你说得没错。活生生的反面教材的确比课本知识更有效。我把自己的所作所为告诉学员们。我告诉他们所有的罪恶一开始都源于极为不起眼的小事。我还告诉他们,与错误的人结为朋友是十分危险的。我告诉他们我曾是一匹害群之马。在第一堂课上,我就把《马太福音》第十章第三十六节的话写在黑板的正上方。我一直没有擦掉那句话。尽管它让我感到耻辱,但我认为那很有必要。"

布雷伯夫轻声地说着,仿佛正在向阿尔芒倾诉心声。

"我曾以为课堂是最难过的一道坎儿,但是事实并非如此。夜晚才是我最难熬的时刻。我听着从你的房间里传来的欢声笑语。我知道你会沿着走廊和学员们谈话。而我只能一个人默默地坐着,等待着某个人的出现。"

杰力纳斯感觉自己似乎已经被遗忘了。这两个人似乎正在建立起一种新的关系。

"我经常去找瑟奇·莱杜克,因为他是唯一一看见我会微笑的人。"

"你有没有杀他,米歇尔?"阿尔芒轻声问道。

"你会朝自己的救生筏开一枪吗?"布雷伯夫反问道,"不,我没有杀他。我虽然不喜欢他,也不尊敬他,但是我也不喜欢我自己。所以我并没有杀他。"

"那么您知道凶手是谁吗?"杰力纳斯问道,他想让布雷伯夫的注意力重新回到自己身上。

"我希望能告诉你们我认为凶手应该是教师而不是学员,但我做不到。"布雷伯夫说道,"如今的学员和我们当年完全不同。他们更加暴力,更具有进攻性。看看那个新生,那个浑身刺青、戴着体环的新生。我听到过许多学员和教师对她的议论。大家都感到很震惊。她怎么会被警校录取呢?我想一定是莱杜克录取她的。"

"其实是我录取她的。"伽马什说道,"爱梅莉亚·肖凯学员是班上的尖子生。她能阅读古希腊语和拉丁语。当然,她的穿着打扮的确很怪异。但是米歇尔,像你这么衣冠楚楚的人最后不也堕落了吗?"

布雷伯夫深吸了一口气。他试图让自己的心情平复下来,然后予以回击。这两个人之间的最后一层薄纱也已经被掀掉了。这是伽马什亲自掀掉的。

霎时间一切都陷入了死寂。

过了一会儿,布雷伯夫笑道:"我曾是一名资深警官,但是你是比我更出色的警官,阿尔芒。当你不断羞辱我的时候,你一定感到颇为满足吧。"他将干瘦的身子探过桌子,"你去死吧。"

他的语气既带着幽默,又带着愤怒。杰力纳斯在想,他是在开玩笑吗?还是真的感到愤怒?

杰力纳斯看了一眼伽马什。伽马什扬了扬眉毛,脸上露出了笑容。

杰力纳斯明白，这两个人彼此太熟悉了。虽然他们的话语里充满了恶意，但同时也充满了对彼此的熟悉和了解。

这是多年形成的一种关系。爱得越深，恨得也越深。

杰力纳斯曾了解过这两个男人的过去，但那只局限于工作方面。现在他有机会窥探这两个人的个人生活了。

"瑟奇·莱杜克的死绝非意外。"布雷伯夫说道，"如果是一场意外，你们现在早就找出凶手了。莱杜克喜欢控制并折磨别人，尤其是那些不会反抗的人。不过，这一次他似乎选错了对象。"

"你认为凶手是为了报复莱杜克的欺凌才杀了他？"伽马什问道。

"是的。我想你也和我有同样的想法。您呢，副警监先生？"

"我保留自己的看法。毕竟，你们两位在凶杀方面的经验比我丰富。"

"你觉得他是指杀人方面的经验，还是破案方面的经验，阿尔芒？"布雷伯夫问道，此时大家都已经站了起来。

"我认为杰力纳斯警官准确表达了他想说的话。"伽马什回答道。

"那么看来你要有大麻烦了。"布雷伯夫说道，然后便大笑起来，显得十分快乐。

走在走廊里的时候，杰力纳斯一阵阵恶心，布雷伯夫刚才的话让他感到胃部极为不舒服。

他们都没有回头看，但始终都能感到布雷伯夫就站在身后盯着他们。过了一会儿，他们听见布雷伯夫办公室的门轻轻关上了。

"您和他曾经是朋友？"杰力纳斯问道。

"最要好的朋友。"伽马什回答道，"他以前是一个很善良的人。"

"那么他现在怎么会变成这样？"

"我不知道。"

"您觉得他现在还善良吗？"杰力纳斯问道。此时他们来到了楼梯口。

伽马什停下脚步。楼梯口旁边有一扇落地大窗户，阳光从外面照进来，远处是茫茫大地。

学员们的声音在走廊里回荡着。在大理石的阶梯上能听到学员们急促的脚步声。

阿尔芒回忆起以前他和米歇尔曾急匆匆地跑在老旧的木质楼梯上，他们上课又快迟到了。当时在老校区，学员们常会在校园内有所发现，比如通向顶楼的秘密通道，或是不知是人骨还是鸡骨的残骸。这些往往会使学员们上课迟到。

伽马什还记得他们的病理学教授纳多博士。这位头发稀疏的教授上课时总会被一两名学员打断，他们会把一块骨头或是一根头发拿给纳多教授检验。

然而，每次检验的结果都不是人类残骸。

米歇尔和阿尔芒为此发明了一个理论：他们认为大家所发现的那些骨骼和毛发其实是被纳多博士杀害的人或动物遗留下来的。纳多博士一直试图掩盖这些罪证。当然，他们并不把这一理论当回事，但是它成为了学员们茶前饭后的谈资，进一步激发他们去找更多的残骸给纳多博士检验。

"伽马什？"杰力纳斯副警监说道，"您认为布雷伯夫还是一个好人吗？"

"如果我认为他是一个坏人，就不会让他来学校了。"伽马什回答道。

远处传来学员们的笑声。

"您现在后悔叫他来学校了吗？您认为是他杀了莱杜克吗？"杰力纳斯问道。

"不久前您也不是同样在怀疑我吗？现在您又开始怀疑他了。"伽马什说道，他向后退了几步，握住楼梯的扶手。几名上课快要迟到的学员从他身边匆忙跑过。看到伽马什，他们停下脚步敬了一个礼，然后急匆匆地跑开了。

"我认为在凶杀侦察中怀疑每一个人是很正常甚至是必要的。"伽马什等学员们都消失后说道，"但是不要将自己的怀疑轻易说出口。这会破坏您的威信。"

"谢谢您的建议。幸好我在凶杀侦察领域并无威信可言。"

伽马什笑了笑。

"我曾经以为您和布雷伯夫合谋杀了莱杜克。"杰力纳斯说道，他和伽马什一起走下楼梯。

"合谋?为什么我要和布雷伯夫合谋?"

"为了摆脱麻烦。您希望莱杜克去死,因为这样您就能保护学员不受他的影响。但是您自己无法独自完成,于是您便找到某个欠您人情的人。这便可以解释您为什么会叫布雷伯夫来学校。他对于学员们而言或许是一个反面教材,但对于您而言却是一个杀人工具。您想要摆脱一个您无法解雇的人。这就是您的想法和计划。布雷伯夫就是完成这一计划的人。这也是他对于您的报答。"

"那么现在您还这么认为吗?"

"我不这么认为了。"

"但是您刚才还在问我,是否是布雷伯夫杀了莱杜克。"

"我只是问问您的看法。我并没有说一定就是他干的。"

"您是想看看我是否会为了保全自己而出卖同伙,是吗?"

杰力纳斯沉默了,这的确就是他的想法。他想让伽马什出卖布雷伯夫,但是伽马什并没那么做。

"布雷伯夫是整幢楼里唯一希望莱杜克活着的人。"杰力纳斯说道,"虽然我曾说过不要低估仇恨的威力,但是自从我的妻子去世之后,我也体会到了其他东西的威力。"

伽马什在第二个楼梯口停下脚步,目不转睛地看着杰力纳斯。

"永远不要低估孤独的威力。"杰力纳斯说道,"布雷伯夫不会杀掉那个愿意陪同他的人。他刚才把莱杜克称为什么?"

"他的'救生筏'。那么现在呢,现在您还感到孤独吗?"

"我是说布雷伯夫。"

"好吧。"

伽马什想让杰力纳斯知道自己十分愿意聆听他说的话,但是杰力纳斯不再说了,他紧闭着双唇。伽马什转过身去,以给他一些时间恢复情绪。

透过窗户,伽马什看到被冰雪覆盖的大地在阳光下闪烁着光亮。在户外的溜冰场上,本地的孩子正在玩冰球,这是今年玩冰球的最后时节了。伽马什能看到远处水坑里的水已经融化。用不了多久,溜冰场便会消失。届时溜冰场上会长出绿草,便可以开始另一项体育运动了。

此刻楼梯边的窗户变成了通向另一个时空的大门,它让人看到几百万英里外的景象。

"我还记得以前住在劳伦琴①的小屋时在湖上玩过冰球。"杰力纳斯轻声说道,仿佛正在自言自语,"那时我还是个孩子。"

那时我还是个孩子,伽马什想着。然后他想到了一句诗。那时我还是个孩子……

两人默默站着,看着远处孩子们的冰球赛。

"他们本可以使用警校的室内溜冰场。"杰力纳斯指了指学校的体育馆,"但是他们似乎更喜欢在户外运动。"

"您喜欢在户外运动吗?"伽马什问道,杰力纳斯笑了笑,然后摇摇头。

"不喜欢。我喜欢温暖的室内运动场,运动完之后我还喜欢来一杯热巧克力。"杰力纳斯说道。

"市长暂时不让他们来警校。"伽马什说道。

他看到有一个孩子在溜冰场上拐了一个弯,然后另一个孩子把他赶到了场边的雪地里,他们倒下去的时候铲起了一大片雪雾。他们从雪里冒出来,小脸冻得通红。

"他们很快会回来的。"杰力纳斯说道,"给他们一点时间。"

孩子们在溜冰场上追逐着冰球。所有人都戴着红蓝相间的御寒帽并且穿着蒙特利尔加拿大人冰球队的队服。这让人很难分清两队的组成,但孩子们似乎本能地知道谁是自己人。

他们知道谁站在自己一边。

是什么时候开始变得难以分辨的呢?伽马什沉思着。

---

① 蒙特利尔北部以自然风光闻名的一个地区。

...29

"不好意思,我们这里没有叫克莱尔顿的女士。"电话那头一位年轻女士正用轻柔的声音说道。

"我是说'克莱尔顿'。"伊莎贝拉·拉科斯特重复道。

"是的,我们这里没有克莱尔顿女士。"

拉科斯特看着电话。她没有料到会是这么一个结果,不过她知道最终的结局可能就是如此。电话那头那个带着浓重英国口音的女人正在极力弄明白电话另一头操着一口浓重魁北克口音的女人所说的话。

显然这两个女人所说的英语是无法正常交流的。

波伏瓦的英语带有蒙特利尔东部的口音,但是他和英国人交流起来却毫不费劲。而一直在努力学习标准英语的伊莎贝拉却总是无法用英语和英国人进行沟通。

拉科斯特低头看了看枪支生产商发来的那份电子邮件,上面写着英国麦德摩与瑞安公司。

她看到邮件下方的寄件人为伊丽莎白·科德布鲁克-克莱尔顿。

"您这里是麦德摩与瑞安公司吗?"伊莎贝拉问道。

"不是,这里是麦德摩与瑞安。"

拉科斯特叹了一口气,对方的回答在她的预料之中。

"好了,再见。"对方亲切地说道。

"请等一下。"拉科斯特说道,"那么您这里有科德布鲁克这个人吗,伊丽莎白·科德布鲁克?"

对方沉默了许久,以至于拉科斯特怀疑对方是否挂断了电话。电话那头终于传来了声音。

"没有,但我们这里有一位叫伊丽莎白·科德布鲁克的女士。"

"对,对,就是她。"拉科斯特迫不及待地说道。

"请您稍等。"

几秒钟之后电话那头传来另一个声音,听上去比刚才那个生硬许多:"您好,我能为您做什么?"

"您是伊丽莎白·科德布鲁克-克莱尔顿吗?"

对方犹豫了片刻:"我是伊丽莎白·科德布鲁克。您是哪位?"

"我叫伊莎贝拉·拉科斯特。我正在调查发生在魁北克的一起教授被杀案件。我从加拿大给您打电话。"

"哦,我想起来了。今天早上我刚和您的上司通过电话。"

"事实上,我才是他的上司,我是魁北克安全局的拉科斯特探长。早上跟您通电话的是波伏瓦探员。"

电话那头传来了笑声:"啊,是吗? 我很抱歉。让您见笑了。我应该好好了解一下而不是瞎猜,尤其是做了那么多年公关工作,并担任部门领导。"

"您会说法语吗?"拉科斯特用英语问道。

"可以。您的英语说得比我的法语好。如果不介意的话,我们可以两种语言交替着说。"

真是奇怪,拉科斯特现在能够十分轻松地听明白对方的英语,或许对方的口音更加接近她所习惯的加拿大英语吧。

"我们就用英语好了。"拉科斯特说道,"我想发送一张照片给您,是一张左轮手枪的照片。"

她点击了发送键。

"我已经看过了。您的同事今天早上已经发给我了。"伊丽莎白·科德布鲁克说道,"啊,等一下,这不是同一张照片。这是什么?"

"这是一扇彩绘窗户的局部细节。"

拉科斯特又发送过去一张照片。在电话里她能听见科德布鲁克女士打开照片时的鼠标点击声。

"我明白了。这是一扇纪念窗。太漂亮了。"

"是的,您能看见那个士兵携带的手枪吗?您看得出那把手枪是谁生产的吗?"

"当然,它是我们公司生产的。它的风格我一眼就能认出来。麦德摩点45手枪。第一次世界大战期间绝大部分的英国远征军士兵都佩带这种型号的手枪。"

"这是一位加拿大士兵。"

"我认为当时大部分加拿大士兵也佩带这种左轮手枪。至少军官们都会佩带。他看上去真年轻。"

两个女性,两个母亲,在电话两头同时看着这个佩左轮手枪的男孩。他的表情显得那样害怕,但又那样坚定。

"这是同一型号的手枪,但不是杀死教授的那把手枪。"科德布鲁克女士说道,"那把手枪很新,几年前刚刚卖出去的。"

"是的,这我明白。"

"您觉得死者和这位一战士兵之间有联系吗?"

"我们正在梳理细节。"

"我明白。如果没有什么需要我帮忙的话……"

"谢谢。啊,对,还有一件事。我只是好奇。在我们的报告里,该称呼您伊丽莎白·科德布鲁克,还是克莱尔顿,还是科德布鲁克-克莱尔顿呢?"

"就叫我伊丽莎白·科德布鲁克吧。"

"但是您电子邮件下面的签名写的是伊丽莎白·科德布鲁克-克莱尔

顿。我注意到'克莱尔顿'这几个字使用了不同的字体。这有什么原因吗?"

"一定是弄错了。"

拉科斯特探长不想再问下去了。她想,谁会把自己的名字弄错呢?也许是拼错了吧。她想起自己最要好的朋友在驾照上签名时非常紧张,以至于把"路易丝"签成了"路丝易"。驾照过期后这事还纠缠了她好久,因为每次和朋友们喝点小酒,他们都会翻出这件事来打趣她。

也许科德布鲁克女士不久前刚离婚,她又恢复了自己的姓氏。或许这可以解释她写错姓名的原因以及被问及时的谨慎语气。

"谢谢您,打扰了。"拉科斯特说道。

"希望你们能尽快抓到凶手。"科德布鲁克女士说道,然后便挂断了电话。

伊莎贝拉放下电话,但依旧沉浸在疑虑中。科德布鲁克女士十分客气而且很愿意配合警方,她提供了许多信息,可还是有些地方不对劲。

直到当天下午她和波伏瓦开车前往三松镇,她才明白了情况。

如果科德布鲁克女士之前用过丈夫的姓氏,"克莱尔顿",那么那位接线员一定会知道。

"除非那位接线员是新来的。"让-居伊说道,"接我电话的那个女人声音听上去很年轻。"

"没错。"

这时已是晚上六点,不过太阳才刚刚降到地平线上。车子从高速公路下来,驶入一条辅道,波伏瓦忽然问道:"你还是不确定?"

"如果她因为刚离婚或是刚分居才使用了自己的姓氏,那么那位接线员怎么会一点都不知道呢?那位接线员的声音虽然听上去很年轻,但是工作颇为老练。"

"你是怎么知道的? 难道你听出了什么?"

"从她说话的语气就能判断出来。"拉科斯特用一种嘲弄的口吻回答道。

"我不明白这有什么要紧的。"波伏瓦说道,"管她使用什么名字呢,这和案件有什么关系吗？甚至那把枪，那张地图，还有彩绘玻璃。"

"我不知道。"拉科斯特说道，"也许没什么关系。但是有一件事很蹊跷。"

"我知道了。你是说莱杜克的床头柜抽屉里怎么会有那张地图的复印件，是吗？"

"还有那个男孩身上也有那张地图。"

"这两个人都死于非命。"波伏瓦说道，"但是他们的死并不是因为地图啊。"

"男孩或许不是，"拉科斯特反驳道，"但是莱杜克为什么要那张地图呢？他又为什么要把地图藏起来呢？他没有把地图藏在办公桌里，或是办公室里，而是偏偏藏在自己的床头柜的抽屉里。你会把什么东西藏在床头柜抽屉里？"

"这完全因人而异。"

"让我来猜猜看，"拉科斯特想了一会儿，"我猜应该是一盒避孕套吧，而且是很旧的那种，因为你一直不舍得扔掉。你保留着它，它会让你想起自己曾经狂野的那一面。"

"你在胡说些什么呀？"波伏瓦说道。拉科斯特对于自己的玩笑大笑起来。

"好了，言归正传。你在床头柜里会放些什么东西？是小说？还是你和安妮的照片？啊，不是，也许是宝宝的B超照片。当你夜里睡不着的时候，你就会拿出来看。"

让-居伊将身体坐直。他感到伊莎贝拉似乎打开了自己的床头柜抽屉，正在窥探自己的隐私。

"现在轮到我来问了。"他说道，"你会在……"

他想了老半天。车子从柏油路驶上了土路，道路开始变得颠簸起来。冰雪融化后形成的坑洼也变得愈加明显了。

"……床头柜抽屉里放着给孩子们擦鼻涕的纸巾。还放着孩子们的涂鸦作品，你可能原本想把它们扔了，可是又觉得它们或许对孩子们很重要。也许这就是身为父母对于孩子们的一种复杂情绪吧。啊，对了，你是不是还藏着罗伯特给你的纸条——他第一次写下'爱你的罗伯特'的那张。对,还有雪茄烟?"

"雪茄烟?"

"我是瞎猜的。你看上去像是会抽雪茄烟的那种人。"

"胡说。"

"我明白你的意思了。"让-居伊说,他驶上了一条隐秘的小路,"我们在床头柜里藏的东西或许很琐碎,但是对我们而言却又很珍贵。"

"至少是我们觉得有价值的东西。"伊莎贝拉说道,"那张地图和被你遗忘的避孕套不同。'公爵'不只是拿了地图,还藏在床头柜的抽屉里,他不想让别人看到那张地图,这是为什么呢?"

波伏瓦的脑海里浮现出一幅画面:莱杜克在深夜无法入睡。他打开电灯,然后打开床头柜的抽屉拿出那张地图。这就如同波伏瓦自己在夜里拿出胎儿的B超照片一般。他会在照片上找哪里是孩子的肋骨,哪里是孩子的头和心脏。

莱杜克在看那张地图时,是否也在寻找着什么呢?那张地图是否在漫漫冬夜里给予他慰藉呢?

波伏瓦无法想象莱杜克这种人竟然需要慰藉,而且是从一张古怪的旧地图上寻找。

"也许那张地图对他个人而言并没有什么价值。"波伏瓦说道,"人们有时会将一些不愿被别人看到的东西藏起来。"

"可是那张地图并不是什么见不得人的东西啊。"拉科斯特说道,"伽马什还将地图原件挂在自己房间的墙上呢。他还给学员们每人一张复印件。"

"是的,但是莱杜克不想让任何人知道他有地图的复印件。"

"所以,问题又来了——"拉科斯特举起手,然后十分恼怒地将双手放在膝盖上,"莱杜克为什么要那张地图的复印件?"

她看到波伏瓦的表情变得严肃起来。

"有什么问题吗?你想起了什么?"

"莱杜克应该是从爱梅莉亚·肖凯那里得到了地图的复印件。"

"没错。"

"就让我们假设是肖凯给了他复印件,然后他把复印件放在了自己的床头柜抽屉里,这能得出什么样的结论呢?伊莎贝拉,你听了我刚才说的能想到什么结论?"

"我会想,莱杜克教授是否不只把手伸向了地图,他是否也把手伸向了肖凯学员。如果复印件是在莱杜克的办公室里找到的,或许我不会这么想。但是莱杜克竟然将复印件放在床头柜的抽屉里,这就有点不同寻常了。"

"没错。"波伏瓦说道,"我和你想的一样。我想其他人也会这样怀疑。莱杜克和肖凯学员有暧昧。亲密的性关系。地图便是莱杜克的战利品。"

"他试图用地图来控制肖凯学员。"拉科斯特厌恶地说道。

"也许就是这么回事。"波伏瓦说道,"也有可能不是。"

"肖凯学员就是那个打扮古怪的女孩,是吗?"

"对,可以这么说。她留着黑色的短发,皮肤出奇地白。鼻子、眉毛、耳朵、嘴唇以及舌头上都戴着体环。"

"还有文身。"拉科斯特点点头说道,"我见过她。你对她有什么看法?你觉得她真会做出这种事吗?"

这是一个非常严肃的问题,需要时间好好思索。

"绝对有这可能。"波伏瓦立即回答道,"她很聪明,很愤怒。"

"她狡猾吗?"

让-居伊开始沉思起来。狡猾的确是实施凶杀案的一个关键素质。杀人并不难,你只需要愤怒和武器就可以了。任何一个傻瓜都可以杀人。但是如果你想迷惑或误导办案人员,那么你就必须具备狡猾这一特质。

她狡猾吗?这远比"她是否聪明"或"她是否圆滑"更难回答。狡猾融合了聪明与圆滑,但又夹杂着邪恶。

"我不知道她是否狡猾。我觉得她身上还留有一些少女的天真。"

波伏瓦对自己的这一回答感到相当吃惊,但他知道自己说的是实话。

"或许这能解释她的愤怒。"拉科斯特说道,"当有人辜负了天真时,天真的人就会变得极为愤怒。但这并不意味着她在这个案子里是无辜的。"

让-居伊点点头:"我问过教她的老师。老师们反映,她上课时总是坐在最后一排,很少举手发言。但是当她回答问题时,她的回答总是语出惊人,显得很有深度。她让大部分老师都很不自在,他们都不喜欢她。"

"是因为她的眼神?肢体动作?或因为她显得比他们更聪明?"

"也许三者都有吧。显然她不是一个循规蹈矩的人。"

"她上课时穿制服吗?"

这是个好问题。许多新生由于不习惯制服,常常会按照自己的品味和风格调整制服。以前莱杜克常会因此体罚学员。但是伽马什校长采取了不一样的做法。他允许新生按照自己的喜好穿着制服,这也让许多老教师大感震惊。

"这实在太不像话了。"古特博德教授曾有一次在教职工大会上抗议。

"怎么不像话了?"伽马什校长反问道。

古特博德忽然愣住了。此时莱杜克用很慢的语速说道:"制服不仅仅只是衣服,它也是安全局警校的象征。您会让安全局警员漂白制服,配上卡通纽扣,或是用领带系裤子吗?"

"当然不会。"伽马什回应道,"如果学员像您说的这样穿制服,那当然是错误的。您说得没错,制服是一个机构的标志与象征。如果你不尊重这个机构,你就应该离开。在我们学校,学员们应该学会如何去尊重。我们不用教会他们去尊重,也不用强迫他们去尊重。我们自己应该以身作则,这样那些年轻的学员们才会真正愿意穿上制服。我们现在必须忍受。如果他们愿意,他们爱怎么穿制服就怎么穿。如果到了学期末他们仍然这样,那就说明我们的工作还没有做到位。"

"这样他们可以闭嘴了吧。"波伏瓦讲完后,拉科斯特说道。

"的确闭嘴了。不过,我觉得他们始终认为伽马什校长是一个懦夫。"

"那么肖凯学员按规定穿制服吗?"

"是的,她始终按要求穿制服。"

"她来自哪里?你知道她的家庭背景吗?"

"她来自蒙特利尔。来学校之前一直生活在城东的出租公寓楼里。根据伽马什校长在她的申请材料里作的批示,她似乎有卖淫和吸毒的嫌疑。当然,他没有明说,但是你也知道他的为人,他总是喜欢在材料里写点东西。"

"一个吸毒的妓女？"拉科斯特说道,"好家伙。"

不过,这也不完全是个惊喜。拉科斯特怀疑在伽马什的床头柜抽屉里,一定存放着各种骇人听闻的材料,也许抽屉里还会有一根长棍面包。

"她的高中成绩并不理想,勉强才修完了高中学业。但是她在历史、语言和文学方面的成绩却非常突出。"

"她只学那些她感兴趣的东西。"拉科斯特说道,"她是不是很懒惰？"

"看上去是。至少不是很积极。"

"为什么要招这样的人进警校呢？"拉科斯特问道。

"也许算一个大胆的尝试吧。当她被录取的时候,她自己都觉得不可思议呢。"

"你一定认为这是在开玩笑吧？"

"没有。"波伏瓦安静地开着车,脑海里浮现出了留着黑色短发、脸色苍白的叛逆女孩的形象。

"听上去她像是一个独立自主的女孩,"拉科斯特说道,"不像是那种可以被莱杜克操控的人啊。"

波伏瓦刚想张嘴说些什么,然而,他深吸了一口气,改变了主意。

"你继续说呀。"伊莎贝拉催促道。

车灯照在小路两边的积雪上。两边的树木都是光秃秃的,显得毫无生气。

"你把自己想象成一个流落街头十八九岁的少女,"波伏瓦说道,"你必须靠卖淫为生,靠吸毒来麻痹自己。你看不到自己的未来。你想象一下,十九岁,但却什么未来都没有。你会做什么呢？"

拉科斯特和波伏瓦看着小路两旁那些扭曲怪异的树木,车灯把它们的影子投在雪地上。

"你会开枪自杀吗？"波伏瓦轻声问道,"或是大量吸毒？还是竭尽全力最后为命运拼搏一次？"

"你认为警校给了她最后一次拼搏的机会？"拉科斯特问道。

"我不知道，我只是猜测而已。但是我想伽马什校长一定是这么想的。他救了她，可是她又被莱杜克俘获了。"

"我原本以为莱杜克喜欢和堕落的人打交道。"

"不，我认为莱杜克更喜欢让人变得堕落。"

"可恶的莱杜克。"拉科斯特说道，"他也许知道了她的背景。他知道她除了服从之外别无选择。你认为会是她杀了莱杜克吗？你认为她会用莱杜克自己的手枪杀了他吗？"

"有这种可能。"波伏瓦说道。

"但是？"

"但是，我认为莱杜克并不仅仅要获得性满足。他还有其他目的。"

"你继续说。"拉科斯特说道。

"谁是莱杜克最大的威胁？"

"当然是伽马什。"

"没错。他知道伽马什一直在调查自己，他也感到伽马什正在步步紧逼。他知道自己不会失去工作。伽马什本可以直接开除他，但是伽马什没有那么做，因为他想获得莱杜克的罪证，这样莱杜克就会被逮捕，届时就不会有任何人能庇护他了。所以，莱杜克一定变得越来越焦虑。"

"没错。"拉科斯特说道，她似乎明白这样推理下去会得到什么，但是她并不喜欢这种结局。

"莱杜克有两个办法可以阻止伽马什。"波伏瓦说道，"一是杀了他；二是破坏他的声誉。"

拉科斯特想象着这两种方法可能导致的结果。

"那张地图，"她说道，"莱杜克并不是自己想要那张地图。他原本想把那张地图放在伽马什的床头柜抽屉里。这样他就可以证明伽马什校长和某位学员之间存在着不可告人的关系。爱梅莉亚·肖凯。"

"是的。即便这足以成为证据，也足以引起大家的怀疑和闲言碎语。我们都清楚他人的猜忌有多么可怕。"

"即使肖凯否认，大家也不会相信她。"拉科斯特说道，"她卖淫的背景可能会被曝光，而伽马什知道她曾做过卖淫女。"

"没错,她的申请曾被拒绝,而伽马什却录取了她。"波伏瓦说道,"一个根本没有资格来上警校的人一定会引起大家的猜疑。"

"事实上,已经有人怀疑了。"拉科斯特说道,"但是那些了解伽马什的人是不会相信的。"

"没错。可是学校里又有谁了解伽马什呢?是学员?还是学员的家长?还是其他老师?由于教学管理方面的改革,大家已经对他颇有意见了。谣言虽然难以得到证实,但同样难以被否认。我和你都清楚人身攻击有多可怕。只需要一个小小的假设,只需要在人们耳旁吹吹风便可以搞垮一个人的名誉。"

"就像一颗子弹射入脑袋。"拉科斯特轻声说道,她想象着这种杀人于无形的手段。

"如果这样的事被媒体曝光的话……"让-居伊说道。

"但是伽马什不会在乎这些,"拉科斯特说道,"他遇到过比这更恶毒的诽谤。他的朋友和家人都会坚定地信任他。"

"话不是这么说。莱杜克要做的就是毁掉伽马什的声誉。"波伏瓦说道,"莱杜克就像一头被逼入角落里的猛兽。他要做的就是阻止伽马什对自己犯罪行为的调查。"

"莱杜克还有其他办法可以阻止伽马什对他的调查。"拉科斯特用缓慢的语速说道,"那会比人身攻击更有效。毕竟,伽马什掌握了他的犯罪证据。不管人们怎么看待伽马什,伽马什可以用确凿的罪证控告莱杜克。所以莱杜克一定要彻底阻止伽马什的调查。他会怎么做呢?"

波伏瓦一言不发,他也在思考同样的问题。然而,他并不打算说出自己的看法。他知道伊莎贝拉也有自己的看法,尽管他们两人的看法不尽相同。

"我记得这个月早些时候,伽马什曾说有人跟踪他去了三松镇。"拉科斯特说道。波伏瓦感到有些沮丧。

"假设那个人就是莱杜克,"她继续说道,"他跟踪伽马什,还有那张地图。"

"他们把他引向三松镇。"波伏瓦说道。

"也让他找到了解决问题的方法。"

他们都变得沉默起来。他们跟随着自己的思路想着最可怕的结果。

"你该不会认为……"拉科斯特说道。

"认为杰力纳斯推断的是对的?"波伏瓦反问道,"是伽马什杀了莱杜克?不可能。"他使劲摇了摇头,"伽马什绝不会杀一个手无寸铁的人。他也绝不会在学校里杀人,这太愚蠢了。"

"但是假如莱杜克发现了伽马什居住的小镇,并且通过那张地图掌握了前往三松镇的路径,"拉科斯特用坚定的语气说道,"这样他就可以来往于学校和三松镇之间了。"

波伏瓦坐直身体,他不停地眨着眼睛。

拉科斯特继续着自己的推论,波伏瓦感到自己正在被一步步推入一个黑暗的深渊。

"假如莱杜克知道伽马什即将告发自己。假如伽马什夜里去了莱杜克的房间,莱杜克威胁要伤害伽马什的妻子或者……"

"安妮。"

想到有人将会伤害自己怀孕的妻子,让-居伊气得脸色发白。

他知道拉科斯特的假设是有可能发生的。然而,这仅仅只是可能。

他知道,如果有人这样威胁他的话,他也会像拉科斯特假设的那样去做。

"我不认为是伽马什杀了莱杜克,"波伏瓦说道,"如果是他为了保护家人一时冲动杀了莱杜克,他一定会承认的。"

拉科斯特点点头,对此她似乎也表示赞同。然而,谁知道人在这种情况下究竟会做出什么呢? 杰力纳斯有一点是正确的,如果有人想搅乱警方的视线,那没有谁比伽马什更有经验了。

"还有一件颇为奇怪的事,让-居伊。"

这是她第一次叫波伏瓦的名字。波伏瓦知道事态严重了。

"什么事?"

"今天早上会议上杰力纳斯副警监说是伽马什特意请他来的。"

波伏瓦差一点就把这件事给忘了,头绪太多了。

"但我以为是因为你的申请。"波伏瓦说道。

"是的,我起初也这样以为。但伽马什确认了杰力纳斯的说法,他甚至说,他之所以邀请杰力纳斯是因为自己很敬佩他。"

"那也就是说,他背着你,让他们派了皇家骑警的副警监来当这个独立观察员?"波伏瓦问道。

"是的。"

"可是,为什么呢?"

伽马什这么做一定是有原因的。谋杀莱杜克会不会就是其中的一个原因呢?

"我有一种不祥的预感,让-居伊。"

波伏瓦沉默不语。他既不想予以赞同,也不想予以否定。

车子前方的世界——扭曲的树木,积雪,甚至小路——都消失在了黑暗之中。此时只有天空上的星星在闪着光亮。波伏瓦和拉科斯特感觉自己仿佛已经来到了世界的尽头。

过了一会儿,车子开始往下坡驶去。在一片黑暗之中,三松镇忽然跃入眼帘。

...30

"你觉得那群警校学员像什么?"莫娜问道,她用下巴指了指坐在另一桌的四名学员,他们正大口喝着可乐,狼吞虎咽地吃着大盘的炸薯条。

"你指什么?"露丝问道,她正喝着苏格兰威士忌,嘴巴里的酒水让她的话语变得含糊不清。

"他们简直就是一群土狼。"莫娜说道,目光仍旧不离那几名学员。

"一窝小狗。"奥利维说道,他将两杯红葡萄酒放在桌上,"这是给克莱拉和蕾娜-玛丽的。别碰!"他恶狠狠地看了露丝一眼,露丝也恶狠狠地回看他一眼,"她们刚遛完狗。我猜她们随时会来这儿。"

"狗?"加布里说道,"你也太乐观了吧,帅哥。"

伽马什夫妇已经收养格蕾丝好几天了,可是格蕾丝看上去始终不像一只小狗崽。大家觉得格蕾丝是一个怪物。

加布里过来拿了一片抹着奶酪和胡椒酱的面包片。他小心翼翼地避开鸭子罗萨的目光,因为每次当他拿食物或饮料时,罗萨就会来抢。

"一簇蝴蝶。"莫娜说道。

"一油封鸭。"加布里看着罗萨。①

"我看得出来。"露丝说道,她放下威士忌,然后拿起一杯红酒。"你们终于说了一些让我感兴趣的话了。"

"我现在死也知足了。"莫娜说道。

露丝满怀期待地看着莫娜。但当发现莫娜并没有对自己五体投地时,她颇为失望。

"你会怎么形容一组学员?"莫娜问道。

"令人失望?"露丝说道,"不对,那是形容孩子的。现在是'学员'?你会怎么形容这群……"

"你们好。"蕾娜-玛丽说道,克莱拉跟在她身后,"这群什么?"

莫娜解释了一下,然后离开了会儿,回来时捧着从自己的书店里拿来的一本厚厚的参考书。她一屁股坐在沙发的一边,差点把另一边的露丝给弹出去。

"我一直怀疑露丝会在墙壁上留下污渍。"加布里对克莱拉说道,"不过,我从没想过会是在天花板上。"他又转身对莫娜说道:"给你五块钱,你再把露丝弹射一次。或许我们以后可以在集市上做这个游戏。胜者奖励一只八宝鸭。"

"蠢货。"露丝嘟囔着,她手里的红酒泼到了鸭子罗萨的身上。大家觉得露丝这么做已经不是第一次了。

"老巫婆。"加布里回敬道。

"你认识这些人吗?"克莱拉问蕾娜-玛丽。

"我以前从没见过他们。"蕾娜-玛丽回答道,她在一把扶手椅上坐下,然后把一杯只剩下一半的红酒递给克莱拉。

"我想,"克莱拉说道,"我们俩可以去我的画室安静地小酌几杯。"

这提议不错。亨利、格蕾丝和雷欧可以一起玩。蕾娜-玛丽可以在那里整理来自历史协会的旧材料,而克莱拉可以画她的画。

---

① 此处莫娜等人在玩文字游戏,以不同词汇表示"群"的概念。而加布里提出的"一油封鸭"原文为法语,仅在短语结构上与其他表述相似,并无"群"的含义,纯粹打趣。另,本章结束处他们依旧在玩这一游戏,并涉及其他典故,故保留直译,即使在中文语境中极不通顺。

直至蕾娜-玛丽来到画室,看到克莱拉又加工过的那幅肖像。

表面上这仍是一幅自画像。然而,画面却发生了变化。蕾娜-玛丽觉得,这种变化并不是向着好的方向在发展,而是朝着相反的方向在演变。

自从认识克莱拉并看到她那些惊人的肖像以来,蕾娜-玛丽第一次失望地感到克莱拉没了想法。

有那么好几分钟,画室里一片寂静。克莱拉画着画。亨利被格蕾丝和雷欧弄得精疲力尽,将脑袋枕在蕾娜-玛丽的大腿上。蕾娜-玛丽一边揉着亨利的大耳朵,一边看着雷欧和格蕾丝打闹。

克莱拉的自画像现在一点也不像她本人。曾经漂亮的脸蛋变得扭曲不堪,鼻子不见了,嘴巴呈现出奇怪的形状,眼睛似乎也不太对劲。

蕾娜-玛丽感到,画上的那双眼睛里充满了冷酷与残忍,仿佛隐藏着一种想要害人的欲望。它们盯着蕾娜-玛丽,仿佛正在寻找伤害的目标。蕾娜-玛丽看了看放在扶手椅对面的那面镜子,心想克莱拉在镜中到底看到了什么才会画出这样的肖像画。

"你觉得怎么样?"克莱拉问道。她将画笔咬在嘴里,双眼紧盯着自己的画作。

克莱拉曾经说过,这幅肖像画最初是从喉咙部位开始画的。此刻蕾娜-玛丽感到有东西要从自己的喉咙口喷涌而出。

"杰作。"蕾娜-玛丽说道,"是准备参展,还是留着给自己看?"

"当然是留给自己啦。"克莱拉说道,她从画凳上站了起来。

谢天谢地,蕾娜-玛丽心想。她不断地对自己说艺术是个过程。

艺术是个过程。

"我们回小酒馆吧。"蕾娜-玛丽说道,她使劲让自己从沙发上站起来。她不想再看到那幅画了。"阿尔芒可能已经回家了,他也许正在找我呢。"

"他还知道自己在这里有家啊?"克莱拉问道,她放下画笔,然后搓着双手。

蕾娜-玛丽笑了笑,拿起一盒她原本打算整理的老摄影家的资料:"他觉得我们家只是小酒馆的一间客房而已。"

"那还不至于。"克莱拉说道。

克莱拉去整理画具,蕾娜-玛丽先把亨利和格蕾丝带回了家,然后又来到小酒馆门外与克莱拉碰头。

透过小酒馆的玻璃窗,她们看到那四名学员把地图摊在餐桌中央,一边大口吃着炸薯条,一边指手划脚地争论,看上去就像四位正在商讨作战计划的将军。

年轻的将军,古怪的作战地图。

"阿尔芒有没有告诉过你,他为什么要让学员研究那张地图?"克莱拉问道。

"没有,我觉得一开始那张地图只是一个训练道具,一个作业而已。但是在凶杀案发生之后,地图的性质似乎发生了变化。"

"什么变化?"克莱拉问道,"我实在不明白这张地图和那位教授的凶杀案之间到底有什么关联。"

"我也不明白。"蕾娜-玛丽说道,"我也不知道阿尔芒知道多少。也许他也一无所知。"

"真是奇怪,他每次总能把一些无关紧要的东西变得意义重大。不过至少这可以让他们几个忙一阵子了,否则他们整天都无所事事。"

蕾娜-玛丽和克莱拉在窗外观察着学员们。然而,蕾娜-玛丽意识到克莱拉并没有观察所有学员,而是在观察他们中的某个人。

"让她住你家是不是给你添了很多麻烦?"

"你说爱梅莉亚?"克莱拉说道,然后沉默了片刻。她一直在仔细观察着爱梅莉亚,"我在想她到底有多大。"

"阿尔芒一定知道。我猜她应该十九、二十岁吧。"

"有的时候她看上去很年轻,或许是因为她的肤色。但有时她又会发生变化,仿佛是一块棱镜。"

三月的夜晚又冷又潮,克莱拉和蕾娜-玛丽走进小酒馆,到壁炉边和其他人坐在一起。

"这是本关于猫的书吗?"加布里问道,他朝莫娜打开在膝盖上的书看了几眼。

"令人讨厌。"露丝说道。

"什么？"蕾娜-玛丽问道。

"我是说那些学员。"露丝说道，她朝学员们的方向摇晃着酒杯，他们正在激烈地谈论着什么，"一群令人讨厌的学员。"

"还有个令人讨厌的诗人。"加布里说道。

"啊，没错。"

"我们该跟他说什么呢？"惠芬问道。尽管她觉得自己已经吃饱了，胃部甚至微微发胀，但仍忍不住伸手去拿薯条。这薯条太美味了。"快七点了。他很快就到了。噢，该死。"

一束车灯从窗户外照射进来。

"他来了。"

车灯照在学员们的脸上。坐在几张桌子开外的蕾娜-玛丽终于明白了克莱拉刚才所说的话。她看到惠芬脸上充满了焦虑，纳撒尼尔明显很害怕，雅克则非常警惕，似乎正在编造借口。

只有爱梅莉亚带着顺其自然的神情，她仿佛已经知道即将发生什么。她似乎一直在等待着这一刻的降临。

此时的爱梅莉亚看上去既年轻又苍老。

她看上去就像小教堂窗户上的那个男孩。

与此同时，她又像克莱拉肖像画中的那个人物。蕾娜-玛丽惊讶地转身看着克莱拉。

让-居伊和伊莎贝拉从车里下来。白天融化的冰雪现在由于太阳落山和气温下降又一次冻结起来。

"树木都快枯死了。"让-居伊说道，他在凛冽的寒风里搓着双手。他转身看着一路驶来的小路。刚才车灯的灯光像眼睛一般照射在路面上。

"今年的枫树糖浆应该不错。"伊莎贝拉说道，"这个周末我要带孩子们去枫糖屋。"

让-居伊感到很快乐，仿佛一阵春风吹在了他脸上。明年的这个时候，他将和安妮一起带着自己的孩子去山里采集枫树果实制作糖浆。他们将坐在马拉雪橇上深入树林。他们将去一座小木屋,在那里他们将聆听乡村音乐并观看人们跳舞。他们将吃着鸡蛋、熏肉、甜豆以及黏黏的糕点。煮开的枫树糖浆将会被泼洒在积雪的枝头,然后它们会流淌下来,像棒棒糖一般从枝头悬挂下来。

这是波伏瓦从孩提时代以来所遵循的传统。这也是父辈们的传统。有朝一日他也会让自己的孩子——他和安妮的儿子或女儿——继承这一传统。

他向小酒馆的方向张望,看见学员们——他们也是其他人家的儿女——也正朝他的方向张望。

忽然波伏瓦有一种想要保护他们的欲望。

"他在那儿。"伊莎贝拉说道,让-居伊转身看到有一辆车停在不远处。

杰力纳斯副警监和伽马什从车里下来。杰力纳斯朝他们走来,他小心翼翼地在结冰的路面上迈开步子。伽马什则站着不动,歪着脑袋仰望夜空。

过了一会儿,伽马什渐渐低下头。他的目光直视着波伏瓦。

霎时间让-居伊明白了伽马什以前担任探长、指挥年轻警员时的感受。

随着他们不断牺牲,伽马什的心也终于变得支离破碎,无法再弥合了。于是他来到了三松镇,他在这里找到了安宁。

而现在,他正在用自己的安宁换取学员们的安全。为了收拾警校这个烂摊子,他离开小镇前往学校,他希望年轻的学员们能够在一个纯洁的环境中学习成长,有朝一日当他们退休时,他们能找到属于自己的安宁并享受儿孙满堂的天伦之乐。

让-居伊·波伏瓦看到伽马什渐渐向他走近,忽然有了一种想要保护他的欲望。

他低下头,凝视着自己的脚尖,极力控制着自己的情绪。

他认为这是荷尔蒙所起的作用。可恶的孕激素。

来三松镇的路上,伽马什和杰力纳斯一直在争论,直至分别沉浸在自己的思绪之中。

杰力纳斯不知道伽马什在想些什么,但是他一直在思索着自己的发现。这些发现到底意味着什么?这些发现到底有何用处?

杰力纳斯整个下午都在搜索有关米歇尔·布雷伯夫和阿尔芒·伽马什的背景资料。挖掘那些已经尘封已久且支离破碎的信息就像一场考古。

他最初认为,布雷伯夫和伽马什一开始是在警校结识的。但后来他发现自己错了:他们两个人的友谊可以追溯到孩提时在蒙特利尔的经历。他们是邻居。他们上同一所幼儿园,在同一个球队里踢球,一起约会,甚至一起去参加舞会。在进入警校之前,他们还曾一起去欧洲旅行了半年。

他们唯一分开的时间是伽马什前往剑桥大学读历史的那段日子。伽马什也正是在那段时间里学习了英语。布雷伯夫则在不久之后前往位于魁北克城的拉瓦尔大学学习。

结婚时,他们彼此充当伴郎,后来也都参加了对方孩子的受洗仪式。

布雷伯夫在安全局工作期间顺风顺水,很快被晋升为警司,地位仅次于总警司。

伽马什则很快成为凶杀组的探长,并使这一部门成为全国的佼佼者。

他的晋升到此为止,而布雷伯夫却继续高升。

然而,两人并没有因此而产生嫌隙。在工作之外他们仍然是最要好的朋友,在工作中依旧是最具默契的合作伙伴。

伽马什和布雷伯夫的生活一直彼此交融直至两个人分道扬镳。

在安全局内部,伽马什听说了一些传言。当然,以前也有过丑闻。权力的腐败。但它们很快便得到了包括布雷伯夫在内的安全局高层的处理。

而这一次的情况有所不同。尽管腐败如此严重,但它同时又是隐形的,几乎难以被察觉。

最初伽马什并不相信这些传言。他认为这一定是一些故意诽谤安全局的人制造的谣言。

然而,事态变得愈发严重。伽马什悄悄地开始了调查。

传言的源头在魁北克北部，来自那里的克里人和因纽特人。伽马什知道，那是一个很难进入的地区，即便是在气候宜人的季节。

无论他如何努力，都无法理出真相。

直至有一天他在魁北克老城弗隆特纳克古堡外的长凳上遇到了一位来自克里部落的老人。她的族人花了好几个月的时间募集资金才将她送到南部，向魁北克的领导人报告有关一些杀戮与犯罪的情况。他们的诉求如此迫切，以至于把对白人政府的戒心也放到了一边。

然而，没有人愿意聆听他们的诉求。甚至没有人愿意让她进门。

于是她坐到了这条长凳上。身无分文，只剩下疲倦与绝望。

直到一个眼中满含仁慈的男人到来，他询问老人是否需要帮助。

她将一切告诉了那个男人。她并不知道这个男人是谁，只知道他是自己的最后一线希望和寄托。

男人耐心地聆听着。他相信老人所说的每一句话。

于是一场持续多年的战争开始了，而斗争对象正是伽马什最信任的那个人。

米歇尔·布雷伯夫。

腐败程度比想象的更严重，最终以灾难收场。而如果不是伽马什阻止了这场灾难的话，它的规模还将更大。

布雷伯夫被开除了。伽马什选择了提前退休，他还差一点失去了生命。

杰力纳斯知道，这一切还没完。

安全局已经被清理了，但是警校仍然存在。它是腐败与堕落的孵化场。

安全局和其下属部门的丑闻已为大众所熟知。媒体也对此作了全程报道。

不过，杰力纳斯现在真正感兴趣的并不是这些，而是这两个男人的个人生活。

于是整个下午他一直在挖掘。直到挖出肮脏的东西。

尽管布雷伯夫在工作方面腐败而堕落，但是他的个人生活却显得十分传统。他结了婚,有三个孩子,并且会参与俱乐部的活动。

他可以称得上是一位模范丈夫、父亲以及祖父。然而,在他工作方面的丑闻被曝光之后,他的家庭生活便彻底毁了。妻子离开了他,孩子们也和他划清了界限。

然而,杰力纳斯所挖掘到的信息并不仅限于此。他还掌握了其他材料。

这些材料并不是关于布雷伯夫,而是关于伽马什。

它们是杰力纳斯在挖掘伽马什的个人生活时发现的。杰力纳斯在一份尘封许久的材料里发现了一些字句。这些字句隐隐透露出一些不为人所知的讯息。

现在这些讯息落在了杰力纳斯这位必须确保办案过程公平公正的警官手里。

"一狡猾的大猩猩。"莫娜说道,她微笑着摇摇头,然后看到阿尔芒和其他人走进了小酒馆。

蕾娜-玛丽站起身向自己的丈夫打招呼。

"我们正在玩一个游戏。"蕾娜-玛丽解释道,"找出各种表达一群动物的方式。"

"其实我们一开始的时候是想形容一下那几名学员。"莫娜说道,她朝学员的方向指了指。

"我觉得那是一可悲的学员。"露丝说道。

杰力纳斯用手搓着额头,咧嘴笑着。这是他第一次来小酒馆。当他看到小酒馆里的横梁、壁炉、宽木地板以及一位怀抱鸭子的老妇人的时候,他感到有点晕眩。

然后他的目光转向那几名学员。

那个女生就是爱梅莉亚·肖凯。是的,不会有错。

当杰力纳斯盯着爱梅莉亚的时候,爱梅莉亚也盯着他的方向在看。不过,她并不是在看杰力纳斯。她的嘴张得大大的,显得很吃惊。杰力纳斯能看到她舌头上的舌钉。

杰力纳斯转过身，他想看看到底是什么让这个哥特风女孩变得如此惊讶。

原来是伊莎贝拉·拉科斯特。她和爱梅莉亚·肖凯完全是两个极端。

"但是后来我们的形容对象就变成了动物。"莫娜继续说道。

"一慢吞吞的狗熊，"杰力纳斯说道，他也想参与这个游戏，"是这个玩法吗？"

"没错，"克莱拉说道，"看来您很会玩。加入我的队伍吧。"

"队伍？还分队？"加布里问道，他将身子从露丝身边挪开。

"你是谁？"露丝问杰力纳斯。

伽马什向大家介绍，杰力纳斯是加拿大皇家骑警副警监。

"您好。"杰力纳斯说道，他向露丝伸出一只手。

露丝向杰力纳斯伸出一根手指，然后说道："我想和你骑的马握握手。"

"别靠她太近，"加布里轻声对杰力纳斯说道，"如果她咬您的话，您会变成疯子的。"

杰力纳斯立刻缩回伸出的手。

"我只能想到'一凶杀的乌鸦'。"拉科斯特说道。

"这是你自己编造出来的吧。"波伏瓦说道，"为什么会这么称呼一群乌鸦？"

"这个问题问得好。"莫娜说道。

她打开她那本参考书，然后大声朗读起来："'一凶杀的乌鸦'被认为起源于一个民间传说。根据传说，乌鸦会聚集在一起决定另一只乌鸦的生死。"

"太荒谬了。"波伏瓦说道。

他的视线移向坐在另一桌的那几名学员。

"一大堆的错误。"露丝用坚定的语气说道，"这就是他们的本质。"

伽马什嘟囔了一声，他感到既好笑又惊讶。

...31

"你们好。"拉科斯特来到学员们的餐桌边打招呼。

四名学员都站了起来。她向其他几名尚未见过面的学员作了自我介绍。

"我是拉科斯特探长。我现在正在调查莱杜克教授的凶杀案。"

对于爱梅莉亚而言,这一切犹如在看一场演出。一场回放。

身穿制服,戴着丝巾的凶杀组负责人出现在电视机里,她的身后恭敬地站着三名高大的男士。

"这位是皇家骑警的杰力纳斯副警监。"拉科斯特说道。杰里纳斯向几名学员点点头,"我想你们认识伽马什校长和波伏瓦探员。"

四位资深警官,四名年轻的学员。

奥利维搬来一张大桌子。八个人坐了下来。四名学员坐在桌子的一头,四位警官坐在另一头。大家互相对视着。

"那张地图你们研究得怎么样了?"伽马什问道。

"没研究出什么结果。"雅克回答道。

"不对,"纳撒尼尔说道,"我们发现了很多情况。"

"可是我们发现的那些东西根本毫无价值。"雅克说道。这一次没有人来反驳他的话。

学员们说他们发现了地图的绘制者安东尼·特柯尔特。他们一边说着,一边低头看着地图的复印件。地图复印件被放在桌子中央,那里离原件被隐藏了一百多年的墙壁并不远。

复印件上还留有草莓酱的污渍和糖霜的残屑,看上去犹如雪地上的一滴鲜血。

"你们干得很好。"拉科斯特真诚地说道,"你们发现了地图的绘制者,而且还确定了地图有可能属于早期的定向运动地图。"

"也许是用来训练他儿子的。可能特柯尔特当时已经预感到战争即将来临。"波伏瓦说道。他不由得寻思,当一位父亲得知战争即将爆发时,他会是怎么样的一种心情呢?

我会做什么呢? 他心里想着。

他知道自己会做什么。他要么将自己的儿子保护起来,要么将他送上战场。

他低头看着这张地图。他意识到这根本就不是地图,而是一位父亲对自己儿子的爱。

"但还是有一个问题。"惠芬说道。

"问题一直都存在。"伽马什说道。

"没有任何记录表明特柯尔特曾经拥有过这家小酒馆。"

"也许他是租的。"波伏瓦说道。

"有这可能。"雅克说道,"但是在任何档案里都找不到特柯尔特这个人。"

"只有《加拿大百科全书》里提到过他。"爱梅莉亚说道,她的声音显得那样迫切。她将一张复印件递给拉科斯特。

"谢谢。"拉科斯特说道。她仔细看了看复印件,然后将它递给其他人。"根据这上面的记载,特柯尔特晚年搬到了一个叫支架顶的小镇。他死后也埋葬在那里。"

"支架顶?"其他人异口同声地问道。

"他们在说什么?"露丝问道。
"我可能听错了。"加布里说道,"好像是说'支架顶'。"
"啊,我知道。"露丝说道,"就在离这儿几公里的地方。"
"当然,"加布里说道,"离沥青瓦①不远。"
"别理他。"奥利维说道,"他喜欢沥青。"
"我可从来没听说这个地方。"克莱拉说道,她看看莫娜,又看看蕾娜-玛丽。莫娜和蕾娜-玛丽也都摇着头。
"只有老一辈会将那地方称为支架顶。"露丝说道,"很久以前地名委员会将它更名为七苦圣母镇。"
"七苦? 苦难圣母吗?"莫娜问道,"你在开玩笑吗? 谁会给一座小镇取这样的名字?"
"苦难,"蕾娜-玛丽说道,"也许是忧患。"
忧患圣母。
这听上去也好不到哪里去。
"上帝啊,"加布里说道,"你能想象旅游广告上出现这样的地名吗?"

"支架顶?"波伏瓦问道,"谁给小镇取了这样的名字?"
"是特柯尔特本人。"惠芬说道,"这是他在绘制本地区地图时犯下的一个错误。"
惠芬向大家解释起来。
"你们去过那里了吗?"伽马什问道。
学员们都保持沉默,没人想成为第一个回答的人。
"地名委员会的人说那个小镇已经消失了。"惠芬回答道。
"但是仍值得去看一看啊。"拉科斯特说道。
"看什么?"雅克问道,拉科斯特严厉地看了他一眼。

---

① 加布里并不知道支架顶是一个小镇的名字,所以将其误认为是一种和沥青瓦相似的建筑材料。

"我们怎么知道？这难道不是调查的关键吗？调查就是要查。"

爱梅莉亚点点头，仿佛十分赞同这一经验之谈。

"如果是特柯尔特为他的儿子画的，"伽马什用手摸了一下地图，"这就意味着那个男孩姓特柯尔特。"

"这就是另一个疑点了。"惠芬说道，"教堂窗户下方的那串名字里并没有特柯尔特。"

"也许他并没有战死。"纳撒尼尔说道。之前他曾久久端详那个男孩的画像，他越来越感到那个男孩并没有死。当然，他现在肯定死了，但那并非因为战争，而是因为年迈。

"您这样认为吗？"爱梅莉亚问拉科斯特探长。

"你呢？"拉科斯特反问道。

爱梅莉亚慢慢地摇摇头："不管那个男孩是谁，他最终没有回家。"

"你为什么会这么认为？"

"他的脸，"爱梅莉亚说道，"面带那种表情的人不可能活下来。"

"也许他根本就没有存在过。他只是所有在战争中牺牲的年轻人的象征罢了。"

"教堂窗户上的那些士兵，"伽马什一边思考着一边说道，"也许代表着所有在战争中遭受苦难的人。可是那个男孩显得如此真实。我认为他的确短暂地存在过。"

"他们在说什么？"露丝问道。

"教堂窗户上那些士兵，"蕾娜-玛丽说道，"他们认为那个男孩姓特柯尔特。"

露丝摇摇头："圣西尔，苏西，透纳。那串名字里没有特柯尔特。"

"他应该就是其中的某一个，"伽马什说道，"那串名字里一定有一个是属于他的。"

惠芬再次拿出手机，手机上显示出那一串名字的照片。

大家都凑了过来，仿佛那个男孩就藏在里面。

"也许他就是其中的某个人。"露丝说道,"也许他并不叫特柯尔特,但是就是他们中的某一个。艾蒂安·亚戴尔,特迪·亚当斯,马克·勃力厄……"

他们是我们的孩子,波伏瓦想到了这句话。

"伯特·马夏尔,丹尼斯·贝隆,吉迪·布瓦里耶……"

"我们想和你们每一个人单独谈谈。"杰力纳斯说道,"就从你开始吧。"
杰力纳斯看着爱梅莉亚。

"乔·瓦卢瓦,诺姆·瓦卢瓦,皮埃尔·瓦卢瓦。"
大家听着露丝念诵着这些名字。看着墓碑上石刻的名字与听别人大声念诵名字是完全不一样的感受。老诗人的声音仿佛敲响的钟声,伴随着大家在那些亡灵中寻找一个男孩。

"那里有一间私人包间。"伽马什说道,他和其他人一起站起身。
"谢谢。"杰力纳斯说道,"但是您不必来,校长先生。"
"您说什么?"伽马什问道。
"我们可以搞定的。"
"我知道你们可以搞定。但是当你们询问学员时,我希望能在场。"
学员们,还有拉科斯特和波伏瓦,他们先看看伽马什,再看看杰力纳斯。这两个人对视着,脸上的表情显得十分严肃。
"我必须在场。"伽马什坚定地说道。
"给我一个理由。"
"*In loco parentis*。"伽马什说道。

"他说什么?"露丝问道。

在他们周围人们低声说着话，时不时传来一阵大笑。

"我想他说他疯了。"克莱拉说道。

"关在括号里。"加布里说道。

"为什么是括号？"露丝问道。

"In loco parentis。"蕾娜-玛丽说道，"代表家长。"①

"您打算代表她的家长？"杰力纳斯问道，他既感到好笑，又感到难以置信，"代表她的父亲？"

"代表所有学员的父亲。"伽马什答道，"作为学校校长，我对他们都负有保护的责任。"

"我可不是一个孩子。"爱梅莉亚恶狠狠地说道。

"我并不是要成为你的——"

"可是你就是想这么做。"爱梅莉亚说道，"In loco parentis 不就是这个意思吗？"

"如果您希望的话，我们可以联系她的父亲。"杰力纳斯说道，"如果这能让您满意，我们一个小时之内就能将她的父亲带到这里。"

"不。"爱梅莉亚说道。伽马什并未说话，但也显得很震惊，仿佛被人扇了一个耳光似的。

在餐厅另一头的蕾娜-玛丽发现情况有些不妙，她不知道其他人是否也发现了。

"别对伽马什校长发火。"杰力纳斯对爱梅莉亚说道，"他有时无法控制自己。我想他对于学员的保护意识过于强烈了。他不希望其他人像他一样遭受痛苦。"

"您指什么？"惠芬问道。

"够了，副警监先生。"伽马什警告道。

"伽马什校长的父母在他还很小的时候死于一场车祸。那个肇事司

---

① 伽马什说的是拉丁语。而"loco"在英语中有"疯子"的意思，"parentis"听上去又像"parentheses"（括号），所以克莱拉等人会误解。

机当时比你们的年纪还小。"杰力纳斯对学员们说道。"您当时多大?"杰力纳斯转身问伽马什,伽马什看着他,几乎无法再克制自己的怒火了,"八岁?还是九岁?"

"您干嘛要提这件事?"波伏瓦问道,"这和案子有什么关系?"

"真的没关系吗?"杰力纳斯反问道。他忽然沉默不语地看着伽马什,然后继续说道:"学员们需要明白我们所有人都有心理负担。您同意这一点吗,校长先生?有些负担我们可能要背负终生。负担会使我们变得软弱,但也可以使我们变得坚强。它们会让我们变得痛苦,但也能让我们变得仁慈。它们会驱使我们创造出十分了不起的成就,成为探长和校长,但也会使我们干出可怕的事情。也许布雷伯夫并不是唯一的反面教材。也许学员们也可以从伽马什校长您身上学到一些教训。"

小酒馆里所有的人都在聆听。

"一群不安的学员。"露丝说道。

露丝说得没错,但是学员们并不是唯一感到不安的人。当伽马什一动不动地站在原地时,整个小酒馆内弥漫着一股不安的气氛。

"你们看到了,"杰力纳斯对学员们说道,"你们并不是唯一没有快乐童年的人。有些人的童年充满着被殴打和被欺凌的记忆,而有些人的童年则完全被人忽视,他们在等待着永远都不会回来的父母。"

他看着伽马什,仿佛在看一具标本。

"想象一下这对一个孩子意味着什么。但是他最终还是站起来了。"杰力纳斯又将注意力转向学员,"你们也可以站起来。"

此时蕾娜-玛丽站了起来。她走到自己的丈夫身边,然后握住他的手。

"您说够了吗,先生?"蕾娜-玛丽对杰力纳斯说道。

"女士,"杰力纳斯微微鞠了一躬,"我说的话完全没有恶意。我只是想让学员们明白他们可以把心中的负担说出来。他们内心的负担不应该成为施暴的理由。"

"他说得没错。"阿尔芒说道,他的声音显得有些苦涩,"我们所有人都必须作出抉择。"

伽马什的话是说给杰力纳斯听的,杰力纳斯耸耸肩,仿佛有一根刺扎进了他的肩胛骨。

"好吧。"杰力纳斯说道,"这是一起在办案件。拉科斯特探长真的很仁慈,到目前为止一直把您算作办案小组的一分子。"

"我不明白有什么理由要将伽马什校长排除在办案小组之外。"拉科斯特说道。

"我以独立观察员的身份告诉你理由。我认为现在伽马什不应该再过问案件的调查情况。如果他现在的身份不是警校的校长,或许他也不会有嫌疑。现在我们必须要像对待其他嫌疑人那样对待他。"

"嫌疑人?"蕾娜-玛丽问道,小酒馆里惊讶的人们开始窃窃私语。

"是的。"杰力纳斯说道,"您的丈夫也不能凌驾于法律或怀疑之上。"

"没问题。"伽马什说道,他紧握着蕾娜-玛丽的手,"杰力纳斯副警监说得没错。"

伽马什向后退了一步。他想要离杰力纳斯、学员们、拉科斯特以及波伏瓦远一些。

来到包间门口时,波伏瓦回头看了一眼。他看见伽马什正看着他们。然而,他意识到,伽马什看的并不是所有人。

他正在看爱梅莉亚·肖凯。

波伏瓦看了一眼蕾娜-玛丽,她也正一脸困惑地看着伽马什。

当爱梅莉亚从他身边经过走进包间时,波伏瓦看了她一眼,心想,这个女孩和伽马什之间到底是什么关系,伽马什为何会以这样的眼神看着她?

他的脑海中浮现出一个可怕的想法,一个他不敢想下去的想法。

他关上房门,他将伽马什和那个想法都闭于门外。

然而,思想的闸门已被打开。那个可怕的想法还是会趁虚而入。

In loco parentis。真的只是代表?

...32

"你对莱杜克教授了解多少?"伊莎贝拉·拉科斯特问道。

她让爱梅莉亚坐在自己右边,杰力纳斯和波伏瓦则坐在爱梅莉亚右边。这样当爱梅莉亚的脑袋转向左边时就只能看到她。

这是拉科斯特进凶杀组后很早便采用的一种问话方式。许多男性警官喜欢围坐在嫌疑人周围,然后通过不断提问的方式突破嫌疑人的心理防线,但是拉科斯特作了另一种选择。

她想要营造一种和谐的氛围,即使面对的是犯罪嫌疑人。这种方法对于女性嫌疑人尤其有效,她对此并不感到奇怪。真正让她感到奇怪的是这种方法对于男性嫌疑人也同样有效。

男性嫌疑人通常会对围追堵截式的问话有所准备,但对于友好甚至温柔的问话方式毫无招架之力。

"我和他并不熟悉。"爱梅莉亚回答道,"莱杜克教授只是给我们上犯罪预防课而已。"

"我以前读书的时候很讨厌这门课。我更想学习武器和策略知识。"

拉科斯特笑着说道,"他教得好吗?"

"不是很好。我认为这同样不是他喜欢的课程。他以前是警校的负责人,不是吗?"

"不是名义上的负责人,但又是真正意义上的负责人。当然,现在伽马什校长接替了他的工作。"

爱梅莉亚点点头。

伊莎贝拉·拉科斯特仔细地打量爱梅莉亚。此刻她明白了波伏瓦之前所说的话。肖凯学警在任何地方都显得很惹眼,尤其是在警校这样的地方。她很优秀,但也与环境格格不入。

拉科斯特看着爱梅莉亚身上的各种体环。她手上的戒指和耳垂上的耳钉犹如子弹一般。一个穿了孔但同时被修补过的女孩。就像《绿野仙踪》里一直在寻找一颗心的铁皮人一样。

文身时不时地从她的衣服里探出头。

看着她的那双眼睛显得明亮而清澈。它们似乎在询问着什么,但又显得很淡定。然而,拉科斯特在那双眼神中看到了一丝迹象。

她觉得,这个年轻女孩有着非凡的智慧和承受力。她并不害怕标新立异,但是这并不意味着她无所畏惧。

伊莎贝拉知道,每个人都会有害怕的事。可能肖凯学警害怕的是和别人雷同。

每个人都会有与世隔绝的一面,但每个人又会渴望从某些东西中获得慰藉,比如说友谊、家庭,或是信仰。有些人会从毒品、酒精、食物或是赌博中寻找慰藉,而有些人则会从滥交中寻找快乐。卖淫看似一种你情我愿的契约,但是它更接近于憎恶而不是性爱。

在爱梅莉亚的另一侧,杰力纳斯正要张嘴。但看到拉科斯特锐利的眼神,他立马闭上了嘴。

波伏瓦紧闭着双唇,极力屏住自己的笑。以前他经常看到这个眼神,现在他很高兴这个眼神施加在了另一个人身上。

"你喜欢'公爵'吗?"拉科斯特问道。

"我并不了解他。"

"我也不了解你,但是我喜欢你。我喜欢你的勇敢。"

拉科斯特是真诚的。她知道爱梅莉亚·肖凯每天一个人独自面对他人憎恶的眼神需要多么大的勇气。

爱梅莉亚把眼睛瞪得大大的。她攥紧拳头,但是什么话都没有说。

伊莎贝拉心想,爱梅莉亚上一次听到有人说喜欢她一定是很久以前的事了。

她应该如何使这个颇有戒心的女孩打开自己的心扉呢?

"到这儿来吧,所有空虚的生灵,/国王的呼吸掀起的泡沫;"她发现自己开始喃喃自语,而爱梅莉亚歪着头看着自己,"/国家的弄潮儿,/到这儿来,看看你们的下场。"

在爱梅莉亚身后,她看到杰力纳斯和波伏瓦脸上的表情,原来的沮丧变成了此刻的不可思议。

"您在说什么?"爱梅莉亚问道。

"是一首讽刺诗,乔纳森·斯威夫特的诗作。"拉科斯特回答道。

波伏瓦开始大翻白眼。

"这首诗讲述的是一位公爵的死亡。我相信你会很喜欢这首诗。"

爱梅莉亚点点头,然后重复道:"到这儿来,看看你们的下场。"

"如果这世上真有空虚的生灵,那一定就是莱杜克了。"拉科斯特说道,"但是他的下场又如何呢?"

"我猜他的命运掌握在另一个人手里,他只有死路一条。"

"那么那个人是谁呢?"

"难道您认为是我?"爱梅莉亚问道。

"我们在莱杜克的床头柜上发现了你的指纹。床头柜的抽屉里还有你的地图复印件。对此你作何解释?"

"我不知道。"爱梅莉亚说道,"其他人的地图复印件都在,只有我的不见了。我猜那一定是我的,但是我从来没给过莱杜克。"

"你和莱杜克到底是什么关系?"拉科斯特问道。

"他想引诱我。"

"他成功了吗?"

"没有。我告诉他,如果他企图伤害我,我就割了他的生殖器,然后塞进他的喉咙。"

男士们把眼睛都睁得大大的。

"他对此作何反应?"拉科斯特问道。

"他威胁要驱逐我。"

"他所谓的'驱逐'是什么意思?"伊莎贝拉用平稳的语气问道,强抑自己的愤怒。

"他的意思是我会死。"爱梅莉亚回答道。

伊莎贝拉·拉科斯特试图让自己冷静下来。她不想轻易下结论。她不想无视这些话语的严重性,轻描淡写地说她确信那不是真的。

因为她知道那就是真的。

爱梅莉亚·肖凯会被警校开除,然后重新回到街头。这对于她而言等同于死。

"你杀了他吗,爱梅莉亚? 你想阻止他驱逐你,你想保护自己。于是你杀了他,是不是?"

爱梅莉亚看着伊莎贝拉·拉科斯特。这是她曾经渴望成为的模范女性。但是现在不再是了。

爱梅莉亚摇摇头,然后用清晰而坚定的语气回答道:"我没有。"

"在盛放凶器的盒子上也发现了你的指纹,"拉科斯特说道,"在杀死莱杜克的手枪上也有。"

爱梅莉亚看着伊莎贝拉:"如果真的是我杀了他,我肯定会将凶器上的指纹擦掉。我还没那么蠢。"

"说得倒也有些道理。"拉科斯特说道,"但是我可不认为凶手是个傻瓜。"

爱梅莉亚一言不发。

"当你得知凶器上有你的指纹时,似乎并不感到惊讶,是吗?"

爱梅莉亚点点头,但是依旧一言不发。

"你和伽马什校长之间到底是什么关系?"

波伏瓦意识到,伊莎贝拉也意识到这一点了——刚才伽马什看爱梅莉亚的眼神。

"我和他没有任何关系。"

"那么他为什么一直庇护你?"拉科斯特问道。

杰力纳斯在椅子上调整了一下坐姿,他准备打断她们的谈话。然而,拉科斯特锐利的目光再次让他打消了念头。

"他没有庇护我。"爱梅莉亚回答道,"他对我和对其他学员一样。"

"但是他的确特别关注你。"杰力纳斯说道,他不再顾及拉科斯特探长的目光了,"是他接受了你的入学申请。你原本是被警校拒之于门外的,是伽马什把你弄进了学校。"

"是这样吗?"爱梅莉亚问道,她转身看着杰力纳斯,"'公爵'告诉我,伽马什之前拒绝了我的申请,是他改变了伽马什的决定。他说他可以再次改变决定。"

"他在撒谎。"杰力纳斯说道,"你能来警校是因为伽马什校长。但是他为什么要这么做呢? 恕我直言,你根本就不配上警校。"

伊莎贝拉·拉科斯特看着杰力纳斯,她对这位皇家骑警资深警官的粗鲁颇感震惊。

杰力纳斯没有理睬她,他破坏了伊莎贝拉和爱梅莉亚之前所建立起来的良好的沟通氛围。他是故意这么做吗? 难道他害怕爱梅莉亚会说出些什么?

尽管如此,拉科斯特不得不承认,杰力纳斯的问题并没有错。为什么伽马什校长要改变前任校长的决定,允许这个哥特女孩进入警校呢?

伊莎贝拉·拉科斯特越来越想知道答案了。

. . .33

"你在想什么?"蕾娜-玛丽问道。

他们离开了小酒馆,来到了圣托马斯教堂,希望能在这里找到安宁。

蕾娜-玛丽坐在阿尔芒身边。他两眼直视前方。尽管他睁着眼睛,但是蕾娜-玛丽感觉他正在祈祷。

此刻蕾娜-玛丽真正想知道的是自己丈夫的真实感受。

阿尔芒深吸了一口气,然后又吐了出来,仿佛已经憋气很长时间似的。

"我还记得小时候等待父母的经历。我跪在沙发上,双臂叠在沙发靠背上,垫着头。我一直望着窗外。电视里播放着《蝙蝠侠》。到现在我还记得《蝙蝠侠》的主题曲。"

他轻轻地哼唱起来。蕾娜-玛丽的脑海里浮现出一个始终等待着父母回家的小男孩的形象。

他期待父母会蹑手蹑脚地走进自己的卧室,然后在自己的额头上轻轻一吻。

他总是会在冰箱里发现一些精致的小蛋糕。他认为那是母亲为他制作的。尽管后来证明这些蛋糕是附近餐馆里的某个陌生人为他制作的,但伽马什依然坚信那是母亲特地为自己制作的礼物。

蕾娜-玛丽知道,他直到现在仍然坚信不疑。

"蝙蝠侠,"阿尔芒唱完歌后说道,"当时我看到车灯的灯光,但我知道那不是我父母的车。车灯的颜色不一样。我看到两个男人沿着停车道走近,但我并不害怕。我只知道来客人了。"

蕾娜-玛丽紧握着他的手。她曾听阿尔芒讲过这个故事,只有一次。那是在他们刚订婚的时候,他希望自己的妻子能知道自己的过去。

他会经常说起自己的父母。他会说起以前和父母一起外出度假时的经历。然而,父母之死他只说起过一次。

他的眼睛和嘴角露出了皱纹。

"我很兴奋地朝门跑去。门铃响了,祖母从厨房里出来,然后打开门。"

他眼睛和嘴角周围的皱纹消失了。一瞬间,蕾娜-玛丽看到了一张九岁男孩的脸。他正穿着睡衣,站在沙发边。

"祖母转身看着我。当我看到她脸上的表情时,我意识到父母已不在了。"

他们沉默地坐着。周围是那样安静,甚至手表的滴答声都显得那样清晰。时间也许只过去了几秒,也许一分钟,也许一个小时,也许几十年。

"祖母试图安慰我,但是她自己也很悲伤。当时和我在一起的只有布雷伯夫。他一直陪着我。在父母的葬礼结束后,他陪着我玩城堡之王的游戏。"阿尔芒笑道,"那是我们最喜欢的游戏,而且布雷伯夫总是赢。我是城堡之王,而你是肮脏的匪徒。"他轻声说道,"我当时几乎不说话。有好几个星期,我都感到精疲力尽。但是布雷伯夫从未离开我,他也从未去找其他玩伴。我怀念那时的布雷伯夫,我怀念当时的时光。"

蕾娜-玛丽紧握着他的手:"杰力纳斯不应该向别人说起这些事。这太残忍了。"

"这几乎是五十年前的事了。"

"但是没有必要再提起。"蕾娜-玛丽说道,心里想着,为什么杰力纳斯要向学员们提起阿尔芒父母的往事呢?

"我坐在这儿想着我的父母,但也说不上有多思念他们。但是彩绘玻璃上那些男孩的父母呢,他们又是什么心情?孩子失去母亲或父亲是一回事,但是父母失去孩子,你能想象吗?"他打起精神问蕾娜-玛丽,"你能想象失去丹尼尔或是安妮吗?"

蕾娜-玛丽和阿尔芒看着教堂窗户上的那些男孩。

"你注意到那些名字了吗?它们不是罗伯特,而是罗伯;不是阿尔伯特,而是伯特。甚至还有一个人叫吉迪,那一定是他的父母在吃晚餐的时候给他取的名字①。这些名字是你和朋友们一起打冰球时呼喊的名字。他们后来消失了。他们离开了家,再也没有回来。他们的父母也许永远都无法知道他们发生了什么。他们只能等待,永远地等待着。"

他又深吸了一口气。

"失去父母的确让我感到悲伤,但是我又是幸运的,因为我至少知道发生了什么。我不用永远等下去。然而,有些人却没有这样的幸运。"

蕾娜-玛丽低头看着他的大手。她鼓起勇气想问他一个问题。

"阿尔芒?"

"怎么?"

"那个学员到底是谁?爱梅莉亚到底是谁?她很特殊,是不是?"

蕾娜-玛丽的心在剧烈跳动着。既然已经说出了口,那就得继续问下去,她知道自己已经无路可退。

阿尔芒看着蕾娜-玛丽,他的眼中充满了忧伤。蕾娜-玛丽感到难过,不是为他,而是为自己。

阿尔芒不可能……爱梅莉亚不可能是——

"你在说什么?"

蕾娜-玛丽感到自己此时像一个被从绞刑架上解救下来的女人。然而,她并不感到庆幸。她再次鼓起勇气,也许这一次她能得到想要的

---

① "吉迪"原文Giddy,有饿得头昏眼花之意。

答案。

她感到胸口涌上一股灼热的怒气。

"不好意思,打扰一下。"奥利维说道。

奥利维能看到他们的后脑勺,但是他们并没有回头。他尴尬地站在一侧。

蕾娜-玛丽开始在心里默数。

一,二,三……

她能感觉到奥利维在看着她,但她并不想叫奥利维走开。

……四,五……

奥利维向前走了几步。他显得有些不知所措。蕾娜-玛丽和阿尔芒依旧没有回头,仿佛奥利维只是一个陌生人。

"你们还好吗?"奥利维问道。他们仍然坐着不动,仿佛蜡像一般。

"是的,我们很好。"蕾娜-玛丽回答道。她第一次明白了露丝诗集的标题"我很好"的真正含义。看来那并非纯粹的玩笑。

"你确定吗?"奥利维继续问道。

阿尔芒回过头,然后笑道:"我们正在谈论窗户上的那些士兵。"

奥利维看了看那扇窗户,然后在走廊边的一把椅子上坐下来。

"我不知道是不是应该跟着你。但是我有些担心。那位皇家骑警的警官怎么能这样对你?"

阿尔芒扬了扬眉毛,然后笑道:"我还遇到过更糟的情况呢。这就是警察文化的特色。"

"不仅如此,"奥利维说道,"他说你是嫌疑犯。这可是他亲口说的。"

"他的工作就是调查每一个有嫌疑的人。我对此并不介意。"

"可是你应该介意啊。"奥利维说道,"他似乎认为人是你杀的。我在他脸上就能看出这一想法。"

伽马什摇摇头:"无论他是不是有这一想法,他都没有证据。更何况我根本就没有杀人。"

"无辜的人难道就不会被诬陷吗?"奥利维说道,"难道他们就不会被判刑吗?难道这种事从没发生过吗?"他看着伽马什,"你应该要警惕。只有傻瓜才会对此掉以轻心。"

"阿尔芒?"蕾娜-玛丽问道,"这样的事会发生在你身上吗?杰力纳斯会逮捕你吗?"

"我对此表示怀疑。"

"怀疑?"蕾娜-玛丽说道,"怀疑?所以有这可能?他不会真的相信你杀人吧?"

"他真的相信。"奥利维说道,"我以前看到过这种表情。在你丈夫的脸上,当他要去抓人时。"

"我们必须做些什么。"蕾娜-玛丽说道,她看看周围,仿佛这座小教堂能证明自己丈夫的清白。

"你们在这里啊。"让-居伊·波伏瓦的声音从教堂门口传来,"我们已经和学员们谈过了——"

"你认为是阿尔芒杀了莱杜克吗?"蕾娜-玛丽问道,她转身看着自己的女婿。

"不,当然不是。"

拉科斯特站在波伏瓦的身后。蕾娜-玛丽看着她,但她刻意避开了蕾娜-玛丽的目光。

"你认为呢,伊莎贝拉?"

此时的蕾娜-玛丽变得亢奋起来。她想要用力捶打教堂的大门,她要知道结果,她要知道谁是朋友,谁是敌人。

这是一场世界大战,一场属于她的世界大战。

"我不认为伽马什校长杀了莱杜克。"伊莎贝拉说道。

"蕾娜-玛丽!"阿尔芒说道,他站起来,然后将一只手挽住蕾娜-玛丽的腰。

她向后退了几步。

"但是你并不确定,是吗,伊莎贝拉?"

两个女人四目相对。

"你需要明白一些事,女士。在你丈夫倒地奄奄一息的时候,是我紧紧握着他的手。我从没告诉过你这件事。你也无须知道。当时你的丈夫已经濒临死亡,他几乎无法呼吸,但是他只说了一件事。"

"伊莎贝拉——"伽马什说道。

"我把头凑上去,"拉科斯特说道,"他当时轻声说:'蕾娜-玛丽。'我知道他想让我告诉你他有多么爱你。我直到现在才告诉你这件事。阿尔芒·伽马什绝不会伤害任何人,也绝不会做任何伤害你的事情,蕾娜-玛丽。"

蕾娜-玛丽用手掩住自己的嘴。她紧闭着双眼,站着一动不动。

然后她伸出手紧紧抱住伽马什。她看到波伏瓦和拉科斯特彼此交换了一个眼神,但是她已不在乎这些了。

阿尔芒吻了一下蕾娜-玛丽,然后在她的耳边轻声说着什么。蕾娜-玛丽笑了。他指了指教堂前排的座位,波伏瓦和拉科斯特坐了下来,奥利维和蕾娜-玛丽则坐在后排。

"你们的问讯有什么发现吗?"伽马什问道。

"没什么发现。"拉科斯特说道,"但是爱梅莉亚·肖凯对于自己的指纹出现在凶器上似乎并不感到惊讶。"

"那只是推测而已。"伽马什提醒她。

"这我没告诉她。"

"那么她对此是怎么解释的?"

"她没作任何解释。她只是说如果她不愿意和莱杜克发生性关系的话,莱杜克就会开除她。"

"她和莱杜克发生过性关系吗?"伽马什问道。

"她说没有,但是她以前不是会出卖肉体以换取自己想要的东西吗?"

伽马什点点头。

"我忘了告诉你了。"拉科斯特说道,"我给让-居伊联系过的那家英国枪支生产商的那位女士打过电话了。"

"科德布鲁克-克莱尔顿女士?"伽马什问道。

伊莎贝拉笑了:"我之前还和让-居伊聊起这件事呢。她的名字里没有克莱尔顿,只有科德布鲁克。"

"那为什么她——"

"为什么她的签名里有'克莱尔顿'?"伊莎贝拉反问道,"好问题。她说肯定是弄错了。"

"真是奇怪。"伽马什皱着眉头说道,"但她证实杀死莱杜克的那把左轮手枪和窗户上男孩佩带的手枪都是麦德摩点45,是吗?"

"他刚才是说克莱尔顿吗?"奥利维问道,他一直和蕾娜-玛丽坐在后面,"在宾夕法尼亚的确有一个小镇叫克莱尔顿。"

"你是怎么知道的,帅哥?"蕾娜-玛丽问道。

"我也不知道我是怎么知道的。"奥利维说道,他的眉头紧皱起来,"但是我就是知道。"

"看来你天生就是一个知识渊博的人。"蕾娜-玛丽微笑道。

"知识渊博有什么用。我天生就知道许多事情,比如如何将华氏度换算成摄氏度,或是一个羊角面包应该收多少钱。"

"收钱?"蕾娜-玛丽故作惊讶地问道,"露丝说小酒馆的羊角面包都是免费的。"

"是的,小酒馆的苏格兰威士忌也是免费的。"

"是的,她证实杀死莱杜克的那把左轮手枪和窗户上男孩佩带的手枪是同一型号。"波伏瓦回答道,"但是我不明白这和案子有什么关系呢?"

"我也不明白。"伽马什说道。

他转身看着教堂的那扇窗户。过去几年里他曾无数次地看着那扇窗户,他熟悉上面的每一块玻璃。然而,此刻他似乎有了新的发现,仿佛制作这扇窗的工匠夜里偷偷溜进教堂在窗户上添加了一些新的内容。

之前,他一直想不通自己多年来怎么就没有注意到那个男孩背包里露出的地图。

现在他意识到,他对这个男孩过于关注了,从而忽略了窗户上的另外两个男孩。

伽马什凝视着他们。与背包的那个男孩不同,那两个男孩只露出了侧脸。他们正向前方走着。一个男孩的手几乎快碰到前方另一个男孩的手。他并不是在拉扯他而是在安慰他。

两个男孩的脸看上去十分相似,仿佛他们是同一个人似的。他们脸上的表情也几乎一样。

在他们的脸上看不到宽恕,只有恐惧。

他们在向前行进。

伽马什的目光又移向画面上的第三个男孩。他的一只手里握着一把步枪,另一只手则随意地指着一个方向。然而,他并不是指着前方,而是后方。

"你知道我发现了什么古怪的事吗?"蕾娜-玛丽问道。

"我知道一些古怪的人。"奥利维说道。

"我最近一直在翻阅圣雷米历史协会的老档案。一些信件、文件和照片可以追溯到数百年前。有一些照片真的十分古老,而且十分神奇。"

"这太古怪了。"奥利维说道。

"古怪的不是这个。"蕾娜-玛丽笑道,她用肘关节顶了一下奥利维,"我不久前才发现这些档案里竟然没有第一次世界大战的任何记录。档案里保留着有关二战的各种书信和照片,却没有任何一战的记录。如果能找到该地区有关一战的记录,或许我们就能知道那个男孩的身份了。我们只需将窗户上的画像与档案中的照片进行对照就可以了。"

"为什么会什么记录都没有呢?"奥利维问道,"一定发生了什么事情,你认为呢?"

"也许还有一些依旧躺在协会的地下室里。但是我已经彻底清理过一遍了。明天我再去好好找找。"

"你可以问一下露丝。我猜她在一战的时候就已经是一个爱喝酒的诗人了。"

"可她是哪一边的?"蕾娜-玛丽问道。

她看到伽马什和其他人站了起来,便也站了起来。

"我不知道你们饿不饿,但我现在在很饿。"蕾娜-玛丽说道,"欢迎你们来我家。我们家还有许多剩饭剩菜。或许还能看上一部片子,我感到了放松的需求。"

待众人离开教堂,阿尔芒又回头看了一眼窗户上的那个男孩。他看着那个男孩手指的方向,但是那里什么都没有,只有一只鸟。

"阿尔芒?"蕾娜-玛丽站在教堂门口喊道。

"来了来了。"他说道,然后关掉了教堂的电灯。

...34

没有拒绝。这真的让人感到很尴尬。

让-居伊和伊莎贝拉开车回警校了,但是杰力纳斯想留在伽马什家过夜。蕾娜-玛丽本想对他吼爱上哪儿上哪儿,但是阿尔芒说他很高兴杰力纳斯能在他家过夜。

"你真的高兴吗?"当厨房里只有他们两人的时候,蕾娜-玛丽问道。

"是的,这很棒,难道不是吗?"

"我觉得你已经疯了。"

他微微笑了一下,然后弯下腰在蕾娜-玛丽耳边轻声说道:"他没料到我们竟会同意他过夜。你没注意到他有多么尴尬吗?"

"你没注意到我有多么尴尬吗?"蕾娜-玛丽轻声反问道。

为了在自己和杰力纳斯之间增加点距离,或者说增加点人,蕾娜-玛丽去小酒馆邀请了一些朋友一起来家吃晚饭。

"我们该用什么来招待他们呢?"阿尔芒问道。

蕾娜-玛丽看着装着食物残渣的垃圾桶。

"啊,你可别告诉我——"

蕾娜-玛丽大笑道:"才不。露丝是不会注意,但其他人可能会起疑心。"

"或许我们可以用狗粮来招待客人。"

"如果不是你把那个讨厌的家伙留在家里过夜的话,我也不会这么匆忙地邀请其他人。"蕾娜-玛丽摇着头说道,"我觉得格蕾丝现在想出去遛弯了。"

"我带它去吧。"阿尔芒自告奋勇地说道。走到厨房门口,他用告诫的眼神看了一眼蕾娜-玛丽。

"我保证,不使用残渣。"蕾娜-玛丽说道,然后她含含糊糊地说道:"基本不使用。"她故意说得音量很大以便让伽马什听见。

阿尔芒笑了笑,然后将格蕾丝从窝里抱出来,给它拴上狗绳。他小心翼翼,以免踩到它。亨利跟在他们身后。

他们沿着后花园的小径走着,阿尔芒和亨利走在格蕾丝的两边。亨利一边走一边用鼻子在雪地里寻找着青草的踪迹,格蕾丝也模仿起亨利的动作。

"我希望你不会对我在小酒馆里所说的那些话耿耿于怀。"传来杰力纳斯的声音。

阿尔芒转过身,看到他正站在后花园的台阶上。

"我只是感到惊讶罢了。"阿尔芒迟疑了片刻,然后继续说道:"您为什么要提到我的父母?"

除了从屋子里透出的灯光,周遭一片漆黑。杰力纳斯背对着灯光,看上去犹如一个黑影。透过窗户,伽马什能看到克莱拉和莫娜正在聊天。克莱拉一边说着一边做着手势。加布里则仔细聆听着,似乎正在等待着插话的机会。露丝半躺在沙发上,几乎看不到她的全身。只有鸭子罗萨和奥利维望着窗外。

"我想您应该知道原因。"杰力纳斯从台阶上走下来,站在了伽马什的面前。

屋里透出的灯光照在伽马什的脸上,杰力纳斯能看到他脸上的每一根线条。

格蕾丝往前追赶亨利,阿尔芒感到手中的牵狗绳在被向前拉扯。

杰力纳斯来到伽马什身边:"您能带我去后花园走走吗,校长先生?"

伽马什用半开玩笑的口吻说道:"带您走入歧途吗?您并不需要我。您一切都做得很好。"

"您觉得我会误入歧途?也许吧,但这不正是您通常找凶手的方法吗?"

伽马什停下脚步,看着杰力纳斯:"您仍然认为我是凶手?"

"那要看您怎么定义凶杀了。要成为罪犯,必然得犯罪。不过,我怀疑您从未将杀死莱杜克这种人视为犯罪。"

"那么我应该将其视为什么呢?"

"罪有应得,或是一个愉快的机会。"

"愉快?"

"也许并不那么愉快,但至少是一个幸运的机会。您抓住了这个机会,并充分利用了这个机会。"

"我为什么要那么做呢?"伽马什问道。

"我们所有人都会遇到人生的十字路,不是吗?"杰力纳斯说道,他的声音变得严肃起来,"我们会遇到一些可怕的事情。就您而言,那就是父母的意外死亡。就我而言,那是我妻子的死亡。当面对这些可怕事情的时候,有些人会变得一蹶不振。他们会希望别人也遭受同样的痛苦。然而,有些人会选择更加困难的方法。他们会使自己变得仁慈、友爱,对他人的苦难怀有恻隐之心。他们希望能将他人从他们所经历的苦难中解救出来。"

"您说得没错。"伽马什说道。他很好奇杰力纳斯接下去会说什么。

"苦难会使人分裂。"杰力纳斯继续说道,"有些人会变得表里不一。他们嘴里说着一件事,但脑子里却想着另一件事。我遇到过的杀人恶魔看上去都像圣人一样。他们必须看上去得像圣人,否则早就被人识破了。"

"这算是忏悔吗?"伽马什问道,他听见黑暗里传来笑声。

"我希望您能够忏悔,校长先生。这样我的工作也会变得顺畅许多。您的家人也会好受许多。停止捉迷藏的游戏吧。您和我都清楚发生了什么。"

伽马什看着杰力纳斯。

"如果您现在想逮捕我,那就请便吧。但是请不要把我的家人牵扯进来。"

"太晚了。您的家人已经被牵扯进来了,不是吗?我知道爱梅莉亚·肖凯的真实身份。"

"不,您不可能知道。"

"我全都知道。"

伽马什向前走了一步,但他马上又停下了脚步。

杰力纳斯并没有退缩。他直挺挺地站着,直视着伽马什。

"这又是一个愉快的机会,不是吗?"杰力纳斯轻声说道,"该怎么来形容呢?就像用手掐掉花园里的雏菊一样,这比连根拔掉更简单容易,不是吗,校长先生?"

"我想晚饭已经准备好了。"伽马什说道。此刻他嘴里说着一件事,心里却想着另一件事,"我想我们该进屋了。来吧,格蕾丝,亨利。"

他弯下腰抱起格蕾丝,然后转身朝家的方向走去,亨利跟在他身后。透过厨房的窗户,他看到蕾娜-玛丽正在厨房里走来走去。她时不时地从眼前撩开一缕头发。她一边准备着晚餐,嘴里一边自言自语着什么。

此刻他多么想像许多年前那样把一切都告诉自己的妻子。他回忆起几个月前第一次看到爱梅莉亚·肖凯这个名字时的情景。

"我睡了多久了?"露丝问道,她低头看着盘子。

"维多利亚女王已经不再是大英帝国的女王了。"莫娜说道。

"但好消息是我们现在又有了一位新女王。"奥利维说道,朝加布里抛了一个眼色。

"我听说,"加布里说道,"新女王依旧很古板。啊,我最爱的松饼来了。"

"现在到底几点了?"露丝用坚定的口吻问道。

每个人的面前都放着一个鸡蛋卷。此外,餐盘里还有金黄色的松饼,松饼外层的黄油已经开裂了。

"这是早餐吗?"露丝问道,她看上去十分困惑。

"这是晚餐。"蕾娜-玛丽说道,"不好意思,家里只剩这些了。"

"非常美味。"莫娜说道,她拿起一片熏肉吃起来。

"有些人对此很高兴呢。"蕾娜-玛丽说道,她微笑着看了伽马什一眼。

除了露丝,大家都知道来伽马什家的原因,他们是挡在伽马什和杰力纳斯之间的人体盾牌。

但大家发现伽马什就坐在杰力纳斯身边。

克莱拉认为,伽马什不想让自己显得怯弱。

莫娜认为,伽马什想成为蕾娜-玛丽和杰力纳斯之间的屏障,因为蕾娜-玛丽正恶狠狠地朝杰力纳斯的方向看去。

奥利维认为,伽马什是想时刻观察杰力纳斯的一举一动。

然而,露丝认为,邪恶,正如英国诗人奥登所说,并不壮观,仅仅只是人性的展现。

"上我的床上,"露丝轻声念着奥登的诗句,"和我同一桌吃饭。"

坐在她身旁的伽马什缓缓转过头看着她。

"良知每天都会指引我们方向,"他轻声应和道,"即使在一群恶魔中间。"

露丝用坚定的目光看着伽马什。

"你知道结局吗?"她轻声问道。

"你指他的结局吗?"伽马什朝杰力纳斯努努嘴,轻声回答道。

"不,笨蛋,诗歌的结尾。"

伽马什咧嘴笑了笑,然后思考了片刻。

"邪恶就像情人一般无助,"他努力地回忆着,"它会挑起事端并获得成功——"

"最终两者都会在我们的眼前毁灭。"露丝念完最后的结尾,"这就是整首诗的结尾。"

他们互相对视,沉默了许久。

"我明白你的意思了。"阿尔芒说道。

"我仿佛听见丧钟正在敲响。"

"你是说那几名学员是一群恶魔?你是这个意思吗?"

"我可不了解他们。"露丝回答道,"但是你肯定了解他们。还有熏肉吗?"

伽马什递过盘子,但盘子上已经空空如也。露丝想吃肉,可是肉都被吃完了。

"我有一个问题想问你,露丝。"蕾娜-玛丽说道,她坐在餐桌的另一侧,"在各种档案里都找不到任何有关第一次世界大战的记录。应该有很多相关记录才对。那些记录都上哪儿去了?"

"难道每个人都认为我无所不知吗?"

"我们并不这么认为。"加布里说道。

"我知道支架顶镇。这里其他人都不知道。"

"关于支架顶镇您都知道些什么?"杰力纳斯问道。

但是露丝并没有理会他。大家只听到露丝轻声说了一句"傻蛋"。于是莫娜主动说话以免陷入尴尬。

"我们之所以不知道支架顶镇是因为那个小镇现在已经不叫那个名字了。很多年前小镇的名字就被改掉了。"

"更改成了什么?"

"七苦圣母镇。"加布里说道。

"苦难圣母吗?"杰力纳斯问道。

阿尔芒靠在椅背上:"也许是忧患圣母。"

"小镇早就不存在了。"露丝说道,"它消失了。"

"可是镇名还保留着。"加布里说道。

"你能在地图上指出小镇的位置吗?"伽马什问道。

"你难道听不明白吗,马普尔小姐?"露丝说道,"地图上根本没有。小镇消失了。"

"谢谢您的提醒。"阿尔芒用颇为夸张的语气说道,"我听明白了。但是您是否能在地图上指出小镇原来所在的位置呢?"

"应该可以吧。"

"我们可以聊聊档案吗?"蕾娜-玛丽问道,"你们知道为什么有关一战的记录都缺失了?"

"我知道。"莫娜说道,"历史协会不是几年前在圣雷米老兵协会搞过回顾展吗?"

"对啊,"克莱拉说道,"2014年,为了纪念一战爆发一百周年。"

"那么这些资料现在都去哪儿了呢?"奥利维问道。

"又是除忆判决。"蕾娜-玛丽说道。

和三松镇、支架顶镇以及七苦圣母镇一样,有关一战的记忆也被清除掉了。

吃完晚饭,阿尔芒和蕾娜-玛丽送露丝回家。原本这是由奥利维和加布里负责的,但是伽马什想呼吸一下新鲜空气,他想离杰力纳斯远一点。他希望等他回家时,杰力纳斯已经入睡了。

纳撒尼尔坐在露丝家客厅的沙发上读着一本书。当他听见有人进屋,一下子从沙发上跳起来,仿佛被人踹了一脚似的。

"长官。"纳撒尼尔说道。

"不必叫我长官。"露丝说道,"坐下吧。"

纳撒尼尔坐了下来。

"不,我是指他们。"露丝指着阿尔芒和蕾娜-玛丽。他们也乖乖地坐了下来。

蕾娜-玛丽看着纳撒尼尔:"你在读什么书?"

"是放在桌子上的一本书。"

纳撒尼尔把书递给蕾娜-玛丽。

"我们也有这本书。"阿尔芒说道。

"的确是。"蕾娜-玛丽说道,"这本好像就是我们的。"

"哇。"

"到这儿来。"露丝在厨房里喊道。

大家来到厨房。

露丝找出了一张磨损的旧地图。她将地图铺在雪白的塑料餐桌上。桌子上还放着一本字迹潦草、写满了的笔记本和一杯茶。

阿尔芒认出了那个茶杯,以前也是他家的东西。

露丝喜欢回收旧物。在人们将旧物扔掉以前,她便会将它们拿回家。

"我们正在寻找支架顶镇。"伽马什对纳撒尼尔说道,他正低着头认真地看着那张地图。

"但是我们已经查过了,"纳撒尼尔抬起头说道,"地图上是找不到那座小镇的。"

"你们当时干嘛不来问我?"露丝说道。

"我们——这——嗯。"

"这种人就是安全局未来的希望?"露丝问伽马什。

"他没问你,露丝,"蕾娜-玛丽十分耐心地说道,"是因为他认为你是一个老疯子。"

"我没有。"纳撒尼尔说道,他的脸一下子变得通红,一会儿又变得煞白。

露丝站着一动不动。她身上起球的毛衣上沾着鸭子的羽毛,罗萨在壁炉边嘎嘎地叫着。

露丝大笑起来,伸出手试图抓住蕾娜-玛丽以便让自己的身体保持平衡。

纳撒尼尔向后退了一小步,躲在了伽马什的身后。现在露丝看上去真的像一个疯子。

"我想你说得没错。"露丝说道,她终于控制住了情绪,"但是我很快乐。你呢?"

纳撒尼尔站在伽马什身后,偷瞄了露丝一眼。他的脸涨得通红。

"你快乐吗,露丝?"蕾娜-玛丽问道,她碰了一下露丝瘦弱的手臂。

"我很快乐。"

"听到你很快乐,我很高兴。我——"

"支架顶镇在哪儿?"伽马什问道。他发现这两个女人开始谈论起人性和快乐。通常情况下,这也是伽马什喜欢谈论的话题。但是今晚不行。

"就在这儿。"露丝用干枯的手指指着地图上一个离三松镇大约十公里的地方,"这个地方以前就叫支架顶镇。但是后来它又更名为七苦圣母镇。"

纳撒尼尔把这一信息记在笔记本上,然后更为仔细地看着那张地图。

"可是那个地方什么东西都没有啊。您指的地方现在只是一片田野。"

纳撒尼尔看着露丝,露丝也看着他。

"现在,斯迈思学警,你该掌握身为警察的另一项本领。"伽马什说道,"那就是该相信谁。你该相信露丝女士的话,还是相信自己的判断?"

"简直像脑筋急转弯。"露丝说道。

"您会怎么办呢?"纳撒尼尔问伽马什。

"当然,现在你还学不会。你已经学会搜集证据了,但是一个真正的警察还要学会运用自己的直觉,包括你的大脑,心脏,以及各个器官。你要像一名猎人那样充分利用自己的所有感官。现在你的直觉告诉你什么?萨多女士说的是不是真的?"

纳撒尼尔转身看了看露丝。露丝也饶有兴趣地看着他。

"我认为她说的是真的。我相信她的话。我明天就去实地看一下。"

伽马什点点头,对纳撒尼尔的直觉判断予以肯定。

"我来,可以吗?"纳撒尼尔指着那张旧地图。露丝点点头。

阿尔芒看着纳撒尼尔将地图小心翼翼地折叠起来。当他弯腰的时候,血红色的头发碰触到了他苍白的额头。他的脸颊仍然那样红润,那是害羞的表现。

阿尔芒想起刚才和杰力纳斯在后花园中的谈话。

他知道杰力纳斯错了。真正的罪犯——那些最为邪恶的罪犯——并不会走入歧途。他们其实就在我们的身边——厨房或是餐桌边。

邪恶并不壮观,仅仅只是人性的展现。

...35

"我告诉你们,它应该就在这儿。"

纳撒尼尔·斯迈思看着周围。雨雪打在他的脸上,但是他眼睛都不眨一下,仿佛着了魔一般。从萨多女士那里借来的地图此时像一团废纸一般捏在他的手里。

另外三名学员转过身,这样夹杂着雪花的雨水就不会正面袭击他们了。大家的抱怨声盖过了纳撒尼尔的说话声。纳撒尼尔很快也开始抱怨起来。

"这里什么东西都没有。"雅克说道,"伽马什在耍你玩呢。"

他蜷缩着身子,下巴几乎快要碰到自己的胸口,看上去犹如一个驼背的老人。他穿的外套只盖到臀部。在这漫天冻雨的时节,再多穿一件羽绒服或许会更合适。此刻他无助地望着周边灰白的田野和森林。

他的长裤已经湿透,他几乎感觉不到自己的双腿。他的身子不由自主地颤抖起来。

纳撒尼尔看看雅克,然后又看看另外两名学员。惠芬和爱梅莉亚背对着他,躲避着迎面袭来的雨雪。纳撒尼尔带他们来着这儿是为了寻找支架顶镇。

他环视周围,雨水从他的脸庞上滑落下来。他眯起眼睛看着田野和地平线。周围的一切显得那样荒凉。

没有村镇,没有任何生命的迹象。

"我们走吧。"雅克喊道,他开始步履蹒跚地朝车子的方向走去。

惠芬和爱梅莉亚紧跟在他身后。然而,纳撒尼尔一直站着不动,直到他听见了汽车引擎发动的声音。他向车子的方向跑去,唯恐大家把他一个人留在这里。他钻进车里,坐在后排座位上。爱梅莉亚坐在他身边,用双臂紧紧抱着自己的身体,将鼻子埋进已经湿透的外套里。

七苦圣母镇,见鬼去吧。

暖气终于打开了,车厢里弥漫着一股潮湿的羊毛味。

"这简直就是在浪费时间。"雅克坐在驾驶座上说道,他正把颤抖的双手放在暖气的通风口上。

"但是她说就在这里啊。"纳撒尼尔说道。

"谁?伽马什吗?"

"伽马什建议我们应该进行实地调查,但信息是我的女房东提供的。"

"我可不记得学校教过我们要相信一个老酒鬼的话。"雅克说道。

惠芬打了一个喷嚏,她或许得肺炎了。

回到三松镇,他们换掉了身上的湿衣服。当纳撒尼尔穿着暖和的衣服下楼时,他看到爱梅莉亚正和露丝坐在一起。

她们用尖锐的目光看着纳撒尼尔。纳撒尼尔忽然想起了格林童话中的故事。在那些故事里,红头发的小男孩最终注定会成为巫婆们的晚餐。

"我把您的地图弄丢了。"

"没事,"露丝说道,她站起身,"我现在也不需要地图。"

"那里什么都没有。"纳撒尼尔说道。

他意识到自己辜负了伽马什校长的委托。至少辜负了自己的本能判断。这个老女人是不值得信任的。尽管她看上去值得信任,但她毕竟是一个老酒鬼。

"是吗？你什么东西都没找到？"露丝说道。

"那里会有什么呢？"纳撒尼尔反问道。

"我们走吧。"爱梅莉亚说道，她也站了起来。

纳撒尼尔跟着爱梅莉亚离开露丝的家。然而，他们并没有去小酒馆，而是上了车。

几分钟之后，他们又来到了一个小时之前所站的地方。

一切都和刚才一样，只是显得愈加荒凉。

"我刚才让萨多女士把她告诉你的话又重复了一遍。她说小镇就在这儿。"爱梅莉亚说道。

"我也跟你说过同样的话。"纳撒尼尔说道。

"我给地名委员会的人打了电话。他提供给我一些坐标。就在这里。"

雨雪打在车窗上，然后沿着玻璃慢慢滑落，最后在雨刷器的末端形成积雪。"他们查了相关资料，确信'支架顶镇'这个名字在1920年代就已被换成了七苦圣母镇。"

"为什么要换呢？"

"因为'支架顶'这个名字本来就是一个错误，"爱梅莉亚说道，"地名委员会的负责人已经跟我解释过了。所以那个名字必须改。"

"我明白，但是为什么要更改成'七苦圣母镇'呢？"

"我也问了同样的问题，但是他们也不知道。也许是根据当地一所教堂的名字而取的吧。"

"我听说过恩宠圣母，"纳撒尼尔说道，"巴黎圣母院，仁慈圣母，还有——"

"我明白你的意思。'七苦圣母'这个名字的确很古怪。"

"应该说很特别。"

"也许吧，可是特别的名字也没什么不好啊。"

他们互相对视着。爱梅莉亚就是一个很特别的女孩，而纳撒尼尔则尽量让自己显得平淡无奇。

"我实在弄不明白。"纳撒尼尔承认道。

"地名委员会的人也被弄糊涂了。"爱梅莉亚说道,"但是古怪的地名不止这一个。比如说有一个小镇叫'圣路易斯哈!哈!镇'。"

"真有叫这个名字的小镇?"

"是的,而且每个'哈'字后面都带有惊叹号。"

"你在开玩笑吧。"

"你觉得我在开玩笑吗?"

"不,但你说话的口气像是在开玩笑似的。哈哈。"

纳撒尼尔的嘴角露出淡淡的微笑,仿佛赢得了一场比赛似的。

"或许七苦圣母镇的居民取这个名字是为了让小镇居民都能获得好运?"爱梅莉亚说道,"总比某些更糟的名字要好。"

"是的,'支架顶'的确够糟的。"

纳撒尼尔对于爱梅莉亚的分析感到颇为惊讶。当别人试图放弃的时候,她似乎从不愿轻易放弃。

然而,这一切很重要吗?即使七苦圣母镇真的曾经坐落在这里,现在这里已经什么都没有了。

纳撒尼尔和爱梅莉亚并排坐在车里,他们透过起雾的车窗向外张望着。

"它已经消失了。"纳撒尼尔说道。

"它可能已经消失了,但它曾经就坐落在这里。我相信这里附近还有居民。我们找找看。"

纳撒尼尔刚想说附近不可能有居民,爱梅莉亚已经下了车。

忽然纳撒尼尔明白了爱梅莉亚的意思,他也明白了萨多女士的意思。

小镇居民就在六尺深的地下。曾经的小镇现在变成了地底的遗存。

七苦圣母镇,或是支架顶镇,已变成了一座鬼镇。

他们的衣服再次被雨淋湿,他们感到冷入骨髓。将近一个小时之后,他们终于找到了墓地。墓地已经被植被掩埋。墓碑已经倾倒,但上面的文字仍然清晰可见。无论是谁凿刻了这些墓碑,他们都将墓碑上的文字深深地刻进了石头里。

爱梅莉亚和纳撒尼尔几乎没有意识到雨夹雪变得愈加猛烈了。直到检查完所有墓碑,他们才发觉天气的变化。

他们彼此看着对方,大片的雪花在他们身边飞舞着。

两人都沉默不语,只听见雪花纷纷飘落的声音。雪花落在他们的身上、树上以及大地上。

他们还听到另一种声音,一种犹如风铃般的响声。

那是铃鼓的响声吗?

那是森林在为他们演奏音乐。

一个小时后,他们走进小酒馆,然后将两个金属水桶交给奥利维。

奥利维颇有戒心地看着这两个水桶,笑道:"这是用来储存枫树蜜汁的。你们在哪儿找到的?"他将水桶放在地上,"你们肯定没见过这种桶吧。我猜里面原先是满的吧。"

"我们把里面的液体都倒掉了。"纳撒尼尔解释道。

"其实挺浪费的。"爱梅莉亚说道,"我们是在支架顶镇的树林里发现这两个桶的。"

"你们找到那个小镇了?"

爱梅莉亚和纳撒尼尔点点头。

在奥利维身后,坐在壁炉边的露丝举起手,学员们也朝她挥挥手。露丝摊开手掌以示欢迎。

"这意味着什么?"纳撒尼尔轻声问奥利维。

奥利维笑道:"你不知道吗?"

"我想,这意味着——"

"意味着她喜欢你们。"奥利维说道。

雅克和惠芬也在小酒馆里。他们正喝着热巧克力,看着地图。看到爱梅莉亚和纳撒尼尔的时候,他们点点头。

然而,纳撒尼尔和爱梅莉亚只是向他们说了一声"你好",然后就直接向露丝走去。

"我邀请你坐下,"露丝说道,"但我不邀请你。"

纳撒尼尔竖起中指。他以前从未向别人竖起过中指。尽管他很想那么做,但却始终没有。他没想到自己第一次竖起中指竟是对一位老妇人。

尽管这不是什么值得自豪的事,但是纳撒尼尔却在恐惧过后感到颇为自豪。

罗萨匍匐在露丝的大腿上,发出嘎嘎的叫声。

露丝大笑起来。

"见鬼去吧。坐下,但不要点任何吃的东西。"

纳撒尼尔和爱梅莉亚脱掉身上的湿衣服,然后将它们挂在壁炉边的钩子上。他们将椅子往壁炉的方向挪了挪。露丝将背靠在椅背上,然后仔细打量他们。她发现尽管他们已全身湿透,但脸上却露出十分快乐的表情。

"你们发现支架顶镇了?"露丝问道,他们点点头,"但是你们发现墓地了吗?"

克莱拉和莫娜跟着蕾娜-玛丽来到圣雷米历史协会。协会秘书十分肯定他们拥有关于一战的档案记录。

"那么您能告诉我们这些档案去哪儿了吗?"蕾娜-玛丽问道。

"我们都交给您了,不是吗?"秘书说道。

"你们的确给了我许多装档案的盒子。"蕾娜-玛丽承认,"我检查了大部分盒子,但是找不到任何关于一战的档案记录。"

"您确定?"

很显然这位秘书怀疑蕾娜-玛丽或是遗失了那些档案,或是想将那些档案占为己有。蕾娜-玛丽意识到自己一定让对方起了疑心。

她看着秘书那张充满疑惑的脸,然后微笑道:"我知道这有些不可思议,但是我真的没有找到有关一战的任何档案。"

"嗯。"秘书叹了一口气,然后靠到椅子上,"那么它们会去哪儿呢?"

她思考着,蕾娜-玛丽则站在一边等着。克莱拉和莫娜在大厅里踱着步,那儿摆放着各种服饰、照片和地图。

"看,这是一张有署名的地图,"克莱拉说道,"特柯尔特。"

"时间是1919年。"

很显然这是圣雷米地区的地图,甚至标有支架顶镇。当时该镇还未更名为七苦圣母镇。

然而,上面依然没有三松镇的踪迹。

"为什么呢?"克莱拉问道。

莫娜没有说话。她走到一个身穿蕾丝婚纱的模特儿前面。模特儿的腰只有莫娜的手臂那么粗。

"那个时候的人可真瘦小啊。"莫娜对克莱拉说道,"是因为营养不良吗?"

"缺少面包。"

"那么他们是怎么活下来的?"莫娜问道,她摇了摇头。

"凭借拓荒精神。"克莱拉说道。

"我找到了,"蕾娜-玛丽喊道,"我们走吧。"

"去哪儿?"克莱拉和莫娜问道,她们紧跟在蕾娜-玛丽身后。

"去老兵协会。秘书认为有些档案柜可能还放在地下室里。他们把它们遗忘了。"

"太讽刺了。"莫娜说道。

伽马什几乎一整天都待在学校的办公室里。办公室的门紧闭着,但并未上锁。

他想传达的信息很明确。

他想一个人待着。

然而,波伏瓦却并没有领会。

他曾无数次地站在紧闭的办公室门外,两眼紧盯着大门。

"校长在里面吗?"波伏瓦问伽马什的助理。

"是的,他一整天都在里面。"校长助理马库斯女士回答道。

"他在里面做什么?"

她看着波伏瓦,感到很好笑。波伏瓦知道,即使她知道,她也不会告诉自己。但是他必须得问。

他将耳朵贴在门上,可是什么也听不见。

这时马库斯女士脸上的表情变得严肃起来。

"校长说他不想被人打扰。你们找到杀死莱杜克教授的凶手了吗?"

"还没有,但是——"

"也许您应该去继续寻找凶手,您觉得呢?"

这是当然的。

太阳即将落山的时候,让-居伊又来到伽马什的办公室门前。他希望马库斯女士已经离开了,但是她还在。

波伏瓦朝她笑了笑,然后轻轻敲了敲办公室的门并走了进去。她大声喊道:"站住!"

伽马什猛地抬头,他的手本能地放到笔记本电脑上。

他看着波伏瓦,然后慢慢合上笔记本电脑。他的动作是那样缓慢而小心,仿佛电脑里会伸出一只手扇他耳光似的。

两人对望了一会儿,让-居伊看到电脑终于被合上了。

"我很抱歉,校长。"助理站在门口说道,她的眼睛紧盯着波伏瓦。

"没事,马库斯女士。"伽马什说道,他站了起来,"您可以走了。我已经忙完了。谢谢您的陪伴。"

马库斯女士仍然站在门口。

"真的没事。"

马库斯女士恶狠狠地看了波伏瓦一眼,然后转身离开了。她将办公室的门轻轻关上,只留下两个男人彼此四目相对。

"我们发现那个消音器是由美国田纳西州的一家公司生产的。"波伏瓦说道,"该公司专门为客户定制武器。他们那里也有莱杜克的订单。莱杜克一定带它混过了边境。"

伽马什似乎对此并不认同,但他也并不显得吃惊。他指了指放在办公室另一侧的几把椅子。波伏瓦意识到,伽马什想让他远离自己的办公桌和电脑。

"你来这儿就是为了告诉我这件事?"伽马什问道。他坐了下来,然后摘掉老花眼镜。

波伏瓦在伽马什对面的一把椅子上坐下来,他将身子向前倾,然后说道:"玩笑该结束了,长官。你到底在办公室里干嘛?"

"我难道不能待在自己的办公室里吗?"伽马什冷静的语气中透露出一丝恼怒,"你到底想知道什么,让-居伊?"

面对这样简单明了的问题,波伏瓦反而显得不知所措。

他想知道,伽马什为什么一整天都待在办公室里。

他想知道,伽马什为什么要合上笔记本电脑,电脑里到底有什么。

他想知道,伽马什为什么要把那几名学员带到三松镇。

他想知道,伽马什的指纹为什么会出现在凶器上。

他想知道,伽马什为什么要邀请杰力纳斯参与案件的调查,为什么要对自己和拉科斯特探长隐瞒操作过程。

他想知道,爱梅莉亚·肖凯到底是谁。

他还想知道,到底是谁杀了莱杜克。他隐隐感到伽马什可能知道凶手是谁。

然而,他只是一言不发地坐在那儿。他看着伽马什熟悉的面孔。这张面孔此刻显得如此陌生。

"我希望你能把一切都告诉我。"

他的目光渐渐向办公桌和桌子上的笔记本电脑移动。

"你想知道,为什么杰力纳斯怀疑是我杀了莱杜克?"伽马什问道。

"我想这一切都源于你的指纹。"

伽马什点点头:"没错,我的指纹怎么会在凶器上呢?"

波伏瓦坐着一动不动,他感到自己的胃正扭结。

"我不知道。"波伏瓦轻声说道,"但是那些指纹并不完整。它们肯定不是你的指纹。"

"不,它们的确是我的。"

一片死寂。波伏瓦听到自己耳膜内心脏的跳动声。他感到血液正涌向心脏的核心区域,他的意识开始变得模糊起来。

"你说什么?"

"我和你都清楚不完整的指纹是无效的证据。"伽马什说道,"我们会和别人说,别把那些残缺的指纹当回事。但事实上,我们真的会把它们当回事。它们经常会指明凶手的身份。"

"是的。"波伏瓦承认道。

"这一次也是如此。"

"你不会是——"

"认罪？当然不是。我从没碰过那把枪。我甚至不知道莱杜克有枪。如果我知道的话，我是绝不会允许他把枪藏在学校里的。"

"布雷伯夫的指纹也出现在那把枪上。你认为凶手会是他吗？但是他一定会把指纹从枪上抹掉的。会不会是爱梅莉亚·肖凯？凶器和装枪的盒子上都有她的指纹。还有，她的地图复印件也不见了。会不会是她杀了莱杜克？"

波伏瓦顺势又问了一个问题。

"爱梅莉亚到底是谁？"

"我不能告诉你。"

"她到底是谁？"波伏瓦再次问道，这一次他的语气变得更加坚定，"你和她之间是不是有私人关系？所以你才会改变原来的决定，把她招进警校。看来杰力纳斯的推断是正确的。"

"是的，他推断得没错。但是我必须先和蕾娜-玛丽谈一谈这件事。"

"爱梅莉亚她是——"

"我还不能告诉你，让-居伊。我之所以不能告诉你是因为我信任你。"

"信任我，但却不能告诉我真相？"

"我会告诉你真相的，但不是现在。你要相信我。"伽马什站起身，波伏瓦也一起站了起来。他们朝门的方向走去。

"你知道是谁杀了莱杜克吗？"波伏瓦问道。

"是的，我知道。但是我没有证据。"

"跟我说说。"

"现在还不行。但我可以告诉你，破案的关键就是左轮手枪上的指纹。"

波伏瓦在门口停下脚步。他用脚尖抵住门槛，这样伽马什就无法关上门。"杰力纳斯打算要逮捕你，是吗？"

"我想是的。"

"可是你似乎并不担心啊。"

"难道你要我对着走廊大声尖叫吗？我没有尖叫并不代表我不担心。但是我并不害怕。他有他的计划，我也有我的计划。"

"你一定很后悔邀请他吧。"让-居伊说道，"你为什么要那么做？你为什么要瞒着伊莎贝拉邀请杰力纳斯呢？以前你担任凶杀组探长的时候，你可无法忍受别人瞒着你做事啊。但是现在你却瞒着伊莎贝拉。"

伽马什看上去十分疲倦，他看着波伏瓦的眼睛。波伏瓦对伽马什的信任有史以来第一次发生了动摇。

伽马什看着波伏瓦，犹如一位水手看着大海上的漂浮物。

这是一个全心投入的人。

"当时杰力纳斯副警监正在蒙特利尔，"伽马什说道，"我认为那是一个不能错过的好机会，所以我邀请了他。"

"但是你应该征求一下拉科斯特的意见。"

"是的，但我不认为他会接受她的邀请，他不认识拉科斯特。"

"可是他也不认识你，不是吗？否则他也不会认为是你杀了莱杜克。"

"你也怀疑我杀了人，是吗？"

"我没有。"波伏瓦咬牙切齿地回答道，不过他和伽马什都清楚这是在自欺欺人，"杰力纳斯今晚又会在三松镇过夜，是吗？"

"是的，是我邀请他来我家过夜的。"

"为什么？"波伏瓦问道。

"这样他就能够监视我了。"伽马什笑着回答道，"我也同样可以监视他。"

"你希望我也一起来吗？我可以来陪你。"

"不用，你陪着安妮就可以了。今天下午我刚和她通过电话。她似乎很高兴。"

伽马什向波伏瓦伸出一只手。

波伏瓦握住那只手。

"不要相信你的任何所想。"伽马什说道，然后他松开手，推开门。"这是佩玛·丘卓①比丘尼说的。"

"我明白。"波伏瓦说道。当办公室大门再次关上的时候,他深深地叹了一口气。他转过身,迎面看到穿好了大衣的马库斯女士站在办公桌边,正在戴一顶编织帽。

她打开通向走廊的大门,示意波伏瓦出去。

波伏瓦沿着走廊走着,而马库斯女士朝着反方向走着。波伏瓦寻思,马库斯女士是否听到了刚才他和伽马什之间的谈话。他又想到,这个女人在伽马什担任校长之前是否也曾担任过莱杜克的助理?

---

① Pema Chödrön,藏传佛教徒,北美第一座藏密修道院院长。

...36

"所以支架顶镇真的就在那儿？没想到小镇就在那个鬼地方。"雅克说道。纳撒尼尔和爱梅莉亚终于走过来和他与惠芬坐到一起。

"是真的。"爱梅莉亚说道，"不过不太好找。我们需要仔细观察才行。"

她看着雅克。奥利维拿来一杯热巧克力，巧克力上还有一坨鲜奶油。"谢谢。"

奥利维对于爱梅莉亚突如其来的友好语气感到颇为惊讶。他笑道："不用客气。"

"毕竟是你们两个找到了一对装蜜的水桶。"雅克将那两只空桶拿给奥利维，"干得很好。"

"不是装蜂蜜，是用来装枫树蜜汁的。"纳撒尼尔说道。

惠芬刚才看到爱梅莉亚和纳撒尼尔在和露丝聊天。尽管她无法听见他们具体在聊什么，但是她能看到露丝专注的眼神。

这可绝不仅仅是因为他们发现了两个装枫树蜜汁的桶。

"你们发现了什么?"惠芬问道。

"你觉得呢?"爱梅莉亚反问道。

"我觉得?"惠芬说道,"我们可能没再回去,但是我们四个得一起合作。"

"可是你们没有。"纳撒尼尔说道,"你们几个把我丢在路边而自己却上了车。你们差一点就开车走了。"

"我可没有开车走。"雅克说道,"我上车只是为了吹吹暖气。"

"我一直在寻找支架顶镇,而你们却放弃了。你们这群懒鬼。"

"你这个——"雅克的身子向纳撒尼尔靠过去,纳撒尼尔将身子向后缩。惠芬伸出手抓住雅克的胳膊。

爱梅莉亚注意到这一举动,她不止一次地感叹惠芬这个小个子女性竟然能控制雅克这个大个子。她也不止一次惊叹,惠芬竟能对雅克产生如此大的影响力。

惠芬能阻止雅克做一些事,但是她也会协助雅克做一些事吗?

"你总是害怕承认自己的错误。"爱梅莉亚说道。

"我才不害怕呢。"雅克看着爱梅莉亚,"我已经无数次证明过自己的勇敢了。"

"是吗? 你现在就在害怕。"惠芬轻声说道,"当时你也在害怕。我们当时都很害怕。"

四名学员互相对视着,欢声笑语消失了。

小酒馆的门砰的一声打开,将他们召回现实之中。

伽马什和杰力纳斯走进了小酒馆。

他们在毯子上蹭了蹭脚,然后抖落掉外套上的雪花并拍拍双腿。这是魁北克人习惯性的动作。

夜晚降临的时候,雨夹雪变成了冻雨。雨水啪啪啪地打在小酒馆的窗户上。窗框上已经积起了薄薄的一层冰。

伽马什将湿漉漉的外套挂在门边的一个钩子上,然后一边搓着双手一边环顾四周。屋子两侧的壁炉里正烧着火。今夜小酒馆的生意颇为惨淡,一些老主顾没有来。

稍早的时候,在伽马什家暖洋洋的壁炉前,蕾娜-玛丽、克莱拉、莫娜、露丝和加布里一边喝着红葡萄酒,一边翻阅着从老兵协会地下室里拿来的几盒资料。

"看,"克莱拉拿起一张照片,"照片的后方是我家的院子。"

照片上有两个腿上打着绑腿的年轻男性。他们的身上穿着紧身的制服,脸上露出灿烂的微笑。

他们站在小镇的绿地上。站在他们中间的是一个衣着隆重的乡村妇女。她的脸上露出害羞但骄傲的神情,因为她两个健壮的儿子正站在她的两边用粗壮的手臂搂着她的肩膀。

"看那几棵松树。"加布里说道,"它们和那两个男孩一般高。"

来伽马什家的路上,大家刚从那三棵松树下经过。如今那三棵松树高高矗立在小镇中央,显得那样高大,挺拔。它们似乎还在不断地生长。

"我觉得那几棵树一定有好几百年的历史了。"莫娜说道,"就像露丝一样。"

"没错,"露丝说道,"它们一直就矗立在小镇绿地上。"

她的语气中充满了威严,莫娜开始怀疑露丝是否真的已经有几百岁了。眼前的露丝显得那样干瘪,犹如一个被晒干的胡萝卜。

"也许照片里的人都死了。"克莱拉说道,"这两个男孩会是教堂窗户上的男孩吗?"

克莱拉把照片递给大家。

"很难说。"莫娜说道,"他们似乎不是那个带着地图的男孩,但是另外几个男孩只有侧脸。"

"照片上的人有名字吗?"加布里问道。

露丝翻过照片。

"乔和诺姆·瓦卢瓦。"露丝说道。

大家看着露丝,犹如看着一本百科全书。

露丝点点头:"墙上的那串名字里的确有这两个名字。而且还有一个瓦卢瓦,也许是他们另一个兄弟吧。"

"上帝啊。"蕾娜-玛丽说道,她将视线从照片上移开,她无法再直视照片上瓦卢瓦夫人的眼睛。

"我猜这张照片会不会是皮埃尔拍摄的,"加布里说道,"或是他们的父亲拍摄的。"

克莱拉拿起照片。皮埃尔·瓦卢瓦是弟弟,还是哥哥呢?是不是在拍照的时候他还很小呢?在阵亡之前他们有没有找到彼此呢?当时大多数男孩都在同一个部队,甚至同一个班,并最终在同一片战场上阵亡。

伊珀尔,维米,弗兰德斯,索姆河,帕斯尚达尔,这些如今耳熟能详的地名①,那三个男孩当时还没听说过。

克莱拉凝视着这张照片,凝视着照片上的年轻男孩、松树、房屋以及绿地。一切似乎都未曾改变。

他们是在自己的房子里长大的吗?他们是在这里接到入伍通知的吗?他们是在这里远离母亲的怀抱、前往炮火纷飞的战场的吗?这是一场悲苦的暴风雨。

我们很遗憾地通知您……

这就是她家房子能够抚慰人心的原因吗?它总是能给受伤的心灵带来慰藉。

克莱拉将照片放在沙发边,然后继续翻阅盒子里的其他档案。她想要找到教堂窗户上的那些男孩。

在许多照片上能看到一片片的田野,那是些被炸得片瓦无存的法国和比利时村落。它们都消失了,变成了照片背景中的土地。

"需要我们帮忙吗?"阿尔芒问道,他和杰力纳斯刚换下制服,正要去小酒馆。

蕾娜-玛丽并没有回应。她沉默不语地坐着,双眼紧盯着放在大腿上的一个盒子。伽马什走过去,他想看看盒子里究竟有什么。

是电报。

"看这个!"加布里打破沉默。他拿起一个指南针,然后摆弄起来,"我从来学不会怎么看上面的指针。"

---

① 均为第一次大战期间加拿大军参与作战的重要战场。

"如果这里有迷途男孩那就是你了。"莫娜说道。露丝哼了一声,也许她只是感到好笑,也许她的喉咙被什么东西卡住了。

"你或许该试试定向运动。"伽马什说道,他从加布里手里接过指南针。

"我对自己的方向感很满意。谢谢。"加布里回答道。

指南针表盘上的玻璃已经碎了。但是当阿尔芒晃动它时,指针仍然指向北方。

"如果你已经玩够了,克鲁索,那就去看看你的学员吧。"露丝说道,"他们现在就在小酒馆里。他们想和你谈谈。"

"我们一起去吗?"伽马什问杰力纳斯,杰力纳斯点点头。

"坐在壁炉边安静地喝上一杯苏格兰威士忌真是惬意啊。"

来到小酒馆,伽马什点了两杯威士忌。然后他和杰力纳斯向学员们走去。一看到伽马什,学员们立即站了起来。伽马什示意他们坐下。

"露丝说你们想和我谈谈。"伽马什说道,他用手理了理头发,坐了下来,"出什么事了?"

四个年轻人看上去似乎很沮丧。两个脸色苍白,另外两个面色红润。

"我们只是在争论罢了。"惠芬说道,"没出什么事。"

"争论什么?"杰力纳斯说道,他也坐了下来。

"他们两个找到了支架顶镇,也就是七苦圣母镇。"惠芬说道,"而我和雅克放弃了。"

"那里什么都没有。"雅克说道,"只有满地的积雪和枫树糖浆。"

"是枫树蜜汁。"纳撒尼尔说道,"我们的确在那里发现了一些东西。"

"你们发现了什么?"伽马什问道。这时奥利维将两杯威士忌端了上来。

"我们发现了墓地。"纳撒尼尔用迫不及待的语气说道,他的眼睛在发光。

"墓地被植被掩埋了,"爱梅莉亚说道,"但是仍然在那儿。"

"还有呢?"伽马什问道。

纳撒尼尔摇摇头:"没找到安东尼·特柯尔特。"

"一个特柯尔特都没有。"爱梅莉亚说道。

伽马什颇为惊讶地将身子靠在椅背上,他陷入了沉思。

"地名委员会的人不是说特柯尔特就埋在那儿吗?"

"是的,《加拿大百科全书》上也这么说。"

伽马什将身子向前靠过来。他将双臂交叉在胸前,然后用手肘撑着桌面。他望着窗外的茫茫夜色。窗外的雪花正在小酒馆灯光的映射下肆意飞舞。

"会不会是因为墓碑已经倒塌或是被掩埋了?"他问道。

"有这可能。"爱梅莉亚说道,"但是墓地并不大。绝大多数墓碑还清晰可见。明天我们再去一次看个仔细。"

"干嘛还要再去?"雅克问道,"他不过是想让我们有事可干罢了。你们还看不出来吗?这和案件有什么关系?而且他现在已经不是案件调查小组的成员了。"

"你们现在也还不是安全局的警官。"伽马什说道,"你们只是学员,而我是你们的校长。你们得按照我说的去做。你让我越来越没耐心了,年轻人。我之所以一直忍耐你的无礼是因为你被人洗了脑,那个人向你灌输了一些完全错误的观念。"

"所以你来这里是想矫正我,是吗?"雅克问道。

"是的。你现在已经临近毕业了。毕业之后会怎么样呢?"

"我将成为安全局的一名警官。"

"是吗?警校已经发生了变化,而你却没有跟上学校的变化。你已经僵化了,停留在原地动不了了。"伽马什压低声音说道,但是其他人还是能听见,"现在该是你作决定的时候了。是继续向前走,还是待在原地不动。"

"你不知道我是谁,你也不知道我做了什么。"雅克反击道。

"你做了什么?"伽马什问道,他的眼睛死死地盯着雅克,"告诉我呀。"

惠芬伸出手,然后轻柔地触碰了一下雅克。伽马什注意到了这一举动。

雅克什么都没说。

伽马什看着惠芬,然后又看了看纳撒尼尔和爱梅莉亚:"你们两个做得很好。"

"我们接下来该做什么?"纳撒尼尔问道。

"接下来我们一起吃饭餐吧。"伽马什说道,他站起身,"你们一定饿坏了。"

"那我们呢?"惠芬问道。她和雅克也站了起来。

伽马什看了他们一眼,然后点点头。随后他走到吧台,支付了学员们的餐费并邀请奥利维一起共进晚餐。

"你还好吗?"安妮问道。

让-居伊和安妮躺在沙发上看着电视新闻,一边帮安妮揉搓双脚。然而他明显走神了。

"我只是在想一些事。"

"什么事?"

他犹豫起来。他不想告诉安妮,因为这些话先是会让人感到震惊,马上又会让人觉得可信。

"你是否认为你父亲……"

"什么?"

安妮咬了一口泡芙,这是她的饭前小吃。

看着妻子纯洁自然的眼神,让-居伊感到自己一定是疯了。伽马什绝不会——

"没事。"

"到底出什么事了?"安妮将泡芙放在桌子上,"告诉我吧。是不是爸爸有麻烦了?是不是他出什么事了?"

让-居伊意识到,如果不告诉安妮真相的话,她是不会善罢甘休的。

"加拿大皇家骑警一位资深警官来见证我们办案。他似乎认为你父亲可能——"

"可能和凶杀案有关系?"安妮问道。

"哦,也不是,那个——"

安妮把腿从让-居伊的膝盖上挪下,站了起来。她是一名律师。此刻她的律师身份被唤醒了。

"有证据吗?"安妮问道。

让-居伊叹了一口气说道:"最多只能算间接证据吧。"

"最不利的证据是什么?"

"他的指纹。"

安妮的眉头紧皱起来。她没料到这么严重。

"在哪儿?"

"在凶器上。"

"上帝啊,那是把左轮手枪,对不?"

"你父亲说他从没碰过那把枪。他甚至都不知道莱杜克有枪。"

"他是不会允许的。"安妮说完眯起眼睛思索起来。

"他确实是这样说的。指纹并不完整。他的指纹,还有一名学员的指纹以及布雷伯夫的指纹都重叠在一起。"

"不完整?"安妮紧皱的眉头松开了,"所以那些指纹并不被法律认可。显然那不会是我爸爸的指纹。"

"可是今天下午他对我承认那是他的指纹。"

"等等。"安妮说道,她向自己的丈夫靠过去,"他说自己从没碰过那把枪,但又说指纹是他的。这不是自相矛盾吗?"

"没错。他还说破案的关键是凶器上的那些指纹。"

"那么他指的是其他人的指纹,也就是那名学员的指纹和米歇尔叔叔的指纹。"安妮说道,"爸爸一定是这个意思。那名学员是谁?"

"爱梅莉亚·肖凯,一名女学员。"

他看着妻子。然而,安妮似乎对这个名字并没有什么反应。让-居伊不知道自己接下去该说什么。忽然安妮问道。

"还有什么情况?"

"你父亲和他们似乎存在着某种关系。"

"爸爸和米歇尔·布雷伯夫之间当然有关系。这个你也知道的。"

"是的。但是你爸爸和那名学员也有关系。"

"什么意思?"安妮问道,她变得紧张起来。

"我也不知道。我只是在想,那名学员的名字里是否隐藏着什么?"

"隐藏着什么? 让-居伊,把你知道的都告诉我。"

他叹了一口气,心想接下来将会引起多么猛烈的一场暴风雨啊。

"你觉得你父亲是不是出过轨?"

这个问题犹如一把锤子一般重重打在安妮的头上。她一下子懵了。让-居伊似乎能看到她两眼冒着金星。

安妮盯着他,一时说不出话来。最后她开口说道:"绝对没有。"

"很多男人都会有那种事。"让-居伊用轻柔的语气说道,"男人们在远离家庭的时候或是在脆弱的时候常常会经不住诱惑。"

"我父亲的确会有脆弱的时候,"安妮说道,"但是他绝不会背叛我母亲。他爱我母亲。"

"我明白。我只是问问而已。"让-居伊拉住安妮的手,漫不经心地抚弄着她手指上的结婚戒指,"我说的话是不是伤害到你了?"

"你让我感到生气。你问这样的问题,别人会怎么想?那个皇家骑警警官根本就不了解爸爸。"

"是的,但是他现在就住在三松镇你父亲家里呢。"

"那你得去三松镇,让-居伊。你得陪着爸爸。你不能让他干出什么傻事。"

"比如说杀人或是有外遇?"

"好吧,如果你真是这么认为的。"安妮微笑道。

"我可以去三松镇,但是你父亲希望我能陪着你。"

"我没事。孩子要在好几个星期之后才出生呢。"

让-居伊站起身。

"你把我支去三松镇,然后可以独吞这盒泡芙?"

"当然。送披萨的外卖小哥几分钟后就到了。我希望你赶快走。外卖小哥会吃醋的。"

"被一个送披萨的代替。我母亲早就警告过我了。"

"格洛丽亚·斯坦恩①也警告过。"

---

① Gloria Steinem,美国著名女权主义者。

...37

"《欢乐满人间》①,"克莱拉说道,"太好了。"

当克莱拉坐在沙发上时,她感到终于松了一口气。阿尔芒打开了电视柜。

大家已经吃过了晚餐。莫娜为大家制作了馅饼。克莱拉从家里带来了松脆的蒜泥口味面包。还有加布里下午带来的一块大大的巧克力蛋糕——他预料到吃完晚饭还要干活。

时间过得比他们预想的慢。之前他们把太多的精力放在了教堂窗户上那几个男孩身上,忽视了老兵协会地下室那些盒子里的其他资料。

那些资料中保存了许多年轻人的信息。第一次世界大战摧毁了欧洲的繁荣,同时也给加拿大带来了伤痛。整整一代年轻人被卷入战争之中。那些已经被人们遗忘的年轻人此刻静静地躺在那些盒子里。

其中的一封家书里夹带着一片罂粟花瓣。尽管早已干枯,但仍然红

---

① Mary Poppins,美国1960年代电影。

艳无比。它是在一场战斗前夕在比利时弗兰德斯战场上采摘下来的。

大家将那封信放在一边,不忍心再读下去。

蕾娜-玛丽、克莱拉、莫娜、露丝和加布里放下那些盒子,然后去厨房准备晚餐。吃饭时,大家的心情十分低落,直到他们注意到那四个狼吞虎咽的年轻人。四名学员大口吃着馅饼,仿佛以前从未吃过似的。他们将馅饼风卷残云般地吸入了胃里。

他们还想要再来一轮。小镇居民已经没了胃口,而这四个年轻人却胃口大开。

看到这情景,即使露丝也露出了微笑。

"来点巧克力蛋糕?"加布里问道。

这句话又激起了小镇居民的胃口。大家看到冒着热气的蛋糕和咖啡被端进客厅。

"我们看《欢乐满人间》。"蕾娜-玛丽说道。

"《欢乐满人间》,"克莱拉说道,"太好了。"

"女孩子们最爱看了。"蕾娜-玛丽说道,她把碟片递给伽马什。

"女孩子们?"惠芬问道。

"我们的孙女。"蕾娜-玛丽说道,"她们叫弗洛伦丝和卓拉。"

"佐罗?"雅克问道,他的脸上露出严肃的表情。

伽马什看了雅克一眼。

"是卓拉。"伽马什纠正道,"那也是我祖母的名字。"

"不是您真正的祖母。"杰力纳斯说道,"她是一位二战流民。"

伽马什看着杰力纳斯,看来杰力纳斯做过功课了,他似乎了解有关伽马什的一切。

"流民?"纳撒尼尔问道。

"无家可归者。"莫娜说道,"是那些在战争中失去了家庭的人。其中许多人来自纳粹集中营,尽管后来被解放了,但却无家可归。"

"我父亲资助卓拉来到加拿大。"阿尔芒说道。

他知道可以告诉大家这一事实。毕竟,这也不是什么秘密,何况杰纳斯可能已经知道了这个秘密。

"于是她和我们生活在一起。"伽马什说道,他转身看着电视,"我们给了她一个家。"

"而她也给了您一个家,"杰力纳斯说道,"在您父母死后。"

伽马什转过身看着杰力纳斯:"是的。"

"卓拉,"蕾娜-玛丽满怀柔情地念着这个名字,"这个名字的意思是'黎明',意味着光明即将降临。"

"人如其名。"阿尔芒说道,"你们确定想看《欢乐满人间》吗?我这里还有《灰姑娘》和《美人鱼》的 DVD。"

"我从没看过《欢乐满人间》。"爱梅莉亚说道,"你们看过吗?"

另外几名学员摇摇头。

"你们从没看过?"莫娜问道。

"我有一种不祥的预感。"克莱拉说道,"好吧,阿尔芒,就看《欢乐满人间》吧。"

"别算上我。"奥利维说道,他站起身,"看到里面的那个保姆我就会起鸡皮疙瘩。"

电视屏幕上出现了 1910 年的伦敦场景,而奥利维走进了厨房。几分钟后,阿尔芒走进厨房泡咖啡。他发现奥利维正坐在一把扶手椅上。他戴着耳机,两眼看着手机屏幕。

"你在看什么?"

奥利维吓了一跳。

他摘下耳机:"上帝。你差一点吓死我了。"

"对不起。你在看什么?"

他站到奥利维的身后,看到屏幕上有年轻时的罗伯特·德尼罗和克里斯托弗·沃肯,他们正站在一个吧台后面。

"是电影《猎鹿人》。"

"你在开玩笑吗?"阿尔芒说道,"你害怕看《欢乐满人间》,但却喜欢看《猎鹿人》?"

奥利维笑道:"只要一说起克莱尔顿,我便会想起这部伟大的电影。"

"为什么?"

"我觉得两者之间有一种关联。"

"什么关联?"

"电影中的主要人物都来自克莱尔顿这个地方。"

奥利维指着屏幕上那个宾夕法尼亚小镇。

"你还是自己一个人看吧。"

奥利维看着阿尔芒走回客厅,回到《欢乐满人间》的世界。

而在他的手机屏幕上,罗伯特·德尼罗正拉开架势,要和一个特种兵打架。

波伏瓦车子上的雨刮器正在快速清刷掉挡风玻璃上的碎冰。

他喜欢开车,因为这是一个听音乐和思考的好机会。此刻他思考着那些指纹,他的脑海中浮现出伽马什所说的话。

指纹是他的,但是他从没碰过那把枪。

破案的关键就是那些指纹。

伽马什指的是爱梅莉亚·肖凯吗?

尽管安妮予以否认,但是让-居伊仍然怀疑那个哥特女孩会不会是伽马什的私生女?可是爱梅莉亚看上去一点不像安妮或是丹尼尔。不过,如果去掉那些夸张的外在装饰、文身以及体环,或许就能看清她的真容。

爱梅莉亚·肖凯这个和伽马什的母亲有着同一名字的女孩难道是伽马什二十多年前一次风流韵事的产物?

可如果伽马什知道她的真实身份,他为什么要把她弄进警校呢?

也许伽马什之前并不认识爱梅莉亚,直到他看到了爱梅莉亚档案里的信息。他也许看到了爱梅莉亚的生母,看到了她的出生年月,看到那个姓氏。于是他明白了一切。

然后他想见见那个女孩。

即使在她犯罪之后,他仍然想保护她,因为这是他意外获得的女儿。

难道伽马什知道爱梅莉亚是凶手? 他承认指纹是自己的,难道这是在故意混淆视听?

这是在误导警方。

所有的善良都蕴藏着邪恶。

雨刮器快速地刷着挡风玻璃，前方变得清晰起来。尽管还是有冰渣残留，但是让-居伊能清晰地看到远处。

假如伽马什说的都是事实呢？指纹真的是他的，但他却未曾碰过那把手枪。

可是这怎么可能呢？

雨刮器唰唰地响着。

让-居伊感到答案仿佛就在前方。

唰唰——他放慢车速，开进一个加油站。他坐在驾驶室内，任凭冻雨打在车顶和窗玻璃上。

如果指纹是伽马什的，而伽马什又从未碰过那把枪，那只能说明有人故意将伽马什的指纹印在那把枪上。这需要极高的技巧和经验，否则安全局的实验室会看出破绽。

虽然警校里有很多经验丰富的警官，但是能做到这一点的人却屈指可数。

这不仅需要高超的技巧，而且需要丰富的痕证方面的知识。这绝不是临时起意的计划，而是一个精心策划了数个月之久的计划。

这需要耐心、时间和精力。这个能将他人的指纹印在凶器上的人一定是一位了不起的谋略家。警校里这样的人只有一个。那个人也是伽马什校长亲自任命的。

他就是雨果·夏邦杰。

雨刷器唰唰地响着。

阿尔芒将手放在蕾娜-玛丽的手上。蕾娜-玛丽一边看着电视，一边紧紧抱着装着材料的盒子。

当《欢乐满人间》里的主人公出人意料地从阳台上滑下去的时候，阿尔芒在蕾娜-玛丽耳边轻声说："让我看看。"

"我会看的。"

"不，让我看看。"

蕾娜-玛丽的手从盒子上滑了下来。

阿尔芒拿起盒子，然后从学员们身边走过。他们正半躺在地板上目不转睛地盯着电视屏幕。阿尔芒走进厨房给自己倒了一杯咖啡，然后在餐桌边坐下。

在厨房的另一头，奥利维正跷着脚看着手机屏幕。

阿尔芒深吸了一口气，他低头看了看那个装满了电报的盒子。他回忆起自己曾有多少次像邮递员那样向他人传递消息。

看着门被打开，看着那些一脸期待或是困惑或是害怕的父母、配偶或子女。

然后把所发生的一切如实地告诉他们。

他依然记得过去三十年里的一点一滴。他闭起双眼，仍然能看到那些充满渴求的表情与眼神。他们希望这一切都不是真的。他能感觉到他们紧握着自己的双臂。母亲、父亲、丈夫或是妻子由于承受不住真相而倒在地上。他扶住他们，扶他们在地上坐起。

他要陪着他们直到他们苏醒过来。然后一切就此改变。

客厅里传来《欢乐满人间》的音乐。听着美妙的音乐旋律，他打开那个盒子。他开始翻阅那些电报。他在找一个名字——特柯尔特。

他原本以为可以很快找到那个名字。然而，情况并非如此。他一封一封地仔细读着。每一份电报都传递着一个噩耗。当时发电报的人任务一定十分繁重，因为很多电报是用速记的方式写的。一百多年后，电报里所提到的那些地名人们已耳熟能详，但是当年却让人不知所云。参战的孩子们永远地长眠于异乡的土地。

最可怕的也许是许多人在战场上失踪了。他们尸骨无存。

电报里提到许多这样的人。

然而，没有一封电报提到特柯尔特这个名字。

难道他活了下来？

他本能地感到窗户上那个带着地图的男孩未能活下来。

他将盒子盖好，手扶在盒子上，坐着一动不动。他看了看奥利维，然后又看了看客厅。

《欢乐满人间》里扫烟囱的清洁工正在告诫班克斯家的孩子，他们的阿尔伯特叔叔得了重病而且这种病会传染。

阿尔伯特叔叔偷偷地笑起来，然后忍不住大笑起来。

"我喜欢大笑。"阿尔伯特叔叔放声歌唱道。

在奥利维的手机屏幕上，邋遢纤瘦的罗伯特·德尼罗正在转动左轮手枪的弹仓，然后他将手枪抵着自己的头。他的眼睛挣得大大的，嘴巴也张得大大的，仿佛正在尖叫。然而，阿尔芒此刻只能听见客厅里传来的阿尔伯特叔叔的歌唱声。

德尼罗终于扣动了扳机。

阿尔芒跌坐在椅子上。他的眼睛挣得大大的，嘴巴也张得大大的。他感到自己快无法呼吸了。

他看着屏幕上德尼罗手里的那把枪。

那也是一把左轮手枪。

他扶着椅子的把手慢慢站起来。他看了看奥利维的手机屏幕，然后又回头看了看客厅。他看到雅克、惠芬、纳撒尼尔和爱梅莉亚正随着阿尔伯特叔叔的笑声一起大笑着。

他全明白了。

...38

片子看完了，客人们都走了。杰力纳斯坐在壁炉边喝完睡前最后一杯饮料，也上床睡觉去了。阿尔芒和蕾娜-玛丽仍在清理。

"里面的东西有那么可怕吗？"蕾娜-玛丽问道。她以为丈夫苍白的脸色是由于看了盒子里的电报。此刻那个盒子就放在厨房的餐桌上。

"年轻的生命被荒废了。"他说道，"青春和欢笑从此消逝。"

"你怎么了，阿尔芒？"蕾娜-玛丽问道，她很少看到丈夫如此哀伤。

"没什么。我只是在想他们到底做了什么？"

蕾娜-玛丽以为伽马什是指那些参加一战的男孩。但是她想错了。

"你找到特柯尔特了吗？"蕾娜-玛丽问道。

他深吸了一口气，然后慢慢调整呼吸："没有。有关特柯尔特的电报可能丢失了。不过我很惊讶，竟然有这么多电报被保存了下来。"

他看着蕾娜-玛丽，然后勉强露出一个微笑："你喜欢《欢乐满人间》吗？"

"那部电影我都看了一百遍了。不过我仍然很喜欢。"

她一边洗着盘子一边哼唱着《欢乐满人间》中的插曲《让我们一起放飞风筝吧》。

"你来睡吗?"将厨房和餐具收拾干净后,蕾娜-玛丽问道。

"不,我想再待一会儿。"

蕾娜-玛丽亲了他一下:"你还好吗?"见他点点头,她又关照说:"别太晚了。"

蕾娜-玛丽上楼睡觉去了,阿尔芒则坐在壁炉边思考着问题,亨利躺在他的脚边。

房间里安静极了,只有冻雨敲打窗户的声音。他需要一些时间好好思考问题。

他站起身,然后关掉电灯。他走到房门口正想将门上锁,就在这时门把手转动了起来。此时已是午夜时分。所有人都已入睡了。

伽马什做了一个手势让亨利过来,然后人和狗都站到了门背后。亨利的耳朵竖了起来,它颈部的鬃毛也竖了起来,鼻子里喘着粗气。

然而,它始终站在伽马什身后以防万一。

阿尔芒又做了一个手势。亨利喉咙口的呱呱声停止了。但是它仍保持着警惕,随时准备撒腿就跑。

伽马什看到房门被打开了。此刻他的脑海里浮现出山顶那束车灯的灯光。那束光照射在小镇上,然后又消失不见。它在等待一个最佳时机。

伽马什认为现在时机来了。

侵入者一定带着武器,而伽马什此时却是赤手空拳。然而,当他看清侵入者的相貌时,他感到大为震惊。

"你来这儿干嘛?"

"啊,该死。阿尔芒,你吓了我一跳。"

亨利欢快地叫了一声,它的尾巴使劲摇摆着。它看看波伏瓦,然后又看看放在门边的装满狗粮的碗。

让-居伊丢给亨利一块狗饼干。阿尔芒披上外套,他忽然想起这是让-居伊第一次称呼自己阿尔芒。他曾经不止一次要求女婿这样称呼他,但他却从未开口叫过。"长官"成了他们都能接受的一种妥协。

但一个更大的不安驱散了这一喜悦。

"你为什么来这儿？安妮一切都好吗？"

"如果她不好,我也不会来这儿了。"让-居伊回答道,"谁愿意在这种该死的夜晚一路开车到这儿来。请原谅我说话的语气。"

他脱掉靴子,然后穿上放在门边的一双拖鞋。

"既然你不想见我,你为什么来这儿？"

"是安妮叫我来的。"

"为什么？"

"因为我把杰力纳斯对你的怀疑告诉了她。她对你的安危颇为担忧。"

阿尔芒差一点想质问波伏瓦为什么要把这些告诉安妮。不过他忽然想起自己也会对蕾娜-玛丽讲述一切。

现在安妮成了让-居伊的知心人,即使他反对也没用。

看着波伏瓦熟悉的面庞,看着这个他愿托付生命的男人,阿尔芒感到心里的一块石头落了地。他十分庆幸能把女儿托付给这样的男人。

"杰力纳斯在哪儿？"波伏瓦问道。

"在床上睡觉呢。跟我来。"伽马什说道,"你饿吗？"

"快饿死了。"让-居伊说道。

在厨房里,波伏瓦走到一个笼子的前面,笼子就放在厨房的角落里。"格蕾丝现在怎么样了？"

他弯下腰,然后又挺直身子向后退了一步,仔细打量睡在笼子里的格蕾丝。

"难道这世上真有恶龙？"他问道。

"是小狗。"伽马什用坚定的语气说道,一边将一块馅饼放进微波炉里。

"是小猴子吧？"让-居伊问道。

阿尔芒拒绝回答。微波炉发出叮的一声,馅饼已经好了。伽马什拿出一罐可乐,然后和波伏瓦一起坐在餐桌边。

让-居伊大口喝着可乐,然后拿起一块馅饼正准备吃。这时他注意到了伽马什的眼神。

"是不是发生什么事了,长官?"

"我想我知道凶手的杀人动机了,让-居伊。"

波伏瓦放下手中的馅饼。

"动机是什么?"

"你再给麦德摩与瑞安公司的那位女士打个电话。你问问她的名字究竟叫什么。"

"科德布鲁克?"

"克莱尔顿。你得弄清楚她为什么会在和你的通信里使用'克莱尔顿'。为什么'克莱尔顿'这几个字使用了不同的字体。你要好好问问她。如果她不肯说,你就说《猎鹿人》。"

"可是你得提供我更多的线索啊。"

"我现在还不能。她必须自己说出原因。我不能让你引导她。而且即使你知道了原因,你也必须对此保密。"

"行。"波伏瓦说道,他看看手表,"现在英国是早上五点。现在打电话还太早了。"

他看着自己的岳父,看着他紧皱的双眉。

"不过,我可以在电话里留言让她上班后立即回电。"

阿尔芒点点头:"谢谢。"

波伏瓦吃馅饼的时候,伽马什又去切了一小块加布里带来的巧克力蛋糕。

然而,他并没有将蛋糕放在波伏瓦面前,而是放在了自己面前。

"现在轮到你了。"

"什么意思?"

"你是不是也有事情要告诉我?"

波伏瓦看着伽马什面前的那块蛋糕,然后又看了看伽马什。

"你想用这个来要挟我吗?"

"是的。"

"你真卑鄙。"

"你有我想要的情报。"

"其实只是我的推断而已。你之前说过，破案的关键在于凶器上的指纹。你还说过，那些指纹中的确有你的指纹，但是你却从未碰过凶器。这只有两种可能。一是你在撒谎，二是有人把你的指纹放在了凶器上。能够做到这一点的人很少，因为这需要极高的技巧。一切都必须做得天衣无缝。我可没有这样的本事，我想你也不行。"

伽马什摇摇头。

"但有一个人有这样的本事。"让-居伊继续说道，"这个人是你亲自聘用的资深警官，你邀请他来学校教授策略。这个人喜欢把马基雅弗利的著作当作课本。他喜欢操控。他就是雨果·夏邦杰。"

"没错。"伽马什说道，他将蛋糕推到波伏瓦面前，"夏邦杰的确有你所说的那种本事。"

"可是他为什么要杀莱杜克呢？"

"问得好。"

"从体格上看，夏邦杰根本不是莱杜克的对手。莱杜克可以轻易将他打倒在地。除非夏邦杰并不像他看上去那么虚弱。"

"那是真的。"伽马什说道，"我看过他的医疗记录。他的确很虚弱。"

让-居伊一边吃着巧克力蛋糕一边思考着：也许夏邦杰是一个无所畏惧的人。我们都清楚这样的人有多么可怕。你觉得科德布鲁克女士会告诉我莱杜克被杀的原因吗？"

"我认为她比我们想象的知道得更多。"

三个小时之后，电话铃响了。阿尔芒仍坐在厨房的餐桌边。他的面前放着一盏小灯。

他的大腿上放着一个盒子，但那不是从老兵协会地下室拿来的盒子。这个盒子来自于他自己家的地下室。

电话铃只响了一下。显然让-居伊已经接起了电话。

几分钟之后，阿尔芒听到楼梯上传来急促的脚步声。

让-居伊过了好一会儿才找到阿尔芒。他先去了他的卧室，然后下楼又去了书房。最后终于在厨房里找到了他。

让-居伊走进来时,伽马什正将盒子放在地板上,塞入扶手椅和墙壁所形成的空隙里。让-居伊显得有点鬼鬼祟祟,但是刚从英国方面得知的情况使他兴奋不已。

他站在过道里,眼睛睁得大大的。

阿尔芒站了起来,然后转过身。两个男人彼此看着对方。

"她确认了吗?"

让-居伊点点头,他几乎快无法呼吸了。

阿尔芒也微微点了点头。终于可以确定了。

他又坐了下来,看着窗外的夜色。

"你是怎么知道的?"让-居伊轻声问道。他拿来一把扶手椅,然后坐在伽马什的对面。

"左轮手枪。"伽马什说道,"像莱杜克这样的人实在没有理由买一把左轮手枪。除非他另有目的。昨晚当其他人在看《欢乐满人间》时,奥利维独自一人在厨房里看《猎鹿人》。"

阿尔芒看着让-居伊:"你看过这部电影吗?"

"没有。"

"我也没看过。这也就是我们不明白为什么她的名字里会有'克莱尔顿'的原因。只有看过《猎鹿人》这部电影的人才知道。你有没有向她提起《猎鹿人》?"

"是的。我问她有关克莱尔顿的事,她说一定是弄错了。然后我便说起了《猎鹿人》,于是她把一切都告诉了我。"

刚才的对话又一次浮现在波伏瓦的脑海里。

"您说什么?"科德布鲁克女士问道。

"《猎鹿人》,"波伏瓦重复道,"是一部电影的名字。"

他祈祷对方别问为什么,因为他自己也是一头雾水。

"看来您已经看过那个用左轮手枪场景了,是吗?就是他们让德尼罗干的事情。"

"是的。"波伏瓦撒了谎。

电话那头沉默了许久。

"您是什么时候知道的?"波伏瓦问道。

"一开始我并不知道。事实上,我到目前仍然无法确定。"

"但是您有所怀疑了,是吗? 我现在正在问您问题。"

"我能先问您一个问题吗,警官? 那把左轮手枪是否装在一个特制的盒子里?"

现在轮到波伏瓦沉思片刻。

"是的。"他回答道。

"那么一切都可以确定了。"波伏瓦听到电话里传来深沉的叹息声,"我们之前接到很多来自警方的电话。他们说我们生产的枪支被用于暴力犯罪。不过,大部分都是街头帮派的火拼。左轮手枪现在已经十分少见了,但也不能说它们十分罕见。所以当您说死者是被一把左轮手枪杀死的时候——"

"您就知道了真相。"波伏瓦说道。

"我当时只是怀疑。我觉得你们警方应该要考虑到这一点。"

"为什么上次打电话给您时,您没有告诉我呢?"波伏瓦问道,"您为什么要用'克莱尔顿'这样的暗示呢?"

"如果直接承认我们公司生产的左轮手枪被用于杀人,这是违反公司规定的。我有可能会被解雇。我知道那个暗示不容易被理解。但是我已经尽我最大的努力了。我想您已经明白电影里的那个场景了吧。"

"我还没看过那部电影,但是我的一个同事昨晚看了,是他想到了您的暗示。您刚才为什么要问手枪是否装在一个特制的盒子里?"

"根据我的了解,通常会有一定的仪式。会做一个特制的枪盒。这是一种仪式。"

波伏瓦能听出她语气里的厌恶之情。

"我也有可能弄错了。"

"但是您还是很确定,对吗?"

波伏瓦仍然一头雾水,但是一个想法已经开始在他的脑海中浮现出来。这是一个可怕的想法,一个无法被理解的想法。

科德布鲁克女士接下来说的话直击波伏瓦的大脑。

"只能用左轮手枪。这种赌博必须转动弹仓。您觉得死者会不会是在赌博的时候被杀的?"

赌博。

波伏瓦感到血液正从四肢涌向心脏。他几乎快握不住话筒了。

莱杜克竟然用左轮手枪赌博。

这就是莱杜克拥有左轮手枪的原因吗?

在厨房微弱的灯光下,让-居伊看着自己的岳父。

伽马什低头看着地板,然后慢慢地摇着头。

"你不可能知道的,长官。这种情况一定持续好多年了。"

伽马什的身子抖动了一下。让-居伊真后悔说了刚才的话。

过了一会儿,伽马什抬起头看着让-居伊。

"你能想象吗?"他轻声问道,"你能想象他们的恐惧吗? 可是竟然没有人阻止这一切。我竟然对此一无所知。"

"你并不知情。"

"我本可以开除他。我本应该解雇他。在我收集有关他的犯罪证据时,我应该监视他的一举一动。我只关注他犯罪的那一面,但却忽略了他更为可怕的另一面。"

"没人见过他的另一面。"

"不,有人见过。"伽马什说道,他变得怒不可遏。

他试图克制住自己的怒火,但是怒火使他的脸涨得通红。

"是的,"让-居伊说道,"有人知道发生的一切。于是那个人拿起了枪对准了莱杜克的脑袋,然后扣动了扳机。"

他看着伽马什的脸。伽马什脸上的怒火终于消失了。

"这就是杀人动机吗?"

"我想是的。"伽马什回答道。

之前在电话里科德布鲁克女士问莱杜克是否是在赌博过程中被杀。伽马什知道真实情况并非如此。莱杜克的确死于赌博,但不是在赌博中,而是因为赌博。他被处决了。

"不管谁杀了莱杜克，这个人想把罪名嫁祸给你。"波伏瓦说道，"他把你的指纹印在凶器上，这样人们会以为是你杀了莱杜克。你觉得凶手会是夏邦杰吗？"

伽马什看了看厨房里的钟。现在是凌晨三点半。

"现在我们需要睡一会儿。"他说道，"天亮之后我们还有很多事要做呢。"

但是让-居伊毫无睡意，他躺在床上看着天花板。他想象着那些学员们的遭遇。他们不仅仅只是学员，他们也是父母们的孩子。

他想象着如果自己的孩子遇到这样情况该怎么办。没有人来阻止这样的事，也没有人予以援手。此刻让-居伊开始理解刚才岳父为什么会怒不可遏了。

然而，他又回忆起另一件事。之前当他走进厨房的时候，他注意到伽马什似乎正将一件东西藏在椅子和墙壁构成的空隙中。

他从床上坐起身，然后蹑手蹑脚地沿着楼梯下了楼。他走进厨房，打开电灯。他发现了那个盒子。他抱起盒子，看着盒子上的盖子。盖子上留有指纹。波伏瓦知道那是伽马什的指纹。

他看着盒子，这不是从老兵协会地下室里拿来的盒子。他知道这是伽马什用来装私人材料的盒子。

里面藏着许多问题的答案。

他慢慢地将盒子放回原处。

当他转过身时，他几乎晕厥过去。伽马什正站在厨房的门口。

"难道没人教过你，在秘密搜查房间的时候不能开灯吗，让-居伊？"

"还真没人教过我。"

伽马什笑了笑。他向前走了几步，站在了让-居伊的面前。他看了看让-居伊，看了看放在地上的盒子，又看了看让-居伊。

"谢谢你把东西放回原处。"

"我不应该拿你的东西，"让-居伊说道，"我很抱歉。"

"不用道歉。好奇是人类的天性。只有超人才能抑制自己的天性。谢谢你能尊重我的隐私。"

于是阿尔芒·伽马什从让-居伊身边走过,拿起盒子,然后把它交到女婿的手里。

随后他一言不发地上楼去了。让-居伊坐到一把扶手椅上,打开了那个盒子。

...39

阿尔芒·伽马什看着学员们。一个一个看过来。

首先是纳撒尼尔，然后是惠芬，雅克，最后他的目光落在了爱梅莉亚身上。

"我知道了。"他轻声说道。

雅克微微转过头，眯起眼睛问道："知道什么？"

"我知道莱杜克的房间里发生了什么。"

学员们都保持沉默。他们互相对视了一阵，最后所有人都看着惠芬。

"看我干什么？"惠芬颇有戒心地问道。

让-居伊·波伏瓦坐在另外一排座位上。早晨他和阿尔芒将学员们带到小镇的教堂里。他们想找一个隐秘一些的地方和学员们聊聊。

"我知道瑟奇·莱杜克是一个腐败堕落的家伙。"伽马什说道，"我来到警校就是为了整顿学校。警校出了问题。不仅仅是腐败，招生机制和学员的培养机制都出现了问题。"

伽马什一边说着，一边看着学员们。学员们也目不转睛地看着他。

如果伽马什和波伏瓦认为这四名学员就此会向他们敞开心扉,把一切都告诉他们,那么他们想错了。四名学员的沉默对抗简直牢不可破。

"我来学校的第一件事就是解雇大部分原有的教师,然后招募一些新教师。我需要的是那些真正拥有刑侦经验并且正直的人。权力会带来诱惑,这对于所有警察而言都是一种威胁和伤害。"

让-居伊可以听见学员们的喘息声。至少一名学员已经处于崩溃的边缘了。然而,他们仍然保持着沉默。

"但是我把瑟奇·莱杜克,也就是'公爵',留了下来。"

"为什么?"纳撒尼尔问道。

看着眼前这个脸色苍白的年轻人,伽马什试图调整自己的呼吸。他低头看着自己紧握在一起的双手。

莱杜克也许对他们造成了伤害。可是自己对他们也造成了伤害。

如果他期待学员们告诉他真相的话,他必将再伤害他们一次。

"我也不知道。"伽马什回答道,他抬起头看着纳撒尼尔冷冰冰的眼神,"我知道他是个混蛋。我也知道他很腐败堕落。我以为我可以搜集到足够多的证据,然后把他送进监狱。这样他就不会对他人造成伤害。我以为我可以控制他,我可以阻止他对别人的伤害。"

"不要相信你的任何所想。"爱梅莉亚小声嘀咕着。

伽马什点点头:"我没能够阻止他,因为我从没想到他竟会如此令人作呕。"

"您是什么时候发现的?"惠芬问道。

"昨晚,在看片子的时候。"

"《欢乐满人间》?"惠芬问道,她简直不敢相信。

"《猎鹿人》。奥利维昨晚在看这部电影。"他将身子向前靠,"我想帮助你们。"

"我们不需要你的帮助。"雅克恶狠狠地说道,"我们没有做什么坏事。"

伽马什迟疑了片刻,然后说道:"你们知道这道伤疤是怎么来的吗?"

他用手抚摸着太阳穴处的那道伤疤。三名学员摇摇头。只有雅克目不转睛地看着那道伤疤。

"当时我在一家工厂率领一次突袭。一位年轻的警员，他的年纪可能比你们也大不了多少，被绑架了。当时时间十分紧迫。我们已经收集了有关绑匪人数、武器以及所在方位等信息。然后我们闯进那家工厂。波伏瓦探员被子弹打中了腹部。"

学员们回头看着坐在后排的波伏瓦。

"有三名警员失去了生命。"伽马什继续讲述道，"我参加了他们的葬礼。当时我站在他们的棺材后面一直陪着他们的家人。然后我去看心理医生，因为我快崩溃了。即使现在，当我感到难受时，我仍然会去看医生。这就是警察的天性。警察的天性驱使我们寻找罪犯，但是这也意味着我们可能会受伤流血。每天当我照镜子看着这道伤疤时，"这一次伽马什并没有去触摸伤疤，"它都会提醒我曾经的伤痛。但是它也提醒我伤痛终将会愈合，良知仍然存在于人间。良知每天都会指引我们方向，即使在一群恶魔中间。在这个残忍的世界上受到伤害是很常见的事，但是要真正愈合创伤需要内心的良知。"

"这不是我们的错。"雅克说道。

"这不是我想说的。我想你也知道。"

"为什么我们要信任你？"雅克说道，"三名警员由于你而失去了自己的生命。我看过那个视频。我知道发生了什么。我也看到你是如何通过他人的牺牲变成了一个英雄。"

伽马什紧咬着下颚。

波伏瓦扭动了一下身子，但什么话都没说。

"这是一个圈套。"雅克对另外几名学员说道，"他故意让事情变得错综复杂。我们必须团结一致。我们不能告诉他任何事。"

"你们不必告诉我一切，"伽马什说道，"如果你们不想说的话。"

他给学员们几分钟的思考时间，然后继续说道。

"这件事是何时开始的？"

他问雅克和惠芬，但是他们什么都不说。

随后他又看着另外两名学员。

纳撒尼尔刚想说话，惠芬的一声咳嗽又让他闭上了嘴。最后爱梅莉亚开口了。

"当我拒绝和莱杜克发生关系时，他决定用其他的方式来骚扰我。"她急匆匆地说道，以免自己改变主意，"莱杜克说我必须服从他，否则他就把我赶出学校。他说你并不想要我，他是唯一想把我留在学校里的人。但是如果我拒绝和他发生关系，他就让你把我赶出去。"

伽马什一边听着，一边点着头。

"既然你相信他的话，你为什么不和他发生关系呢？"

"我并不相信他。"爱梅莉亚说道，"我知道他是一个混蛋，而你，"爱梅莉亚想找一个合适的词汇，"很仁慈。"

伽马什和爱梅莉亚看着彼此，他们之间瞬间产生了一种亲切感。让-居伊觉得他应该回避，但他没有。

他知道了那个盒子里隐藏的秘密。他知道伽马什在想什么，他也知道爱梅莉亚对自己的真实身份一无所知。

她对伽马什的真实身份也一无所知。

"但是我觉得你阻止不了他，"爱梅莉亚说道，"我不能冒这个险。毕竟，你还是会让他留在学校里的。"

这不是责怪，而是解释。但是让-居伊能听出话语之中所隐藏的痛苦。伽马什变得沉默不语。

"我们信任您，校长。"惠芬说道，"但是我们认为如果您介入其中，事情反而会变得更糟。"

让-居伊感到自己似乎听到了伽马什的心碎声。他感到伽马什的心脏随时会发生爆炸。

"我犯了一个可怕的错误。"他说道，"你们为我的错误付出了代价。我现在所要做的就是补偿你们。"

这时突然有人大笑起来。

"'公爵'说得没错，"雅克笑道，"你是一个懦夫。"

随后他的笑声变成了一阵嘲讽。

"莱杜克让我变得强大。我刚来学校的时候是一个软弱的孩子，但是莱杜克让我变得坚强起来。他让我成为了一名合格的警察。他说没有任何事情能吓倒我。他说得没错,他挑选出的都是最有潜力的学员,他让他们变得更加强大。"

"你错了。"惠芬说道,"莱杜克选择的那些人都是他认为会对自己造成威胁的人。这些人拥有独立的思想,他们有朝一日会站起来反抗他的洗脑。你还记得你刚到警校时的情景吗?我还清晰地记得。你当时并不软弱,但是莱杜克却说你是。你不是。其实你是一个聪明而善良的人。你渴望去帮助他人。"

"我当时只是一个孩子。"

"可是你善良。"惠芬说道,"看看现在的你,看看现在的我。他选择了我们,也毁掉了我们。"

"我没有被毁掉。"雅克说道,"我比以前更强大了。"

"一件东西在被毁灭的同时往往会变得更强大。"爱梅莉亚说道,"我说得对吗,校长?这是你在上课的第一周写在黑板上的那句话。"

"是的,"伽马什说道,"除非那件东西还能被修补。"

"已经三年了。"

他们看着惠芬。她说话的语气仿佛在向长官作汇报一样。

"我们来警校的第一个月,这一切就已经开始了。我们不知道会发生什么,但是我们必须去莱杜克的房间。有的时候我们是自己去,但大多数时候是和其他学员一起去。"

"然后发生了什么?"伽马什问道。他虽然不忍心听下去,但是又必须聆听。

"他会拿出他的左轮手枪。"惠芬说道,"他会举行一个仪式,把枪放在一个托盘上。托盘上刻着安全局警队的座右铭。然后他会选择一名学员拿着左轮手枪去他的卧室。"

"这是一种荣耀。"纳撒尼尔轻声说道。

"但是最大的荣耀会给予拿着另一个托盘的学员,"惠芬说道,"那个托盘上放着一颗子弹。"

"我们会抽签,"纳撒尼尔说道,"抽到最长的那根签的人就能享受这份荣誉。"

他咯咯地笑起来,几乎停不下来。爱梅莉亚碰了一下他的手臂,他冷静了下来。

"我赢了,"纳撒尼尔说道,他的声音轻得几乎听不见,"三次。"

他坐直身子,然后直视伽马什。他的眼神中充满了戒备。

"三次我都拿着一颗子弹去他的卧室,然后转动左轮手枪的弹仓……"

当纳撒尼尔无法继续讲述时,惠芬接过话头。

"他会叫我们举起手枪,"她用手指抵着自己的太阳穴。

"然后扣动扳机。"爱梅莉亚轻声说道。

"扣动三次。"纳撒尼尔说道。

"不,是两次。"爱梅莉亚说道,她抬起下巴,紧闭着双唇。

惠芬和雅克都不说话。伽马什惊恐地意识到他们当时一定吓得都不敢数数了。

"你们都很勇敢。"伽马什说道,他看着学员们疯狂的目光。

"如果我真的勇敢的话,"纳撒尼尔说道,"我应该拒绝这样做。"

伽马什摇着头说道:"你们当时别无选择。真正懦弱的人是瑟奇·莱杜克。"

"最后一次,"纳撒尼尔轻声说道,他睁大眼睛看着伽马什,眼泪沿着脸颊流了下来,"我祈祷一切快一些结束。那一次我都尿裤子了。"

他的声音轻得几乎听不见。

伽马什站了起来,他将纳撒尼尔紧紧抱在自己的怀里。他轻声抽泣着。

伤害,但是很快会愈合。

波伏瓦身后传来声音。他转过身,看见杰力纳斯轻轻关上教堂的大门。

然后他走过来,在波伏瓦的身边坐了下来。

"莱杜克是在让学员们玩俄罗斯轮盘赌吗?"杰力纳斯问道。

"他简直就是一个恶魔。"波伏瓦说道。

杰力纳斯点点头："没错。所以有人阻止了他。现在我知道为什么了。之前我们始终找不到杀人动机。莱杜克是被人用枪抵着脑袋杀死的。不管凶手的杀人动机有多么正义，但这仍然是一起凶杀案。"

杰力纳斯显得有些沮丧，因为他想要逮捕的凶手竟是一个杀死恶魔的英雄。

"也有可能是自卫，"波伏瓦说道，"或是一场意外。也许是莱杜克自己在玩的时候杀死了自己。"

"您觉得他这种人会自己玩这样的游戏吗？他会把枪抵着自己的脑袋，像学员们那样吗？"

"不会。"波伏瓦承认道。

"莱杜克的手上没有留下任何拿枪的痕迹。一定是别人干的。有人知道那把左轮手枪和俄罗斯轮盘赌。有人想结束这一切。"

"可是伽马什校长并不知情啊。"

"也许那天夜里他就知道了实情，"杰力纳斯说道，"于是他去找莱杜克并最终杀死了他。"

杰力纳斯站起来，弯下腰在波伏瓦耳边轻声说道："出于对伽马什校长的尊重，我不会在这里逮捕他，因为这里是上帝的圣地。等一会儿我们一起回学校。您准备一下。然后我去找伽马什。"

"您弄错了，"波伏瓦说道，"伽马什并没有杀莱杜克。"

"您觉得他看上去像一个从没想过杀死莱杜克的人吗？"

杰力纳斯指着伽马什。此时伽马什正站在教堂的前方，他的身边围着四名学员。

杰力纳斯站直身体。

"您岳父喜欢诗歌。莱杜克的死就像一首诗，不是吗？一颗子弹射穿了他的脑袋。到这儿来，看看你们的下场。"

波伏瓦看着阿尔芒和学员们。他听到教堂大门关上的声音。

已经发生的一切和即将发生的一切注定不会像诗歌一般美好。

...40

伽马什校长站在教室最后面,等待夏邦杰教授结束他的课程。

这个班里都是三年级的老学员。他们已经掌握了相关的基础知识,进入了更高阶段的学习。

策略进阶。

夏邦杰一边上着课一边流着汗。他向学员们解释说策略的意义并不在于找到一个最佳射击位置。

"如果走到这一步,那你就已经失败了。"夏邦杰说道,"一名成功的策略家很少走到这一阶段。他会操控,会预判。他会在心理上控制他的敌人。在罪犯还未行动之前,他就能判断罪犯的举动,并对其进行控制。他会引导罪犯并最终迫使罪犯做出他所期待的行为,但是罪犯对此却一无所知。他遇到的可能是一个抢劫犯,也有可能是一个系列杀人犯。"

夏邦杰转身在黑板上写下一句话,"你的头脑就是你的武器。"

然后他转过身看着学员们。

"任何笨蛋都能使用枪支。但是使用头脑需要真正的技巧、耐心和控制力。"

一名学员举起了手。夏邦杰问道："蒙特鲁学员，你有什么问题？"

"杀死'公爵'的人是一个笨蛋吗？"

"有趣的问题。你怎么看？"

"我认为既然警方还没有抓到凶手，那么凶手一定不是笨蛋。"

"说得好。"夏邦杰说道，"不过我现在是在教你怎么成为一名安全局的警察，而不是成为一名杀人犯。当然，杀人犯也使用武器。但是任何成功逃脱法网的罪犯一定会使用他们的头脑。"

"那么您认为杀死莱杜克教授的凶手使用了自己的头脑吗？"

学员们转过身，惊讶地看着站在教室最后面的校长。

夏邦杰的脸上露出了微笑。

"是的，校长先生。我认为凶手一开始就已经在精心策划凶杀了。等到时机成熟之后，凶手实施了行动。凶手干得很漂亮。"

"很漂亮？"

"哦，从法律或是道德的层面当然不能这样说，凶手毕竟是凶手。"夏邦杰说道，"但是凶手的确符合条件。"

"什么条件？成为优秀策略家的条件吗？"伽马什问道。

"是的，凶手是一名优秀的策略家。"夏邦杰回答道。

"您的根据是什么呢？"

"犯罪的简洁程度。凶案现场看上去一目了然。"

"一目了然？"

"没错。只要看一眼，凶案现场的所有证据便清晰可见。一层一层，凶手细致地将所有证据都摆放在现场。"

"从而误导警方的调查吗？"

"确切地说，是引导警方的调查。凶手像一条猎犬一样引导着猎人，探长。"

"我现在是校长。"伽马什提醒夏邦杰。

"您曾经是凶杀组的警官……"夏邦杰欲言又止地说道。

"您也曾是一名优秀的策略家……"伽马什回应道，"我们可以谈一谈吗?"

夏邦杰抬头看了看教室门上的钟。

"明天是实地测试。"他一边推动着轮椅,一边提醒学员,"我们将去那座工厂。你们要学会控制自己的暴力倾向。你们要使用战略思维。即使子弹从你们头顶飞过,你们也要保持理性。一旦失去理性,一切就会陷入混乱,那么你们将必死无疑。你们要控制自己,控制局面。到目前为止你们实训的成绩并不理想。你们要更正原先的错误。现在你们有一天的时间好好思考,然后制订一个计划。现在,下课。"

"是,长官。"学员们异口同声地说道,然后教室里传来推动桌椅的声音。

然而,学员们并没有离开教室。当伽马什朝夏邦杰走去时,他们站在教室两边,他们想听听这两个人将说些什么。

"你们可以走了。"夏邦杰命令道。学员们走出了教室。

教室里只剩下了伽马什和夏邦杰。

"伽马什校长去哪儿了?"杰力纳斯走进学校会议室问道。

"他有一些事要做。"伊莎贝拉·拉科斯特说道,"他很快就回来。"

"请告诉我他去哪儿了。"

杰力纳斯笔直地站着,说话语气十分严肃。在他身后站着另外两名年轻的安全局警员。他们刚从警校毕业,脸上洋洋自得。

拉科斯特从桌边站起身,然后朝杰力纳斯走去。

"我能帮您做些什么吗?"

"您知道我到这里来的目的。"杰力纳斯说道,"我不想在伽马什的朋友和家人面前逮捕他。"

"他可不是那么容易被逮捕的。"拉科斯特说道,她的脸色显得很苍白,双手紧紧握在一起。以前和伽马什进入危险地带的时候,她总是会做出这样的动作。

"我没有在三松镇逮捕他,"杰力纳斯说道,"那是出于对他的尊重以及他对我们的贡献。"

"杀了莱杜克?"拉科斯特问道。

"是的。"

"所以您到这里来逮捕伽马什?"

"是的。"他压低声音说道,这样站在他身后的警员就无法听见他接下去要说的话,"如果您不告诉我他在哪儿,我就不得不也逮捕您。"

伊莎贝拉·拉科斯特微微点点头,她抿着嘴唇思索着。随后她走回到桌边,拿起自己的笔记本电脑,轻敲了几个键,然后拿着电脑来到杰力纳斯身边。

"今天早上去赴约前,伽马什来向我道歉,因为瞒着我邀请您参加调查组。"

"您对此一无所知?"

"我一点都不知情。他直接去找了布鲁奈尔总警司。是她安排了一切。伽马什解释说,当时他听说您正好在蒙特利尔皇家骑警总部,他觉得这是一个好机会。"

"邀请我来担任独立观察员?"

"是的,观察。不过,更多时候是被观察。"

"什么意思?"

拉科斯特将笔记本电脑打开。杰力纳斯睁大了眼睛,紧闭着嘴唇。这些举动都被拉科斯特看在眼里。

他向后退了一步:"伽马什校长回来的时候,叫他来见我。我在自己的房间里。他需要好好解释一下这到底是怎么一回事。"

"您也需要好好解释一下,长官。"

她慢慢合上笔记本电脑。

"您是什么时候知道的?"伽马什问夏邦杰。

伽马什拿来一把椅子,坐在夏邦杰的正对面。

"刚知道不久。事实上,我至今仍然不敢确定。我只是推论罢了。"

"那么您是根据什么进行推论的?"伽马什问道,他看到满脸汗水的夏邦杰笑了。

"根据您不可理喻的行为。"夏邦杰说道,"尤其是您对副警监的各种举动。一开始我只是怀疑。后来怀疑渐渐变成了可能。最后可能变成了确定的事实。这便能解释一切了。"

"继续说。"伽马什说道。

"瑟奇·莱杜克的确是一个堕落腐朽的家伙。不过,我们先来说说您刚接管学校时的情景吧。"

伽马什点点头。

"莱杜克在警校的营建过程中贪污了数百万。这是他通过合同欺诈以及贿赂获得的。"夏邦杰说道,"甚至还可能验收了不合格工程。"

"我们对建筑进行了检验,情况的确如此。"伽马什说道。

"但是您遇到了一个问题。虽然有说破天的嫌疑,但却抓不到现行。也就是说,您必须得有过硬的证据。您必须找到那笔钱。"

"没错。"

"这样莱杜克才会乖乖认罪。他明白这一点。一开始他或许以为您接管警校只是想整顿学校的风气——"

"老实说,我接管学校的确是因为这个。"

"好吧。但是与此同时,您也在收集关于莱杜克的证据以便逮捕他。您想把他彻底从警界清除掉。莱杜克很快就明白了您的意图。"

"其实是我自己告诉他的。"

"然后猫捉老鼠的游戏便开始了。"夏邦杰说道,"莱杜克虽然很聪明,但他仍然不是您的对手。他一定感到您在步步紧逼。他开始变得焦虑起来。于是他做了一件他本不应该做的事。"

"他联系了他的同伙。"伽马什说道,他的眼睛紧盯着夏邦杰,"他的同伙才是策划这一切的真正幕后推手。这个人知道接下来该怎么做,该把钱藏在哪儿。"

此刻夏邦杰的眼睛紧盯着伽马什。

"我一直在问自己,"伽马什继续说道,"莱杜克的同伙在哪儿?这么多年他到底隐藏在什么地方?在警校吗?不太可能。在安全局?可能性也不大,安全局已经被重新洗牌了。那么他会在哪儿呢?只有一个答案,这个人身处极其遥远的地方,完全远离人们的视线。"

"没错。"夏邦杰笑道,他前后摆动着轮椅,显得既紧张又兴奋。

"然而当几个月前莱杜克坏了规矩主动联系他的时候,他自己便成了靶子。"伽马什说道,"其实他应该小心。同伙回来了,接受了一份令所有人意外的工作。"

夏邦杰的轮椅忽然停止了前后移动,完全静止了。

"雅克去哪儿了?"惠芬问道。

"不知道。"纳撒尼尔说道。他看看爱梅莉亚,爱梅莉亚皱皱眉,然后耸耸肩。

"他没和你一起上课吗?"爱梅莉亚问道。

今天早上四名学员在教堂里和伽马什谈完之后便回到了警校。

"伽马什校长说他要和夏邦杰教授聊聊,所以我们提前下课了。我还以为雅克来这儿了呢。他不在吗?"

惠芬朝大厅四周张望。只有几名学员坐在长凳上看书。没有雅克的身影。

"他或许很快会来的。"爱梅莉亚说道,"别担心。"

"伽马什为什么要找夏邦杰?"惠芬问道,"他想跟他说什么?是说我们的事情吗?"

"为什么要说我们的事情?"爱梅莉亚反问道。

惠芬坐下来,但又立刻站了起来。

"你怎么了?"爱梅莉亚问道。

但看到惠芬脸上的表情,爱梅莉亚和纳撒尼尔也站了起来。

"出什么事了?"纳撒尼尔问道。

"看来您知道不少事啊。"伽马什说道。

"知道总比不知道强,您觉得呢?"夏邦杰反问道。

"现在该把您知道的一切告诉我了。"

夏邦杰点点头:"行。您一开始并没有将那四名学员的情况告诉杰力纳斯，当时我就在想这是为什么。您告诉波伏瓦探员和拉科斯特探长那四名学员的下落，但却不告诉杰力纳斯。更何况杰力纳斯是您自己邀请来的。我认为这只有一种可能，那就是您并不信任他。但是您瞒着拉科斯特邀请杰力纳斯参与案件调查，这并不符合您的做事习惯。我知道其中一定有原因。您认为杰力纳斯就是莱杜克的那位幕后同伙。"

"您分析得很好。"伽马什说道，"您的确知道不少事。"

"这并没有什么好惊讶的。您应该早就了解我了，校长先生。是您把我招募进学校的。"

"是布雷伯夫训练了您。"

"是在您的建议下他才训练我的。"

"没错。我们所有人都有自己的强项和弱项。米歇尔的强项就是他出色的策略。这也是他这些年来一直能置身事外的原因。看来他把您调教得很好。"

夏邦杰变得警觉起来。

"当然，还有一种可能。"伽马什说道，"我之所以邀请杰力纳斯来参与案件调查是因为我怀疑他——"

"也许一开始您并没有怀疑他，"夏邦杰说道，他在猜测伽马什接下来会说什么，"也许杰力纳斯并不是您怀疑的对象。他只是一个烟雾弹。这样一旦有人怀疑，就会怀疑到杰力纳斯身上，因为杰力纳斯去过欧洲，他在瑞士有自己的银行账户。您想让真正的凶手认为您在怀疑杰力纳斯，这样凶手便会放下戒心。"

"您觉得我有这么深谋远虑吗？"

"我想是的，长官。您以前在安全局这么错综复杂的环境中生存了下来。没有足够的智谋，您是做不到这一点的。"

"您的确应该知道。"伽马什说道。夏邦杰的脸颊微微泛红，他不知道伽马什的这句话算是赞美还是指责。

"但是我后来退出案件调查了，记得吗？"伽马什说道。

"但是现在您又回来了。浴火重生，回来复仇了。"

"不，"伽马什摇摇头，"我不是来复仇的，不是。"

"服务、廉明、正义。在发生了这么多对您不公的事情之后,您还信这一套?"夏邦杰说道。

"恰恰因为这六个字。难道愤怒就一定会导致复仇吗?"

"那么您来这儿干嘛?"夏邦杰问道。

"来教室吗? 跟您聊聊而已。"

夏邦杰看着紧闭的教室大门,他试图从轮椅上站起来。

"外面发生什么事了?"

"跟您没关系。请坐下。"

夏邦杰又看了一眼教室的大门,然后坐在了轮椅上。

"您又想误导我吗,校长先生?"夏邦杰警惕地问道,他显得很疲倦。

"这就要看您想往哪儿走了。"伽马什说道,"我来这儿不是跟您谈莱杜克的腐败问题,而是来谈凶杀案的。"

"两件事不是有关联吗?"

"莱杜克的腐败绝不仅仅是道德问题,也不仅仅是金钱问题。他的本性已经彻底堕落扭曲了。"伽马什将身子向前靠,紧盯着夏邦杰的眼睛轻声说道,"他死前想把一切都说出来。有人知道了这一情况,于是杀了他。"

"你们认为校长会把一切公之于众吗?"惠芬问道,"如果这样,我们该怎么办?"

"这很要紧吗?"爱梅莉亚问道。

"也许对你不要紧。"惠芬说道,"你已经是一个局外人了,但对雅克而言这很要紧。"

"为什么?"

"你不会明白的。"惠芬说道,"雅克喜欢被人夸赞。他喜欢成为领袖和英雄。"

"他是学生会主席。"纳撒尼尔说道。

"但是如果大家知道了莱杜克对我们所做的事,他便会被人瞧不起。大家会认为我们既软弱又愚蠢。大家会像看怪胎那样看着我们。如果发生这样的情况,雅克宁愿去死。"

"你在开玩笑吧。"纳撒尼尔说道,"你只是在打比方,是吗?"

"可恶的莱杜克了解雅克。"惠芬一边说着一边快速往外走,"莱杜克利用了雅克的这一性格特点。他不断满足雅克的需求直到雅克站在了顶峰,完全听命于自己。"

"你恨他,是吗?"走在惠芬身边的爱梅莉亚问道,"我是说莱杜克。"

"当然。你也恨他,不是吗? 但是雅克对他的感情颇为复杂。"

纳撒尼尔伸出手一把拉住了惠芬。走廊里此时正有许多学员走来走去。

"为什么?"

"你还看不出吗?"惠芬说道,"雅克和'公爵'走得太近了。"

"是的,这我知道。"

"不仅仅是走得太近。他和莱杜克简直像父子一般。他相信'公爵'告诉他的一切。他也愿意服从莱杜克的所有命令。莱杜克说这一切都是为了他好。他完全相信莱杜克说的话。"

"可是父亲会对儿子做出那样的事吗?"纳撒尼尔反问道。

"你是指用枪抵着自己的脑袋,然后扣动扳机?"惠芬问道,"对于莱杜克而言,这是一种操控。你们不过才被操控了几个月,而雅克被操控了整整三年。"

"你也被操控了三年,不是吗?"爱梅莉亚说道。

"相信我,我的情况和雅克完全不同。我是被迫的,而雅克是自愿的。当然,一开始的时候雅克并非自愿,但到了二年级,雅克已经完全听命于莱杜克了。如果莱杜克要他杀了某个人,我想雅克一定会照做。"

"你真的这么认为?"爱梅莉亚说道。

惠芬抿着嘴唇,点点头。

"可是莱杜克不是已经死了吗?"爱梅莉亚说道。

她马上意识到了答案。

现在的雅克已经没有了方向,没有了指引。掌控方向的船舵已经失灵了,雅克迷失了方向。

"我真希望你们能认识以前的雅克。那时他……"惠芬想寻找一个合适的词,"很聪明,而且很幽默,是一个天生的领导者。莱杜克看到这一点,他也毁掉了这一点。"

惠芬用厌恶的语气说着。纳撒尼尔和爱梅莉亚彼此交换了一下眼神。

...41

"请进。"布雷伯夫站在门口说道。

"你似乎一点都不惊讶啊,米歇尔。"伽马什说道。

和夏邦杰聊完后,伽马什直接来到布雷伯夫的办公室。夏邦杰曾是布雷伯夫一手调教出来的高徒。

"我并不知道你会来,但是我从来处事不惊。"布雷伯夫说道,他朝两把空椅子指了指。

伽马什环顾了一下四周。布雷伯夫来学校已经有好几个月了,但是伽马什还未来过他的办公室。

伽马什很惊讶这里竟有这么多自己熟悉的东西——家人的照片以及以前挂在布雷伯夫家里的一幅画。

米歇尔把他最喜欢的那把椅子也带了过来。他让伽马什坐在这把椅子上,自己则坐在对面。

"我能帮你什么忙吗?"

"我知道真相了,我得告诉你。"

"啊,"布雷伯夫叹了一口气,"是吗?"

布雷伯夫的脸上露出狡黠的笑容,他仔细打量着伽马什。

"我有可能低估了你,阿尔芒。我曾经那样崇拜你,但同时我又把你当成一个孩子。这很奇怪,是不是?我看到你去了剑桥,我看到你结婚生子。后来你成为了安全局的一名资深警官,但是我一直把你视为一个盼望父母早日归来的可怜孩子,一个需要我保护的孩子。"

"可是几年前你背叛了我,米歇尔。因为你我差点连命都没了。"

"那并不是我的本意。"

"是吗?优秀的策略家没料到会发生那样的事?"

"那是个错误。"布雷伯夫承认道。

"那么杀死莱杜克也是个错误?"

布雷伯夫慢慢地摇着头,但他的眼睛始终看着阿尔芒:"不,这是我计划好的。我知道我来学校意味着什么。我发现了两件事。"

"什么事?"

伽马什知道自己此刻正在被引导,也许是误导,就像夏邦杰说的那样。但是伽马什需要知道。

"莱杜克是一个笨蛋。"布雷伯夫说道,"他的灵魂已经被腐蚀了。但是他也是一个拥有强大权力的人。愚蠢和权力集中在一个人身上。我们都清楚这样的人有多么危险,不是吗?尤其对于那些涉世未深的年轻学员们。如果莱杜克没有来警校,他会成为一名宗教领袖。他会拥有许多狂热的追随者。事实上,他把学校打造成了一个狂热分子的基地,不是吗?"

伽马什聆听着,但并未点头以示赞同。他努力不让自己的思路被布雷伯夫牵引。

"第一晚在你的晚会上和他碰面后,他就一直把我视为他的好朋友。他认为我和他一样对你充满了怨恨,可是他并不知道我对你的复杂情感。"

布雷伯夫温柔地看着伽马什,他毫不掩饰自己对伽马什的感情。

然而,阿尔芒此刻却在问自己,这是布雷伯夫的伪装吗?在这柔情的表面之下究竟还隐藏着什么呢？

"所以你经常和莱杜克来往。你说你是因为孤独。"

"部分原因的确如此。"布雷伯夫承认，"也许我被莱杜克对我明显的尊重打动了。我已经有很长时间没有受到他人的尊重了。"

布雷伯夫狡猾地笑起来。他又成了伽马什了解的布雷伯夫。这是一个他最了解不过的男人，是一个他从孩提时代以来就一直深爱并尊重的人。

尽管之前发生了许多事，但是伽马什仍然感到亲切，仿佛他的基因里融合了布雷伯夫的基因。童年发生的一切深深融入了伽马什的灵魂。不仅仅有失去父母的痛苦，还有欢笑，自由和友谊。是的，那是一种不是兄弟胜似兄弟的友谊。

伽马什看着布雷伯夫，感到自己快要哭了。

"到底发生了什么，米歇尔？"

"就在那天晚上，莱杜克邀请我去他的房间。在喝了很多酒之后，他拿出了他的左轮手枪。"

伽马什其实想问布雷伯夫，他是何时何地偏离正途，何时何地抛弃了彼此的友谊。

可是布雷伯夫却给了伽马什一个他完全没想到的回答。

"他告诉我他用那把手枪做了些什么。"布雷伯夫继续说道，"我曾做过许多让我感到羞耻的事情。我所做的许多事是无法被原谅的。但是莱杜克跟我说的事却让我感到无比的恶心和厌恶。"

布雷伯夫的视线从伽马什身上移向房门。他似乎看到了什么，脸上忽然露出了微笑。他朝门的方向做了一个手势。

伽马什试图控制自己，但也情不自禁地扭头看着布雷伯夫所指的方向。

门背上挂着一个小小的画框，形状看上去像一朵蔷薇花。

伽马什立刻就认出来。那是自己几十年前送给布雷伯夫的。

这件东西曾是阿尔芒最珍爱的物件。

它是一条手绢，是阿尔芒母亲送给阿尔芒父亲的圣诞节礼物。

他记得每条手绢的一角都绣着父亲姓名的首字母 HG。卓拉想帮母亲绣，但母亲拒绝了，她想自己完成刺绣。刺绣对母亲而言并非一件容易的事情。这两个字母绣得有些歪斜，只有刺绣人自己才能看得出绣的是什么。

有时看上去像 H6，有时又像 ♯Q。甚至还能看到血迹，那是母亲在刺绣时扎着自己而留下的。

但是如果你清楚这背后的故事，手绢上的刺绣说明了一件事。

HG，奥诺雷·伽马什被爱梅莉亚深深爱着。

阿尔芒的父亲那时每天都会随身带一条这样的手绢。

在父母去世次日的早上，阿尔芒走进他们的房间。房间里仍然充满了他们的气息——衣服、书籍、书签。时钟还在滴答地响着。阿尔芒觉得很奇怪，他认为时间应该停止了。

在梳妆台上放着一条干净的手绢。

他将手绢塞进自己的口袋，总是带着。

直到有一天当在玩游戏时，米歇尔摔了下来，磕破了膝盖。阿尔芒从口袋里拿出那条手绢，包扎在他的伤口上。血止住了。阿尔芒看看那条手绢，随后又看了看米歇尔，米歇尔正用袖子擦着眼泪。

阿尔芒拿出一把小刀，在自己的手指上轻轻划了一刀。米歇尔屏住呼吸，看着阿尔芒将自己的鲜血涂抹在那条手绢上，他停止了哭泣。

从那天起他们成为了生死与共的兄弟。

"我们是血盟兄弟。"阿尔芒曾这样说道，他把那条手绢交给米歇尔。米歇尔这么多年一直保存着它。

此刻这条手绢又回来了。它曾是伽马什的全部世界，一个世俗与高尚相互交织的世界。

在 HG 这两个字母的一角，血迹仍然清晰可见。

阿尔芒转过头，看着米歇尔。

"我也许做过许多坏事，"米歇尔说道，"但我不是凶手。"

"那么谁杀了莱杜克？"

杰力纳斯站在窗前,看着远处的田野。几个月前还在巴黎时,他曾俯瞰整个杜乐丽花园。他曾在卢森堡赞叹中世纪的古迹,也曾在威尼斯的叹息桥边赞叹不已。

此刻他眺望着一片无边无际、毫无生气的田野。

"让我们一起去放风筝吧。"他忽然低声哼唱起来。

在拉科斯特给他看笔记本电脑的那一刻,他便知道了自己接下来的命运。

现在他等着有人来敲门。

"我什么都没做。"惠芬说道,她匆忙地沿着走廊走着,"我本应该做些什么,可我什么都没做。我真正担心的是雅克。"

"雅克做了什么?"纳撒尼尔问道,他紧跟在惠芬身后。

"我担心的是他将会做什么。"

"我们这是要去哪儿?"爱梅莉亚问道,"等等,我们得制订一个计划。我们不能这样毫无目的地乱找。"

"我的确有一个计划。"惠芬说道,她一边快速走着一边看着前方,"我想我知道雅克在哪儿。"

"在哪儿?"

"在那座工厂,就是我们进行实训的工厂。"

"见鬼。"爱梅莉亚轻声说道,她知道惠芬很有可能是对的。

除了那座让他胆战心惊的工厂,高傲的雅克还能去哪儿呢?那座工厂会暴露他所有的弱点。

他曾在那里一再受挫。

他曾在那里目睹死亡。

"见鬼。"爱梅莉亚听到纳撒尼尔嘀咕道。

大家加快了脚步。

"告诉我。"阿尔芒说道。

如同在深夜讲鬼故事一般,米歇尔开始讲述自己的故事。

"那天晚上,也就是莱杜克邀请我去他房间的那天晚上,他告诉我他吸收了几名新学员。但是他们似乎并不服从他的管教,不过他知道如何对付他们。在喝了一些酒之后,他走进卧室,然后拿出一个托盘。他仿佛像在举行仪式一般将托盘高高举起,就像冠军举起金牌一样。"

伽马什能想象当时的场景:莱杜克从卧室里走出来,粗壮的手臂高高举起那个托盘。他想让自己成为英雄。他认为在所有人当中只有布雷伯夫懂得欣赏他的仪式。

"最后我看到了托盘上的东西。"布雷伯夫继续说道,"那是一把老式左轮手枪。但我马上意识到,尽管它的设计风格颇为老式,但它是一把崭新的手枪。我把手枪拿了起来。"

他模仿拿枪时的动作。

"我从没用过左轮手枪。你呢?"

"在那之前我也没用过。"

是在用左轮手枪杀死莱杜克之前吗?

"虽然我们以前使用的警用手枪很有效,但是它们的威力都太小了。"

"这取决于你对威力的理解。"伽马什说道。

"没错。左轮手枪对于莱杜克而言最合适不过了。他告诉我他第一次把这把枪交给学员时的情景。他当时拥有这把枪已经有一年,但却从未使用过。他并不认为他让学员做的事情是错误的,他只是担心学员会把这件事告诉其他人。不过他意识到自己有办法解决这个问题。他要挑选那些他认为合适的学员。也许你认为他会挑选那些胆小的学员,但是你错了。他挑选的都是那些胆子最大,而且并不听命于他的学员。"

布雷伯夫思考了片刻,他的思绪又回到了那个夜晚。

"当时我并不知道他在说什么。最后他向我挑明,他让学员们用这把左轮手枪玩俄罗斯轮盘赌。"

他低头看着自己的双手,仿佛还握着那把手枪似的。然后抬起头。

"我在离开莱杜克的房间之后就来到你的房间。我原本想把这件事告诉你。"

"当时你为什么没有说?"

"从你的谈话中我感觉你似乎已经知道了这件事。当我问你准备怎么处理莱杜克时,你叫我管好自己的事。我认为你已经知道了莱杜克的所作所为,正准备采取行动。"

阿尔芒摇摇头:"我昨晚才知道这件事。我本应该更早了解情况才对。但我从没想过有人会对学员做出这样的事情,哪怕莱杜克这个虐待狂。我现在明白他为什么会藏着那把左轮手枪以及为什么会装着消音器了。以备不时之需。"

"只放一颗子弹,然后转动弹仓。砰。"布雷伯夫说道,"只有左轮手枪能这样做。当莱杜克告诉我这一切时,他一直在微笑。那时我明白你为什么要来学校了。"

"我?"阿尔芒问道,他对于话题的突然转变感到颇为惊讶。

"我知道你打算做什么。你来学校就是为了除掉莱杜克。你开除了其他腐败的教职工,但却唯独留下莱杜克。这是为什么呢?我一直在问自己。因为你对他另有打算。你想永远除掉他,这样他便无法再折磨别人了。"

"可我告诉你了,我并不知道俄罗斯轮盘赌。"伽马什说道,"我希望我知道。我希望学员们没有经历那些可怕的事。但是我对此真的一无所知。"

"可是你最终还是发现了。你不断在搜集有关莱杜克的犯罪证据。当你发现了莱杜克的真面目之后,你会做什么呢?"

伽马什沉默不语。

"你会去找他,然后你可能会杀了他。为了保护学员,你会这么做的。"

"我可以逮捕他。"

"什么理由?他不会承认的。那些可怜的学员会不知所措,只要莱杜克活着,他们是不敢承认玩了俄罗斯轮盘赌的。"

他看着伽马什,他能看出伽马什内心的挣扎。于是开始用一种轻柔的近似窃窃私语的口吻说道:"莱杜克必须去死,必须有人杀了他。你像我一样一直在寻找其他解决的办法,但最终别无选择。于是那天晚上你去了他的房间,要求看一下那把左轮手枪。你拿起那把枪,然后在弹仓里装上子弹。他站在旁边看着,向你解释只能装一颗子弹。然后你把枪对准他的太阳穴。当他意识到你的真正意图并苦苦哀求饶命的时候,你扣动了扳机。"

两人互相对视着。这个故事让他们不寒而栗。

"然而,更可怕的事情接踵而至,阿尔芒。你杀了一个毫无防备的人,你判处了他死刑,而这也等于判处了你自己的死刑。因为保护学员,你犯下了不可饶恕的罪孽。我不会把这件事说出去的,伽马什,因为我欠你一份人情。"

杰力纳斯副警监听见了脚步声。很快有人敲门了。

他拿起他的手枪,然后站在房间正中央。伽马什曾向他解释,这间房间以前曾是一名年轻教师的房间,所以房间里的设施——卧室,客厅和厨房——都十分狭小。

然而,杰力纳斯的需求十分简单。他是喜欢欧洲那些大酒店的奢侈与美食。然而,没有了妻子的陪伴,所有快乐都显得那样虚无缥缈。

他真正需要的只是一张床,一个小小的书柜和一个能摆放妻子照片的地方。此刻妻子的照片正摆放在书桌上。

妻子激励他成为一个好人。杰力纳斯曾想过,妻子是否知道他的真实面目。他的真实面目就隐藏在他表面的忠诚之下。

妻子去世之后,杰力纳斯发现自己不必再隐藏了。所有的束缚被打破了。他自由了,同时也迷失了方向。

现在他站在这间小小的房间里,举起了手枪。

"杰力纳斯副警监,您在吗?"门外传来伊莎贝拉·拉科斯特的声音。

"请进。"

拉科斯特打开门,然后怔住了。她迟疑了片刻,随后向身后的警员说了几句话。

然后她一个人走进房间,随手关上了房门。

"请把枪给我。"她伸手说道。

"我认为他可能有枪。"惠芬对爱梅莉亚和纳撒尼尔说道。此时他们已经来到工厂。

"什么?"

"他怎么弄到枪的?"

"是'公爵'送给他作为生日礼物的。"

两名新生看着惠芬。

"你是怎么知道的?"爱梅莉亚问道。

"我猜的。但这并不奇怪。"

爱梅莉亚可以理解,所有现在看似不可思议的事情当时都是合情合理的。当时的莱杜克有能力凭借手中的权力创造一个属于他自己的世界。只要他认为是合情合理的,那么一切就是合情合理的。

"在莱杜克被杀后,"爱梅莉亚问道,"你为什么不告诉伽马什?"

"我不想让雅克遇到麻烦。莱杜克被杀后,我问过雅克他是否有枪,但他否认了。我相信了他。"

"我们还是小心为妙。"爱梅莉亚说道。

他们来到实训基地,看着工厂紧闭的大门。

"我们是不是应该找一名老师?"纳撒尼尔看着工厂内空荡荡的走廊说道。

"让他知道雅克有枪?"惠芬说道,"你不想进去你可以走。"

"你觉得他会对我们开枪吗?"纳撒尼尔问道。

"这很重要吗?"惠芬问道。

"有一点。"纳撒尼尔回答道。

"我的意思是,如果他会开枪,你是不是就不进去了?"惠芬指着工厂的大门。

纳撒尼尔思索了片刻,然后摇摇头。

惠芬看着爱梅莉亚。爱梅莉亚也摇了摇头。

四个月前,爱梅莉亚曾通过卖淫来换取毒品。

四个月前,纳撒尼尔曾站在餐桌边等待着客人的小费。

四个月前,惠芬曾拿起手枪抵着自己的脑袋。

此刻她伸手推开工厂的大门,爱梅莉亚和纳撒尼尔站在她的身边。他们进入工厂,向前走去。

"把枪给我。"

布雷伯夫走到吧台边,然后给自己和伽马什各倒了一大杯苏格兰威士忌。他转过身。这时伽马什发现布雷伯夫的手中除了有一杯威士忌之外,还拿着一把手枪。他慵懒地拿着手枪,仿佛那只是一张餐巾纸或是一根搅拌棒。

伽马什慢慢地站了起来。

"现在轮到我了吗?你要杀我吗?"

"像我们以前在皇家山①上玩打仗游戏?"

"我以为我们是同一个阵营的。"伽马什说道,"现在把枪给我。"

"我给你倒了一杯威士忌。你或许想喝一杯。"

杰力纳斯站在房间的中央,他拿枪对着伊莎贝拉。

"您是莱杜克的同伙,是吗?"拉科斯特问道,她的语气显得很平静,仿佛在闲聊一般。然而,她涨得通红的脸颊表明了内心极度紧张的情绪。

"莱杜克是一个笨蛋。"杰力纳斯说道,他明白现在否认一切为时已晚,"但是我需要他。"

"合同欺诈。你们一定得到了不少好处吧。"

杰力纳斯点点头:"钱现在就在卢森堡的一个账户里。当我告诉伽马什的时候,我意识到自己犯了一个错误。当时我向他提到了卢森堡。我一说出口便意识到自己有多么愚蠢。当然,那时我并不确定伽马什是否知道了具体情况。"

"他注意到了。但那证实了他的怀疑。"

"当莱杜克联系我并告诉我伽马什正在调查他的时候,他十分恐慌。我也很恐慌。我知道他根本不是伽马什的对手。所以我从欧洲回来了。"

---

① 蒙特利尔郊外的一座小山。

"回来杀死莱杜克吗?"

"也许吧。我不知道。"

他仍然紧紧握着手枪。

"但是我并没有杀他。是伽马什第一个到达现场的。"

"不,不是伽马什。"拉科斯特说道。

"那么是谁?"杰力纳斯问道。

拉科斯特再一次举起手,她的目光和她的动作一样坚定而沉稳。

"现在门外有两名安全局警员。一切已经真相大白。您只是犯了贪污罪,并没有杀人。现在请把枪给我。"

杰力纳斯交出了手枪。

...42

  学员们沿着工厂的走廊匆忙地走着。他们一边向前走,一边向空荡荡的厂房里张望。
  惠芬十分熟悉这座工厂的布局。她曾有许多次在这里演习如何解救人质以及抓捕绑匪。
  不过她从来没有担任过指挥。指挥者通常是雅克,而雅克指挥的结果往往是一场灾难——人质死了,警察被杀,绑匪逃跑。大家都清楚雅克并非一名优秀的指挥者,但是莱杜克却一直告诉雅克他无所不能。
  每当雅克惨败而归时,莱杜克都会拿出那把左轮手枪。莱杜克说这并不是惩罚,而是一种激励。这是为了他好。
  此刻惠芬带领着她的小分队。爱梅莉亚和纳撒尼尔被她的手势弄糊涂了。他们小心翼翼地向前走着。
  最后他们站在一起,停下了脚步。
  "我想雅克可能不在这儿。"惠芬说道,她环顾着四周。
  "如果他不在这儿,"爱梅莉亚说道,"那么他会在哪儿?"

"你不应该在这儿。"让-居伊说道,他慢慢走进房间。

他想去找伽马什,但经过莱杜克生前的房间时,他发现房间的门敞开着。

他小心翼翼地走进去,手枪还放在皮套里没有拔出。

他看到雅克站在房间的中央,手里正举着一把枪。

"我在这里度过了很多时间。"雅克说道,他看着周围,似乎对封条、黄色的警戒线以及地板上的斑斑血渍视若无睹,"以前我就坐在这里,"他用手枪指了指,"'公爵'就坐在那里。当时只有我和他两个人。他给了我这把手枪作为我的生日礼物。"

波伏瓦看着雅克手里的那把枪。那是一把警用自动枪,和他枪套里的那把一样。

"他说有朝一日我会成为一名了不起的警察。我会管理整个安全局。他会帮我实现这一梦想。他是我的导师,我的主人。他说每一个伟大的人物都需要一个主人。"

"但是你不需要,是不是?"让-居伊说道,他将房门关了起来,"你需要别的东西,你需要一个真正关心你的人。你以为能在莱杜克身上能找到这些。"

"我找到了,"雅克咬牙切齿地说道,"他是真正关心我的人。"

"但是后来伽马什校长来了,你的世界开始倾斜了,是吗?"让-居伊说道,他没有向前走,而是站在原地不动,"我能理解你当时的感受。"

"不,你根本不理解。"

"我理解。我也曾遇到过同样的事情。当我第一次见到伽马什先生的时候,我也曾认为我的世界倾斜了。我开始对一切产生怀疑。我也因此恨过伽马什。"

波伏瓦的眼睛始终紧盯着雅克。雅克开始将视线转向窗外。

"但是憎恨是会转化的。"波伏瓦继续说道,犹如在讲述一个童话故事,"我开始憎恨每一个我曾经信任的人。那些人曾告诉我这个世界充满暴力,我必须先下手为强。"

"他真的很关心我。"雅克轻声说道。

"你听从了莱杜克的话,参加了伽马什校长的聚会,然后向莱杜克汇报情况。你一定发现了不对劲的地方,伽马什并不像莱杜克所描述的那样坏。"

雅克站着,眼睛中露出戒备的眼神。

"你的世界被颠覆了,"波伏瓦继续说道,"现实和你曾经相信的一切完全不同。于是你开始变得不知所措。你不知道应该相信谁,不知道应该往哪儿去。迷失方向有时比走错路更可怕。有些人会迷失很长时间。最后他们会变得精疲力尽。他们会彻底崩溃。这时已经无路可走了。我明白这种感受。"

雅克站着一动不动,他似乎无法理解波伏瓦的话。

波伏瓦思考着该如何将这个年轻人拉回正途。

"你看过那个视频,是吗?"波伏瓦问道。

雅克的身子微微颤动了一下,但是他仍站着一动不动。

"除了自己的家人和最信任的朋友之外,伽马什校长从未向他人提起过那一天所发生的事情。然而,他却和你聊起了那天的事,这的确很不同寻常。他向你展示了自己的伤疤。"

波伏瓦看着雅克。雅克这些年一直被一个疯子掌控着,完全分不清善与恶。他所能看到只有毫无生机的荒原。

"当有人朝我们开枪时,我们会予以反击。"波伏瓦说道。

雅克点点头。

"当有人向你传达善意时,你也应该及时予以回应。"波伏瓦轻声说道。他说话的语气显得十分小心,生怕会激怒这个年轻人。

"过了很长时间我才意识到自己对于伽马什的怨恨发生了变化。我开始怨恨我自己。"

"你现在还怨恨自己吗?"雅克问道,他的目光从窗边移向远处的荒野。

"不再怨恨了。这花了很长时间并得到了许多人的帮助。雅克,虽然这个世界极其残忍,但是它也充满了善意。你知道吗? 善良可以打败残忍。相信我,残忍终将被击败。"

他向雅克伸出双手。雅克目不转睛地看着。

"相信我。"让-居伊再次轻声说道。

雅克终于相信了。

"你怎么知道是我干的?"

"那些指纹。"伽马什说道。

"哦。"他含糊地应和道。

"我知道那些指纹不是我的,但是凶器上分明有我的指纹。这说明我的指纹是有人故意印上去的。在警校能够做到这一点的人并不多。雨果·夏邦杰是一个,还有一个人便是他曾经的指导者——你。你故意将几个人的指纹重叠在一起,其中也包括莱杜克的指纹和你自己的指纹。你的确做得很好。只有经过缜密的分析才能辨别出这些指纹。这是一个优秀的策略家会做的事。这样的人会暗示,但却从不妄下结论。"

布雷伯夫对此并不否认。现在轮到他保持沉默了。

他们都坐了下来。枪就放在布雷伯夫旁边的椅子上。他们面前各放着一杯苏格兰威士忌,但谁都没有喝。

"你说你杀死莱杜克是为了帮我。"

"是的,我在帮你铲除罪恶。"布雷伯夫说道。

"但是你却把我的指纹印在凶器上。你让人们怀疑我是凶手。"

"不是这样的。我使用你的指纹是因为我知道不会有人怀疑你。"

"但是我的确被怀疑了。"

布雷伯夫的脸上第一次露出了困惑的表情:"是的,我明白你的意思。怀疑你的人是那个皇家骑警。但是你自己的人并没有怀疑你啊。"

"别这么肯定。"伽马什说道,"曾经的英雄被人怀疑杀人这是怎么样的一种感受,你明白吗?"

布雷伯夫咯咯地笑起来:"欢迎回到人间,阿尔芒。人间本来就是肮脏龌龊的。"

"还有那张地图。莱杜克床头柜里的那张地图。那上面也有我的指纹。是你把地图放进莱杜克床头柜的抽屉里的,是不是?"

"我并不想针对你。"

伽马什打量着布雷伯夫,凝视着他脸上的每一根线条。岁月、焦虑和孤独在布雷伯夫的脸上刻画出一道道纹路。此外,酗酒和内心的不安也让他看上去颇为苍老。

终于,他在这张苍老的脸上发现了真相。

"你说你来学校的头一个晚上就发现了两件事。一件事是莱杜克的俄罗斯轮盘赌。那么另一件是什么?"

布雷伯夫看着伽马什,凝视着伽马什的眼睛和嘴角。有些许的焦虑和哀伤,但是更多流露出的是一种满足。他仿佛正坐在壁炉边和自己的家人或是好友闲聊似的。

如果布雷伯夫没有走上歧路;如果他关上城门而不是打开城门,那么此刻他真的可以好好和伽马什聊聊天。

布雷伯夫一直怨恨着伽马什,但是也一直爱着伽马什。

"我想你知道另一件事是什么。"米歇尔说道。

"告诉我。"

"那就是爱梅莉亚·肖凯。"

没错,这就是布雷伯夫的另一大发现。

"当莱杜克谈论他新招募的学员时,他特地提到了爱梅莉亚。这个名字我很熟悉,但是我一下子想不起来。但是当莱杜克告诉我他曾拒绝了爱梅莉亚的申请,而你却接受了她的申请时,我终于想起来了。我终于知道她是谁以及你为什么要把她弄进学校了。"

"为什么?"

"服务、廉明、正义。你终于有了实现正义的机会。"

"你认为我打算伤害她?"

"难道不是吗?否则你干嘛把她弄进学校?你为什么要把一个根本不适合当警察的人弄进警校呢?"

"不适合?为什么?只是因为她与众不同吗?不,我让她来警校并不是为了复仇,也不是为了实现什么正义。我是想救她。"

布雷伯夫一脸茫然地看着伽马什,他无法理解伽马什说的话。

"当然，也是为了救我自己。"伽马什说道，"我唯一能够得到解脱的方式不是以怨报怨，而是多做善事。要做到这一点并不容易。我曾有好多次将她的申请归到拒绝的一类。我知道如果拒绝她的申请对她而言将意味着什么。她的人生将变得绝望，她很有可能会死在街边。"

阿尔芒低头看着自己的双手，在他的一根手指上留有一道小小的伤疤。

"你这么做是为了救她？"米歇尔不知所措地问道。

"是的，你也知道其中的原因。爱梅莉亚是一个聪明的女孩儿。有朝一日她会掌管整个安全局。"

米歇尔仍然目不转睛地看着他。

伽马什将身子往前靠："你把爱梅莉亚的指纹印在凶器上，你知道人们一定会怀疑她。你偷走了她的地图复印件并把它放在莱杜克的床头柜里。我之所以怀疑你是因为现场的一切都布置得天衣无缝。虽然没有直接证据能指明凶手是爱梅莉亚，但是警方的调查最终会指向她。"

布雷伯夫的手朝放在一边的手枪缓缓移动，他慢慢地握紧手枪。

"这就是你的计划。你想让警方怀疑爱梅莉亚就是杀死莱杜克的凶手。"

"我这么做全是为了你。"

他一下子站了起来，举起手枪。

阿尔芒也站了起来，伸出一只手。

"把枪给我，米歇尔。"

布雷伯夫向后退了一步，他紧紧攥着手枪，然后将手枪抵着自己的太阳穴。

"别这样！"伽马什喊道，他试图掩盖话语中的恐惧，试图掌控已经失控的局面。

米歇尔脸上的表情与当年阿尔芒替他包扎伤口时的表情一模一样。那是充满痛苦的表情。

阿尔芒希望自己能再次止住他伤口流出的鲜血。

他伸出的手开始颤抖，他极力使自己保持冷静："你还记得我父母的葬礼和后来你来我家时的情景吗？我当时始终保持沉默。所有从我身边经过的大人都尽量避开我，因为他们不知道应该对我说什么。"他用急促的语速说道，试图用自己的语言将米歇尔拉回正途，"我当时一言不发地坐着。你走过来坐在我身边。你轻声在我耳边说了一句话。你还记得你当时说了什么吗？"

米歇尔拿枪的手微微抖动了一下。

"你个肮脏的淘气鬼。"他轻声说道。

阿尔芒点点头："当时我笑了起来。我不知道我还会笑，但是你让我明白我仍然可以笑。是你给了我欢乐的希望。"

米歇尔拿枪的手微微下垂。

"我知道，现在一切看上去已经毫无希望了。"阿尔芒说道，"一切似乎已经没有退路了。"

米歇尔点点头。

"但是一切都会变好的。我向你保证。"

"你知道吗？有一天晚上我悄悄跟踪你。"米歇尔说道，"我跟踪你来到那座小镇。"

"是你？"

"我想看看你到底住在哪里。"布雷伯夫说道。他停顿片刻，然后继续："那座小镇非常祥和。当时我坐在车里，希望能到你家里做客。或许我也可以在那里买一间房子，每天晚上在当地的小酒馆里喝上几杯。或许参加一个读书会。"

他就像在说一个最可怕的鬼故事。一种如同鬼魅般的生活。

"你知道的，我会死在监狱里。或者老死，或是被人打死。也许监狱里有人知道我以前的身份。你觉得我是死在这里好，还是死在监狱里好呢？"

他再次举起手中的枪。阿尔芒伸出双手，不过不是去夺枪而是去救人。

"把手给我。"他恳求道，"不会有事的。一切都会好的。来吧，米歇尔，把你的手给我。"

米歇尔低头看着他伸出的双手,然后抬头看着他的眼睛。他再一次将手枪抵着自己的太阳穴。

"看在上帝的分上,"阿尔芒轻声说道,"别这样,我求你了。"他绞尽脑汁想说些什么,以阻止布雷伯夫的举动,"难道你想让我为此愧疚一辈子吗?"

"那你转过身去,阿尔芒。"

当听到枪声时,波伏瓦吓了一跳。

他和雅克来到了伽马什的房间。雅克洗了一把脸,而波伏瓦则给自己和雅克各倒了一杯可乐。他们正坐在沙发上,这时传来了枪声。

"待在这儿。"

让-居伊来到走廊里,枪声似乎还在走廊里回响着。他迅速来到布雷伯夫的办公室门前,然后一脚将门踹开。

伽马什站在房间的中央,他的脸上有喷溅的血迹。他的脚边躺着一具尸体。伽马什紧闭着双眼,但是为时已晚。

他没有转过身去。

...43

远处传来一阵哀嚎,然后又传来一个熟悉的声音。"啊,看在上帝的分上,这个声音能停止吗?"

"也许是渴了吧。"克莱拉说道,"婴儿想喝东西的时候就会发出这样的声音。"

"啊,"莫娜从前排的座位上转过身,"我还以为是露丝发出的声音呢。"

又是一阵刺耳的尖叫声。

"拜托,"莫娜说道,"能不能轻一点。"

露丝嘀咕道:"可以给他来点莱茵白葡萄酒。"

"嘘!"大家异口同声地说道。

"是在说我吗?"露丝问道,"你们是在叫我安静吗?你们还是叫那个孩子安静点吧。"

露丝把罗萨的脑袋转向教堂圣坛的方向。

现在是晚春时节一个温暖的早晨。三松镇的居民都聚集在圣托马斯教堂里。

阿尔芒站在正前方,面对着众人。

丹尼尔和妻子罗斯琳带着他们的女儿弗洛伦丝和卓拉从巴黎回来了。

让-居伊一家站在最前排。

在他们身后则是许多或坐或站的朋友。在教堂的最后排站着四名警校的学员。

雅克,惠芬,纳撒尼尔,爱梅莉亚。

警校的毕业典礼在前一天已经举行过了。这是本学期最为重要的一件事。

毕业典礼上,学员们犹如一个人似的严肃而笔挺地站立着。伽马什校长走进演讲大厅,独自一个人走过一排排座位。

他登上演讲台,看着下面的学员。他们身穿蓝色制服,有的即将毕业进入安全局成为一名警察,有的仍将在警校继续学习。

大家的制服都熨烫得十分挺括。制服上的纽扣闪闪发光。年轻的脸庞显得清纯而有光泽。

伽马什默默地注视着大家,大家也默默地注视着他。悲剧的阴影曾经使他和学员们如此隔阂。过去和现在的时光也曾由于那场悲剧而显得惨淡无光。也许未来的日子仍会受到影响。

伽马什的脸上露出了微笑。

他的微笑显得如此灿烂。

他不停地微笑着。

学员们也开始微笑起来。他们彼此看着对方,直至黑暗开始消退。他终于开口说话了。

"事物往往在即将毁灭时才会变得最强大。"伽马什校长说道,他的声音显得深沉而稳重。这句话是对每一位在座的学员以及他们的家庭所说的。

然后伽马什开始讲述起发生的事情——伤痛的往事和伤口的愈合。

最后他说道:"我们所有人都不完美。我们会犯错。我们会做一些令自己后悔的事。我们会遇到各种诱惑,有时我们甚至会被诱惑俘虏,这并非因为我们懦弱或是邪恶,而是因为我们是活生生的人。我们都会犯错。我们要牢记这一点。"

他沉默了片刻。整个演讲大厅鸦雀无声。

"如果我们有勇气寻找退路,退路总是能找到的。我很抱歉;我错了;我不知道。"他又停顿片刻,"我需要帮助。这几句话就是我们的指路标识,是为我们指引方向的明灯。"

于是他又笑了。他的脸上露出深深的笑痕,眼中闪烁着亮光。

"你们都很了不起。我为你们每一个人自豪。能够和大家一起共事是我的荣幸。"

大厅里鸦雀无声,然后爆发出持久而欢快的掌声。学员们将警官帽向上抛掷,然后彼此拥抱。伽马什站在演讲台上,微笑地看着这一切。

在每位毕业学员的座位下面都有一个包裹,里面有两本书:马可·奥勒留的《沉思录》和露丝·萨多的诗集《我很好》。这是伽马什校长及夫人送给毕业学员的礼物。

典礼结束之后,每位学员都站起身迫不及待地将伽马什校长介绍给自己的家人。

让-居伊一直站在伽马什身边。他始终注视着周围的一切。终于他在人群中看到了他们,于是他朝他们走了过去。

这时一只手拉住了波伏瓦的胳膊。

"你确定?"让-居伊问道。

"是的,我确定。"

然而,伽马什显得并不那么确定。他的脸色看上去十分苍白,但双颊却又泛着红晕,仿佛他的身体正处于极度的矛盾之中,尚未准备好投入一场战争。

他们看到爱梅莉亚·肖凯在人群中穿梭着。

"我可以拦住他们,"让-居伊轻声说道,"就说几句话。"

但是伽马什一言不发,他的眼睛睁得大大的。波伏瓦发现他的右手在微微颤抖。

"伽马什校长。"爱梅莉亚说道,"我想让您认识一下我的父亲。"

爱梅莉亚的父亲显得十分纤瘦,看上去比伽马什年长十岁左右。

肖凯先生凝视着伽马什,然后伸出手:"感谢您改变了我女儿的人生。您又把她引向了正道。非常感谢。"

伽马什看着对方伸出的手,然后又看着对方的眼睛。

"欢迎您前来参加典礼,先生。"

伽马什和肖凯先生的手握在了一起。

现在轮到阿尔芒站到让-居伊身边了。安妮和蕾娜-玛丽站在洗礼盘的两边,正中间站着牧师。

洗礼的牧师是加布里。这是他给自己加封的头衔。

他穿着牧师的长袍。他的怀中抱着安妮和波伏瓦的孩子。

"上帝啊,"奥利维轻声说道,"请不要让他抱起那个孩子,然后高唱《生生不息》①。我会受不了的。"

孩子开始在加布里的怀中嚎啕大哭起来。

"这不算什么。"让-居伊轻声对阿尔芒说道,"他夜里的哭声才可怕呢。"

"我知道。可以哭一整个晚上。"

让-居伊自豪地微笑起来。

加布里将孩子高高举起,仿佛是在向公众进行展示一般:"让我们一起高歌吧。"

"啊,不要。"奥利维轻声说道。

加布里开始用他高亢的嗓音唱起《生生不息》。教堂里其他人也开始合唱起来。最后奥利维也放开嗓门加入了合唱。

让-居伊看着自己的儿子,他再次感受到一股爱意的暖流。他看了一眼阿尔芒,发现他停止了歌唱,正目瞪口呆地看着正前方。

"怎么了?"让-居伊轻声问道,他顺着伽马什的视线望去,"是学员

---

① 迪士尼动画片《狮子王》主题曲。

们吗?"

阿尔芒摇摇头:"不是。我待会儿告诉你。"

"你们谁愿意代表这个孩子?"合唱结束后加布里问道。奥利维和克莱拉从座位上站了起来。

"我不知道他们为啥不找我。"一个颤颤巍巍的声音说道。

"大概因为你站不起来。"莫娜说道。

"你真让我受不了。"露丝嘟囔道,她努力从座位上站起来。

莫娜想让露丝坐下,但是一想到露丝的暴脾气她又打消了这个念头。露丝笔直地站立着。她的双眼看着前方,显得那样坚定,就连鸭子罗萨都显得高贵无比。

然后莫娜也站了起来。

然后小镇居民都站了起来。

雅克、惠芬、纳撒尼尔和爱梅莉亚向前走了一步。

教堂里所有人此时都站立着。

让-居伊将孩子抱在怀中。他将孩子的脸朝向所有为他站立起来的人。他们将成为孩子的教父和教母。

他轻声说道:"愿你成为英雄国度中的一名英雄,奥诺雷。"

"你刚才在看什么?"让-居伊问阿尔芒。仪式结束后,他们来到小镇绿地上烧烤,奥利维准备好了一切。

绿地上摆放着两张长长的餐桌。一张餐桌上有色拉、新鲜的面包卷和奶酪。另一张餐桌上则是各种蛋糕、披萨、曲奇饼以及糖果。

小卓拉极其兴奋地朝祖父跑来。她在柔软的草地上摔了一跤,然后抬起头惊讶地看着祖父。

阿尔芒将手上的盘子递给让-居伊,然后将卓拉一把抱起。他在卓拉的小脸上亲了一口。卓拉原本哭丧的小脸上露出了笑容,她又变得兴奋起来。

摆放酒水的餐桌架在露丝家的门廊边。露丝坐在躺椅上,大腿上盘着鸭子罗萨,胳肢窝里像夹手枪似的夹着根拐棍。四名学警一边喝着啤酒,一边交头接耳。

"你们在聊什么?"克莱拉问道,她给自己倒了一杯杜松子酒。

"露丝说她想给自己的房子起一个名字。"纳撒尼尔说道,"她叫我想一个名字。"

"真的吗?"莫娜问道,"是她主动要求的?"

"是的,她叫我想一个好听的名字。"纳撒尼尔说道,"而不是随便编一个。"

"那么你想到什么好名字了吗?"克莱拉问道。

"我们想到了几个名字,"惠芬说道,"比如说'蔷薇屋'——"她指了指露丝家门廊周围的蔷薇花丛,"或者叫'绝望坑'。"

"你们胆子可真大。"克莱拉大笑着说道。她和莫娜穿过小路来到蕾娜-玛丽和安妮身边。安妮正抱着奥诺雷在和加布里聊着天。

"洗礼仪式真是太棒了,帅哥。"安妮对加布里说道,并在加布里的脸颊边亲了一口。

"谢谢。当所有人都站起来的时候,我简直懵了。"加布里说道。

"但是你还是把《生生不息》整首歌唱完了,不是吗?"

加布里将脑袋凑到奥诺雷的耳边,然后轻声说道:"每一个人在心中都有一首歌。"

"每一个人的手里都有一个泡芙。"莫娜说道,她高高举起手。

"哲言啊。"安妮说道。

此时她注意到自己的丈夫和父亲正向小教堂走去。

于是他们也跟了上去,发现阿尔芒和让-居伊又一次站在了那扇彩绘窗户前。

蕾娜-玛丽拉拉阿尔芒的手,但又立刻松开。

"你手上都是汗。"

"那是抱卓拉时出的汗。"他说道。

"我知道。"蕾娜-玛丽说道,"你在看什么呢?"

阿尔芒凝视着那扇窗。然而,他看的并不是画面中心那个男孩,而是窗户上另一个男孩。

"他的手指着某个东西。"阿尔芒说道。

"嗯,"让-居伊向前走了一步,"你说得没错。"

"可是他指的是什么呢?"蕾娜-玛丽问道,"是那个东西吗?"

她的视线顺着男孩手指的方向看过去,看到一只在战场上飞翔的鸟。

"也许是那棵树。"安妮说道。在画面的远方树立着一棵被烧焦的大树。

"我早就注意到那个男孩的手势了,但是我一直以为那只是一个手势而已。"阿尔芒说道,"但是今天当我在洗礼仪式上再次注视那个手势时,我终于明白那个男孩到底想让我们看什么了。他并不是指着远方的天空或是树木,而是指着那个。"

他转过身。其他人也一起转过身。

"他指的是那个。"

他并没有告诉大家,布雷伯夫在临死前也做了同样的手势。当时他指着自己办公室的门,指着挂在门框上的那条手绢。

阿尔芒将手伸进口袋,他感受着手绢的质地,抚摸着那两个被绣上去的字母。大家的目光都注视着教堂大门上方的那扇玫瑰窗。他们对它熟悉得不能再熟悉了。

所有人一直凝视着。

最后——

"我的上帝啊。"蕾娜-玛丽轻声说道,"这不是一扇窗,而是一个指南针。"她转身看着那个男孩手指的方向,"他指的是指南针。"

大家慢慢靠近,这时阿尔芒说道:"站在正前方会看得更清楚。这也是我们以前从未注意到这扇窗的原因。我也是今天在进行洗礼仪式的时候才发现它的奥秘的。"

他走到教堂的圣坛边。其他人跟在他身后。

六月灿烂的阳光从教堂的窗户中照射进来,在地面上投射出红黄绿等颜色。当阳光照射在那扇玫瑰窗上时,窗户的影子印在圣坛中央的老旧松木地板上,形成一根并不清晰的线条。

"方向有点歪。"安妮说道。

"不是歪。"让-居伊说道,"是有意指向那里。"

"它指着一个方向,"蕾娜-玛丽说道,她看着自己的丈夫,"我们过去看看吧。"

"好的,但不是今天。"阿尔芒说道,他把奥诺雷抱在自己的怀里。

第二天早上,一群人穿过田野。雅克的手里拿着那张旧地图,而伽马什的手里则拿着一个老式的指南针。

四名学警都到了。此外,克莱拉、莫娜、奥利维和加布里也跟在后面。露丝则决定待在自己的家里。

"我想她一定正在枕头上绣着那个名字。"纳撒尼尔向克莱拉解释道。

"你们到底选了哪个名字?'蔷薇屋'还是'绝望坑'?"

"也许应该叫'大混乱'。"爱梅莉亚说道。克莱拉大笑起来。

大家跨过小溪,然后穿过一片树林。最终在拉森岩石处停下脚步,这里就是地图上那头母牛被困然后又被救的地方。

他们随后爬上一块大大的岩石。在两条小径之间的溪流边他们停下脚步,这里就是地图上那个竖着冰球杆的雪人所在之处。

"你们注意到了吗?雪人并不是在庆祝。"惠芬说道,她模仿起雪人的动作,"它的冰球杆似乎指着什么东西。"

的确如此。于是大家朝着球杆所指的方向走去。

"你似乎还没有接受安全局提供的职位。"伽马什对雅克说道,此刻他们正穿过一片开满野花的草地。

"是的。我和波伏瓦探员已经商量过了。我认为,在进入安全局工作之前我还需要一些时间进行调整。"

"那么你现在作何打算呢?"

"我和波伏瓦探员商量了一下。我希望自己能去海地做一名志愿者。您呢,校长?"

"我?"

"您在毕业典礼上说和我们共事是您的荣幸。您说这句话是什么意思?"

阿尔芒低头看着手中的指南针,他确信它所指引的方向正确无误。身后的其他人已经开始分散开来,他们欣赏着烂漫的野花,新嫩的树叶,以及在花丛间飞舞的蜜蜂。

他转身看着雅克说道:"你很快会明白我的意思的。"

他回头看着身后。他看到了爱梅莉亚,向她招了招手。

"到这儿来。"伽马什说道,"你拿着这个。"

他把指南针交给爱梅莉亚。

"可我不知道怎么使用。"

"我会教你的。"

纳撒尼尔和惠芬也走了过来。阿尔芒走到蕾娜-玛丽身边,他让四名年轻人带领大家继续前行。

过了好一会儿,爱梅莉亚才领悟到使用指南针的诀窍。终于大家到达了目的地。大家确定就是这个地方。

这里就是地图上金字塔的所在地。当然这里根本没有金字塔,只有一个坍塌的屋顶。

他们来到一个墓地边。墓地已经被萱草和野蔷薇所掩盖。

是纳撒尼尔发现的墓地。

他蹲在墓地的石碑旁,伸出双手将掩盖墓碑的野蔷薇清除掉。

"看。"

在墓碑上深深地雕凿着一个玫瑰形的指南针和一面旗子。

"这里就是定向运动所要寻找的目的地了。"惠芬轻声说道。

"也是最后一个目的地。"雅克说道。

他们终于找到了安东尼·特柯尔特的墓地。

四个年轻人将墓碑上的苔藓和泥土擦拭掉。

"不对。"纳撒尼尔说道。

"怎么不对了?"伽马什问道。

纳撒尼尔站起身,摇了摇头,而其他三名学员则蹲在墓碑旁。

"我们弄错了。"雅克说道。

"这难道不是墓地?"波伏瓦问道。

"这的确是墓地。"爱梅莉亚说道,她站起身,"但不是特柯尔特的墓地。"

在玫瑰形指南针图案的正下方镌刻着墓主人的名字。

玛丽·瓦卢瓦
皮埃尔、约瑟夫和诺曼亲爱的母亲
卒于 1919 年 9 月 5 日
七苦圣母镇

"不是他们的父亲,"蕾娜-玛丽说道,她低头看着墓碑上的文字,"是他们的母亲。忧患圣母。"

大家坐在小酒馆的遮阳棚下。每个人的面前都放着柠檬汁或啤酒。

回到三松镇后,四名学警出发前往档案管理局。他们找到了一个新名字,所以有了一个新的任务。发现了要找的东西后,他们又返回了三松镇。

面对放在桌上的档案袋,大家的膝盖微微颤抖,等待克莱拉和莫娜的到来。

莫娜知道克莱拉在哪儿。这几天她一直都在那里。
在她的画室里画画。
"他们回来了。"莫娜说道。
"快完成了。"
"抓紧时间。"莫娜说道,她走进厨房拿了一块曲奇饼。
"完成了。"克莱拉喊道,她从画凳上站起来,然后向后退了几步,"终于大功告成了。你觉得怎么样?"

莫娜十分害怕被问及这个问题。

她转身看了看,嘴里咬着刚吃了一半的曲奇饼。

"这根本就不是你啊。"

一张女人的脸填满了整个画框。她的眼睛直视前方,看着这个世界。她的耳朵上戴着耳钉,脸上刺着刺青。此外脸上还留有伤疤。

"这是那个学员,"莫娜说道,"是爱梅莉亚。"

"是的。"

"但是好像也不完全像她。"莫娜说道。她上前一步,仔细打量着那幅肖像画,然后又回头看看克莱拉,"这是那个男孩,教堂窗户上的那个男孩。"

克莱拉点点头。

克莱拉画的是茁壮的生命力,它由于恐惧、愚蠢、残忍以及老一辈人的选择而变得脆弱不堪。

那个男孩害怕死亡,而爱梅莉亚则害怕生活。

然而,画中人物的眼神中似乎还隐藏着什么。

那便是宽容。

天气十分暖和。学员们搅拌着柠檬汁。

惠芬低头看了看自己的笔记本。

两周之后她将成为安全局加斯佩分局的一名年轻警员。现在她将完成最后一个作业,同时也是她的第一个案件调查。

"玛丽·特柯尔特和弗雷德里克·瓦卢瓦于1893年结婚,婚后在蒙特利尔生活,育有三子。长子皮埃尔以及双胞胎兄弟约瑟夫和诺曼。"

蕾娜-玛丽将一张老照片放在地图旁边。大家一边聆听惠芬的讲述,一边看着照片上身穿制服的乔(约瑟夫)和诺姆(诺曼)。他们抱着自己的母亲对着镜头咧嘴笑着,照片的背景便是现在克莱拉的家。

蕾娜-玛丽的大腿上还放着另一张照片。这也是她从墓地回来后,下午在历史材料里发现的。

"特柯尔特?"让-居伊说道,"难道安东尼·特柯尔特是她哥哥,或是她父亲?"

"我们会讲到这一点的。"纳撒尼尔说道。

"根据档案管理局的材料,瓦卢瓦先生是一名地图绘制员。"爱梅莉亚说道,"虽然谈不上十分杰出,但却技艺娴熟,靠绘制地图的收入足以养活一家人。他通常为矿业公司绘制地图。不过有一天他在绘制地图时从悬崖上摔了下去。"

"他……?"蕾娜-玛丽问道。

"摔死了?"雅克说道,"是的。我们在档案管理局找到的另一项证据是玛丽·瓦卢瓦的租赁契约。"

"租的是我现在的房子吗?"克莱拉问道。

"不,不是的。是这儿,这儿。"纳撒尼尔说道,他指着脚下的土地,"她租的是小酒馆。当时小酒馆还是一间私人寓所,房屋的主人叫贝立夫。"

"我知道他,他的年纪比我还大。"露丝说道。

"不会是现在的贝立夫先生吧。"莫娜说道。

"我去确认一下。"阿尔芒站起身。他走下小酒馆的台阶,然后朝贝立夫先生开的杂货店走去。这时他看了看手表。

已是晚上六点,但是天气仍然十分暖和。空气中弥漫着芍药和蔷薇的香气。太阳还悬挂于天际,至少还要过数个小时太阳才会落山。

当他回来时,贝立夫先生跟在他身后。

"听说你们想了解瓦卢瓦一家的情况,是吗?"贝立夫先生问道。

阿尔芒指了指他自己的座位。贝立夫先生点点头,然后坐了下来。

"您认识他们一家?"纳撒尼尔问道。

贝立夫先生严肃的脸上露出了笑容:"我的年纪可没那么大。"

"我就说不是他吧。"莫娜轻声对露丝说道。

"但是我的祖父认识他们。当时小酒馆的产权属于我的祖父。他把小酒馆租给了瓦卢瓦夫人。她是一名寡妇。"

"没错,还带着三个儿子。"惠芬说道,"您的祖父一定跟您说起过瓦卢瓦夫人吧。"

"瓦卢瓦夫人并没有什么与众不同之处。"贝立夫先生说道,"她的三个儿子也很普通。真正让人难以忘怀的是他们一家所遭遇的事情。三个儿子同一天在索姆河战役里阵亡。我祖父在晚年的时候告诉我,他仍然记得瓦卢瓦夫人的痛哭声。我的祖母告诉他那只是风吹松树的响声,但是他依然认为那是瓦卢瓦夫人的哭声。"

蕾娜-玛丽看着阿尔芒。他们经常会听到树林里传来那样的声音。

"您之前为什么没有告诉我们这些呢？"惠芬问道。

"因为你们问的是安东尼·特柯尔特。"贝立夫先生回答道，"你们并没有问瓦卢瓦夫人。我从没听说过特柯尔特这个名字。"

"那么瓦卢瓦夫人后来怎么样了？"加布里问道。

"三个儿子死后，瓦卢瓦夫人搬家去了支架顶镇。"雅克说道，"她在一战结束后去世。"

"也许是死于西班牙大流感。"莫娜说道，"根据墓碑上的日期，很有可能是这样。1919年西班牙大流感杀死了数百万人。"

"她为什么要离开三松镇呢？"加布里问道。

"你永远无法体会一位母亲的感受。"蕾娜-玛丽说道。

"他是奥诺雷的教母——"露丝说道。

"啊，"让-居伊说道，他举起奥诺雷，奥诺雷的小脚晃动着，"请不要在孩子面前提起这件事。"

"她并未离开。"贝立夫先生说道。所有人都看着他。

"什么？"克莱拉说道。

"瓦卢瓦夫人并未离开三松镇。至少她并不打算离开。她一直租着我祖父的那间房子。"

"但是，她不是搬去支架顶镇了吗？"奥利维问道，他有点不知所措。

"她只是离开一段时间而已，"贝立夫先生回答道，"我想对她而言，生活在三松镇太痛苦了。但是她仍然想回到这儿，因为这里是她的家。她把绝大多数东西都留在了这里。"

"包括那件东西。"莫娜说道，她指着放在桌上的那张旧地图。

"但是既然三个儿子都阵亡了，这张地图是怎么回到母亲身边的呢？"

"它从未离开过。"阿尔芒说道，"它一定是在三个儿子失踪后绘制的。那时瓦卢瓦夫人还未前往支架顶镇，以备万一……"

"以备万一？"雅克问道。

"以备万一儿子们没有阵亡，回来找她。"蕾娜-玛丽说道。

"整个小镇就是一个定向运动的目的地。"让-居伊说道,"这张地图,教堂里的那扇窗户,还有那个玫瑰形的指南针。"

"她给每个儿子制作了一张地图,"阿尔芒说道,"这样他们便能找到回家的路。然后她给自己也制作了一张。"

"您认为地图是瓦卢瓦夫人制作的?"惠芬问道,"但是地名委员会的负责人十分确定这是特柯尔特制作的地图。特柯尔特也许是瓦卢瓦夫人的父亲或叔叔或兄弟。"

"不,"伽马什说道,"地图就是瓦卢瓦夫人亲手制作的。"

学员们一脸困惑地看着伽马什,然后彼此面面相觑。

"玛丽·瓦卢瓦就是安东尼·特柯尔特。"伽马什说道,"她绘制地图时使用了娘家的姓氏。"

"我不明白。"惠芬说道。

"你们这些年轻人当然不会明白。"莫娜说道,但是她明白其中的缘由。"一百多年前,女性是不允许外出工作的。男人们也不会鼓励女人拥有自己的职业。"

"所以当时的女性经常会使用男性的名字。"克莱拉说道,"女画家、女作家以及女诗人都使用过男性的名字。或许瓦卢瓦夫人通过观察丈夫绘制地图,发现自己在这方面能做得更好。"

"她并非第一个发现自己能超越丈夫的女性,但是她不得不将自己的真实姓名隐藏起来。"莫娜说道,"使用男性名字的作品更能获得好评。"

惠芬仍然显得十分困惑。对她而言,这一传统简直不可理喻。

"所以你们认为所有这些地图——"惠芬说道。

"都是玛丽·瓦卢瓦绘制的,"伽马什说道,"是的,没错。"

爱梅莉亚点点头:"地名委员会负责人说没有人真正见过特柯尔特本人。她都是通过信件与外界联系。没人真正见过她。"

"在给所有的村镇绘制地图并取名之后,瓦卢瓦夫人终于找到一个用自己的名字命名的小镇。然而,那个小镇的名字并非源于她的职业,而是源于她的悲痛。"蕾娜-玛丽说道,"这多感伤啊。"

"七苦圣母镇。"伽马什说道。

大家看着照片上那个微笑的农妇,她的身边站着两个高大的儿子。

"如果你们说的都是真的,"奥利维说道,"那么瓦卢瓦夫人为什么不在魁北克地图上标出三松镇的位置呢?"

蕾娜-玛丽拿出一张老旧的褐色小照片,它比放在桌上的那张还要古老。

大家凑上前去。照片上有三个咧嘴微笑的男孩。他们满身泥土,他们的脚正踩在一把铁锹上。在他们的前面有一棵小树苗。

"是他们种的这三棵松树。"加布里轻声说道。他并不打算轻声说话,但是却不由自主地压低了嗓门。

"之前三棵在一场暴风雪中被吹倒了。"贝立夫先生说道,"两棵树倒在地上,还有一棵被连根拔起。吉勒斯·桑登的曾祖父砍掉了它们,然后制作成了铺在小酒馆和书店地面上的地板。祖父告诉我,小镇在那场暴风雪中损失惨重。然而,一天早上当大家醒来时,发现有人又种上了小树苗,但是大家一直不知道是谁种的。"

贝立夫先生和其他人望着小镇绿地上的那三棵高大的松树。它们依然那样挺拔,依然在茁壮成长。

"我想瓦卢瓦夫人一定是感到太痛苦了,"蕾娜-玛丽说道,"她失去了自己的三个孩子。所以当她把绘制的地图交给相关部门的时候,她刻意在地图上隐藏掉了三松镇。这也许只是她一时兴起的决定。她决定隐藏三松镇,仿佛这样做便能隐藏掉自己的痛苦。"

"可是正如贝立夫先生所说,瓦卢瓦夫人还是会回来的。"阿尔芒说道,"她还是会回到三松镇,回到这个被她隐藏掉的小镇。"

"可是她为什么没有回来呢?"加布里问道。

"因为她还没来得及回来便去世了。"蕾娜-玛丽回答道。

"死于流感。"莫娜补充道。

然而,蕾娜-玛丽认为瓦卢瓦夫人应死于过度悲伤。此时她听到远处的树林里传来哀嚎声,绿地上的那三棵松树也与之发出共鸣。它们舒展着枝叶,彼此交织在一起。

"*Velut arbo aevo.*"爱梅莉亚念起这句拉丁语的句子。

"像一棵经过岁月洗礼的树。"伽马什说道。

第二天早上,当阿尔芒和蕾娜-玛丽起床时,发现天际一片蔚蓝。早晨的空气新鲜而又柔和。斗篷草、蔷薇花以及百合花上挂满了露珠。阿尔芒和蕾娜-玛丽牵着格蕾丝在小镇绿地上溜达,他们朝着那三棵松树的方向走去。亨利跟在他们身后。

"准备好了吗?"蕾娜-玛丽问道。

"还没有。"阿尔芒回答道,他在绿地的长凳上坐了下来。

太阳越升越高,他站了起来。

他走到松树旁,然后选择了一个地方。他将脚踩在一把铁锹上。

"需要我帮忙吗?"这时传来一个熟悉的声音。

他回头看到让-居伊。在照料哭闹的孩子一整晚之后,他显得睡眼惺忪。

奥诺雷香甜地睡在父亲的怀抱里。

阿尔芒微笑道:"谢谢,不用你帮忙。有些事我必须自己去做。"

这并不是因为这些事太容易,而是因为它们太艰难。

太阳已经高高地挂在空中了,挖的洞也越来越深了。他拿起一个盒子,这个盒子在他家地下室里已经存放很久了。

他打开盒子,又看了一眼那份警方报告。那是关于他父母的报告:奥诺雷和爱梅莉亚·伽马什,死于车祸,司机酒驾。

阿尔芒将手伸进口袋拿出那条手绢,他用手指触摸着手绢上的刺绣,随后将手绢放进了盒子里。

他小心翼翼地将盒子放进挖好的洞里。

警方的报告上还有一个名字,那是肇事司机的名字。

罗伯特·肖凯。

当时他才十六岁,由于未成年被判缓刑。后来他有了自己的生活,结婚并建立了家庭。

他有一个女儿。

他给她取名爱梅莉亚。

...致　谢

首先我必须要说的是，这本书是在我的朋友与邻居们的热心、耐心以及帮助之下才得以完成的。

我的丈夫迈克尔患了痴呆症，并且病情一天天加重。他往往需要付出极大的努力才能说话，走路，甚至回忆起一些事情和名字。

痴呆症就像一个窃贼，它会偷走你的记忆。然而，朋友的帮助和情感上的支持弥补了被痴呆症偷走的记忆空缺。

情况远没有我们想的那么糟。我们的生活简单而纯净。我们知道那些对我们真正重要的东西——友善、陪伴、关怀。我们一起大笑。上帝知道我们有多么快乐。我们的内心充满平和与满足。

我从未遇过比迈克尔更勇敢的男人。诊断出痴呆症时，他开诚布公地把情况告诉了我和其他人。他并没有因为羞耻或是他人歧视的目光而隐瞒病情。

迈克尔一直用幽默和包容的态度面对自己的痴呆症。他对自己所拥有的一切都心满意足。尽管他已经几乎无法开口说话，但是他总是笑容以对。即使在睡梦里他也面带微笑。他喜爱按摩、美食和朋友的陪伴。他也爱毕肖普——我们的金毛猎犬。他也爱我。每天我都沉浸在他的爱意之中。

自从被诊断出痴呆症以来，迈克尔和我得到了更多的关爱。这些关爱来自朋友、陌生人、同事、出版商、编辑以及宣传人员。此外，书籍的销售商、图书管理员以及读者也给予了我们无限的关爱。

比如说您。

您能够想象，如果没有体力和精神上的关怀，要创作一本小说是不可能完成的任务。

在诸多关心该书写作的人中，我首先要感谢我的助理同时也是我的好友丽丝·德罗西耶。

我要坦白地说，丽丝，如果没有你的帮助，我不知道自己能否完成该书的写作。我爱你。

我还要感谢丽丝的丈夫戴尔，是他将原本支离破碎的故事整合在一起。我还要感谢柯克和沃尔特，他们是我们在这里最早认识的朋友，同时也是我们生活中的精神支柱。你们曾不断激励着我。当迈克尔倒下时，你们也曾不断鼓舞着他。你们是我们的坚强后盾。

我还要感谢帕特和托尼。他们这么多年来一直默默地关心着我和迈克尔。当我们有事外出时，他们会把毕肖普领回家细心照顾。我还要感谢琳达·莱尔，她一直管理着我的网站并及时更新网站上的各种资讯。

我还要感谢安德鲁·马丁——米诺陶书系的出版人。他没有对我的写作设置最后期限，也没有强迫我写作。感谢你对迈克尔的关心与理解。真心地感谢你。我还要感谢霍普·德隆——本书的编辑。她是我的好友，总是写信询问我们的近况。正是有了她的关注和深入的理解才使这本小说变得更加完美。

我还要感谢莎拉·梅尔尼克，我的公关负责人。她始终支持我的写作事业，并且从不强求我做不喜欢的事情。我还要感谢保尔·霍克曼，他在伽马什探长系列网站上建了个虚拟小酒馆，他始终关心着我的生活。

感谢生活在加拿大的杰米·布鲁德赫斯特，她是我的第一个朋友，同时也是我的第二位同事。

感谢我的英国出版商——利特尔和布朗出版社的大卫·谢利和露西·马拉戈尼。

感谢魁北克弗拉马里翁出版社的露易丝·卢瓦塞勒,她总是能够以退为进。

感谢我的经纪人特蕾莎·克里斯,她每次都不忘对迈克尔嘘寒问暖。

感谢金姆、露丝和丹尼尔。感谢你们对于迈克尔的照料。没有你们,我的生活将会分崩离析。我和迈克尔该如何回报你们的付出与善意呢?你们把迈克尔视为自己的兄弟/父亲/伙伴。祝福你们。

感谢多米尼克·詹南杰洛医生。感谢你为我们所付出的时间,精力以及持之以恒的关心。

感谢托尼·杜尔特、肯·普雷欧汉和希拉里·布克。顺便提一句,小说中的相关法律常识正是希拉里提供的。谢谢你,希拉里。

要把所有给予我们关心的朋友和邻居的名字一一列出是不可能的,但我还是想提几个人的名字。他们是露丝和丹尼、戴维和琳达、乔、戈登、怀尔德、谢丽尔、狄安娜以及迈克尔住在伦敦的姐姐卡洛儿。还有理查德·奥利维,罗斯玛丽、洛基和奥诺拉。此外,我还要感谢我们所生活的魁北克诺尔顿小镇。谢谢你们,各位朋友。

感谢迈克尔的儿子们——小迈克尔和维克多。无论身在何处,他们都会打电话询问我们的近况。虽然他们的父亲无法再开口说爱他们了,但是他们依然能在父亲的眼神中看到满满的父爱。

感谢我的家人——罗伯特和奥迪、萨拉、亚当、金姆、玛丽、查理和罗斯林。

每天当我在床上给迈克尔翻动身子时,我都会低头在他的耳边轻声对他说他是一个了不起的男人。他英俊、善良、宽容、聪明、勇敢。我告诉他能成为他的妻子,我有多么自豪。我告诉他,我会照顾他,会永远爱他。

我要感谢所有上述提到名字以及许多未提到名字的人。当我走进客厅,在笔记本电脑前坐下时,你们仿佛和我书中的那些人物——阿尔芒、蕾娜-玛丽、克莱拉、莫娜、加布里、露丝等等——一起围坐在我的身边。

亲爱的朋友们,有了你们,我不会害怕。

图书在版编目（CIP）数据

全面清算/(加) 露易丝·佩妮著；魏懿译. -- 上海：上海文艺出版社，2019
(伽马什探长系列)
ISBN 978-7-5321-7386-0
Ⅰ.①全… Ⅱ.①露… ②魏… Ⅲ.①推理小说－加拿大－现代 Ⅳ.①I711.45
中国版本图书馆CIP数据核字(2019)第212608号

A GREAT RECKONING by LOUISE PENNY
Copyright: © THREE PINES CREATIONS, INC. 2015
This edition arranged with TERESA CHRIS LITERARY AGENCY LTD
Through BIG APPLE AGENCY, INC., LABUAN, MALAYSIA.
Simplified Chinese edition copyright:
2020 SHANGHAI LITERATURE AND ART PUBLISHING HOUSE
All rights reserved.
著作权合同登记图字：09-2017-478号

发 行 人：陈　徵
责任编辑：赵一凡
封面设计：周伟伟

书　　名：全面清算
作　　者：(加) 露易丝·佩妮
译　　者：魏　懿
出　　版：上海世纪出版集团　上海文艺出版社
地　　址：上海绍兴路7号　200020
发　　行：上海文艺出版社发行中心发行
　　　　　上海市绍兴路50号　200020　www.ewen.co
印　　刷：崇明裕安印刷厂
开　　本：890×1240　1/32
印　　张：13.875
插　　页：2
字　　数：253,000
印　　次：2020年2月第1版　2020年2月第1次印刷
Ｉ Ｓ Ｂ Ｎ：978-7-5321-7386-0/Ⅰ·5873
定　　价：58.00元
告 读 者：如发现本书有质量问题请与印刷厂质量科联系　T:021-59404766